I0562669

Contraste insuffisant

NF Z 43-120-14

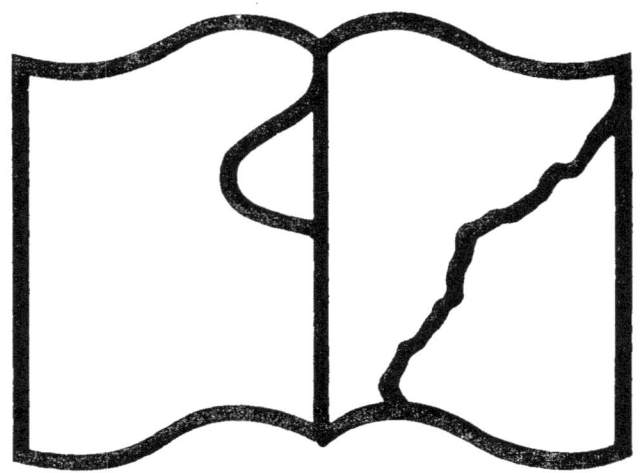

Texte détérioré — reliure défectueuse

NF Z 43-120-11

LES
GUEUX DE MARSEILLE

ou

LA COUR DES MIRACLES EN 1810

Par P. MAURAS

MARSEILLE

IMPRIMERIE GÉNÉRALE, J. DOUCET

1, Rue Chevalier - Rose , 1

1878

LES
GUEUX DE MARSEILLE

ou

LA COUR DES MIRACLES EN 1810

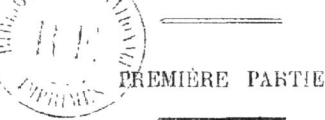

PREMIÈRE PARTIE

I

LES MARSEILLAIS EN 1810

Nous reporterons nos lecteurs en l'an de grâce 1810.

Il y a par conséquent aujourd'hui 68 ans qu'ont eu lieu les évènements que nous allons raconter.

Marseille n'était pas, à cette époque, ce qu'elle est de nos jours ; le marteau démolisseur n'avait pas encore rayé de la vieille ville toutes ces ruelles étroites et sombres, où le soleil ne pénétrait qu'à de courts intervalles.

Les bonnes gens de ces quartiers, malgré les odeurs pestilentielles qui s'échappaient des égouts et des détritus de toutes sortes jetés par les fenêtres, se réunissaient le soir sur le pas de leurs portes, et causaient des évènements de la journée jusqu'à dix ou onze heures.

A cette heure là, voisins et voisines quittaient leurs sièges, et paisiblement comme des gens qui ont la conscience tranquille, regagnaient leur domicile, traînant après eux les chaises qu'ils avaient descendues.

Que sont devenues aujourd'hui ces maisons noires et lézardées, ayant le cachet original de l'architecture des temps anciens ?

Le progrès a démoli tout cela, et a remplacé les maisons noires par des édifices à l'architecture douteuse, des édifices immenses, flanqués de sept étages, ayant des façades somptueuses, et des appartements petits et mal aérés. Sur le derrière de ces grandes bâtisses, qui sur le devant paraissent princières, les locataires n'ont pas ou presque pas de jour.

Leurs fenêtres donnent sur des cours mal entretenues, sales et sentant mauvais ;

Arrivé à la dernière marche, il se trouva dans une immense salle éclairée par des lampions de fer, dans lesquels brûlaient de longues mèches rougeâtres, imbibées de graisse.

— Ah ! ah ! cria quelqu'un, c'est lou Goy !

— Eh oui, c'est moi, dit celui-ci en grondant. On dirait que vous êtes contents, vous autres.

— Parbleu, viens donc te chauffer, le temps est humide. Mon pauvre vieux, que t'arrive-t-il ?

— Chien de temps et chienne de journée, reprit celui que l'on appelait Lou Goy, ça n'a pas mordu, aujourd'hui

— Allons, dit son interlocuteur, repose-toi, ça ira mieux demain.

Lou Goy s'assit.

— Pour la clarté de notre histoire il est nécessaire que nous fassions une description exacte du lieu où le boiteux venait d'entrer.

C'était une vaste salle, à peu près carrée, formée avec cinq ou six caves et qui s'étendait sous autant de maisons.

Des piliers en pierres sombres soutenaient la voûte noircie par la fumée de l'âtre et les bouffées blanches qui s'échappaient des lèvres des fumeurs.

Des objets de toutes formes, étranges par leur variété, pendaient au mur ; c'é-taient des béquilles, des sabots, des cordes, des bandeaux et toutes sortes de gue-nilles.

Au milieu de la pièce, un vaste récipient en fer avec une grille contenait des charbons incandescents, sur lesquels une immense marmite reposait.

Une odeur enivrante de soupe grasse s'en échappait. Autour de ce brasier un certain nombre de gueux, à l'aspect farouche, fumaient, causaient, braillaient, bu-vaient et juraient

Le boiteux que nous avons premièrement présenté à nos lecteurs avait quitté ses béquilles, et s'était parfaitement mis debout sur ses deux jambes.

Parmi les personnes qui entouraient le foyer, une d'entre elles avait relevé le pantalon de sa jambe droite et avec un pinceau fait de rouge, passait et repassait cette couleur sur son genou.

Une autre, sur son bras nu, posait une pièce faite de la même couleur et la ficelait solidement à la hauteur du coude.

Une troisième personne, une femme celle-là, avait devant elle six petits enfants à qui elle apprenait à dire : j'ai faim !

Quand les pauvres petits êtres ne prononçaient pas correctement cette phrase, la femme les pinçait jusqu'au sang et les enfants pleuraient.

Plus loin un groupe d'hommes de mauvaise mine étaient autour d'une table et jouaient aux cartes ; des pièces d'or roulaient sur le tapis crasseux, et selon que la chance était bonne ou mauvaise des éclats de rire ou des blasphêmes l'accueillaient.

Un brouhaha indescriptible régnait dans cette pièce.

Un nouveau personnage arriva avec un bandeau sur l'œil, on l'aurait supposé borgne, mais dès qu'il se fut mêlé à ses compagnons, il ôta son bandeau et ses deux yeux apparurent intacts.

Ecoutons la conversation de ces gens là, et nous saurons peut-être avec qui nous avons affaire, et dans quel lieu nous sommes.

Après s'être assis, le boiteux que son collègue avait essayé de rassurer sur le lendemain reprit la parole.

Voyez-vous, enfants, ça ne va pas depuis quelques jours. Les bonnes gens se f ...ichent de nous, tonnerre de tous les diables, je suis resté aujourd'hui quatre heures agenouillé devant l'église des Prêcheurs, et devinez ce que j'ai fait ?

— Dix francs, dit une voix.

— Tu te trompes, l'Eclopé.

— Huit francs, reprit celui que l'on appelait l'Eclopé et qui était droit comme un i.

— Sept francs, dit le boiteux! Si ce n'est pas une misère ; où voulez-vous aller avec des journées pareilles ; ma foi, c'est à dégoûter du métier !

— Il est vrai ça, dit un grand maigre, je n'ai pu toucher que neuf francs moi, quand d'habitude j'arrive facilement à onze et douze.

— Figurez-vous, dit un gros garçon de haute taille qui venait de défaire son bras plié en deux de façon à ce que la main touchât l'épaule ce qui le faisait passer pour un manchot, figurez-vous dit-il que j'étais accoudé, comme toujours, au coin du premier arbre du cours Belsunce depuis sept heures du matin et que j'avais à peine fait six francs.

Je vous dis que le métier se perd dit le boiteux.

Lorsqu'une petite dame bien jeune et jolie passe devant moi, elle tenait par la main une toute jeune fille.

— Maman, dit l'enfant, vois donc ce pauvre homme qui n'a qu'un bras.

— Donne-lui quelque chose, ma fille, répond la mère, voici le porte monnaie.

— L'enfant plongea sa petite main dedans, en sortit une pièce de vingt francs et me la présenta ; je vis le moment où l'attache de mon bas cassait et où j'allais jeter mes deux mains sur la pièce rousse, mais je me contins, et prenant un air de béatitude profonde, je saisis la pièce et dis à la jeune femme :

— Votre demoiselle se trompe, madame ; voyez donc ce qu'elle vient de me donner.

La jeune dame eut un sourire et me dit :

— En effet, Jeanne, tu te trompes, mais mon pauvre homme, l'honnêteté n'est jamais trop payée, gardez cette pièce en souvenir de votre bonne action.

Je me confondis en bénédictions de toutes sortes quoique je susse par avance le dénouement de l'aventure.

— Il y a longtemps dit le boiteux que pareil fait ne m'est arrivé.

— Ça viendra, dit le manchot, qu'est-ce que tu veux, tout vient à point à qui sait attendre

— D'ailleurs fit l'Éclopé, le boiteux n'est jamais content !

— Tu en parles à ton aise toi qui fais des journées de quinze francs.

— Oh ! dit l'Éclopé pas toujours !

— Pas toujours, pas toujours, je vois parfaitement par les dépenses que tu fais que tu dois même dépasser cette somme, la belle Béquillarde à elle seule mangerait le produit de cinq de nous.

— Qui parle de la Béquillarde dit une grande jeune fille en s'approchant du groupe

La Béquillarde, comme ils l'appelaient, devait avoir de vingt à vingt-deux ans. D'une saleté repoussante comme tous ses compagnons, elle était cependant très-jolie. Brune, avec de grands yeux noirs, son front un peu grand disparaissait pourtant sous une forêt de cheveux crépus, mais d'une extrême finesse ; certes, le peigne ne devait pas toujours les arranger avec symétrie, car ils retombaient avec profusion et tous mêlés sur ses épaules nues et l'atteignaient jusqu'au-dessous de la taille qui était bien prise mais non serrée.

L'abus des boissons et des passions honteuses avait légèrement altéré ses traits et décoloré ses joues ; son corsage tout à fait ouvert, laissait voir sa gorge un peu pendante, mais ne manquant pas pourtant d'une certaine hardiesse dans les formes.

Elle traînait la jambe gauche en marchant.

— Tiens toi donc droite, dit le boiteux.

— Je ne peux pas, dit la Béquillarde ; cette sacré béquille me désarticule le genou ; quand on a la jambe toute la journée attachée à un morceau de bois et qu'on ne la détache que le soir, c'est assommant, ça tuerait un bœuf.

— Et tu n'es qu'une vache, reprit le boiteux.

A ce mot l'Éclopé se dressa furieux et donna un vigoureux coup de poing dans la figure de celui-ci, tandis que les autres riaient à gorge déployée de cette grossièreté.

J'aime, mon père, dit Adrien, page 16.

Le boiteux tomba comme un bloc sur le sol, mais se redressant presque aussitôt il bondit sur son adversaire, et une lutte terrible s'engagea alors entre ces deux hommes.

Les autres personnages firent cercle autour d'eux et on les regarda tranquillement vider leur querelle.

Les combattants étaient de force égale, tantôt sur le sol, tantôt debout, leurs poings comme des massues tombaient sur leurs crânes ; leurs bras ressemblaient à des marteaux de forge frappant sur des enclumes ; par moments ils s'enlaçaient si fortement que des cris étouffés sortaient de leurs poitrines ; ils étaient haletants et sanglants et la rage qui les animait ne cessait pas ; aveuglés par le sang, ivres de colère, ils continuaient à se labourer le visage de leurs poings fermés, et lorsque un coup bien appliqué frappait l'un des deux adversaires les spectateurs applaudissaient avec admiration.

2me LIVRAISON.

La Béquillarde demeurait impassible.

La lutte continuait à outrance, lorsque quelqu un pénétra dans le sous-sol et d'une voix de tonnerre cria : Séparez ces deux brutes !

— L'OEil trouble, dirent les compagnons.

Aussitôt, ceux qui étaient autour d'eux les séparèrent et semblèrent honteux devant l'homme qui les avait commandés si impérieusement.

— D'où vient cette querelle? dit l'OEil trouble.

— C'est lui qui a commencé, répondit l'Eclopé en montrant le boiteux.

— Une plaisanterie, hasarda ce dernier.

— Laquelle ?

— J'ai dit que la Béquillarde était une vache.

— Tu as eu tort !

— J'ai plaisanté !

— On ne plaisante pas ainsi, va te laver et viens ici.

Un silence profond accueillit ce dialogue.

Quel était ce nouveau venu ?

C'était un grand vieillard de 80 ans, la barbe et les cheveux blancs, tout vêtu de noir ; ses vêtements un peu crasseux étaient cependant d'une forme correcte. Ce vieillard semblait exercer une grande puissance sur tous ces hommes. On l'avait appelé l'OEil trouble parce qu'il faisait métier d'être aveugle.

Le matin avant de sortir, il enduisait ses paupières d'une espèce de composition qui les fermait hermétiquement. Il n'y voyait positivement pas dans la journée, mais le soir rentré chez lui, après avoir humecté ses yeux avec de l'eau chaude, ces derniers se rouvraient.

Cet homme avait la nature des chauves-souris, il n'y voyait pas en plein jour, mais la nuit.

Il était instruit ayant été avocat, c'est pour cela qu'il avait peu à peu dominé les êtres stupides qui grouillaient dans cet antre. D'une avarice peu commune il entassait depuis vingt ans des sommes importantes et on le savait puissamment riche, il n'en continuait pas moins son métier d'aveugle et tendait la main toute la journée comme ses compagnons. Sans cœur comme tous les avares il traitait ceux qui le craignaient avec férocité.

Le boiteux revint.

— Je vous ai déjà dit, reprit le vieillard en s'adressant à tous, que je n'aimais pas les rixes, quand vous aurez à vider des querelles, allez dans la rue si vous voulez et tuez-vous si tel est votre bon plaisir, mais ici, c'est défendu, vous le savez très-bien; c'est encore à propos de la Béquillarde que cette scène a eu lieu, nous allons y mettre ordre. Eh ! le Borgne, avance ici, fais-toi aider partes collègnes, attache l'Eclopé, le boiteux et la Béquillarde aux anneaux du mur et donne leur à chacun la correction que je vais t'indiquer.

Le Borgne, un grand gaillard aux membres musculeux, prit avec lui quatre de ses compagnons, et après s'être muni de cordes, se mit en devoir d'exécuter les ordres donnés.

Les patients se laissèrent faire sans résistance.

Le vieillard reprit :

— Tu donneras trois coups de fouet au boiteux, deux coups à l'Eclopé et un seul à la Béquillarde, afin qu'à l'avenir elle nous laisse tranquille, elle et son amant.

Il s'assit sur un escabeau, tous les autres firent une demi-circonférence autour de lui. Le Borgne, ayant mis à nu les deux hommes et la femme jusqu'à la ceinture, après les avoir attachés aux anneaux, fouetta de toutes ses forces les reins du Boiteux qui au 3me coup saignèrent.

L'Eclopé eut son tour, puis vint celui de la Béquillarde. C'était la première fois que le vieillard infligeait une correction à une femme ; le Borgne, qui en voulait à la Béquillarde, parce que celle-ci n'avait jamais voulu écouter ses déclarations d'amour, se vengea sur la jeune fille en lui administrant un coup de fouet si vigoureux, que la lanière passant des reins à la poitrine, lui laboura le sein gauche. Un cri terrible retentit, mais le vieillard, plus prompt que la pensée, s'était précipité sur le Borgne, lui avait arraché son fouet et ayant vu qu'il avait dirigé les lanières du côté de la gorge de la Béquillarde, comprit que le bourreau outrepassait ses ordres et il voulut en connaître le motif.

Après avoir fait détacher les patients, il dit d'une voix sévère au Borgne :

— Tu n'ignores pas que c'est sur les reins qu'il faut frapper, pourquoi as-tu touché la poitrine de cette femme ?

— Pour me venger de sa froideur et de son dédain.

— Attachez le Borgne à l'anneau, dit le vieillard.

On l'attacha.

Dès que la Béquillarde avait reçu le coup de fouet elle s'était évanouie.

On la fit revenir à elle.

Quand elle rouvrit les yeux, elle s'écria :

— Il faut que je me venge !

On venait d'attacher le Borgne.

— Tu le peux, lui dit le vieillard. Tiens, voilà le fouet, je ne te fixe pas la quantité de coups. Faites ce que vous voudrez toi et l'Éclopé. Ce dernier prit un autre fouet.

Alors commença une scène horrible ; cette femme, que la douleur rendait folle, l'Éclopé que la rage dominait, chacun ayant un fouet à la main commença à frapper à tour de bras sur le dos du misérable attaché au mur.

Au sixième coup la chair commença à s'enlever, le sang jaillit abondamment et ils frappaient toujours avec une force que la rage seule soutenait.

Le Borgne jetait des cris épouvantables, tous les compagnons commençaient à trouver qu'il y en avait assez.

Mais l'homme et la jeune fille frappaient toujours

Le dos du patient ne fut bientôt qu'une plaie béante Ils en étaient au vingtième

Le vieillard, toujours assis sur son escabeau, était impassible Le patient suppliait, priait, mais les coups pleuvaient avec une rapidité effrayante, le malheureux demandait la mort et la mort vint.

Le vieillard se dressa et dit :

— Arrêtez-vous, il est mort, l'Éclopé s'arrêta, mais la Béquillarde frappait encore, il fallut lui enlever le fouet de force.

— J'aime la justice dit l'OEil trouble, le Borgne est mort, tant pis pour lui, il avait enfreint mes ordres et avait été cruel, on l'a été pour lui, justice est faite

— J'étais venu pour vous parler de choses sérieuses, mais toutes ces scènes ont retardé votre souper ; nous parlerons de cela demain soir, et le vieillard que nous allons suivre quitta alors ses compagnons, monta l'escalier glissant que nous connaissons et sortit.

Or ce vieillard, mendiant comme tous les autres, outre son nom de l'OEil trouble portait aussi le nom de Roi des Gueux.

Et cette salle immense dans laquelle se sont passées les scènes que nous venons de raconter était la Cour des Miracles.

IIi

LE ROI DES GUEUX

Le Roi des Gueux descendit la rue de l'Echelle soucieux et le front penché : une préoccupation visible l'obsédait Il rencontra deux ou trois mendiants qui regagnaient la cour des miracles et qui le saluèrent respectueusement

Le vieillard ne prit pas garde à eux, il descendit jusqu'à la rue Ste-Barbe, prit par la place St-Martin, et arrivé à la place du Mont-de-Piété, plongea la main droite dans la poche de sa redingote, il en retira un trousseau de clefs et se dirigea vers une maison de modeste apparence.

Il ouvrit la porte du couloir, monta au premier étage, sans lumière, ouvrit une porte qui faisait face à l'escalier, et pénétra dans une pièce noire ; il alluma une bougie et se laissa tomber dans un fauteil posé en face d'une table, sur laquelle des papiers de toutes sortes étaient étalés.

Cette pièce dans laquelle venait de pénétrer le vieillard avait un aspect bizarre ; des perruques de toutes sortes couvraient les murs de cet appartement, des défroques déguenillées étaient jetées sans ordre sur des chaises ; un placard se trouvait à droite, une fenêtre à gauche donnant sur la place du Mont-de-Piété.

Le Roi des Gueux après être resté silencieux et méditatif, se dressa soudain, chercha dans son trousseau de clefs, ouvrit l'armoire et en sortit un vêtement complet de la dernière élégance, il quitta son costume et endossa le nouveau, puis s'approchant de la glace qui était pendue devant le bureau, il passa les mains dans ses cheveux blancs et les retira munies d'une perruque qu'il déposa à un clou, il ôta sa barbe blanche et demeura avec des moustaches qui grisonnaient.

Il venait de se rajeunir de 30 ans.

Les cheveux taillés courts et à peine tachés de quelques fils blancs, la moustache un peu grisonnante, cet homme paraissait avoir cinquante ans au plus.

Son nouveau costume lui allait à ravir.

Bien pris de la taille, un peu grand, l'air distingué, sa redingote d'un drap riche, le pinçait aux hanches, il avait mis des souliers fins et un chapeau haute forme.

Après s'être miré quelque temps dans la glace, et trouvant sa métamorphose parfaite, le vieillard prit ses clefs, souffla la bougie et descendit les quelques marches qui le séparaient de la rue :

Il sortit avec précaution et à cinquante pas de là, il s'arrêta devant une autre maison, sonna deux fois et attendit que l'on vint ouvrir.

Quelques instants après, la porte s'ouvrait et le roi des Gueux ayant pénétré dans le couloir, entendit quelqu'un qui lui disait.

— Est-ce vous mon père ?

— Le vieillard répondit : C'est moi, mon fils !

On éclaira l'escalier et le roi des Gueux monta.

— Je ne vous attendais plus, mon père.

— Adrien, dit celui-ci, j'ai eu beaucoup à faire, tu m'excuseras n'est-ce pas ?

— Vous êtes là, vous êtes tont excusé.

Les deux hommes entrèrent dans un salon splendidement décoré; tout le bois des meubles était en ébène, les étoffes en velours bleu faisaient ressortir les bordures de bois noir qui les encadrait, deux lustres en cristal pendaient au plafond, une bibliothèque magnifique faisait face à la porte d'entrée.

Les volumes qu'elle contenait étaient reliés sur cuir de Russie, le propriétaire de ce salon princier devait aimer les anciens auteurs, car Voltaire, J.-J. Rousseau, Boileau, André Chénier, Racine, Corneille, etc, brillaient au premier rang.

Deux grands canapés tendaient leurs bras aux visiteurs ; des tableaux de maître dans des cadres dorés, ornaient la tapisserie dont les fleurs bleues et blanches se détachaient sur un fond rose.

Des rideaux en fine mousseline-brodée pendaient aux fenêtres surmontées d'une rich a lerie.

Sur la cheminée, une pendule style Louis XV avec ses deux candelabres en bronze.

Une glace du même style délicieusement sculptée s'élevait jusqu'au plafond.

Un tapis moelleux couvrait tout le plancher de ce salon, il était en fine moquette, avec des fleurs bleues et blanches comme la tapisserie.

Au milieu, une table ronde recouverte d'une etoffe chinoise, supportait une quantité de petites œuvres d'art

La richesse et le goût avaient présidé à l'installation de cette pièce vraiment digne de celui qui l'habitait.

Celui que le Roi des Gueux avait appelé Adrien, était un beau garçon de vingt ans, plutôt grand que petit, mis avec un goût exquis, il était blond, un peu pâle, ses yeux d'un bleu vif s'harmonisaient avec la couleur de l'appartement ; le nez à la Bourbon, les lèvres fines, les dents très blanches, notre nouvelle connaissance était ce qu'on appelle un charmant jeune homme, ayant tout ce qu il faut pour plaire, jusque la fortune, car Adrien, comme nous l'avons dit, était riche.

Le vieillard embrassa avec tendresse le jeune homme et ils s'assirent tous deux.

Mon père, dit Adrien, voila huit jours que je ne vous avais vu, je commençais à être inquiet ; pourquoi me laisser ainsi sans nouvelles ?

— Mon cher enfant, dit le vieillard, tu sais combien je suis occupé, tous mes nstants sont pris, et malgré tout l'amour que tu m'inspires, mes affaires sont tellement multiples, qu'il m'a été impossible de te voir plus tôt

— Mais, ne pourrais-je donc jamais savoir ce que vous faites, et dois-je toujours rester ainsi dans ce mystère impénétrible qui environne toutes vos actions ?

J'ai cependant atteint l'âge du raisonnement et de la réflexion, vous m'avez dit un jour que vous me confieriez le secret de votre existence lorsque j'aurai vingt et un ans .

— Mais tu ne les a pas encore atteints, mon cher fils

— J'aurai vingt et un ans dans trois mois.

— Attends donc jusqu'à cette époque.

— Mon père, écoutez-moi. je ne me plains pas de le'spèce d'abandon dans le quel vous me laissez, tous mes désirs sont prévenus, je nage dans une opulence que d'autres envieraient, mais que je trouve étrange, ne sachant comment cette opulence m'est donnée ; il y a certainement dans ce qui m'environne quelque chose que je ne m'explique pas et qui jette de l'ombre sur toutes mes joies, je ne puis jamais vous voir que la nuit, à des heures où tout le monde repose, pourquoi ce mystère, mon père, vous vous cachez et je ne connais pas le motif de votre étrange conduite.

— Mon enfant, dit le Roi des Gueux dont le front s'etait obscurci, le moment n'est pas encore venu, je ne suis pas encore maître de mon secret

Rien ne te manque, n'est-ce pas ? tu es libre comme l'oiseau du ciel, tu n'as qu'à exprimer une volonté pour qu'elle soit immédiatement exaucée, attends et espère

— Je ne puis plus attendre, malgré tout mon courage et toute ma patience, je sens qu'il y a entre vous et moi quelque chose de terrible qui pèse sur nous deux ; le respect et l'amour que je vous porte ne parviennent pas à chasser de mon esprit ce rève sombre ; mes nuits sont remplies de cauchemars je vois des gens qui s'acharnent après vous, qui vous saisissent et m'enlevent votre affection.

— Songes, mensonges dit le proverbe, mon fils, il faut être calme, il faut être raisonnable, je ne puis encore rien te dire; mais ne crains rien, enfant ton avenir est comme ton présent. il est radieux !

Tu es riche Adrien, car je le'suis, tu es riche plus que tu ne le crois ; tu sais bien que je n'aime que toi au monde, que je ne vis que pour toi ; ton père, ton vieux père n'a que ton affection, ne la lui marchande pas : j'ai beaucoup souffert mon enfant, tous les malheurs de la terre ont fondu sur moi, et comme le naufragé qui s'accroche à la planche de salut, je me suis jeté sur toi, ma seule espérance desormais, mon seul amour et ma seule joie. Pour toi, mon enfant, rien ne m'est impossible.

Je suis arrivé à te rendre riche et envié, j'ai atteint mon but, j'ai fait mon devoir.

— Oh le meilleur des pères, je ne doute pas de votre amour profond ; malgré vos absences réitérées, je sens qu'il m'entoure, qu'il plane sur moi, je ne vous demanderai plus rien, mon père, j'attendrai l'heure de mes vingt et un ans.

— C'est bien, enfant, tu me rends heureux et je te remercie de ton obéissance.

— Avez-vous songé quelquefois, mon père, que mon cœur pouvait un jour s'éveiller et parler à mes sens.

— Oui, mon fils, pourquoi cette question?

— Il y a longtemps que je voulais vous l'adresser.

— Tu as quelque chose à me dire, Adrien, parle sans crainte, je t'écoute.

— J'aime, mon père.

— Tu aimes, enfant dit le Roi des Gueux en se dressant comme mû par un ressort, tu aimes, mais qui donc?

— Un ange de seize ans, un ange d'innocence et de candeur, un ange qui met dans ma vie des effluves de bonheur et d'ivresse.

— Enfantillage!

— Oh non, c'est un amour sérieux et profond, un amour qui durera toute ma vie.

— Adrien ne dis pas ces choses là ; tu es jeune, tu es ardent, passionné, tu es dans ce monde d'hier, tu ne sais pas ce qu'il est ; ne te fie pas aux battements plus précipités de ton cœur ; Adrien, à ton âge, on n'aime pas des anges, on aime des démons ; les anges qui veulent vous conduire au ciel vous mènent à l'enfer, et les démons qui veulent vous traîner dans les flammes éternelles, vous tracent le chemin du paradis.

Tu es encore trop jeune pour aimer chastement, les ailes de séraphin ne se sont pas encore brûlées aux flammes des amours profanes.

Pour regarder l'amour divin en face, il faut s'être vautré sur les tapis moelleux des femmes immondes ; il faut vivre avant d'aimer saintement, sinon tu donneras tout ton cœur et toute ton âme à une femme belle et pure, mais ton corps ne saura résister aux transports furieux des désirs clandestins et malgré toute ton honnêteté et tes serments mon fils, tu failliras !

— Non, mon père je suis sûr de moi-même, je suis sûr de mon âme et de mon cœur et par eux de mon corps, je puis aimer saintement sans craindre les atteintes du mal dont vous me parlez.

— Ne dis pas cela à ton père, enfant, j'ai subi toutes les tortures, toutes les déceptions, toutes les désillusions.

Ma jeunesse a été orageuse ; j'ai aimé dix femmes à la fois et toutes m'ont trompé et toutes m'ont bafoué.

J'ai laissé un lambeau de mon cœur à toutes les épines de la route, mais mon sang en a fait un autre puissant, inébranlable, de fer ! Avec ce nouveau cœur, j'ai regardé le vice en face, et le vice ne m'a pas fait faillir.

Je me suis alors marié, sentant que j'étais apte à devenir un époux aimant et dévoué.

Je l'ai été, ta mère est morte en te donnant le jour, un an après notre mariage.

Le Château du Roi des Gueux, page 28.

Tout l'amour que j'avais pour ta mère, je l'ai reporté sur toi. Le désespoir s'était emparé de mon âme, mais quand je t'entendis pleurer, je me raidis contre la douleur, et je ne songeai plus qu'à te faire un jour, une existence digne de mon affection.

— Bon père, dit Adrien, que les larmes étouffaient.

— J'ai été bon père, mon enfant, parce que j'avais épuisé mes vices à la coupe de tous les plaisirs, parce que j'étais devenu un homme à force de ne l'avoir jamais été.

— Mais vous me conseillez donc d'être infâme ?

— Infâme, comment l'entends-tu ? Crois-tu que l'on soit infâme parce qu'on a une maîtresse, parce qu'on en a deux, parce qu'on en a trois, allons donc ! Tu as vingt ans, il faut que jeunesse se passe, tu es riche, amuse-toi.

•

Je te connais et ne te parlerais pas ainsi, si je ne te savais raisonnable et réflechi, si je croyais deviner en toi des instincts bas et vicieux.

Mon fils ! la vie s'ouvre devant toi belle et radieuse.

Tu es beau, tu es jeune, tu es riche, aime et fais toi aimer non pas par une femme mais par toutes les femmes !

Quand tu auras vécu quelque temps ainsi, adorant et adoré, quand tu seras las et repu, quand ton corps n'aimera plus, ton cœur, ton âme et ton esprit ne craindront plus leur enveloppe de boue et pourront aimer chastement ; mais jusqu'à cette époque, méfie-toi de l'amour pur, il rendrait ta femme malheureuse et toi plus malheureux que ta femme.

— Mon père, nous ne sommes pas d'accord sur ce sujet, j'aime Antonia et n'aimerai jamais qu'elle !

— Quel est donc cette Antonia qui a bouleversé ainsi ton être ?

— Ah ! mon père si vous la connaissiez, vous comprendriez qu'on l'aimât, elle est douce, elle est bonne, elle est chaste et si belle que les anges du ciel doivent en être jaloux.

— Bon, bon, va, amoureux, va, ton langage ne m'étonne pas. Mais où as-tu connu cette déesse?

Elle passe tous les jours sous mes fenêtres. La première fois que je la vis, je fus ébloui ; sa beauté me pénétra jusque dans l'âme. Le lendemain j'étais à la fenêtre à l'heure habituelle, elle passa encore ; le cinquième jour, mes yeux se fixèrent si obstinément sur elle qu'elle se retourna. comme si un aimant l'attirait vers moi, elle me regarda et rougit, le lendemain elle me souriait.

Alors encouragé par ce sourire qui pénétra dans mon cœur comme un rayon de soleil, je descendis, mais n'osais pas la suivre. Deux jours après je l'accostai et lui demandai son nom.— Antonia, me dit-elle avec une honte visible et elle voulut partir.

— Oh ! restez, lui dis-je, restez je vous en supplie, ne me quittez pas ainsi sans que je vous dise tout ce que j'ai là dans le cœur pour vous ! La chère enfant m'écouta, mon père, et m'avoua quelque temps après qu'elle m'aimait.

— Vous êtes allé vite en besogne, Adrien. Quel est le nom de famille de Mlle Antonia.

— Dessullamare !

Le Roi des Gueux se redressa par un mouvement brusque, ses yeux lançaient des éclairs.

— Quel nom as-tu prononcé, s'écria-t-il d'une voix tonnante?

— Mais qu'avez-vous, mon père, interrogea Adrien.

— Réponds donc !

— Dessullamare répéta celui-ci.

— Ah ! malheureux enfant, dit le vieillard en se laissant choir dans un fauteuil ; et cachant sa tête dans ses mains il pleura.

I_V

LA BÉQUILLARDE

Laissons un moment le père et le fils et revenons à la Cour des Miracles lorsque le Roi des Gueux venait d'en sortir.

Le Borgne étendu sans mouvement, baigné dans son sang, n'était pas mort ; certes il n'en valait guère mieux, mais les mendiants s'étant approchés de lui avaient bien vu qu'il respirait encore. On lava sa plaie qui était horrible et un d'entre eux qui était pharmacien le pansa ; le malheureux était dans un état pitoyable.

Le premier pansement opéré, il revint à lui et jeta un regard hébété sur ceux qui l'entouraient, puis il referma les yeux.

La Béquillarde jetait des cris aigus ; les souffrances qu'elle endurait devaient être épouvantables à en juger par ses traits altérés et son regard voilé de larmes.

La haine ou l'amour de cette femme devait être terrible : elle devait aimer ou haïr avec la même violence. Aussi quand elle apprit que le Borgne n'était pas mort ses yeux lancèrent-ils des éclairs furieux.

— Je croyais bien avoir tué cette mauvaise bête dit-elle.

— Ça viendra reprit le boiteux en faisant une grimace qui prouvait que lui aussi ressentait des douleurs aiguës.

— Sans rancune, n'est-ce-pas mon vieux, dit l'Éclopé en s'adressant au boiteux.

— Tope là , c'était une plaisanterie de laquelle tu n'aurais pas dû te fâcher.

— Ah ! tu sais que je n'aime pas qu'on touche à la Béquillarde, chacun a sa manière de voir à ce sujet, je ne le conteste pas, mais il est facile de la garder pour soi.

— L'OEil trouble, comme d'habitude, a eu raison ; s'il n'agissait pas ainsi, ce serait une pétaudière ici dedans, et il n'y aurait plus moyen de s'entendre boire un coup.

— Il est onze heures, veux-tu que nous allions nous rincer le bec chez le père Tonnin ?

— Allons dit le boiteux. La Bépuillarde est-elle pansée, elle pourrait venir avec nous.

— L'emplâtre qu'a mis Cul-de-jatte sur ma blessure m'a fait beaucoup de bien.

— Et à moi aussi.

— Dis-donc la Béquillarde viens-tu avec nous chez le père Tonnin ?

— J'y vais, dit celle-ci, nous boirons beaucoup, cela m'étourdira un peu.

— Les deux hommes et la Béquillarde allèrent chez le marchand de vin qui était à cent pas de la Cour des Miracles.

Le bonhomme qui desservait ce bouge était gros et trapu Un sourire béat s'étiolait sur sa figure joviale, c'était un ancien mendiant [qui ayant gagné quelques sous à force de tendre la main, avait ouvert une boutique tout près de la salle des gueux.

Il y faisait fortune le brave homme, car les gueux étaient bons clients et payaient avec de belles pièces d'argent et d'or, les consommations que le marchand de vin leur débitait.

Le Boiteux, l'Eclopé et la Béquillarde pénétrèrent chez le père Tonnin qui s'apprêtait à fermer sa boutique.

— *Adioussias*, les enfants, dit le marchand, un quart d'heure plus tard et vous ne buviez pas ce soir.

— Nous t'aurions bien fait lever compère, dit le Boiteux.

— Nous t'aurions traîné de ton lit dans la rue et malgré toutes tes récriminations il aurait bien fallu que tu nous servisses.

— Peut-on avoir une bédaine comme cela, reprit le Boiteux en donnant un vigoureux coup du plat de la main sur le ventre proéminent du père Tonnin, qui poussa un oh ! la là ! très-accentué et recula de quatre pas.

— Pas de plaisanteries pareilles, dit-il avec une colère mal contenue.

— Tout le monde se fâche donc ce soir dit le Boiteux en riant.

Sers-nous du madère et du bon, nous avons soif camarade, tu boiras un coup avec nous.

— Dépêchez-vous, ajouta la Béquillarde, ne voyez-vous pas que nous sommes altérés.

— C'est bon, on y va dit Tonnin en regagnant le fond de sa boutique.

— Souffres-tu encore beaucoup, la Béquillarde, demanda l'Eclopé.

— Bien moins que tantôt. Ce lâche de Borgne m'a donné le coup de la mort ce soir, j'ai cru que j'allais mourir.

Parlez-moi du vieux au moins, c'est à cause de lui que j'ai reçu ce coup-là, puisque c'est lui qui l'a ordonné. Eh bien ! je ne lui en veux pas, car tous trois, avions mérité cette correction.

— Tous trois, tous trois, je ne suis guère de cet avis dit l'Eclopé, moi et le Boiteux passe encore, mais toi la Béquillarde qu'avais-tu donc fait ?

— Ecoute-moi l'Eclopé, ce n'est pas d'aujourd'hui que je suis la cause de rixes sanglantes, le vieux a fait un exemple, il a bien fait.

— Voilà du madère et du bon, dit Tonnin revenant de sa cave et mettant sur la table deux bouteilles de madère dont la poussière noire qui les recouvrait indiquait une date respectable.

— C'est bon, au moins dit le Boiteux ?

— Je te l'assure, lou Goy, tu peux te fier à ce que je te dis.

— Nous allons voir ça dit la Béquillarde en se versant du vin jusqu'à plein bord.

Elle avala d'un trait le contenu du verre et son regard exprima une satisfaction évidente.

Les trois hommes remplirent leurs verres et les deux bouteilles furent bientôt vides.

Tonnin en apporta deux autres qui eurent le sort des premières. La conversation devint alors égrillarde, le vin capiteux de Tonnin commençait à produire son effet.

Tonnerre de tous les diables, dit le Boiteux, avouez les enfants que malgré quelques jours de baisse, notre métier est bien le plus beau de tous. Pourrions-nous boire de ce vin généreux si nous étions de simples ouvriers ?

— Ouvriers, dit l'Eclopé, ouvriers jamais de la vie. Vive la mendicité puis qu'elle est interdite à bas le travail puisqu'on peut vivre sans rien faire.

— Dis donc l'Eclopé, fit la Béquillarde tant soit peu émue, sais-tu qu'il y a un beau garçon près du cours Belzunce, voilà bientôt un mois qu'en passant par là, je le remarque, il me donne dix sous tous les jours ; il est aussi beau que généreux.

— Avoue tout de suite que tu l'aimes, dit l'Eclopé.

— Et après qu'y aurait-il là de mauvais ?

— Tonnerre de D... exclama l'Eclopé, essaye donc d'aimer ce freluquet là et tu verras près.

— Ah ! ça, dit la Béquillarde avec une mine dédaigneuse, ne dirait-on pas que je suis forcée de t'aimer à perpétuité, mais regarde donc ta frimousse et reconnais avec moi qu'elle ne vaut pas la peine qu'on s'occupe d'elle.

— La Béquillarde je t'excuse par ce que tu as trop bu Tu ne sais plus ce que tu dis.

— Je ne suis pas saoûle et je raisonne très-bien, j'aime le freluquet en question et je suis heureuse enfin que l'occasion se présente de te le dire.

L'Eclopé donna un furieux coup de poing sur la table, il se dressa terrible mais dégrisé

— Ne dis plus cela la Béquillarde, ne le dis plus ou je te tue comme une chienne.

— Faudrait voir ça, dit la Béquillarde se dressant à son tour.

— Voyons dit l'Eclopé plus doucement, assieds-toi, la fille, et causons. Le vin t'es monté à la tête, c'est clair !

— Non, c'est trouble dit la Béquillarde en riant du mot qu'elle venait de faire.

Le Boiteux intervint.

— Vous n'allez pas encore vous flanquer une peignée dit-il ?

— Dors et laisse-nous tranquille, cela ne te regarde pas répondit l'Eclopé.

— Va bien, dit lou Goy; il s'allongea sur un banc au fond de la boutique et Tonnin descendit à la cave.

L'Éclopé reprit : Tu sais bien, la Béquillarde, que je t'aime passionnément; avant d'être ma maîtresse tu as été celle de plusieurs, ce n'est pas mon affaire, mais aujourd'hui je suis ton amant et je n'entends pas que tu en aies d'autres

— Rien que ça de luxe, Monsieur vaut une femme à lui seul ?

— N'est-ce pas mon droit ?

— Ton droit, mais pas du tout ; où as-tu pris ce droit là ? depuis quand suis-je ton esclave? depuis quand ne dois-je avoir que ta volonté, quoi donc, depuis quatre mois je te suis fidèle comme un caniche et tu n'es pas content ?

Tiens tu me fais rire.

— Ne raille pas, la Béquillarde, je te dis ce que je pense, sans colère. Ne me fais pas sortir de mes gonds ou jour de Dieu je ne sais pas ce que je ferai.

— Mais tu sais bien mon homme, que je ne te crains pas ; de ta colère je m'en moque comme de toi.

— L'Éclopé se pinça les lèvres mais répondit sans laisser rien voir de ce qu'il ressentait

— Ainsi tu ne m'aimes plus ?

— Ah ! dit la Béquillarde, est-ce que tu crois que j'aie jamais aimé de ma vie ? Est ce ma faute à moi si je suis ainsi ? Me suis je faite ?

Qui m'a élevée, qui m'a soignée. qui m'a appris à aimer ; personne ; sais-je seulement d'ou je sors ?

Depuis que j'ai l'âge de raison je cours dans les rues et je tends la main !

Le premier jour que je commençais à mendier un homme sorti de je ne sais où et qui m'avait ramassée pleurant dans un couloir, attacha à ma jambe une béquille et me dit : Si ce soir tu n'as plus ta béquille et tu ne m'apportes pas de l'argent : je te tue ! Va mendier.

Le soir, je revins avec ma jambe de bois et des sous.

L'homme fut content. Quand j'apportais de l'argent, je mangeais, quand je n'en apportais pas l'homme me battait et me faisait coucher sans souper !

— Je sais tout cela dit l'Éclopé.

— Bon, et sachant tout cela, tu veux que j'aie du cœur et de l'affection, allons donc ; le jour où par ma propre volonté je n'ai plus eu de maître, ce jour là je n'avais plus en moi que de la haine.

De la haine contre ce monstre qui m'avait martyrisée, de la haine contre la société qui l'avait laissé faire.

Je suis ce que l'on m'a faite, c'est-à-dire une brute ; tu as possédé cette brute quelque temps, tant mieux pour toi, n'en demande pas davantage.

Je veux être à tout le monde, mais n'appartenir à personne ; des caprices, toujours, de l'amour jamais ; ou plus tôt...

— Achève, dit l'Éclopé hâletant.

— Eh bien ! oui malgré toute ma dégradation, malgré tout mon cynisme, je sens que je suis capable d'aimer un jour et je crois que ce jour là est arrivé.

— La Béquillarde dit sourdement l'Éclopé, prends garde à ce que tu vas dire.

— Je t'ai déjà dit que je ne te craignais pas, il vaut mieux que ce soir nous en terminions une fois pour toutes.

Je ne t'aime plus, ou bien si tu préfères, j'ai assez de toi, car pour ne plus t'aimer, l'Éclopé, il aurait fallu que je t'aimasse un peu et je mentirai en le disant.

— Tu ne veux plus de moi, donc que tu en préfères un autre ?

— Justement.

— Et tu crois que je vais prendre la chose de cette manière, dit-il avec un rire épouvantable.

— Prends-la comme tu voudras, mais c'est ainsi.

— Alors ce freluquet t'a tapé dans l'œil ?

— Tu l'as dit, l'Éclopé.

— Et tu l'aimes ?

— Oui, dit la Béquillarde qui se transforma soudain et qui devint réellement belle sous cet amour naissant ; oui, je sens que je l'aime, parce qu'il est bon et généreux, parce qu'il est beau, parce qu'il est au-dessus de moi et qu'il y plane comme un météore, parce qu'il n'a ni l'horreur, ni les vices de tous ceux qui m'ont adulée, parce que si jamais cet enfant venait à m'aimer, il me purifierait, il me régénérerait, il réveillerait en moi ce qu'il y a de bon et que la fange dans laquelle j'ai vécu a recouvert d'une couche épaisse.

— Est-ce toi qui parle et n'est-ce pas plutôt le vin qui te fait dire ces bêtises?

— Oui c'est moi qui parle et tu ne m'inspires à présent qu'une espèce de dégoût.

et de répulsion.

L'Eclopé se dressa comme un fou, fit trois pas autour de la table pour s'approcher de la Béquillarde, mais celle-ci, prévoyant ce moment là, avait saisi une bouteille par le goulot et lorsque l'Eclopé fut à deux pas d'elle, elle la brisa sur le crâne de son amant en poussant un juron formidable.

L'Eclopé tomba comme une masse et avant que le Boiteux, qui s'était réveillé, n'arrivât jusqu'à eux, elle s'était enfuie du lieu de cette scène, de toute la vitesse de

ses jambes.

Tonnin et le Boiteux relevèrent l'Eclopé qui ne donnait plus signe de vie, des tessons de bouteille étaient entrés dans la tête du malheureux et son visage ruisselait de sang.

Les deux hommes transportèrent le blessé à la Cour des Miracles.

V.

MONSIEUR ADRIEN.

Nous avons laissé le Roi des gueux avec Adrien au moment où celui-ci avouait à son père, son amour pour mademoiselle Dessullamare.

Le Roi des Gueux pleura.

Son fils essaya de le questionner, mais il fut impénétrable.

— Mon enfant, ne me demande rien, ne me questionne pas, je ne puis rien te répondre ; seulement promets-moi de ne pas mener plus loin ton aventure amoureuse.

— Demandez-moi l'impossible mon père, mais pas cela

Ils promenaient sous les grands arbres, page 28.

— J'ai toujours fait tes volontés, mon enfant, je te demande cette grâce, accorde-la moi.

Le hasard, ce fataliste, t'a justement mis sur le chemin de la seule jeune fille que tu ne peux aimer.

— Mon père, mon père, je vous en prie dit Adrien avec désespoir, ne me parlez pas ainsi. Ne pas aimer Antonia, oh non ! c'est impossible, vous vous jouez de moi, vous voulez m'éprouver, n'est-ce pas ?

Dites-moi que je rêve, que c'est encore un cauchemar qui m'obsède, qui me trouble ; dites-moi que ce n'est pas vous que j'écoute.

Dites-moi que je me trompe

— Mais pauvre enfant tu l'aimes donc bien cette jeune fille.

— Si je l'aime, ah ! mais vous ne la connaissez pas, voilà votre excuse.

4me Livraison.

Si vous la connaissiez pourriez-vous douter un seul instant de l'amour que j'ai pour elle?

— Fatalité, murmura le Roi des Gueux.

— Voyons, répondez-moi, mon père, ne me laissez pas ainsi dans cette perplexité effrayante, dans ce doute qui me tue ?

Mais je serai donc toujours malheureux, s'écria Adrien éclatant en sanglots.

— Mon père pour ainsi dire me fuit, ne me voit que par intervalles, son amour m'entoure mais il est absent ; comme un fantôme, il plane sur moi, je le ressens mais ne le vois pas !

Je connais mon nom de baptême, mon nom de maison je ne l'ai jamais connu.

Qu'est-ce que cette existence double que je mène?

Ce mystère qui m'entoure m'effraye.

Pourquoi n'ai-je pas un nom ?

Ce nom que vous me cachez dois-je rougir de le porter ? L'avez-vous traîné dans la boue ?

Il faut enfin que je sache à quoi m'en tenir sur ma situation épouvantable ; suis-je le fils d'un forçat et mon nom, le vôtre, mon, père, a-t-il l'infamie pour blason ?

Le roi des gueux se leva, son visage triste était pourtant très-calme.

— Mon fils, dit-il en appuyant sa main droite sur l'épaule d'Adrien, mon fils tu vas trop loin et la colère et l'amour te font oublier que tu parles à ton père, dont le nom est sans tâche !

Tu m'insultes, toi qui es mon orgueil et ma joie, c'est la première fois que je t'entends parler ainsi, mais je te pardonne, pauvre enfant ; je fais plus, je te plains.

— Oh ! mon père dit Adrien en lui prenant les mains et les baisant avec respect, je vous demande pardon : La colère et l'amour en effet m'ont aveuglé , j'étais fou, je le sens bien aux regrets qui m'assiègent en ce moment.

— Allons, Adrien, assieds-toi là près de moi, dresse tes beaux yeux et souris, ton sourire, c'est ma vie. Le roi des Gueux embrassa le jeune homme au front !

Cet homme n'aimait que son fils, il aurait commis un crime pour lui; tout ce qui ne se rapportait pas à son enfant le laissait froid, méchant, même cruel.

Il n'avait jamais voulu se présenter à Adrien avec ses haillons et pour cause ; pour son enfant il n'était plus le Roi des Gueux.

Quel était donc le secret terrible qui l'empêchait de se montrer au grand jour ?

Pourquoi s'enveloppait-il dans son costume de mendiant et tendait-il encore la main ?

Il était riche pourtant ; car pour donner à son fils un pareil intérieur, il fallait bien qu'il le fût !

Le vieillard regardait son enfant avec un attendrissement affectueux.

Ah ! comme il aurait voulu ne plus le quitter, vivre avec lui, l'entourer constamment de cette tendresse dont son cœur était plein

Comme il aurait désiré le prendre sous son bras et sortir avec lui.

Il aurait été fier de le montrer aux passants et de leur dire :

— Voyez donc, c'est Adrien, c'est mon fils, ne trouvez-vous pas qu'il est beau, qu'il est aimable et spirituel ?

Au lieu de cela il se cachait, il demeurait à quelques pas de son fils et ce dernier l'ignorait.

Qu'y avait-il donc dans la vie de cet homme ?

Nous nous proposons de le dire plus loin.

Pour le moment, nous dirons seulement que le Roi des Gueux avait jadis brillé à une certaine époque, qu'il avait été avocat et qu'un jour il avait disparu de la scène du monde.

On parla quelque temps de sa disparition et puis comme toutes choses s'oublient, on ne songea plus à celui qui avait été une des lumières du barreau de Paris.

Il n'était pas mort mais c'était tout comme ; l'avocat s'était fait mendiant et aveugle et, depuis, son intelligence aidant, il était devenu un des plus heureux compagnons de la Cour des Miracles.

Certes, il aurait pu se passer de se mêler à cette tourbe de gens idiots et tarés, mais ayant embrassé ce métier dans tout ce qu'il avait de difforme, il comprit que cette foule de mendiants avait besoin d'un chef, et il le devint.

Se dissimulant sous des vêtements grossiers, on ne connaissait que le mendiant à la barbe blanche et on donnait quatre-vingts ans à cet homme qui cachait toute la vigueur de ses cinquante ans sous un dehors de vieillard.

Économe, avare même, il amassa bientôt une fortune qui dépassait toutes ses espérances. Le Roi des Gueux après vingt ans de cette vie horrible avait près d'un million.

Pourquoi cachait-il son nom à Adrien, la suite de cette histoire véridique nous le dira.

Quand son fils eut sept ans, il le retira de nourrice et le plaça dans une des premières maisons d'éducation de Marseille.

Toutes les années à là même époque, il disparaissait pendant un mois.

Où allait-il ?

Dans un château antique qu'il avait acheté et où il allait oublier pendant ce temps là sa vie de mendiant.

C'était là qu'il s'était marié, c'était là aussi que durant sa lune de miel, sous le bras de sa jeune femme. Ils promenaient sous les grands arbres de sa demeure vraiment royale.

La cour de Louis XV n'avait pas dédaigné un jour de s'y arrêter, après une chasse à courre.

Quand l'enfant eut dix-neuf ans et qu'il eut terminé ses brillantes études, il loua des appartements à la Grand'Rue , les fit meubler somptueusement et y mena Adrien en lui disant :

Tout cela est à toi, disposes-en à ton gré.

Je te donnerai mille francs par mois pour que tu puisses passer tous tes caprices. Va, mon enfant, tu es riche, tu peux abuser de ma fortune qui est la tienne.

Je viendrai te voir de temps à autre, ne me demande jamais ton nom de famille, ni ce que je fais.

Lorsque tu auras vingt et un ans, ton père lui-même te donnera la clef du mystère qui t'entoure. Et il était parti laissant son fils soucieux, mais possesseur d'une rente princière et complètement libre de tous ses actes.

Ces quelques mots d'éclaircissement étaient nécessaires à nos lecteurs, ils savent maintenant comme nous qu'elle est la situation respective du père vis-à-vis du fils et vice versà.

VI.

OU LA BÉQUILLARDE DEVIENT GRANDE DAME

La Béquillarde, après avoir jeté la bouteille à la tête de l'Eclopé, sortit précipitamment de la boutique du marchand de vin et passa la nuit à la belle étoile.

Elle fit presque le tour de la ville et à l'aube, exterminée de fatigue, brisée par la douleur de sa blessure qui s'était rouverte dans sa course échevelée, elle tomba plutôt qu'elle ne s'assit sur un des bancs de pierre du cours Belzunce.

Sa situation était critique ; elle connaissait de longue date l'Eclopé et elle savait très-bien que ce denier la tuerait si jamais elle avait la bêtise de retourner à lui

Elle ne savait quel parti prendre lorsque l'Œil trouble vint à passer.

— Dites donc l'OEil trouble, j'ai à vous parler, dit la Béquillarde en l'accostant.

— Qui es-tu dit celui-ci qui ne la voyait réellement pas et s'aidait de son bâton pour aller devant lui.

— La Béquillarde.

— Ah ! ah ! eh ! bien, es-tu guérie ?

— Pas tout à fait, mais le Borgne ne l'est pas encore lui, il en a pour longtemps, c'est ce qui me console.

— Tu as été cruelle, ma fille, mais il avait mérité son sort.

— Que me dis-tu ? Qu'il s'en relèvera, mais je croyais qu'il était mort.

— Ma foi, il n'en vaut guère plus, mais Cul-de-jatte m'a affirmé qu'il guérirait.

— Tant mieux. Tu as à me parler, je crois.

— Oui, mais pas ici, il y a trop de monde.

— Conduis-moi alors quelque part.

— Bon, laissez-vous faire.

Et la Béquillarde conduisit l'OEil trouble dans une espèce de gargotte dont le patron ouvrait à peine les portes. Elle fit apporter par ce dernier deux verres et demanda à l'OEil trouble ce qu'il voulait boire.

N'importe quoi, dit-il, mais du solide.

La Béquillarde fit apporter du rhum, en versa au vieillard puis à elle, et but d'un seul trait le verre qu'elle avait rempli.

— Ah ! dit-elle avec un soupir de satisfaction, j'avais besoin de cela pour me refaire.

— Voyons, qu'as-tu à me raconter, fit l'OEil trouble, je n'ai pas beaucoup de temps à t'accorder.

— D'abord, dit la Béquillarde, laissez-moi vous dire que je ne vous en veux pas pour la faço   un peu sévère avec laquelle vous avez agi à mon égard.

— Tu sais bien que cela m'importe peu, et que, lorsque j'ai cru faire mon devoir, l'opinion des autres n'a jamais eu aucune influence sur moi.

— Je le sais et c'est pour cela que je n'insisterai pas davantage.

— Arrive au but, je suis pressé.

— Voilà ! Après la scène d'hier soir, nous sommes sortis, l'Eclopé, le Boiteux et moi, pour aller prendre un gargarisme de madère chez Tonnin

— Après ?

— Or, après avoir bu quelques rasades, j'ai dit à l'Eclopé ce que je voulais lui dire depuis longtemps, que j'avais assez de son amour.

— Ah ! ah ! dit le vieillard en souriant, et ça a chauffé !

— Ça a tellement chauffé, continua la Béquillarde, que dans la discussion je lui ai cassé une bouteille de madère sur le crâne.

— C'est grave.

— Oui, mais aussi a-t-on jamais vu un être comme celui-là ?

Il veut que je m'éternise à le préférer à d'autres.

— Tu l'as blessé grièvement ?

— Oui, puisqu'il est tombé comme une masse.

— Et qu'en a-t-on fait ?

— Je suppose qu'on l'aura transporté à la Cour des Miracles.

— Et alors que veux-tu que je fasse ?

— Je veux que vous m'y accompagniez ce soir, parce-que j'ai à présent deux ennemis sur les bras, le Borgne et l'Éclopé.

— Oui, mais ces ennemis sont hors d'état de te nuire puisqu'ils sont à moitié morts tous les deux.

— C'est vrai ça, mais en entrant à votre bras ce soir, je suis sûre de ne rien craindre.

— Soit, je t'accompagnerai à la Cour des Miracles. Où viendras-tu me prendre.

C'est dimanche, vous serez à la sortie des vêpres ce soir à 5 heures et demie aux Prêcheurs.

— J'y serais.

— Eh bien ! J'irai vous prendre là.

— Mais que vas-tu faire jusqu'à ce moment.

— Je n'en sais rien.

— Tu n'as pas ta béquille ?

— Eh ! non, puisque je ne suis plus retournée à la rue de l'Échelle et que j'ai couru toute la nuit.

— As-tu de l'argent sur toi

— Une vingtaine de francs.

— C'est suffisant, je vais te charger d'une commission que je devais faire moi-même.

Un monsieur m'a dit de remettre cette lettre à son adresse, mais je ne puis y aller ayant pas mal de choses à faire ce matin.

— Bon, où faut-il aller ?

— A la Grand'Rue, 8.

— Je n'ai qu'à remettre la lettre ?

— Pas plus.

— Y aura-t-il une réponse, et dans ce cas devrai-je l'attendre ?

— Oui et non, mais tu ne t'en iras pas avant que le monsieur ait lu ce billet.

— Et je me retirerai ensuite.

— A moins que monsieur Adrien à qui cette lettre est adressée ne te dise qu'il va faire la réponse.

Et alors tu la prendras et me l'apporteras à cinq heures et demie.

— C'est entendu.

— Si la réponse est verbale tu la graveras bien dans ton esprit afin de me la rapporter textuellement.

— Vous pouvez compter sur moi.

— Mais avant d'aller chez ce monsieur Adrien, tu iras dans un magasin de vêtements confectionnés, voilà encore deux cents francs et vingt que tu as et que je te rendrai ce soir, cela te fait deux cent vingt francs. Tu t'achèteras une robe, un chapeau, et des jupes convenables, tu te rendras ensuite chez un coiffeur à qui tu confieras le soin de ta coiffure, tu achèteras chez le premier cordonnier venu une paire d'escarpins.

Un détail essentiel et que j'oubliais. La première chose que tu devras faire c'est d'aller prendre un bain.

Les yeux de la Béquillarde étaient démesurément ouverts, elle ne comprenait rien aux explications que lui donnait le vieillard, elle croyait faire un rêve.

Tout ce langage la stupéfiait, elle voulait parler, mais l'étonnement clouait sa langue à son palais, le vieillard continua

— Fais emplète d'un paquet de poudre parfumée et en sortant du bain jettes-en sur tes épaules, en un mot, tu es jolie, fais-toi belle, dépose tes nippes quelque part et lorsque la commission sera faite, recouvre-t-en encore et viens me trouver.

— Mais vous rêvez dit enfin la Béquillarde qui recouvra l'usage de la parole.

— Ceux qui rêvent ne mettent pas deux cents francs dans la main de quelqu'un comme je viens de le faire.

— C'est vrai dit la jeune fille avec égarement, ainsi je vais être belle, je vais être bien mise, je vais être propre, moi qui ai toujours été déguenillée et sale.

Mais pourquoi quitter toutes ces belles choses lorsque je les aurai mises ?

— Parce que malgré ton costume riche, tu n'en demeureras pas moins la mendiante d'autrefois et la Béquillarde de demain.

— C'est donc pour une journée seulement que je vais être belle.

— Pour une journée seulement.

— Mais dans quel but ?

— C'est bien simple, la personne qui m'a remis cette lettre pour que je la porte moi-même, est un monsieur très-riche, il est noble ; sa commissionnaire ne peut pas être en haillons il faut qu'elle représente dignement le maître qu'il l'emploie.

— Je comprends, et ce monsieur vous donne combien pour vous charger de la remise de cette lettre.

— Ceci est mon affaire et non la tienne.

— Mais vous me paierez la journée que je vais perdre.

— Sois sans crainte, largement.

— Affaire conclue, dit la Béquillarde.

— Tu as bien compris tout ce que je t'ai dit

— Absolument tout.

— Eh bien ! va !

La Béquillarde sortit et laissa le vieillard régler la dépense.

Elle ne se doutait pas de l'aventure vers laquelle elle courait ; elle ne savait pas qu'on l'envoyait justement vers celui qu'elle aimait.

Ne sachant ni lire, ni écrire, le N° 8 ; de la maison de la Grand'rue ne lui avait rien révélé, et rien au monde ne lui aurait fait supposer que quelqu'un ayant dévoilé son secret, l'employait comme instrument pour servir ses intérêts propres.

Or ce quelqu'un c'était le Roi des Gueux et nous verrons dans la suite de cette histoire que la lettre que la Béquillarde portait, n'était qu'un prétexte et que sa personne seule était en jeu dans toute cette affaire.

VII

CUL DE JATTE

Le père et le fils s'étaient assis côte à côte sur un canapé, et après avoir embrassé Adrien sur le front, le Roi des Gueux prit ses mains dans les siennes.

— Adrien, mon enfant, continua-t-il, ne crois pas au moins que je ne veuille ton bonheur, mais je te trouve trop jeune et trop naïf pour prendre une femme.

Les Gueux chez le Père Tonnin.

— Mon père, j'ai beaucoup lu, et malgré toute l'affection dont vous m'entourez, j'ai aussi beaucoup souffert.

Livré à moi-même, sans conseils et sans guide, cette solitude de tous les jours m'a laissé au cœur une immense tristesse.

Je suis devenu vieux par la pensée.

Mon esprit toujours isolé a cherché à sortir de cet isolement en établissant conjectures sur conjectures, suppositions sur suppositions.

Toujours ou presque toujours seul j'ai senti peu à peu le besoin de m'attacher à quelqu'un.

Certes mon père, n'allez pas croire cependant que votre affection ne me suffisait plus, ce n'est pas ce que j'ai voulu dire, mais à mesure que mon intelligence se développait, mon cœur se sentant seul éprouvait en même temps le désir d'être rempli par une image que mes rêves avaient formée.

5me LIVRAISON.

— Et voilà comment, dit le vieillard, Mlle Antonia est devenue l'image en question.

— Parfaitement, mon père.

— Cher enfant, je ne t'en veux pas, j'ai été trop égoïste, j'ai voulu te conserver trop longtemps à moi seul et j'en suis puni aujourd'hui.

Continue Adrien.

— C'est tout, mon père.

— Eh bien ! je te le répète je ne t'en veux pas, je vais seulement t'adresser une prière avant de m'en aller.

— Vous allez déjà partir ?

— Il le faut, cher fils, mais ne t'inquiète pas, je reviendrai te voir bientôt.

— Tu vas donc me promettre une chose.

— Laquelle mon père.

— Je ne veux pas t'empêcher de voir Mlle Antonia puisque comme tu me l'as dit, ajouta le veillard en souriant, elle est aujourd'hui toute ta vie, mais je t'en supplie, n'assure rien à cette jeune fille jusqu'à ce que tu aies atteint l'âge de vingt et un ans. Aimez-vous, mon Dieu, je n'y vois pas d'inconvénients, mais de façon à ce que tu n'aies rien à lui communiquer de ton avenir et de ma vie.

Me le promets-tu ?

— Je vous le promets.

— D'ailleurs, dit le vieillard en embrassant son fils encore une fois, tu n'as pas bien longtemps à attendre, deux mois sont bientôt passés.

— Deux siècles quand on aime, mon père.

— Deux jours quand on peut espérer, et je te permets d'espérer, mon enfant.

— Oh ! que vous êtes bon et comme je vous aime, dit Adrien en serrant son père dans ses bras.

Le père et le fils s'embrassèrent longuement et le Roi des Gueux sortit.

Il rasa les maisons qui le séparaient de chez lui et monta rapidement les escaliers qui conduisaient à l'appartement où nous l'avons vu dans un précédent chapitre.

— Je suis en retard, dit-il en enlevant rapidement ses vêtements qu'il renferma dans l'armoire. Cinq minutes après le père d'Adrien était redevenu le Roi des Gueux; il était temps, car au même instant une clef grinça dans la serrure de la porte d'entrée, la porte se referma et un pas léger se fit entendre sur les marches.

On frappa à la porte.

— Est-ce toi Cul de Jatte, dit le vieillard à voix basse.

— C'est moi, dit celui-ci.

— Le vieillard ouvrit la porte et Cul de Jatte pénétra.

Cul de Jatte était un garçon malingre, grand de taille, plutôt laid que beau.

Dans toute sa personne il n'y avait que son regard qui vivait.

Des haillons sordides couvraient sa peau sur laquelle les os faisaient saillie.

Cet homme devait être intelligent, tout démontrait en lui cette qualité: ses yeux vifs et expressifs, son front proéminant.

Quand il entra chez le Roi des Gueux, son épine dorsale, habituée à se courber, se plia en deux.

Le vieillard lui montra un siège et il s'assit

— As-tu quelque chose à m'apprendre ?

— Beaucoup de choses, dit le mendiant.

— Que s'est-il donc passé alors ?

— Lorsque vous êtes parti, tout n'a pas été fini ; il y a eu encore une scène.

— Je m'en doutais.

— Entre la Béquillarde et l'Eclopé

— Ah ! ah ! raconte-moi ça, alors.

Cul de Jatte qui était l'espion du Roi des Gueux et qui, sans être vu, avait assisté à la scène que nous avons déjà racontée, donna des détails au vieillard sur la rixe qui avait eu lieu entre la Béquillarde et l'Eclopé.

Qu'a-t-on fait de l'Eclopé, demanda le roi des Gueux,

— On l'a transporté à la Cour des miracles.

— Est-il grièvement blessé ?

— Très grièvement.

— Alors tu me dis que la Béquillarde aime un jeune homme qui demeure à la Grand'Rue, 8, et qu'elle ne veut plus de l'Eclopé

— C'est à ce propos que la dispute a commencé

— La Béquillarde n'a pas prononcé le nom de ce jeune homme, demanda le vieillard avec intérêt ?

— Non, mais elle a dit qu'il lui donnait 50 centimes tous les jours quand elle passait.

— C'est lui, dit le vieillard.

— Qui lui ?

— Je crois que tu me questionnes, dit le Roi des Gueux.

— Excusez-moi, je croyais de pouvoir le faire.

— Je te le défends.

— Ça suffit, maître.

Le Roi des Gueux resta longtemps silencieux ; il n'en pouvait plus douter. Le jeune homme dont la Béquillarde était amoureuse c'était son fils, car ce dernier excessivement soigneux et rangé, malgré sa grande fortune, notait toutes ses dépenses et le vieillard avait en feuilletant le livre sur lequel il les inscrivait, vu cet article porté régulièrement chaque jour :

— A la boiteuse, 50 centimes.

— C'est tout ce que tu as à m'apprendre, demanda encore le vieillard.

— Non pas, maître.

— Continue alors.

— Le Borgne a parlé.

— Ah ! qu'a-t-il dit ?

— Il a dit qu'il vous tuerait.

— Il a dit cela

— Oui, maître.

— J'en prends note, continua le vieillard avec un sourire de dédain.

— Qu'ont dit les compagnons à cette parole ?

— Ils ont dit que le Borgne avait tort, et que vous aviez eu raison de le punir.

— Bien, et après ?

— La Béquillarde n'est pas rentrée à la cour des Miracles.

— Sais-tu où elle est allée.

— Non.

— Il faudra le savoir.

— Je tâcherai.

— Il n'y a pas eu d'autres querelles ?

— Oui, mais toutes petites.

— Entre qui ?

— Entre la Fouine et le Manchot.

— A propos de quoi ?

— A propos des six enfants.

Elle en a pincé un si fort sur la poitrine que le petit s'est évanoui. Alors le Manchot a trouvé tort à la Fouine et cette dernière lui a lancé une casserole à la tête.

— Et alors ?

— Alors j'ai mis le holà et ça n'a pas été plus loin !

— C'est tout, cette fois ?

— Oui, maître.

— Bien, voilà ta journée, et le Roi des Gueux mit vingt francs dans la main du mendiant qui s'inclina jusqu'à terre.

— Vous n'avez plus besoin de moi ?

— Non, tu peux te retirer.

Le mendiant sortit.

Le Roi des Gueux resté seul laissa tomber sa tête dans ses mains.

— Oui, disait-il se parlant à lui-même, il ne faut pas que mon fils aime la Dessullamare, ce mariage n'est pas possible; il faut que par tous les moyens j'arrive à éloigner Adrien de cette jeune fille ? Puis se frappant sur le front comme quelqu'un qu'une idée subite vient d'envahir, il se dit:

J'ai mon moyen. La Béquillarde aime Adrien ; je vais la mettre sur les pas de mon fils ; elle est jolie, et en l'habillant proprement elle lui produira peut être une passion de chair qui lui fera oublier celle de son cœur.

Essayons.

Le roi des gueux écrivit alors à Adrien une lettre qui lui disait que de quelques jours il ne pouvait aller lui rendre visite, une affaire importante l'appelant au dehors.

C'est cette lettre que le roi des gueux avait donnée à la Béquillarde lorsque cette dernière le rencontra sur le cours Belzunce le lendemain matin.

Comme on le voit, cette lettre n'était qu'un prétexte.

Nous allons dire comment la Béquillarde se tira de la mission délicate que le vieillard lui avait confiée.

VIII

UN AMOUR IMPRÉVU

Dès qu'elle eut quitté le Roi des Gueux, la Béquillarde acheta de la poudre de riz, alla prendre un bain et en sortit demi-heure après.

Ce n'était déjà plus la même jeune fille.

Sa peau blanche et nacrée brillait d'un éclat lustré.

Franchement si cette femme si insoucieuse de sa beauté avait voulu devenir riche, plus d'un des heureux du monde aurait payé largement ses charmes.

Mais depuis si longtemps dans la boue qui la couvrait, elle ne songeait pas à en sortir. Si un jour quelqu'un avait remplacé ses haillons par une robe de soie, elle aurait vu alors qu'elle était belle, mais sous ses loques en lambeaux, elle ne pouvait le deviner.

Certes la Béquillarde, n'était ni prude, ni vertueuse, mais cependant au fond elle n'était pas dépravée.

Elle avait eu, il est vrai, plusieurs amants, mais toujours un après l'autre, il lui répugnait d'avoir à subir deux hommes à la fois.

Si cette femme n'avait pas été passionnée, elle aurait été chaste, explique qui voudra ces phénomènes ; mais nous croyons que la plupart des femmes qui succombent sont poussées dans le gouffre par la passion et par le luxe

La Béquillarde ayant soif d'amour et se trouvant dans un milieu plus élevé aurait fait métier de vendre ses nuits ; à la cour des miracles elle ne se donnait que par besoin.

Son cœur n'avait jamais joué de rôle dans ces orgies amoureuses.

Stupide et sans aucune instruction elle se livrait à des êtres stupides comme elle, mais une fois sa passion brutale éteinte elle haïssait celui à qui elle s'était donnée, c'est pour cela qu'elle n'avait jamais eu de maître, c'est pour cela aussi que personne ne pouvait dire je l'ai terrassée.

La Béquillarde, au milieu de ce désordre, de cette boue et de c   '   'ravation, n'avait donc jamais aimé.

Cette femme était presque une prostituée, mais son cœur était vierge.

Lorsqu'elle ressentit la première atteinte de l'amour, un volcan s'alluma dans son être ; ce fut Adrien qui y mit le feu.

Dès qu'elle eut conscience de cet amour profond, son amant lui devint un objet d'horreur et elle résolut à tout prix de l'abandonner.

Elle ne voulut pas profaner l'amour qu'elle ressentait pour Adrien, elle voulut que son affection s'isolât complètement des baisers flétrissants qu'un être qui lui paraissait maintenant horrible, lui donnait.

Nous avons vu de qu'elle façon la Béquillarde trancha cette question.

Son amant l'aurait assommée que sa volonté de fer n'eut pas failli une minute.

Cette malheureuse n'avait jamais rien ressenti jusqu'à ce jour, et sa vie s'était écoulée échevelée et sauvage au milieu d'une infâme dépravation, mais cette dépravation ne l'avait pas atteinte ; son âme et son cœur étaient restés purs de toute souillure.

Ses rêves de jeune fille avaient été toujours remplis de ce fantôme aimé et inconnu qui doit surgir, et qui fait la vie de celles qui n'ont eu en partage ici-bas, ni l'amour saint d'un père et d'une mère, ni la fortune qui aide à supporter toutes les douleurs.

Comme elle l'avait dit à l'Eclopé, savait-elle seulement d'où elle sortait ?

Qui l'avait jetée ainsi dans le monde, sans appui et sans protection, et ses fautes dans ce cas étaient-elles les siennes.

Une fille de joie avait peut-être été sa mère, et quand elle vint au monde, cette fille ne pouvant la nourrir et gênée par sa présence l'avait probablement laissée dans une rue à la garde du ciel, et un démon, l'ayant trouvée là, demandant du pain, l'avait ramassée et en avait fait sa machine pour vivre

Si elle avait des vices en était-elle responsable ?

Pouvait-on reprocher à cette malheureuse de s'être prostituée.

Si elle avait eu une famille serait-elle arrivée à l'état de dégradation moral et physique dans lequel elle se trouvait.

Nous ne le croyons pas !

Elle n'était donc pas coupable des fautes qu'elle avait commises et qu'elle était prête à commettre encore.

Si quelqu'un au lieu de la battre, de l'estropier, de la priver de pain, lui avait tendu la main, elle serait peut-être devenue une bonne épouse, une bonne mère.

Mais la société, à cette époque, était la protectrice des animaux et oubliait que des êtres humains étaient abandonnés sur la voie publique, sans asile et sans pain.

La Béquillarde était devenue méchante et haineuse parce que jamais personne ne lui avait souri, parce que jamais personne ne l'avait aimée.

Quand on lui parlait d'une mère elle riait.

Quand on lui parlait d'un père elle demandait ce que c'était En un mot, la Béquillarde était l'enfant de la rue, et comme la rue est un égout, la malheureuse avait hérité de sa fange.

Cette jeune fille qui aurait pu devenir une chaste fleur était devenue une ronce ; cet ange était devenu un démon.

Mais que fallait-il pour la régénérer, rien ou presque rien. L'amour d'un honnête homme.

Nos lecteurs verront par la suite si elle eut cet amour.

La mendiante en sortant de l'établissement des bains se dirigea vers la rue de Rome, et là fit des emplètes de toutes sortes.

Quand elle sortit du magasin de confection personne ne l'aurait reconnue, elle alla chez une modiste, y prit un chapeau coquet, mais modeste, se rendit ensuite chez un coiffeur qui fut ébahi devant sa chevelure somptueuse. Le coiffeur lui demanda si elle voulait la vendre. La Béquillarde, qui ne savait pas que les cheveux se vendaient regarda le figaro avec un air qui voulait dire : Vous vous moquez de moi ?

Le coiffeur ne dit plus rien et se mit à l'ouvrage.

Un quart d'heure après la Béquillarde était une grisette adorable, ayant même le cachet d'une personne distinguée.

Quand elle se mira dans la glace, elle ne put retenir un cri d'étonnement.

Elle ne se reconnaissait plus elle-même, car elle était délicieusement jolie.

Quelqu'un qui aurait été à côté d'elle, l'aurait entendue murmurer.

Il faut qu'il me voie ainsi et il m'aimera car je suis belle !

Etant toute prête à faire sa commission et dans les conditions voulues, elle se dirigea avec la lettre vers la Grand'Rue.

Arrivée à cet endroit, elle se rappela le n° 8, et vit Adrien à sa fenêtre.

Adrien, ne la reconnut pas sous ce déguisement.

Elle entra dans une boutique pour qu'on lui indiquât le numéro 8 ; le patron sortit du magasin, jeta un coup d'œil sur la suscription de la lettre et dit à la Béquillarde :

— Tenez, c'est dans cette maison, Monsieur Adrien lui-même, est à la croisée vous pouvez sonner, on vous ouvrira.

La Béquillarde sentit ses jambes fléchir sous l'émotion qu'elle ressentait.

Comment monsieur Adrien qu'elle aimait était celui qui devait recevoir cette lettre et c'est elle la Béquillarde qu'on avait chargée de la porter.

A cette pensée qu'elle allait se trouver à côté d'Adrien, que ce dernier allait la faire asseoir près de lui, qu'elle devait attendre dans la même pièce que celui qu'elle aimait, le résultat de sa démarche, la pauvre fille faillit perdre la raison.

Le hasard qui la menait ainsi était bien étrange et la Béquillarde, au moment de sonner, hésita longtemps ; elle ne se faisait pas à cette idée de se trouver en face du jeune homme ; mais sa nature vigoureuse reprit bientôt le dessus, et elle tira le cordon de sonnette.

On ouvrit la porte.

Un domestique reçut la jeune fille et lui demanda ce qu'elle désirait.

J'ai une lettre à remettre à Monsieur Adrien, dit-elle.

Les Gueux en ribotte.

IX

SUITE D'UN AMOUR IMPRÉVU

— Veuillez entrer, mademoiselle, dit le domestique.

Il précéda la Béquillarde et la conduisit dans le salon que nous connaissons.

— Attendez moi là, dit-il ?

La Béquillarde ouvrait des yeux énormes devant ce luxe qu'elle ne connaissait pas.

6ᵐᵉ LIVRAISON.

La curiosité remplaça bientôt l'émotion qu'elle ressentait en entrant dans cette maison et son regard surpris et ravi parcourut avec avidité les merveilleuses richesses qui s'étalaient devant elle !

Quand son regard fut satisfait des larmes brillèrent dans ses yeux.

Il est trop riche, dit-elle, il ne m'aimera jamais.

Un bruit de pas se fit entendre, et Adrien parut dans l'encadrement de la porte

La demi-obscurité qui régnait dans la pièce ne permit pas au jeune homme de reconnaître immédiatement la Béquillarde.

Il s'avança poliment vers la visiteuse et lui dit d'une voix douce.

—- Vous avez à me parler, mademoiselle ?

— Oui, monsieur, balbutia la jeune fille.

— Mais, dit Adrien, en regardant plus attentivement la Béquillarde, il me semble que je vous connais.

Je ne voudrai pas faire un rapprochement désobligeant pour vous, mais vous ressemblez à une malheureuse qui passe tous les jours devant ma fenêtre !

— Vous ne vous trompez pas, monsieur, je suis cette personne là.

— Ce n'est pas possible, car la personne en question a une jambe de bois et vous êtes parfaitement droite.

La Béquillarde n'avait pas réfléchi à cela.

Elle resta un moment indécise sur ce qu'elle devait dire, mais retrouvant bientôt sa présence d'esprit elle répondit

— Cela est encore vrai, monsieur ; mais par un de ces hasards providentiels, je suis tombée hier, et le nerf qui tenait ma jambe pliée en deux s'étant rompu, elle est redevenue droite.

— Je vous en félicite, mademoiselle, dit Adrien qui accepta parfaitement ce conte invraisemblable, mais votre jambe n'a pas seule, à ce que je vois, subi un changement de situation; votre costume n'est plus le même ; est-ce que j'aurai le malheur pour moi et le bonheur pour vous de ne plus pouvoir vous être utile.

— Je n'en sais rien, monsieur; je ne sais vraiment pas comment vous expliquer cela, ne me l'expliquant pas à moi-même.

On m'a chargé de vous remettre une lettre, voilà tout ce que je sais.

— De la part de qui ?

— On ne me l'a pas dit non plus, et la Béquillarde tendit à Adrien la lettre du Roi des Gueux.

— On ne pouvait, dit galamment Adrien, en prenant la missive, choisir un plus délicieux messager.

La Béquillarde rougit jusqu'aux oreilles en entendant ce compliment **b** nal et son cœur battit à rompre sa poitrine.

Adrien la trouvait donc jolie !

Cette pensée rassura la jeune fille jusqu'au plus profond de son être.

Elle examina avec passion le beau visage d'Adrien qui s'assombrissait à mesure que son regard parcourait la lettre que nous connaissons Quelques larmes brillèrent dans les yeux du jeune homme lorsqu'il eut achevé sa lecture.

— Vous pleurez ? dit la jeune femme avec un ton d'intérêt qui étonna profondément Adrien.

— Vous croyez que j'ai pleuré, dit le jeune homme honteux de s'être laissé surprendre.

— Oh ! oui vous avez pleuré, reprit la Béquillarde émue à son tour et il faut que celui qui vous écrit soit bien méchant pour vous faire de la peine à vous qui êtes si bon.

— Ne dites pas cela, mademoiselle, celui qui m'adresse cette lettre c'est mon père.

— Ah ! vous avez un père.

— Oui, mademoiselle.

— Et une mère, sans doute.

— Je ne l'ai jamais connue, elle est morte en me donnant le jour.

— Ah ! dit la Béquillarde, comme se parlant à elle-même. Eh ! bien moi, je n'ai jamais connu ni l'un ni l'autre et je ne sais pas qu'elle est l'affection qu'ils peuvent inspirer.

Instinctivement Adrien se rapprocha de la Béquillarde qui les yeux fixés sur le sol semblait plongée dans une réflexion douloureuse.

Adrien s'assit à côté d'elle et lui dit d'une voix très douce.

— Vous êtes donc bien malheureuse.

— Oui monsieur, dit-elle en levant ses grands yeux noirs sur Adrien et en éclatant en larmes.

Voyons, mademoiselle, ne pleurez pas ainsi, vous me déchirez le cœur? Confiez-vous à moi, je pourrais peut-être vous être utile, parlez-moi franchement comme à un père.

— Non, non répondit-elle avec une espèce d'effroi.

Je vous demande pardon, monsieur, mais j'ai déjà trop abusé de vos instants et je vais partir.

La Béquillarde se dressa.

— Mais, dit Adrien en la retenant doucement, votre commission n'est pas achevée.

Mon père me dit que si j'ai quelque chose à lui communiquer je vous en fasse part où que je le lui écrive.

— C'est vrai, monsieur, j'attendrai.

— Alors, vous ne voulez pas me confier vos chagrins ? Voyons, ayez un peu de confiance en moi, vous ne me connaissez pas beaucoup, c'est vrai.

— Oh ! dit la Béquillarde je sais que vous êtes bon, que vous êtes généreux, que vous êtes compatissant pour ceux qui souffrent, je vous connais assez comme cela.

— Eh bien, alors.

— Mais qu'est-ce que vous voulez que je vous dise, moi, dit la malheureuse en se tordant les mains, mes misères, mes douleurs ne peuvent pas vous intéresser.

— Peut-être, dit Adrien !

— Comment, dit la Béquillarde en regardant le jeune homme dans les yeux et lui prenant les mains, comment vous vous intéresseriez, vous, monsieur Adrien, à la mendiante, à la Béquillarde, comme on l'appelle ?

— Mais certainement.

Elle le regarda étrangement, ses yeux lançaient des éclairs, le jeune homme ne put en soutenir l'électricité foudroyante et baissa les siens, mais soudain la Béquillarde lui lâcha précipitamment les mains et s'écria en sanglottant.

— Oh non, non monsieur, je ne peux pas vous dire cette chose là ! Ayez pitié de moi, ne me demandez plus rien. Je ne peux pas vous répondre, je ne le peux pas.

Adrien était très-émotionné, il ne comprenait rien à cette douleur navrante ; intrigué au plus haut point par les réticences de la mendiante il ne savait réellement plus de quelle façon continuer cette conversation étrange.

— Comment vous appelez-vous, mademoiselle ?
— La Béquillarde.
— Ce n'est pas un nom, cela.

Quel est votre nom de baptême ?

— Blanche, monsieur.
— Le nom est joli ; qui vous le donna ?

— J'avais ce nom là quand quelqu'un me ramassa sur une place publique où la charité de mes parents m'avait probablement laissée.

— Et depuis ?
— Et depuis, monsieur, je mendie !
— Pauvre jeune femme.
— Vous me plaignez, n'est-ce pas.
— De toute mon âme, l'abandon est un des maux les plus cruels.

— Ah ! oui, monsieur; abandonnée par mes parents je suis devenue ce que j'ai pu, l'arbre planté par le laboureur, et auquel ce dernier ne donne aucun soin, monte tout de travers dans l'azur bleu du ciel.

— Où demeurez-vous ?

— Partout et nulle part ; un banc me sert de lit et les étoiles me servent de couverture.

— Hélas !

— Mais ce n'est pas cela qui me rend malheureuse, je souffre parce que placée dans cette boue, je ne puis en sortir; parce que fille du pavé, je glisse sur la pente, toujours, sans avoir devant moi seulement la perspective de la quitter.

Oh ! monsieur ayez pitié de moi, pardonnez-moi tout ce que je vous dis, je n'avais jamais parlé de cette façon là, je n'avais jamais éprouvé le besoin d'avoir une autre vie; je me contentais de celle que le hasard m'avait faite, mais depuis quelque temps, je ne suis plus la même je suis honteuse de traîner ainsi cette existence malheureuse et pénible et je suis effrayée en même temps de mes nouveaux désirs! Qui m'a donc changée comme cela. Oh ! je n'ose pas m'interroger moi-même, ajouta-t-elle en pleurant.

— Blanche, vous me permettez n'est-ce pas de vous appeler ainsi.

— Je vous en prie, dit-elle, radieuse.

— Blanche, continua Adrien, vous me cachez certainement quelque chose, vous avez encore à me parler et un scrupule vous retient !

—Comment l'avez-vous deviné, fit la jeune fille avec étonnement.

Adrien qui à tout hasard avait prononcé cette phrase fut aussi étonné que la Béquillarde d'avoir touché juste. Il reprit :

— Mais parce que tout dans votre conversation l'indique, vos réticences, vos larmes.

— Eh ! bien oui, dit la Béquillarde, se levant tout à coup, eh bien oui, depuis que je suis entrée j'ai quelque chose à vous dire, quelque chose de grave et de solennel; une parole qui me fera vivre ou mourir.

— Parlez donc dit Adrien dont l'émotion grandissait au fur et mesure que la Béquillarde parlait.

— Ah ! monsieur Adrien, pourquoi me forcer à vous dire cela, ne l'avez-vous donc pas compris et faudra-t-il que j'ai la honte de vous le dire moi-même. Adrien qui était à cent lieues de se douter de la vérité, répondit.

— Mais non, mademoiselle.

Alors la Béquillarde, s'avança vers lui, prit encore une fois ses mains et d'une voix que la passion rendait ardente elle lui dit en le regardant fixement.

— Vous n'avez donc pas compris que je vous aime !

Cet effort l'avait brisée, elle tomba lourdement sur un canapé et s'évanouit.

Adrien demeura cloué sur le plancher, bouche béante ; la foudre serait tombé sur lui qu'elle n'aurait pas produit l'effet des dernières paroles de la Béquillarde.

L'étonnement et la surprise l'avaient abasourdi, il regardait d'un œil égaré cette femme qui venait de lui dire qu'elle l'aimait et ne songeait pas que cette femme s'étant évanouie il était de son devoir de lui porter secours.

X

TRANSFORMATION DE LA BÉQUILLARDE

Adrien resta quelques minutes ainsi. foudroyé par cet aveu inattendu, mais enfin, sortant de sa torpeur, il courut dans sa chambre y prit un flacon de sels et revint vers la jeune fille.

Le jeune homme le lui fit respirer mais il n'obtint aucun résultat.

Il n'osait pas appeler.

La Béquillarde ne revenant pas à elle, il hésita un moment à la défaire, mais n'ayant pas le choix des moyens, Adrien dégrafa son corsage et s'arrêta un peu ébloui devant sa gorge qui, comme nous l'avons dit, était encore très-belle ; ses mains tremblaient, le démon de la chair l'envahissait peu à peu, les parfums qui s'échappaient des vêtements de la malade lui montaient à la tête. Par un mouvement brusque, il alla vers la fenêtre et l'ouvrit toute grande.

Adrien revint près de Blanche, lui fit encore une fois respirer les sels du flacon et eut le bonheur alors de la voir bientôt revenir à elle.

La Béquillarde ouvrit les yeux et comme le visage d'Adrien était près du sien, elle les referma précipitamment, et une rougeur subite se répandit sur sa figure, elle ne trouva rien à dire et c'est Adrien, le premier, qui prit la parole.

— Comment vous sentez-vous, dit-il avec intérêt ?

— Beaucoup mieux, répondit-elle d'une voix confuse.

La mendiante était réellement jolie dans cette position, négligemment penchée en arrière, les cheveux épars, sa peau blanche comme un lys tranchait délicieusement sur le velours bleu de l'ottomane ; en tombant sa robe s'était un peu relevée et laissait voir un bas de jambe très-fin terminé par un pied mignon et bien cambré.

Ses lèvres pâles et entr'ouvertes laissaient voir deux rangées de dents très-blanches et régulières, le front proéminent, les cils bien arqués, les yeux noirs et vifs, l'ensemble de sa physionomie avait une expression d'amour indéfinissable.

Adrien s'était mis à genoux et la contemplait avec ravissement.

Blanche baissa les yeux et s'aperçut que sa robe était défaite, par un mouvement brusque, elle la ferma et rougit.

Comment, nous dira-t-on, la Béquillarde avait rougi; nous répondrons affirmativement. Devant Adrien la Béquillarde avait disparu, il ne restait plus devant le jeune homme que la jeune fille aimante et passionnée, le passé de cette femme, c'était l'ombre, son présent c'était la lumière, d'ailleurs nous avons raconté comment la Béquillarde pouvait se régénérer, elle le pouvait par l'amour d'un honnête homme, et en aimant cet homme là, Adrien prit la main de Blanche et la porta à ses lèvres.

— Comment vais-je pouvoir vous regarder en face, maintenant, monsieur Adrien après l'aveu que j'ai osé vous faire !

— Maintenant plus que jamais, dit le jeune homme dont le cœur battait violemment.

Mais alors reprit la Béquillarde avec un sourire rayonnant, mais alors vous m'avez pardonné.

— C'est moi qui vous ai forcé à parler et qui aurais dû comprendre, qui dois demander pardon.

— Oh ! monsieur Adrien, je vous en supplie, ne vous jouez pas de moi, je suis une malheureuse jeune fille et ce serait mal de me tromper, je n'ai jamais ressenti pour personne ce que je ressens pour vous, je suis coupable de ne pas avoir su me contenir, de ne pas avoir gardé mon secret, mais que voulez-vous je ne sais pas dissimuler, moi, je dis ce que je pense.

— Blanche, je ne vous en veux pas, le hasard a fait tout cela ; bénissons ce hasard ; si nous sommes coupables l'un et l'autre nous ne serons pas responsables de cette culpabilité puisque des circonstances indépendantes de notre volonté nous auront réunis.

— Dieu m'est témoin, dit Blanche, que lorsqu'on m'a remis cette lettre je ne savais pas qu'elle était pour vous ; je suis donc la messagère indirecte de votre père, ce n'était pas moi qui étais chargée de cette commissission; le Roi des Gueux avait été désigné spécialement pour la faire.

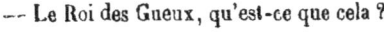

— Le Roi des Gueux, qu'est-ce que cela ?

— C'est l'homme le plus influent et le plus riche de tous les mendiants de Marseille.

— Ah !

— Mais je ne m'explique pas bien pourquoi il m'a fait quitter mes haillons, il m'a dit que votre père étant très-riche, je devais être une messagère élégante et propre; je me suis laissé faire et je rends grâce aux circonstances qui m'ont permis de me présenter convenablement à vous.

— Qu'importent les motifs qui vous amènent chez moi; vous y êtes, cela suffit.

— Mais, monsieur Adrien, je vous ai dit que je vous aimais, c'est à vous maintenant à me répondre.

— Pourquoi voulez-vous que je vous réponde, vous êtes là chez moi, je ne vous dis pas de partir, mon désir serait que vous restiez, cela ne vous suffit-il pas ?

Si le doux visage d'Antonia n'avait pas passé devant ses yeux en ce moment, il aurait dit à Blanche, lui aussi, je t'aime, mais ces mots étaient près à s'échapper lorsque l'image de celle qu'il aimait lui était apparue et son aveu avait expiré sur ses lèvres.

La Béquillarde devint triste ; avec la perspicacité de la femme qui aime elle avait lu sur le visage d'Adrien tout ce qui se passait dans son cœur, elle avait compris qu'Adrien ne voulait pas lui dire qu'il l'aimait.

— Hélas, monsieur Adrien, dit-elle avec une amertume visible, je suis bien malheureuse.

— Pourquoi, dit le jeune homme.

— Parceque vous ne m'aimez pas.

Adrien se rapprocha si près d'elle que ses lèvres effleurèrent les cheveux de Blanche.

— Qui vous a dit cela, fit-il si bas qu'à peine Blanche l'entendit.

— Vous même tantôt.

— Moi-même et comment ?

— En me demandant si cela ne me suffisait pas d'être à coté de vous ?

— Et cela veut dire que je ne vous aime pas !

— Oui, parcequ'à ce moment-là vous n'aviez que deux mots à dire et que vous ne les avez pas dits.

— Et ces deux mots ?

— Je t'aime, dit la jeune fille avec un accent passionné.

Un punch chez le marchand de vins.

— Je t'aime, répéta le jeune homme en entourant de son bras la taille fine de Blanche.

— Oh ! dit-elle en serrant Adrien sur son sein, oui je t'aime comme une insensée, ta vie est ma vie, ton cœur est mon cœur, je suis à toi toute entière cœur et âme, esprit et corps, dispose de moi, je t'appartiens; je n'ai pas besoin de te raconter ma vie, ô mon amant, tu es le premier que j'aime, le premier qui a su réveiller en moi les trésors de tendresse amoncelés dans mon cœur et qui, sans toi, étaient morts pour toujours. Regarde-moi bien, là les yeux dans mes yeux, tu es beau, mon Adrien, tu me donneras ce bonheur que j'ai toujours rêvé, tu me donneras cette ivresse de l'âme que je n'ai jamais connue.

Tu viens de me créer femme par ton aveu.

7ᵐᵉ LIVRAISON.

Ah ! je savais bien, s'écria-t-elle, je savais bien que que tu m'aimerais !

— Oui, je t'aime aussi dit le jeune homme. crois moi, mon ange aimée, je t'appartiens comme tu m'appartiens. Et les deux jeunes gens, s'étant rapprochés davantage, leurs lèvres se touchèrent.

. . . .

Adrien et Blanche restèrent près de deux heures ensemble Blanche ce jour là devint la maîtresse d'Adrien.

Adrien avait failli à sa promesse, il avait forfait à la parole donnée à Antonia. Le Roi des Gueux avait deviné la faiblesse de son enfant, il savait qu'il succomberait mais en succombant le jeune homme avait conservé son chaste amour pour Antonia.

Lorsqu'il avait dit à la Béquillarde qu'il l'aimait, Adrien avait dit vrai.

Se trouvant seul avec cette femme et subissant l'influence magnétique de son regard, il avait été subjugué par les charmes de la Béquillarde.

Jeune et ardent, autant passionné que la jeune fille, il s'était laissé aller à cette passion sans hésitation, persuadé que ses sens seuls parlaient en ce moment et qu'il aurait raison, quand il le voudrait, de cet amour charnel.

Certes, les malheurs de Blanche, l'amour qu'elle avait pour lui et sa beauté auraient bien tourné d'autres têtes que celle d'Adrien, et nous croyons fermement que celui qui aurait été à sa place et qui lui jette la pierre en ce moment en eût fait tout autant.

XI

LE CONSEILLER MUNICIPAL

C'était dimanche, le soleil ce jour là s'était levé radieux, une brise encore tiède, tant les hivers à Marseille sont tardifs, soufflait doucement dans l'air bleu.

Les gens endimanchés parcouraient les rues lentement comme des personnes n'ayant rien à faire et heureuses d'avoir un jour sur sept pour être libres.

Le vieux port, qui était beaucoup plus étroit que de nos jours, commençait à se peupler d'une foule barriolée, tumultueuse ; les jeunes filles y abondaient, c'était l'heure où le soleil commençait à descendre et le port étant une fournaise dans la journée devenait un endroit charmant le soir à partir de cinq heures.

Presque toute la Cour des Miracles était là avec les promeneurs et les gros sous pleuvaient dans les chapeaux des mendiants.

Au milieu de la foule deux messieurs très-bien mis causaient d'un sujet qui nous intéresse ; nos lecteurs en jugeront par la conversation de ces deux promeneurs.

— C'est comme je vous le dis, mon cher, disait le plus grand, ces gens là ne sont pas plus estropiés que vous et moi, ils mendient parce-qu'ils ne veulent rien faire, parce-qu'ils n'ont jamais rien fait.

— Mais ne pourrait-on pas vérifier de plus près ce que vous avancez.

— Et comment ?

— C'est à la municipalité à trouver le moyen de les surprendre.

— C'est vrai, mais, somme toute, ils n'inquiètent pas beaucoup l'administration municipale.

— Je veux bien le croire, mon cher Dessullamare, mais je vous affirme que ce que je vous ai dit tantôt a été rapporté par une personne digne de foi ; ces gens là se griment comme des artistes et la plupart d'entre eux ne sont affligés d'aucune infirmité.

— Si j'étais sûr de ce que vous m'avancez, je vous avoue que je tenterais l'aventure et que j'irais jusqu'à la Cour des Miracles, me rendre compte, par moi-même, de leur situation. Comme vous le savez, j'ai déjà proposé à la commission des services publics de créer un hospice pour remiser les mendiants : ces messieurs n'ont pas cru devoir prendre ma demande en considération.

— Ils ont eu tort.

— C'est mon avis, parce que ce serait le plus court moyen de se débarrasser de la Cour des Miracles et de ses habitants

— Vous comprenez bien que si un jour je pouvais arriver à la mairie avec des renseignements précis, si, par exemple, je pouvais dire à mes collègues avec preuves à l'appui que ces Gueux sont des farceurs qui se jouent de la crédulité publique je les convaincrai de la nécessité d'élever un monument où on les enfermerait.

— Et pourquoi ne le feriez-vous pas ?

— Je ne dis pas que je ne le ferai pas, mais avouez avec moi qu'il faut avoir beaucoup de bonne volonté pour en arriver là.

— En effet, mon cher Dessullamarre, vous rendrez ce jour là un grand service à la société.

— Qui m'en saura gré ou ne m'en saura pas gré.

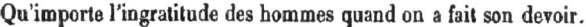

Qu'importe l'ingratitude des hommes quand on a fait son devoir.

— Car enfin, plus je réfléchis et plus je reconnais que ces misérables se mo-quent du public, c'est de l'escroquerie en un mot. Et puis ce qu'il y a de mauvais là dedans, c'est que le véritable pauvre n'est pas secouru ; le pauvre honteux, voilà celui qu'il faut protéger et aider. Généralement c'est celui qui n'ose pas men-dier qui est plus malheureux que les autres. Mais les municipalités s'occupent plus souvent de politique que des besoins de leurs administrés.

C'est un tort, et c'est pour cela que les affaires de la ville vont comme elles peu-vent et que les bilans sont toujours désastreux.

En ce moment, Cul de Jatte qui mendiait sur le port conme les autres, se mit à suivre, tout en tendant la main, l es deux messiers dont nous rapportons la conver-sation.

— Je réfléchirai mûrement à ce que vous m'avez dit sur la Cour des Miracles et il faudra bien que, par un moyen ou par un autre, nous sachions à quoi nous en te-nir à ce sujet.

— Voyez donc, dit le compagnon de monsieur Dessullamare, voyez donc s'il n'est pas ignoble que dans une ville comme Marseille nous soyons assaillis par cette troupe de mendiants.

— C'est qu'ils ne vous laissent ni trêve, ni repos, dit monsieur Dessullamare.

Alors Cul de Jatte s'approcha d'eux et leur tendit sa main noire.

Cul de Jatte avait les jambes croisées l'une sur l'autre et attachées solidement, de façon à ce qu'elles fussent suspendues à trente centimètres du sol, il avait deux bé-quilles sous le bras et allait ainsi sur ses morceaux de bois.

Monsieur Dessullamare et son compagnon le regardèrent un moment avec dégout.

— Ainsi vous croyez que cet homme n'est pas estropié, dit monsieur Dessulla-mare à l'oreille de son ami

— C'est ma conviction, répondit l'autre.

Ils donnèrent deux sous au mendiant et passèrent

Celui-ci fit demi-tour, se confondit en remerciments et se mit encore derrière eux.

Mais ces messieurs ayant changé de conversation, il les abandonna bientôt et se perdit dans la foule non pas sans avoir dit entre ses dents :

— C'est bien lui, je rapporterai cela ce soir au maltre.

Mars 'le — Imp. J DOUCET. r. Chevilie-Ro's, 1

XII

L'ECLOPÉ.

Il était cinq heures un quart lorsque les fervents sortirent de l'église des Prêcheurs, les vépres étaient finies, quelques mendiants étaient réunis sur ses marches les uns accroupis, les autres debout et appuyés contre les colonnes ; le Roi des Gueux immobile et les mains jointes avait mis son chapeau devant lui, tous les autres gueux disaient quelque chose; lui était silencieux.

Sa perruque et sa barbe blanche ressortaient vivement dans la pénombre, car il était sur le dernier degré à côté de la porte d'entrée.

Quand l'église fut vide, chacun versa dans sa poche le produit de la quête et suivit une direction opposée. Seul le Roi des Gueux resta debout et toujours silencieux. A ce moment la Béquillarde qui, par mesure de précaution, avait mis une voilette épaisse, monta les marches de l'église et dit au vieillard : C'est moi et tous deux descendirent.

— Eh ! bien, dit le Roi des Gueux, as-tu fait ma commission ?
—- Parfaitement.
— Tu as la réponse ?
— Je l'ai dans la poche.
— Donne ?
— Voilà.
— As-tu repris tes anciens vêtements ?
— Non, et je ne les reprendrai pas.
— Et pourquoi, s'il te plaît.

— Parce que tel est mon bon plaisir, parce que vous m'avez fait une grande dame et que je veux continuer à l'être.

— Tu es folle, la Béquillarde.

— Moins que vous ne le pensez ; ne sentez-vous pas dans mes paroles que la joie m'inonde ?

— Mais que t'est-il arrivé, parle, voyons ?
— Avez-vous une heure à m'accorder ?
— Oui.
— Voulez-vous que nous allions souper ensemble, nous causerons

— Je le veux bien, dit le vieillard qui brûlait d'impatience de savoir quelque chose.

La Béquillarde prit le bras du vieillard et tous deux se dirigèrent vers un restaurant borgne situé derrière l'église St-Martin.

Ils entrèrent et se firent servir dans un cabinet particulier. Le garçon apporta un souper copieux et tous deux ayant faim firent honneur à la table.

— Allons, dit l'OEil Trouble, raconte-moi exactement tout ce que tu as fait. As-tu vu Monsieur Adrien.

— Je crois bien que j'ai l'ai vu.
— Tu lui as remis la lettre.
— Oui.
— Et il y a répondu de suite.
— Non pas, trois heures après !
— Voyons, tu n'as pas bu ce soir encore, sois raisonnable et ne dis pas des bêtises.
— Je vous ai dit trois heures après et c'est la vérité
— Alors il t'a dit de revenir prendre la réponse.
— Non pas.
— Je ne comprends plus.

— C'est facile à comprendre, je suis restée tout le temps chez monsieur Adrien.

— Tout le temps qu'il faisait la lettre. C'est donc un volume, elle n'est pas lourde pourtant.

— Mais non, mais non, dit la Béquillarde en riant de bon cœur, je suis restée avec monsieur Adrien parce que nous avons causé.

— Si tu avais commencé par là j'aurais compris de suite. A propos je ne t'ai pas vue dans ton nouvel accoutrement ; il appela le garçon, lui demanda de l'eau chaude que ce dernier versa dans un plat et s'en bassina les yeux. Les paupières du Roi des Gueux s'ouvrirent bientôt.

— En sortant de l'ombre, cette lumière m'aveugle, dit-il, dresse-toi donc que je te voie ; le vieillard prit la bougie qui était sur la table et tomba en admiration devant la Béquillarde ; certes il ne s'attendait pas à la voir si belle, le vieillard eut un sourire malin et reprit.

— Je comprends tout maintenant ; tu es amoureuse d'Adrien et il est amoureux de toi

— Vous n'y êtes pas.
— Allons donc, tu ne veux pas le dire.
— Je vous dis que vous n'avez pas deviné
— Alors je n'y suis plus, dit l'OEil Trouble.
— La vérité, voulez-vous la savoir ?
— Il y a bientôt une heure que je désire la connaître.

— Eh ! bien nous ne sommes pas amoureux, mais nous sommes fous l'un de l'autre !

— A la bonne heure, voilà parlé, au moins, dit le vieillard avec une satisfaction visible.

— On dirait que cela vous fait plaisir.

— A moi, et que veux-tu que cela me fasse ; je ne connais pas celui qui m'a commandé et encore moins son fils ; tu es amoureuse de lui, il est amoureux de toi ; tant mieux la Béquillarde, tant mieux, il est riche, il est généreux, cela fait ton affaire.

— Ah! dites donc j'espère bien que vous ne croyez pas que je suis amoureuse de son argent, le Roi des Gueux, dit la Béquillarde en se dressant.

— Mais tu sais bien que j'ai meilleure opinion de toi.

— J'ai besoin de le croire, car sans cela, nous ne serions plus amis.

— Voyons, voyons, dit le vieillard raconte moi ça

— Figurez-vous que monsieur Adrien n'est autre que ce jeune homme qui me donne 50 centimes quand je passe devant chez lui tous les matins.

— Ah ! bah !
— Aussi vrai que je vous le dis.
— Mais alors il t'a reconnue.
— Pas tout de suite mais peu d'instants après.
— Et alors

— Alors nous avons causé de choses et d'autres et je lui ai remis votre lettre, il l'a lue et il a pleuré.

— Adrien a pleuré, dit le vieillard en se dressant tout pâle.

— Oui, il parait que la lettre que son père lui écrivait n'était pas douce puisqu'elle l'a tant peiné, mais j'y songe pourquoi appelez-vous monsieur Adrien, Adrien tout court.

— Moi, dit le vieillard qui avait repris son empire sur lui-même j'ai si peu l'habitude de dire monsieur, que cette fois j'ai mangé le mot.

— Mais vous vous êtes dressé et vous êtes devenu tout pâle

— C'est ma douleur au cœur qui m'a pris tantôt, continue.

— Alors, quand j'ai vu qu'il pleurait j'ai pleuré aussi moi, car depuis le premier jour que je l'ai vu je l'ai aimé et je l'aimerai toujours.

— N'est-ce pas que quand on voit ce garçon une fois on l'aime, dit le vieillard.

— Comment le savez-vous, demanda la Béquillarde.

— C'est son père qui me l'a dit.

--- Ah ! Il a bien raison son père, nous avons causé longtemps monsieur Adrien de moi et de lui.

--- Que t'a-t-il dit de lui.

--- Oh ! pas grand chose, je me souviens seulement que lui ayant dit : la personne qui vous a écrit cette lettre doit être bien méchante puisqu'elle vous fait pleurer, il m'a répondu précipitamment.

Ne dites pas cela car cette personne c'est mon père.

--- Noble enfant dit le Roi des Gueux.

Je voulais lui faire l'aveu de mon amour et je n'osais pas, j'ai tourné, retourné j'ai essayé de le lui faire comprendre mais il n'a pas compris et il a fallu que je lui dise là brutalement que je l'aimais, cela m'a été tellement pénible que je suis tombée évanouie dans les bras.....

-- D'Adrien interrompit le vieillard.

-- Non, d'un fauteuil.

-- C'est plus moral, après.

--Après il ne savait plus comment faire pour dissiper mon évanouissement, il m'a fait respirer des sels et m'a dégraffée.

-- Ensuite, dit le Roi des Gueux très intéressé.

-- Ensuite, ensuite, vous êtes bien curieux... ensuite. Ah ! Tenez, laissez-moi vous embrasser dit-elle en sautant au cou du vieillard et en l'embrassant en effet. Je suis la maîtresse d'Adrien et la plus heureuse des femmes et cela grâce à vous.

Et la jeune fille embrassant le vieillard, riait et pleurait en même temps.

— Ce «grâce à vous» sonna comme un glas dans l'âme du Roi des Gueux, il eut comme un remords d'avoir jeté cette fille dans les bras de son fils.

Il n'aurait jamais cru la Béquillarde capable d'aimer de cette façon là. Il croyait que cette fille était une brute et elle avait toutes les sensations, toutes les affinités de la femme honnête.

Un problème vivant se dressait devant lui, il avait cru que cette fille était une prostituée sans entrailles et sans cœur ; aujourd'hui elle paraissait posséder toutes les saintes qualités de la femme aimante et dévouée.

Une révolution inespérée s'était donc opérée chez elle.

Le vieillard la regardait fixement et ne comprenait pas, ce revirement subit.

— Alors tu l'aimes bien dit le roi des Gueux.

— Si je l'aime, je verserai tout mon sang pour lui.

— Et crois-tu qu'il t'aime autant.

A la santé du Roi des Gueux, dit Cul de Jatte.

— Que m'importe, je sais qu'il m'appartient, que dans une heure je vais aller le retrouver, cela me suffit.

— Tu vas aller le retrouver dans une heure, demanda le Roi des Gueux avec étonnement ?

— C'est convenu ?

— Oh ! oh ! mon fils pensa le vieillard. tu prends goût à la chose, c'est ce qu'il faut. Et, dit-il à haute voix, tu ne viens pas alors à la Cour des Miracles.

— Je n'y retourne plus.
— Et comment vivras-tu, alors ?
— Adrien y pourvoira.
— Il va donc te loger, te nourrir, t'entretenir en un mot.

8me LIVRAISON.

— Oui, dit la jeune fille simplement.

— Sais-tu que tu as une rude chance, la Béquillarde.

— C'est possible, mais dans tous les cas, j'ai assez souffert jusqu'à ce jour pour avoir enfin un peu de bonheur.

— C'est juste, as-tu encore un peu d'argent.

— Non, j'ai tout dépensé.

— Je te dois vingt francs ; en voilà encore cent pour te payer de ta journée, tu vois que je suis bon prince, dit le vieillard en remettant la somme à la jeune fille.

— Si cela vous dérange, dit celle-ci, vous pouvez garder cet argent, à présent je n'en ai plus besoin.

— On ne sait pas ce qui peut arriver.

— Vous avez raison et je vous remercie.

La Béquillarde mit les cent francs dans sa poche.

Le Roi des Gueux appela le garçon, régla la dépense et tous deux s'apprêtèrent à partir.

Le garçon sortit.

Cinq minutes après quelqu'un gratta à la porte ; le vieillard croyant que c'était le garçon dit :

— Entrez !

La porte s'ouvrit et un homme pénétra dans la pièce où le Roi des Gueux et la Béquillarde venaient de souper. Cet homme avait la tête serrée dans un mouchoir taché de sang; une fois entré il mit le loquet et se retourna. Un cri d'effroi s'échappa des lèvres du vieillard et de la Béquillarde.

Cet homme, c'était l'Eclopé.

XIII.

LE MÉDECIN DE LA COUR DES MIRACLES

Lorsque la Béquillarde s'était enfuie, après avoir cassé la bouteille sur le crâne de l'Eclopé, celui-ci, foudroyé par ce coup inattendu, tomba comme une masse. Tonnin et le Boiteux le ramassèrent et le transportèrent à la Cour des Miracles.

Là, Cul de Jatte pansa le blessé, lava la blessure, enleva les morceaux de verre qui avaient pénétré dans la chair, et comme l'Eclopé ne revenait pas à lui, il le laissa après le premier pansement.

L'Eclopé était seulement étourdi et les blessures qui le couvraient, n'étaient nullement graves ; aussi deux heures après se releva-t-il Epuisé par la perte de sang qu'il avait subie il essaya de se mettre sur ses deux jambes, mais il ne put y parvenir.

Il se traîna alors comme il put jusqu'à la table qui était à quelques pas de là, et comme il y avait de l'eau-de-vie sur cette table, il s'en versa un plein verre et le but avec délices.

Cette liqueur forte en le réchauffant lui donna un peu de force.

Quelques instants après il se dressa, ses compagnons dormaient. Cul de Jatte venait de sortir seul; le Borgne poussait des gémissements sourds, il devait souffrir énormément car il ne tenait pas en place, l'Eclopé s'approcha de lui.

— Veux-tu que nous causions, dit-il ?

Je ne sais pas si je pourrais, dit le Borgne en saccadant chaque parole.

Nous causerons très-doucement.

— J'essaierai, reprit le malheureux en retenant un cri que la douleur allait lui arracher.

— Tu souffres beaucoup, lui demanda l'Eclopé avec intérêt.
— Horriblement.
— Puis-je un peu te soulager.
— Oui, y a-t-il de l'eau-de-vie par là.
— Il y en a sur la table.
— Donne m'en un verre, cela me réconfortera.

L'Eclopé remplit un verre d'eau de vie que le malade, altéré, avala d'un trait.

— Ah ! dit-il en poussant un soupir de soulagement, cela m'a fait du bien ; causons maintenant si tu veux.
— Causons, dit l'Eclopé.
— Tu ne veux pas encore me faire du mal, au moins, reprit le Borgne.
— Non, hier je t'aurais tué, mais à présent je regrette que tu n'aies pas arraché les deux seins à la Béquillarde
— Elle t'a donc fait quelque chose ?
— Elle m'a laissé et a failli me tuer hier soir.
— Ah !
— Elle en aime un autre, et il faut que je me venge, tu ne dois pas l'aimer, toi non plus
— Moi, je l'exècre dit le Borgne avec une expression sauvage.
— Eh bien il faut qu'à nous deux nous la retrouvions et lorsqu'elle sera entre nos mains elle mourra.
— Mais, dit le Borgne avec une expression sinistre, si tu essayais de la suivre,

de voir où elle va et de connaître celui qu'elle aime, nous tuerions d'abord son amant et quand elle l'aurait vu mourir, nous la tuerions après.

— Tu as raison, reprit l'Eclopé qui ne put s'empêcher de tressaillir ; je ne puis encore compter sur toi, il faut que tu guérisses avant mais pour faire un coup comme celui-là il est nécessaire que nous soyons tous deux. Si je retrouve la Béquillarde, je l'enlèverai, je la renfermerai, n'importe où, et lorsque tu seras bien nous irons la trouver, ou plutôt nous enlèverons son amant, nous le lui amènerons . . .

— Et nous le tuerons devant elle, ajouta le Borgne.
— C'est cela.

Les deux hommes restèrent un moment silencieux, une haine terrible se peignait sur leurs traits.

L'Eclopé rompit le premier le silence.

— Crois-tu que tu seras guéri dans quelques jours.
— Cul de Jatte m'a dit que je pourrais être sur pied jeudi.

— Bon, d'ici là j'aurai retrouvé la Béquillarde et je saurai quel est son amant; elle a eu d'ailleurs la bêtise de me dire où ce dernier demeurait, je les retrouverai sois tranquille, dussé-je y perdre le peu que je possède, je les retrouverai, dit-il d'une voix sourde.

— Pas d'esclandre dans la rue, dit le Borgne, qui était excessivement prudent, cela retarde les affaires et peut nous mettre la rousse sur les bras.

— N'aie pas peur, je la bâillonnerai de façon à ce qu'elle ne puisse pas crier et je la mènerai en lieu sûr !

— Et tu n'as pas de haine contre personne autre.
— Non !
— Et le Roi des Gueux ?
— Eh bien.
— Tu ne haïs pas ce vieillard atroce.
— Mais non, il a fait ce qu'il devait faire cette nuit.
— Tu trouves qu'il a bien agi à mon égard.
— Oui, j'en aurais fait autant si je me fusse trouvé à sa place.
— Alors tu crois que c'est bien toi, quand on peut l'empêcher de laisser tuer un homme.

— Certes, sans motif je trouverai que c'est mal, mais tu avais été cruel et barbare, il nous a autorisé à te fouetter, c'était justice.

— Tu ne m'as pas dit cela tantôt.

— Tantôt nous parlions de la Béquillarde et non pas du vieillard, quand nous l'avons frappée la Béquillarde était encore ma maîtresse et je devais la protéger ; à présent qu'elle m'a quitté, je regrette que tu ne lui aies pas brisé les reins.

— Approche-toi qu'on ne nous entende pas. Moi je haïs le vieux parce qu'il m'a fait souffrir terriblement et que je souffre encore par sa faute, aussi ai-je deux vengeances à exercer, la première je l'exercerai sur la Béquillarde avec ton concours, la seconde je l'exercerai tout seul, il faut que je tue le vieux.

--- Tu as tort, le Borgne ; le vieux est nécessaire à l'association, il nous a déjà tirés de bien de mauvais pas, tuer le vieux c'est tuer la Cour des Miracles

--- Meure la Cour des Miracles et tous ceux qu'elle abrite, pourvu que je me venge.

--- Ça, vois-tu, c'est de l'égoïsme, la souffrance seule peut te faire parler ainsi.

--- Oh ! non pas. Je sens trop de haine dans mon cœur pour que cette pensée de vengeance me soit suggérée par autre chose que par elle.

--- Tu feras ce que tu voudras, mais je ne t'approuve pas !

--- Peu m'importe, mes actions et mes pensées m'appartiennent, l'opinion des autres n'a aucune influence sur les décisions que j'ai prises.

--- C'est donc entendu, dit l'Eclopé, nous sommes unis contre la Béquillarde, je te servirai de tous mes moyens et tu me serviras de tous les tiens.

--- Affaire conclue, dit le Borgne. Les deux hommes causèrent encore quelque temps ensemble et la fatigue les ayant enfin terrassés, ils s'endormirent, l'Eclopé d'un sommeil paisible, et l'autre d'un sommeil tourmenté, pénible et rempli de soubresauts douloureux. Il était alors deux heures du matin.

Huit heures après, c'est-à-dire à dix heures, l'Eclopé se reveilla complètement reposé des fatigues de la nuit, il regarda autour de lui, tous ses compagnons étaient partis : il était seul avec le Borgne. Le jour qui arrivait difficilement par les soupiraux des caves, donnait en plein sur la figure du blessé dont les traits étaient contractés.

L'Eclopé s'avança vers lui, le poussa, mais le Borgne ne fit aucun mouvement.

--- Est-ce qu'il serait mort, se dit-il avec effroi ?

Il l'appela mais l'autre ne répondit rien ; heureusement que Cul-de-Jatte entrait à ce moment-là.

--- Viens donc voir, lui dit l'Eclopé, je crois que le Borgne est mort.

Cul-de-Jatte s'avança, prit le bras du blessé, lui tâta le pouls et dit avec calme :

--- Non, c'est une crise, la faiblese lui a procuré une syncope et il s'est évanoui. Il fouilla dans sa poche, en retira un petit flacon et en fit respirer le contenu au malade qui ouvrit péniblement les yeux.

--- Pourquoi m'avez-vous éveillé, dit le Borgne, je ne souffrai pas.

--- Tu étais évanoui, dit Cul-de-Jatte, nous allons te dresser et te panser.

L'Eclopé et Cul-de-Jatte soulevèrent le malade, et le médecin de la Cour des

Miracles, commença à mettre à nu le dos du malheureux, la plaie s'étendait du cou au bas des reins, l'Eclopé fit un geste de dégoût, quant à Cul-de-Jatte, il leva la charpie et l'emplâtre qu'il avait mis la veille, en posa un autre sur la plaie, recouvrit le tout d'une large bande qu'il attacha sur la poitrine et dit au Borgne :

Tu peux t'allonger, c'est prêt.

— Ah ! que tu me fais du bien compagnon, dit le blessé avec un soupir de douce satisfaction, la charpie devait s'être durcie cette nuit et pénétrait dans la chair vive, elle me causait des douleurs insupportables.

— Et toi, comment vas-tu, l'Eclopé, je ne croyais pas te voir debout aujourd'hui, je dirai même plus, je croyais te trouver mort, Cul de Jatte avait cru en effet comme il l'avait dit au Roi des Gueux que l'Eclopé mourrait.

— Ah ! ça, tu crois donc que je n'ai pas la peau dure, dit ce dernier en riant grossièrement.

— Voyons, comment ça va ce matin.

Il enleva le foulard qui entourait la tête de l'Eclopé puis les bandes de toile, et fut stupéfait en voyant que les lèvres des plaies commençaient déjà à se cicatriser.

— Tu es guéri ; encore un pansement et tu ne ressentiras plus rien
— Je pourrai donc sortir aujourd'hui.
— Si tu veux dès que je t'aurai pansé.
— A la bonne heure ! Sais-tu que tu ferais un fameux docteur, Cul de Jatte.
— Oh ! dit celui-ci avec modestie je préfère être mendiant.

Il appliqua une autre pièce sur laquelle il avait au préalable étendu une espèce de pommade noire sur le crâne de l'Eclopé, recouvrit le tout d'un foulard et dit au second blessé.

Tu peux sortir si tu veux, tu ne crains plus rien !

— Merci Cul de Jatte, et l'Eclopé lui tendit la main que celui-ci serra. Quand devrai-je être pansé encore ?

— Ce soir ou demain matin.
— Bon.
— Quant au Borgne, il faut que je lui applique encore un pansement cette après-midi.
— Cul-de-Jatte sortit.

L'Eclopé s'approcha doucement du Borgne et comme il vit que celui-ci dormait paisiblement il le laissa reposer et sortit à son tour.

Il promena longtemps dans la ville, cherchant à rencontrer la Béquillarde.

A l'heure de la promenade il alla sur le port avec les compagnons de la Cour des Miracles, et se rendit ensuite à l'église des Prêcheurs

Il aurait pu aller à une autre église, mais un secret pressentiment le poussa là plutôt qu'ailleurs.

Lorsque les paroissiens furent sortis, l'Eclopé allait partir quand il s'aperçut que contre son habitude le Roi des Gueux ne bougeait pas.

Cela lui parut étrange, et à tout hasard il résolut de savoir pourquoi le vieillard ne s'en allait pas.

Quelques instants après, il vit arriver la Béquillarde qu'il ne reconnut pas. Comme nous l'avons dit à nos lecteurs la jeune fille monta les degrés de l'église et en redescendit avec le Roi des Gueux.

L'Eclopé ne comprenait absolument rien à ce qu'il voyait, machinalement il suivit le couple en se dissimulant dans les coins et recoins, mais à un moment donné, étant à deux pas de lui, il distingua parfaitement la voix de la Béquillarde qui parlait avec le Roi des Gueux.

L'Eclopé ne put en croire ses yeux et ses oreilles, il s'approcha tellement qu'il faillit être aperçu mais il eut le temps de se jeter dans un couloir non sans avoir entendu que le Roi des Gueux avait interpellé la Béquillarde par son nom.

Cette fois, plus de doute, c'était elle ; comment était-elle vêtue ainsi en grande dame.

L'Eclopé les suivit derrière St-Martin où nous savons que le vieillard et la jeune fille se rendirent, et pour ne pas les perdre de vue il se plaça vis à vis le restaurant dans une buvette qui semblait se trouver là tout exprès, résolu d'attendre jusqu'au lendemain, s'il le fallait, la sortie du couple qu'il épiait.

L'ex-amant de la Béquillarde se perdait en conjectures de toutes sortes, il y avait une heure et demie qu'il était là, et, certes, il n'avait pas trouvé la solution de ce problème, lorsqu'une pensée lumineuse traversa son esprit.

— La Béquillarde m'a trompé, dit-il, le vieux est son amant et c'est pour déjouer mes recherches qu'elle m'a parlé du jeune homme en question.

Il régla sa consommation et se dirigea comme un fou vers le restaurant, il monta précipitamment les escaliers et se trouva nez à nez avec le garçon qui revenait justement avec le prix du repas que le vieux venait de lui payer.

— N'avez-vous pas ici, dit-il, un vieillard et une jeune fille.
— Chambre n° 9, dit le garçon.
— Merci, reprit l'Eclopé, à qui une rage sourde donnait des ailes.
— Il arriva devant la chambre n° 9 et eut une furieuse envie d'enfoncer la porte, mais il se contint, ouvrit doucement, referma avec précipitation et poussant le loquet il se retourna.

Alors comme nous l'avons dit, le vieillard et la jeune fille jetèrent un cri d'effroi.

XIV.

LA VENGEANCE DE L'ÉCLOPÉ

L'Éclopé, cria la Béquillarde qui se précipita sur un couteau.

Le Roi des Gueux avait eu une minute d'angoisse, mais sa nature bien trempée reprit immédiatement le dessus et, s'avançant vers le nouveau venu, il lui dit simplement :

— Assieds-toi.

L'Éclopé, debout contre la porte, la lèvre écumante, les yeux en feu, ressemblait à un tigre prêt à s'élancer sur sa proie.

— Assieds-toi donc, dit le Roi des Gueux qui prit un siège et l'approcha de lui. Je ne croyais pas au revenant, ajouta-t-il, mais j'y croirai maintenant.

— Ah ! dit enfin le blessé d'une voix étranglée, vous croyiez que j'étais mort.

— Ma foi oui, dit le vieillard en riant.

— Et c'est pour cela que vous m'aviez remplacé auprès de la Béquillarde.

— Peut-être bien, reprit-il toujours avec calme ; mais n'aies donc pas peur fillette, quitte ce couteau et assieds-toi, l'Éclopé ne veut pas te manger, que je sache.

Cette raillerie exaspéra celui-ci, il voulut s'élancer mais le Roi des Gueux qui ne le perdait pas de vue, le saisit par les deux bras et avec une force surhumaine le força à s'asseoir et lui dit.

— Tu vois que je ne te crains pas et que je suis ton maître ; je ne veux pas te laisser croire que je veux employer d'autres moyens que ceux de ma force propre ; seulement, comme je ne tiens pas à me fatiguer en te maintenant sur cette chaise, nous allons employer les grands effets.

— La Béquillarde dit-il, approche-toi, et fouille dans la poche de ma redingote, tu trouveras un petit joujou que tu prendras.

La Béquillarde s'avança et retira un pistolet mignon d'une des poches de l'habit du Roi des Gueux.

— Bien, dit le vieillard, au moindre mouvement que fera cet homme tire dessus.

— Soyez tranquille, dit la Béquillarde.

— Vous êtes des lâches, dit l'Éclopé, vous m'enlevez ma femme et vous voulez me tuer, Roi des Gueux.

— Pardon, dit celui-ci en lachant le bras !

Je te ferai d'abord remarquer que je ne t'ai pas enlevé ta femme et ensuite que je n'ai nullement l'intention de te tuer, si tu es raisonnable.

Il semblait faire allusion à l'enlèvement d'une femme par des hommes masqués, page, 71.

— Alors que faites-vous ici avec la Béquillarde

— Qu'y fais-tu toi-même et qui t'a donné l'autorisation de nous poursuivre.

— Je n'ai besoin de l'autorisation de personne, pour faire ce que je me suis dit que je ferai.

— C'est comme moi, je me suis dit que je souperai ce soir avec ton ex-maîtresse et tu vois que je ne t'en ai pas demandé la permission, je l'ai prise.

—·-Voyons, dit le misérable en adoucissant sa voix, je comprends que je suis en votre pouvoir, un mot peut me rendre calme, prononcerez-vous ce mot.

--- C'est selon, explique-toi.

-- Etes-vous oui ou non l'amant de la Béquillarde.

9me LIVRAISON.

-- Le roi des Gueux partit d'un éclat de rire et dit

-- Tu es positivement fou, mon pauvre Eclopé, mais regarde moi donc, ai-je l'air d'un amant et d'un amant heureux surtout ?

-- Vous me jurez que vous n'êtes pas l'amant de cette femme ?
-- Cette question est trop bouffonne pour que j'y réponde.
-- Réponds toi-même, la Bèquillarde.

-- Je n'ai pas de compte à rendre à cet homme là, dit la jeune fille dédaigneusement ; je ne le connais pas.

L'Eclopé se dressa, mais celle-ci, dirigea l'arme à feu sur lui.

Cet homme était lâche il se rassit.

--- Voyons. l'Eclopé, ne t'emporte pas dit le vieillard, puisqu'il faut absolument te rassurer, je te jure que la Bèquillarde est une sœur ou plutôt une fille pour moi.

--- Cela me suffit, dit le misérable, mais alors puisqu'elle n'est pas votre amante, laissez-moi m'expliquer avec elle.

--- Tu le peux.

--- Les explications que je dois avoir avec ma maîtresse ne peuvent avoir de témoins.

--- Je le regrette alors, car elles n'auront pas lieu !
--- Vous voyez que vous la soutenez.
--- Pardon, je la protège ! Tu penses bien que je ne vais pas te la jeter dans les bras pour que tu l'étouffes.

— Elle est armée, elle ne craint donc rien.
-- Le proverbe dit : deux sûretés valent mieux qu'une.

Je reste ; mais tu peux demander des explications, je ne t'interromprai pas.

— Je n'ai pas d'explications à donner, dit la Béquillarde.

Je l'ai quitté de ma propre volonté et il n'a pas à me demander compte de ma conduite.

— La Béquillarde ! dit l'Eclopé, tu me hais donc bien !
— Non, je ne vous hais, ni ne vous aime, seulement je veux être libre, voilà tout !

— Mais voyons est-ce que c'est juste, ce que tu fais là ?

Je ne t'ai jamais fait de mal moi, je t'ai toujours aimée avec passion, avec idolâtrie ; tes désirs étaient des ordres, ta volonté était la mienne !

Tu te rappelles bien enfin que je t'adorai. que je passai quelquefois des nuits à te contempler, retenant mon souffle pour ne pas t'éveiller, ce temps là n'est pas si loin de nous pour que tu ne te le rappelles plus.

Tu le vois, je suis venu ici avec une haine immense, ta présence seule me rend doux comme un agneau.

Pourquoi ne veux-tu plus m'aimer ? tu sais bien que je ne peux pas vivre sans toi, que sans ton regard, sans ton sourire, la vie m'est insupportable !

Aie pitié de moi, reviens à de meilleurs sentiments, ne m'abandonne pas ainsi, je suis si malheureux que si tu pouvais voir jusqu'au fond de mon âme tu verrais de quel amour ardent elle est remplie pour toi.

Je te pardonne tout ce que tu as pu faire depuis hier, souris moi et tout est oublié ; mais parle moi, parle moi au moins que je connaisse ta pensée comme tu connais la mienne, que je sache si je dois vivre ou mourir.

— L'Eclopé, dit la Béquillarde, d'une voix grave, Dieu m'est témoin que je ne te hais pas, j'ai pu te le dire dans un moment de colère mais ce jour là j'ai menti.

Je n'ai rien à te reprocher, mais je ne t'aime pas, je ne t'ai jamais aimé, pas plus aujourd'hui qu'hier, qu'il y a trois mois.

L'amour ne peut vivre entre un homme comme toi et une femme comme moi.

La boue n'a jamais rien fait de divin, elle souille tout ce qu'elle touche.

Dans cette boue l'amour se souille comme le reste, le corps seul peut avoir un désir, l'âme et le cœur sont seuls exceptés de cette souillure.

J'ai faibli parce que je ne savais pas ce que c'était pour une femme que de faiblir.

Sans protection, sans conseil je me suis trouvée au milieu de vous Comment, je n'en sais rien, mais enfin je m'y suis trouvée et vous m'avez prise dans vos bras ; que pouvais-je faire puisque dans ce gouffre il n'y avait qu'un lit ?

Est-ce moi qui me suis prostituée ?

Si, lorsqu'un de vous est devenu mon amant, une créature quelconque s'était dressée entre moi et l'homme qui me déshonorait, pour empêcher ce forfait, serai-je devenue ce que je suis aujourd'hui. Je ne le pense pas.

La prostitution m'a atteinte sans que je m'en doute et aujourd'hui que je comprends toute l'horreur de ma vie passée, aujourd'hui je sens bien que mon corps seul a subi la flétrissure et que je n'ai pas de fautes à me reprocher, puisque mon âme et mon cœur sont intacts

Le Roi des Gueux était plongé dans la plus profonde stupéfaction, la Béquillarde n'avait jamais trouvé de pareilles expressions et il sentait que cette fille était bien meilleure qu'il ne le pensait.

Il la regardait avec un étonnement croissant et se demandait si c'était bien la mendiante qui parlait ainsi !

Quant à l'Eclopé, il ne pouvait rien ressentir de ce que la Béquillarde disait, il était trop corrompu, trop vicié, son amour était trop matériel pour qu'il put s'élever à la hauteur des pensées de son ex-maîtresse.

Ce langage l'agaçait car il n'avait pas d'écho dans son cœur ; hébété il regardait la Béquillarde avec admiration ; il ne l'avait jamais vue si belle ; et se demandait s'il ne rêvait pas quand la pensée qu'il ne la possédait plus se présenta à son esprit.

Il parvint cependant à dire.

— Tu as beaucoup parlé, mais tu ne m'as rien dit, rien affirmé et le même doute m'assiège.

— Je vais donc te le répéter plus clairement, dit la Béquillarde.

Tout est fini entre nous et ce qui est fini aujourd'hui, n'aurait jamais dû avoir de commencement.

Mais je te le répète je ne t'en veux pas, tu n'es pas coupable de ta faute et de la mienne, les circonstances ont fait de moi ta maîtresse un jour, aujourd'hui les circonstances nous séparent.

— Alors dit l'Eclopé d'une voix dans laquelle sa colère était mal dissimulée, alors, c'est fini et je ne peux plus compter sur toi.

— Jamais, dit la Béquillarde !

— C'est ton dernier mot.

— C'est le dernier.

— Bien, dit-il, je me résigne, je voulais que tu me dises encore une fois ces paroles là, car malgré ce que tu m'avais dit l'autre soir je ne pouvais croire à mon malheur ; aujourd'hui j'y crois et mon amour est tellement grand pour toi que je ne t'adresserai plus de reproches et que je ne te te poursuivrai plus.

— Enfin ! tu deviens raisonnable.

— C'est bien, ça dit le Roi des Gueux qui comme la jeune fille se laissa prendre à la résignation de l'Eclopé. Sortons, il est tard et j'ai encore pas mal à faire ce soir,

Nos trois personnages sortirent de l'hôtel et au moment d'arriver près de l'église Saint-Martin, l'Eclopé sortit un couteau poignard et le plongea dans la poitrine du Roi des Gueux, le vieillard jeta un cri terrible et tomba.

La jeune fille se retourna précipitamment, mais l'Eclopé avant qu'elle eut le temps de se reconnaître lui avait jeté un mouchoir sur le visage qu'il serra derrière la tête et la prenant sur ses épaules courut devant lui comme un insensé.

Une voiture passa, il héla le cocher qui s'arrêta en voyant un homme porter une femme sur son dos, l'Eclopé ouvrit la portière mais au moment où il allait franchir le marche pied, un homme fondit sur lui passa ses jambes dans les siennes et le fit tomber à la renverse.

La jeune fille dégagée de l'étreinte de l'Eclopé fit un pas en arrière et regardant le nouveau venu :

Adrien, s'écria-t-elle.

— Blanche. dit celui-ci,

L'Eclopé en entendant ces deux cris, comprit tout et ayant gravé dans sa tête la figure du jeune homme il se sauva à toutes jambes en murmurant.

— Je le connais maintenant et je le retrouverai.

—Venez vite, dit la Béquillarde à Adrien, un homme se meurt derrière l'église, venez vite, il faut à tout prix le sauver.

Adrien suivit Blanche, mais arrivés à l'endroit où était tombé le vieillard, quel ne fut pas l'étonnement de celle-ci et du jeune homme lorsqu'il n'aperçurent qu'une mare de sang.

Le blessé avait disparu.

XV.

LA NUIT DU 14 SEPTEMBRE

Nous avons dit que lorsque le Roi des Gueux reçut le coup de poignard de l'Eclopé il tomba en poussant un cri.

L'Eclopé avait donné le coup dans la poitrine. mais, par un hasard providentiel, la lame avait rencontré le portefeuille et le vieillard, quoique blessé grièvement, n'avait pas reçu un coup mortel.

Il tomba plutôt sous la violence du choc.

Le vieillard ne perdit pas connaissance, il aperçut distinctement l'Eclopé qui bâillonnait la Béquillarde, le vit se diriger sur la place et au moment où il allait se traîner jusque là il vit aussi Adrien qui renversait le ravisseur.

Lorsque l'Eclopé se sauva, le roi des Gueux comprit qu'on allait venir vers lui pour le secourir, et la peur d'être reconnu par Adrien s'il était conduit chez son fils lui donna un courage surhumain.

Il sortit un mouchoir, l'appliqua sur sa blessure afin que le sang ne fît plus de traces sur le sol et se dirigea aussi vite qu'il le put vers un couloir qui était ouvert et dont il ferma la porte sur lui.

Il était temps, quelques minutes après, il entendit les pas d'Adrien et de la Béquillarde et le cri d'étonnement de celle-ci quand elle ne retrouva pas le blessé.

Après des recherches infructueuses les jeunes gens partirent.

Alors le roi des Gueux rouvrit la porte, sortit, et ne voyant plus personne se risqua dans la rue, il s'assit un moment sur un escalier de pierre, car il était littéralement brisé et resta un quart d'heure dans cette position.

Il se souvint qu'il avait dans sa poche une petite bouteille contenant du rhum. Il la sortit et la vida.

Cela lui donna un peu de force ; la rue était déserte, il se dressa et se cramponnant aux murs pour ne pas tomber, à force de courage et d'énergie, il arriva chez lui ouvrit et s'accroupit sur la première marche de l'escalier après avoir refermé la porte.

Il se posa un instant, puis il commença à gravir en se cramponnant à la rampe les vingt marches qui conduisaient à ses appartements

Après des efforts inouïs, le vieillard arriva enfin dans son salon, dont il poussa la porte seulement et ensuite dans sa chambre.

Il se jeta sur son lit, en exhalant un long soupir de soulagement.

Deux-heures après un autre personnage ouvrait la porte de la rue, montait avec précaution et sans bruit l'escalier et frappait à la porte.

Le vieillard se sentit sauvé, il essaya de parler, il ne put pas.

Le visiteur frappa encore et n'obtenant pas de réponse il se dit.

— Il n'est peut-être pas rentré, je reviendrai tout-à-l'heure, et il retourna sur ses pas

Le vieillard l'entendit descendre et son sang se glaça dans ses veines, il sentait qu'il s'en allait peu à peu et que si de prompts secours ne lui étaient pas donnés, il en avait à peine pour une heure, car la blessure coulait abondamment.

Mais le visiteur arrivé au milieu de l'escalier rebroussa chemin, et assailli peut-être par un pressentiment funeste frappa plus fort, il sentit alors que la porte cédait; s'il avait eu de la lumière il aurait vu tout d'abord qu'elle n'était pas fermée il la poussa et entra.

Une obscurité complète régnait dans le salon du Roi des Gueux

Cul-de-Jatte, car c'était lui, appela, mais le vieillard de plus en plus faible ne put répondre, il fouilla dans ses poches et finit par y trouver une allumette.

Il éclaira une bougie et vit avec effroi quelques gouttes de sang sur le plancher.

Il se précipita dans la chambre et, il aperçut le Roi des Gueux étendu sans mouvement sur le lit.

Il venait de s'évanouir.

Cul de Jatte posa la bougie sur la table de nuit, déchira les vêtements du blessé et vit une large plaie qui s'étendait du côté droit au côté gauche de la poitrine.

Il avait une trousse sur lui il la posa sur le lit, déchira la chemise du vieillard qui était en toile, versa de l'eau dans un plat, et commença à laver la blessure, il prit une sonde et la mit dans la plaie ; le blessé fit un mouvement et son visage se comprima.

Cul-de-Jatte était rassuré, la blessure n'était pas mortelle.

Alors il fit de la charpie, prit dans une de ses vastes poches divers flacons et commença à procéder au premier pansement.

Le pansement opéré, Cul-de-Jatte s'assit au chevet du blessé et attendit.

Il aurait pu lui donner quelque réactif qui eut fait revenir le vieillard à lui.

Mais il préféra laisser agir la nature, c'était toujours quelques moments de souffrances de moins pour le blessé.

Le blessé semblait atteint par un cauchemar, quelques phrases intelligibles s'échappaient de ses lèvres.

Il semblait faire allusion à l'enlèvement d'une femme par des hommes masqués.

Mais bientôt le vieillard devint complètement silencieux et resta ainsi deux heures sans mouvement, puis il rouvrit les yeux les promena autour de lui avec étonnement et les arrêta sur Cul-de-Jatte, qui, mettant un doigt sur sa bouche, lui fit signe de ne pas parler.

Le Roi des Gueux prit la main de Cul-de-Jatte et la serra doucement.

Il fit signe avec la main qu'il voulait écrire.

Cul-de-Jatte prit dans le salon une plume, de l'encre et du papier et les porta au malade.

Le Roi des Gueux écrivit ces quelques mots :

— « Suis-je mortellement blessé ou m'en relèverai-je ! dis-le moi franchement, il est urgent que je le sache. »

Cul-de-Jatte se pencha à son oreille et lui dit :
— Ne vous effrayez pas, je vous jure que vous vous en tirerez.

Le blessé serra encore une fois la main de Cul-de-Jatte, puis il s'endormit d'un sommeil de plomb.

Cul-de-Jatte resta toute la nuit près du vieillard. Le matin à 9 heures ce dernier s'éveilla et son regard trouva le garde-malade au chevet de son lit.

Eh ! bien vous avez dormi, dit celui-ci ?

— Très-bien, répondit le Roi des Gueux d'une voix faible, il faut que j'écrive une lettre urgente, donne-moi ce qu'il faut pour cela.

Cul-de-Jatte apporta ce qu'il fallait et le vieillard écrivit la lettre qui suit à son fils :

Mon cher enfant,

« Un danger te menace, il est imminent, je sais ce que tu asfait hier, tu as protégé une femme qui ne t'appartient pas, qui appartient à un autre. Celui qui l'enlevait avait le droit de le faire et il est certain qu'il te poursuivra de sa vengeance qui sera terrible.

« Je te prie, et au besoin je t'ordonne de partir, je t'envoie pour cela 2,000 fr. va où tu voudras, mais absente-toi pendant deux ou trois mois.

« Je ne te défends pas de partir avec la jeune fille que tu as enlevée, tu es libre de faire ce que tu voudras, à ce sujet, si tu as besoin d'argent, fais-le moi savoir, je t'en enverrai.

« Je t'avais dit dans une précédente lettre que j'allais m'absenter pour quelque temps, et j'ai reçu la réponse à ce sujet ; tu exagères toujours ma situation et la tienne, mon cher fils, je te promets encore que tout un jour sera aplani, que tu connaîtras ma vie aussi bien que la tienne et que ce jour-là tu seras heureux et fier de m'avoir pour père.

Pendant ton absence, tu m'enverras tes lettres chez toi à l'adresse de monsieur Pierre Derbois, je les ferai prendre, car une affaire imprévue m'empêche de partir

« Adieu, mon cher fils, je t'embrasse de tout mon cœur.

Ton dévoué père,

Pierre.

Pierre c'était le nom que le Roi des Gueux avait donné à son fils comme étant son nom de baptême.

Le vieillard cacheta la lettre et la remettant à Cul-de-Jatte il lui dit :

— Voilà une lettre que tu porteras à son adresse ainsi que 2,000 fr. que tu vas aller prendre là où je te dirai.

— Bien, mais avant ne pourriez-vous pas me dire pourquoi vous êtes dans ce lit, et surtout qui vous a blessé ; vous pouvez parler un peu maintenant.

— Oui, je vais te le dire, et le Roi des Gueux raconta alors la scène que nous connaissons, s'abstenant, comme bien on pense, des détails superflus et qui pouvaient contenir une allusion à l'existence de son fils.

— Alors, dit Cul de Jatte, c'est l'Éclopé qui a voulu vous tuer.

— Oui, parce qu'il croyait que j'étais l'amant de la Béquillarde, cet imbécile.

— En effet, il faut que ce garçon soit idiot pour se mettre dans l'esprit un doute pareil.

— Maintenant, mon cher Cul-de-Jatte, tu vas bien écouter les instructions que je vais te donner.

— Si vous avez beaucoup à me parler il vaut mieux que vous renvoyiez à plus tard ce que vous avez à me dire, je vous donne ma parole que vous n'êtes pas en danger de mort, mais il ne faudrait pas pourtant commettre une imprudence qui pourrait vous être funeste.

Et cheval et cavalier étaient couverts de poussière. Page 82.

— Je ne puis cependant pas renvoyer à demain, par exemple, les graves secrets que j'ai à te confier parce que si une complication quelconque venait à surgir et que je me trouvasse tout à coup dans l'impossibilité de parler ce serait terrible, et me douleur de partir ainsi, sans faire ma confession pour ainsi dire, serait immense. Tu ne peux pas savoir tout ce qu'il y a d'amertume dans ma vie et de secrets importants. Je sais que je puis compter sur toi comme sur moi-même, que tu m'es fidèle et que tu ne trahiras pas ton vieux maître.

— Oh ! pour cela je vous le jure, dit Gui-de-Jatte avec émotion. Je vous aime comme un enfant aime son père, c'est à vous que je dois tout et je vous serai fidèle comme un chien tant que vous vivrez et que je vivrai.

— Je le sais, mon ami, aussi n'hésiterai-je pas à t'ouvrir tout mon cœur, tu seras mon confident.

10me LIVRAISON.

Je n'avais jamais songé qu'un jour je pouvais mourir de mort violente, aujour-d'hui la possibilité d'une mort pareille m'effraye et ce serait un grand désastre pour moi si je n'avais pas confié à un autre les graves intérêts que j'ai en mains

Je te dirai donc tout !

Ma confession sera peut-être un peu longue et ennuyeuse, mais tu m'entendras jusqu'au bout, il le faut mon ami, parce qu'autrement tu ne serais pas bien pénétré de la valeur de ma confession et tu pourrais omettre certaines choses qui entraine-raient par leur omission des malheurs irréparables.

Cul-de-Jatte était étonné de ces préambules et son intelligence concevait parfai-tement qu'il allait probablement entendre des choses étrangeres, il répondit :

— Vous avez beaucoup parlé déjà, il faut un peu vous reposer
— Bon, mais avant prends le trousseau de clefs qui est dans la poche de ma veste et apporte le moi.

Cul-de-Jatte obéit.

Le vieillard prit le trousseau, chercha un moment et remettant une clef dans la main de son ami, il lui dit :

— Va, dans mon bureau, tu ouvriras le tiroir de droite, tu prendras le porte-feuilles qui est au fond de ce tiroir et tu me l'apporteras.

Cul-de-Jatte exécuta l'ordre du Roi des Gueux et revint bientôt avec l'objet en question.

Le vieillard ouvrit le portefeuilles, en sortit une liasse de billets de banque, prit 2000 francs, les mit dans la lettre et lui dit :

— Porte ce pli à M. Adrien, qui demeure Grand'Rue, 8, s'il n'y est pas tu l'attendras, tu lui remettras la lettre que voici et qui contient 2000 francs ; quoi-qu'il te dise, quelque question qu'il t'adresse, tu ne sais rien et tu ne veux rien savoir ; tu donnes la lettre et tu t'en vas sans attendre la réponse.

Cette lettre c'est un Monsieur qui te la remise et que tu ne connais pas, tu as bien compris.

— J'ai bien compris, dit Cul de Jatte.
— Quand ta commission sera faite, tu reviendras ici et nous causerons.
— C'est bien.

A propos s'il y avait quelqu'un chez Monsieur Adrien et que ce dernier fut sor-ti, tu peux causer de n'importe quoi, avec ce quelqu'un, pourvu que te dises, si l'on parlait de moi, que tu ne sais pas ce que je suis devenu.

Je te fais la même recommandation pour n'importe qui.

Tu ne m'as pas vu, tu ne sais pas ce que je suis devenu pour personne.

— Vous pouvez compter sur moi.

Je vais, avant de partir, appliquer un second pansement.

, Cul-de-Jatte pansa encore une fois le vieillard et sortit, non sans se dire que ce qui se passait depuis la veille était d'une conplication extrême, dont il allait probablement connaître le fil bientôt.

XVI

CHEZ ADRIEN

Cul-de-Jatte se rendit au n° 8 de la Grand'rue, sonna, et quand on lui eut ouvert, monta au premier et demanda monsieur Adrien.

Le domestique voyant un homme de mauvaise mine, misérablement vêtu, hésita un moment à répondre, puis finit par dire :

— Monsieur Adrien est sorti.
— J'ai pourtant, dit Cul-de-Jatte, une lettre importante à lui remettre.
— Donnez-la moi, je la lui ferai parvenir.
— Je ne peux pas, je suis chargé de la remettre en mains propres.
— Alors il faudra revenir.
— Mais à quelle heure ?
— Ah ! je ne sais pas trop, peut-être dans une heure, peut-être dans deux, je ne sais pas au juste.
— Si vous le permettez, je l'attendrai.

Le domestique réfléchit un moment, puis sachant que son maître aimait beaucoup les malheureux, et que celui qui était devant lui en était un, se décida à le faire entrer ; il précéda Cul-de-Jatte et le conduisit dans le salon où nous avons mené nos lecteurs lors de l'entrevue d'Adrien et de la Béquillarde.

Le domestique le laissa en lui disant : Attendez ici.

Cul-de-Jatte fut littéralement ébloui ; le malheureux n'avait jamais supposé que des créatures faites à son image habitaient des lieux somptueux comme ceux-là !

Il n'osait ni marcher, ni s'assoir et restait cloué au milieu du salon sans faire un mouvement. Le pauvre Cul-de-Jatte commençait à perdre la tête.

— Comment, se disait-il, le Roi des Gueux a-t-il des rapports avec des gens aussi riches, que dis-je aussi riches, il est plus riche qu'eux, puisqu'il leur envoie encore de l'argent.

Il en était là de ses réflexions, lorsqu'une femme entra tout-à-coup. Cul-de-Jatte avait envie de se dissimuler sous un meuble tellement cette apparition inattendue le jeta dans l'embarras.

Mais là où il crut devenir fou, c'est lorsque cette femme, qui avait une robe de soie et qui était réellement très-belle, lui dit avec un étonnement profond et en lui tendant la main.

Cul-de-Jatte ! Ah ! par exemple, mais c'est la nuit et la journée aux événements.

— La Béquillarde ! murmura Cul-de-Jatte et ne pouvant en croire ses yeux, Il s'avança vers la jeune fille, la regarda sous le nez et répéta tout abasourdi

— La Béquillarde ! c'est bien elle ! je veux qu'on me pende si j'y comprends quelque chose.

-- Mais assieds-toi donc, dit la jeune fille qui riait de l'ébahissement de son ancien camarade.

— Je n'ose pas, dit-il avec un accent comique.
— Puisque je te le dis.
— Mais tu es donc la maîtresse toi ici.
— Eh ! . . . à peu près.

— Explique-moi ça, où tonnerre de tous les diables je sens que je vais devenir idiot.

— C'est à toi d'abord à t'expliquer. Que viens-tu faire ici ?
— Porter une lettre à M. Adrien.
— De la part de qui ?

Cul-de-Jatte, quoique abasourdi, se rappela les recommandations du vieillard et répondit :

— De la part d'un monsieur que je ne connais pas.
— Ah ! et ce monsieur attend une réponse ?
— Non, je n'ai pas à en prendre.

— Bon, maintenant donne-moi des nouvelles de la Cour des Miracles, puisque monsieur Adrien est sorti et que tu dois l'attendre.

— Je n'en ai pas à te donner, n'y étant pas allé cette nuit
— Alors tu ne sais pas ce qui est arrivé hier soir ?
— Pas le moins du monde.
-- Eh ! bien ! ce brigand d'Éclopé a tué le Roi des Gueux
-- Que me dis-tu là ? reprit Cul-de-Jatte, en jouant la surprise

-- L'exacte vérité, je suppose pourtant que le vieillard n'est pas mort parce que je suis allé après que l'Éclopé m'a eu lachée -- ce monstre m'enlevait -- je suis allée, dis-je, pour le secourir, mais il s'en était allé, sa blessure ne peut-être par conséquent d'une grande gravité.

-- Tant mieux ! j'aurais été navré qu'il lui fut arrivé malheur.

-- Et moi donc, dit la Béquillarde, si le Roi des Gueux était mort je crois que je ne m'en consolerai jamais ; il a été si bon pour moi, continua la jeune fille avec un accent de reconnaissance inouïe.

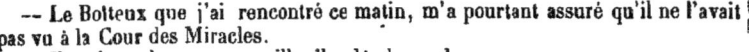

— Le Botteux que j'ai rencontré ce matin, m'a pourtant assuré qu'il ne l'avait pas vu à la Cour des Miracles.

— Il avait un logement en ville, il a dû s'y rendre.

— Probablement, ajouta Cul-de-Jatte, mais je t'en prie, dis-moi comment tu te trouves en si bonne maison ?

— Tu seras discret ?

— Tu sais que je ne suis pas bavard.

— C'est vrai, dit la Béquillarde, et elle raconta à Cul-de-Jatte toute son aventure

Celui-ci ouvrait de grands yeux et ne pouvait s'empêcher de faire un rapprochement direct, entre la lettre que la Béquillarde avait été chargée de remettre et celle qu'il avait à remettre lui-même.

Il y avait certainement dans toutes ces aventures une corrélation quelconque, mais elle lui échappait complètement.

— Ainsi, dit Cul-de-Jatte, quand M. Adrien te sauva des griffes de l'Éclopé, il t'emmena chez lui

— Certainement, j'étais sa maîtresse depuis la veille ! Je pouvais donc demeurer dans sa maison.

— C'est juste !

Et c'est lui qui t'a donné cette belle robe de soie ?

— Oui, il s'est levé de bonne heure ce matin, il est allé chercher une confectionneuse qui est venue avec toutes sortes de robes pliées dans des coffres et j'en ai choisi trois qui me vont admirablement bien.

— Mais c'est un crésus, ce M. Adrien.

— Sa richesse m'importe peu, je l'aime, voilà tout.

— Ça, c'est ton affaire, reprit Cul-de-Jatte qui n'avait pas du tout l'intention d'en savoir davantage à ce sujet.

— Inutile de te recommander le silence sur ce que tu sais ; maintenant, il faut absolument qu'on ne sache pas à la Cour des Miracles, ce que je suis devenue.

— Tu n'avais pas besoin de me faire cette recommandation, tu sais combien j'estime peu mes compagnons.

Ce n'est pas pour rien que le Roi des Gueux m'a accordé sa confiance, je suis muet comme une tombe quand il faut l'être, et je ne dis jamais que ce que je veux dire :

Y a-t-il longtemps que M. Adrien est sorti ?

— Il y a une heure à peu près

— Crois-tu qu'il tardera à revenir ?

— Je ne le pense pas. Donne-moi ta lettre, si tu veux je la lui remettrai ?

C'est que je dois la donner moi-même à M. Adrien, c'est une condition essentielle et de laquelle je ne puis me départir, et Cul-de-Jatte sortit la lettre de sa poche.

Marseille — Imp. J. DOUCET, r⁹ Chevalier-Rose, 1.

— Fais voir l'adresse, dit la Béquillarde. C'est drôle, je ne sais pas lire, mais celle que j'ai remise avait exactement la même forme et cette suscription ressemble....... C'est la même main qui a tracé cette adresse, s'écria-t-elle je le reconnais à ces quatre lettres.

Et la Béquillarde qui ne connaissait pas les premières lettres de l'alphabet montra à Cul-de-Jatte dans l'adresse ci-après :

MONSIEUR ADRIEN

(En Ville)

L' M, L' A, L'E, et le V qui ressemblaient, d'après elle aux quatre majuscules de la lettre qu'elle avait portée elle-même.

— Et ce pli était envoyé par qui.

— Comme je te l'ai dit, le Roi des Gueux m'avait chargé de la porter parce qu'il ne pouvait faire la commission lui-même.

La lettre était du père de M. Adrien.

Ces simples mots furent un trait de lumière pour Cul-de-Jatte, il n'eut pas le loisir de réfléchir longtemps, un coup de sonnette retentit et la Béquillarde lui dit :

Ce doit être Adrien, je me sauve ; pas un mot de tout cela.

— Sois tranquille, adieu la Béquillarde.

— Adieu ! dit la jeune fille, et vive comme une gazelle, elle ouvrit la porte de l'autre juda, et disparut.

C'était Adrien, en effet.

Il entra dans le salon et demanda à Cul-de-Jatte ce qu'il désirait.

— Voilà, Monsieur, une lettre qu'on m'a chargé de vous remettre, il n'y a pas de réponse. Et il s'apprêta de sortir.

— Mais attendez donc, dit Adrien, en décachetant le pli.

— Il n'y a pas de réponse, répéta Cul-de-Jatte et il se sauva comme si le diable l'emportait.

Lorsqu'il fut dans la rue il respira à pleins poumons, se prit à réfléchir, et il s'arrêta.

— Ce qu'il y a de sûr, se dit-il, c'est que le Roi des Gueux est le père d Adrien, ça ne fait pas pour moi l'ombre d'un doute, il faudrait être une buse pour ne pas le comprendre : Il fait remettre une lettre à M Adrien, par la Béquillarde en lui disant que c'est un Monsieur que l'on a chargé ; parbleu il ne pouvait la porter lui-même à son fils. Il m'en fait remettre une autre, en me recommandant de dire à Monsieur Adrien que je ne connais pas celui qui me l'a remise, ces deux lettres sont envoyées par le même personnage, ce personnage c'est le Roi des Gueux, c'est lui qui les a faites puisque je lui ai vu faire la dernière, je ne rêve pas enfin, je

suis bien éveillé la Béquillarde reconnaît que l'adresse a été mise par la même main,
donc, c'est le vieux qui a écrit la première lettre, donc c'est le vieux qui est le papa
et Adrien qui est le fils, puisqu'il a écrit devant moi la seconde.

Je commence à croire que si cela continue de ce train je finirai par perdre la raison; une tête d'homme ne peut pendant quarante-huit heures résoudre des problèmes algébriques sans solution de continuité.

Cul-de-Jatte en était là lorsqu'un passant qui le vit ainsi allant sur le trottoir,
crut qu'il demandait l'aumône et lui donna deux sous.

Cul-de-Jatte remercia avec effusion le passant, il mit les deux sous dans sa
poche, et comme cet incident avait coupé court à son raisonnement il retourna chez
le vieillard qu'il trouva toujours très faible.

XVII

DOULEUR ET JOIE

Adrien resta stupéfait des façons brutales du porteur de la lettre.

Il lut le billet que lui faisait parvenir son père.

Deux mille francs ! Son père ne lui en avait jamais donné autant. Par une coïncidence bizarre, Adrien avait justement songé à s'absenter pendant quelques mois
avec Blanche, et c'était aussi le désir de son père.

Cette lettre et les 2000 fr. arrivèrent donc à propos.

Adrien passa dans la pièce à côté et voulant savoir comment la Béquillarde
accueillerait la proposition qu'il avait à lui faire il prit un détour avant de lui dire
la vérité.

— Viens, Blanche dit Adrien et prenant la jeune fille par la main il l'entraîna
dans le salon. Asieds-toi et causons.

— Tu as reçu encore une lettre et de l'argent, dit-elle en voyant le pli et les billets de banque dans la main du jeune homme ?

— Comme tu le dis.

— Tu n'as pas pleuré au moins cette fois ?

— Non Blanche je n'ai pas pleuré

— Ah ! tant mieux.

— Tu ne t'amuses pas beaucoup ici ma pauvre enfant.

— Moi ? allons donc, puisque tu y es je ne m'y ennuie pas du tout.

— Oui, mais tu es comme une récluse et nous ne pouvons pas sortir ensemble.

— Pour ça c'est vrai ; je serai si heureuse d'être à ton bras.

— Blanche tu n'as jamais aimé personne n'est-ce pas ?

— Jamais, dit la jeune fille sans hésitation.

— Je sais que tu es sincère et je te crois, mais il n'y a pas longtemps que tu appartenais à un autre.

La jeune fille rougit et dit très-bas.

— Oui.

— Je ne t'en fais pas un reproche, mon enfant, mais j'ai besoin de te parler à ce sujet et c'est pour cela que je me suis permis de te le rappeler.

Que dirais-tu d'un voyage que je serais obligé de faire.

— Adrien , s'écria la jeune fille, tu veux partir.

— S'il le fallait pourtant.

— Ne dis pas cela, ne dis pas cela, tu ne veux pas que je meure ? n'est-ce pas !

— Il faut cependant que je m'absente pendant deux mois au moins, une affaire urgente m'appelle au dehors.

— Adrien, dit Blanche qui était devenue toute pâle et qu'un tremblement convulsif agitait, Adrien, je n'ai pas le droit de t'imposer ma volonté.

J'ai été malheureuse toute ma vie, je le serai encore, mais je ne survivrai pas à ton abandon, car je ne m'illusionne pas sur ce départ. A peine m'as-tu connu que tu as assez de moi.

Oh ! que je suis malheureuse, que je suis malheureuse, dit-elle en pleurant à chaudes larmes,

Adrien s'était jeté à ses genoux et couvrant ses mains de baisers, lui dit :

Je pars, oui je pars, mais avec toi, ma Blanche aimée.

— Oh ! que je t'aime, dit la jeune fille en relevant Adrien et se précipitant dans ses bras ; cette parole-là rachète tous mes jours de douleur.

— Nous partirons demain Où irons-nous ? Où le hasard nous conduira ; nous resterons deux mois, trois mois, tant que tu voudras aller, nous irons ; loin des regards indiscrets, nous vivrons pour nous deux et pour personne autre, nous deviendrons égoïstes pour tout le temps que nous serons absents

Oh ! mon Dieu, comment pourrai-je jamais te rendre tout le bonheur que tu me donnes.

— En m'aimant un peu.

— En t'aimant à la folie, dit-elle, et elle l'embrassa avec effusion.

— Je vais tout préparer pour notre départ, dit Adrien ; je laisse mon père derrière moi, c'est vrai, mais mon père n'a pas besoin de son fils. Quant à toi, Blanche, il faut qu'on t'oublie, et pour en revenir au début de ma conversation, il y a quelqu'un qui te hait, qui veut te retrouver quand même, il faut fuir cet homme qui est capable de tout puisqu'il a été le même soir assassin et voleur de femmes.

Blanche et Antonia, page 83.

— Partons, dit Blanche, partons de suite mon Adrien.

— Nous ne pouvons pas partir pour deux ou trois mois sans préparer des malles, sans nous munir des choses les plus essentielles. Je veux sortir et ce soir nous serons prêts à nous mettre en route. A tantôt Blanche.

A tout à l'heure, dit-elle en l'embrassant.

Adrien sortit.

Nos lecteurs doivent trouver étrange qu'Adrien fut pris ainsi de cet amour subit pour la Béquillarde, mais qu'ils se rappellent qu'Adrien avait vingt et un ans et que malgré toutes les promesses qu'il avait faites à son père. l'amour pur n'était pas parvenu à maîtriser ses sens.

De nos jours on rirait au nez de quelqu'un qui vous affirmerait que son fils est sans tâche à vingt ans ; il y a 70 ans que cette chose-là était ordinaire, surtout dans les classes aisées.

Les enfants à cette époque allaient au collége et en sortaient pour aller chez eux.

Aujourd'hui à 13 ans, ils fument et parcourent avec leurs livres sous leurs bras les quartiers mal fâmés.

Adrien était resté jusqu'à 19 ans en pension en plein et il ne savait absolument rien de la vie.

Un jour son père arrivant d'un grand voyage, du moins cela semblait-il ainsi, puisqu'il était à cheval et que cheval et cavalier étaient couverts de poussière, vint le prendre et l'installer à la Grand'Rue.

Pendant l'année qu'il avait passée dans la maison de la Grand'rue, il avait continué à étudier et un jour étant à sa croisée, il avait aperçu Antonia ; son jeune cœur s'éprit des charmes de la jeune fille, ils s'y gravèrent et Adrien sentit peu à peu son amour grandir.

Adrien avait beaucoup lu mais plutôt des livres de science et des livres de maître que des romans, aussi ne connaissait-il rien de ces scènes d'amour que nos jeunes gens et nos demoiselles savent aujourd'hui par cœur.

Il aima la jeune fille simplement saintement, comme les anges dans le ciel doivent aimer.

Il crut devenir fin, lorsqu'un jour il dit à Antonia qu'il l'aimait et qu'il l'entendit répondre de même

Son cœur se trempa pour ainsi dire dans cet amour vierge, il s'enveloppa de cette chasteté que nulle chose de ce monde ne peut ternir.

Quand Adrien dit à son père qu'aucun amour profond ne pouvait lui faire oublier la jeune fille, il était sincère, seulement le jeune homme parlait d'après son cœur et son âme et ne comptait pas sur ses sens, qui, d'un moment à l'autre, pouvaient prendre le dessus.

C'est ce qui était arrivé, Adrien aimait Antonia de toute les forces de son cœur. Il aima la Béquillarde de toutes les forces de ses sens.

Et ce qu'il y a d'étrange c'est que son second amour plus fort que le premier, n'enleva rien au cœur du jeune homme.

Il continua d'aimer Antonia comme si entre elle et lui, la Béquillarde n'avait pas pris une place, il en aimait une dans le rêve, l'autre dans la réalité.

Il ne sentit aucune honte de mêler ces deux amours ; il se les assimila si bien qu'il les trouva nécessaires et qu'il finit par croire que le second était la conséquence du premier.

Quelqu'un ayant vécu n'aurait pas fait ce mélange, il aurait aimé une vierge ou une prostituée, mais il ne les aurait pas aimées toutes les deux en même temps.

Adrien, ayant Blanche pour maîtresse, n'en demeurait pas moins l'amoureux d'Antonia.

Cependant, quand la Béquillarde s'était présentée à lui, il avait su que cette femme avait appartenu à d'autres, mais Adrien, naturellement philosophe, devina que cette jeune fille avait été absorbée par le vice inconsciemment et que sauf le corps, le reste était pur en elle, c'est à dire le cœur, l'âme et l'esprit.

Elle avait été malheureuse et elle s'était donnée à lui soudain, sans coquetterie, brutalement, sans amère pensée, et ce qui avait encore surexcité l'amour des sens d'Adrien, c'est qu'en la sauvant d'un enlèvement affreux, il lui avait en même temps sauvé la vie et l'aimait doublement pour cela.

En un mot Adrien aimait la Béquillarde, mais il idolâtrait Antonia.

Il n'aurait pas oublié l'une pour l'autre et il était arrivé à se dire mentalement que toutes deux lui étaient indispensables.

Le Roi des Gueux en homme pratique qu'il était, avait parfaitement vu ce qu'il faisait quand il avait jeté la Béquillarde à la tête de son fils

Il ne voulait pas que son fils aimât Antonia avant que les circonstances le lui permissent, avant qu'il eût un nom de famille, Adrien n'était pas un nom, et son enfant, laissé dans un amour sérieux, dans un amour honnête aurait été obligé à un moment donné de décliner ses titres

Quelle honte pour son enfant s'il avait été forcé de dire au père de celle qu'il aimait par exemple, qu'il ne connaissait pas d'autre nom que celui d'Adrien.

D'autres motifs aussi graves faisaient que le Roi des Gueux redoutait l'amour de son fils, pour Antonia. Cette jeune fille portait un nom exécré par toute la Cour des Miracles. La suite de ce récit nous dira pourquoi.

Adrien sortit, c'était l'heure où Antonia passait devant la maison du jeune homme.

Avant de partir il avait recommandé à la Béquillarde de ne pas se mettre à la croisée sous aucun prétexte, par rapport aux voisins, avait-il ajouté La Béquillarde avait promis.

Nous n'avons pas besoin de dire à nos lecteurs pourquoi Adrien avait fait cette recommandation à sa maîtresse.

XVIII.

LE RENDEZ-VOUS.

Adrien monta jusqu'au Cours Belzunce et là attendit quelques instants.

— Il commençait à désespérer, car l'attente est longue à ceux qui ont beaucoup à faire, et notre héros n'avait pas à perdre de temps pour pouvoir partir le lendemain matin, nous disions qu'il commençait à désespérer lorsque Antonia, vive et alerte, passa devant la maison et ne voyant personne à la croisée promena autour d'elle un regard inquiet.

Elle aperçut enfin Adrien sur le cours et pressa le pas pour le rejoindre.

— Je craignais que vous ne fussiez absent, dit la jeune fille en l'abordant, votre maison semble veuve de son propriétaire.

— Comment avez-vous pu croire, Antonia, dit le jeune homme, que n'étant pas à ma croisée, je ne serai pas par là à vous attendre.

En ce moment une des persiennes de la maison qu'habitait Adrien, s'ouvrit doucement et à moitié, et une tête de femme y apparut ; elle regarda pendant quelques instants dans la rue, puis son regard s'étant porté sur le cours Belzunce elle sembla fixer avec une attention étrange l'endroit où le jeune homme et Antonia causaient ; mais ces derniers ayant fait quelques pas furent dissimulés bientôt par l'angle de la maison et la persienne se referma vivement

— C'est ce que j'ai pensé continua Antonia, aussi ne vous ai-je pas cherché longtemps.

— Antonia, dit le jeune homme, j'ai une grande nouvelle à vous apprendre ; il faut d'ailleurs que je cause longuement avec vous. Comme nous ne pouvons traverser toute la ville côte à côte, ayez l'obligeance d'aller à la place Monthyon, vous vous assiérez sur un des bancs qui sont sous l'ombrage des grands arbres ; il n'y a pas beaucoup de monde à ces heures-ci et nous pourrons causer à notre aise sans crainte d'être aperçus, je vous rejoins dans quelques minutes.

— Mais qu'avez-vous donc à m'apprendre, demanda la jeune fille inquiète ?

— Je vous dirai cela tout à l'heure, mais ne vous chagrinez pas, je vous en prie, et séparons-nous car on pourrait nous surprendre.

La jeune fille quitta le jeune homme et se dirigea vers la place Monthyon.

Adrien s'y trouva presque en même temps qu'elle.

Les deux jeunes gens s'assirent sous une des tonnelles de cette charmante promenade, et continuèrent la conversation commencée.

— Ma chère Antonia, dit Adrien d'une voix douce, vous savez combien je vous aime, vous savez aussi qu'un jour vous serez ma femme et que personne autre que vous ne la deviendra ; j'ai besoin de vous dire encore aujourd'hui toutes ces choses-là.

— Vous m'effrayez avec vos préambules.

— Antonia, reprit Adrien tout à coup, il faut que je parte.

La jeune fille resta calme :

— Il faut que vous partiez, répondit-elle, pas pour longtemps je suppose ?

— Pour deux ou trois mois.

— C'est beaucoup, dit Antonia devenant triste.

— N'est-ce pas que c'est beaucoup.

— Oui, mais mon ami, si vous partez, je le sens bien, c'est que vous y êtes forcé par une volonté qui n'est pas la vôtre, c'est pour cela que votre départ, tout en m'attristant, ne m'inquiète pas, je ne vous revois plus de trois mois, ce sera long, mais votre image qui ne me quitte plus depuis longtemps, ne me quittera pas davantage pendant votre absence.

Cela avait été dit simplement avec le calme qu'une vierge seule peut posséder.

Antonia était une belle fille de dix-huit ans, et elle portait son âge sur son front comme un diadème. Blonde dorée, ses cheveux en longues tresses retombaient délicatement sur son cou de neige ; son regard était doux et en même temps flamboyant, son âme pure s'y retrouvait tout entière, elle avait des yeux bleus et très grands, ce qui fait que quand elle les levait sur vous ils produisaient l'effet de deux agattes bleues sur un fond d'ivoire, le nez légèrement recourbé était superposé sur des lèvres minces et roses qui s'entrouvraient dans un sourire laissant à peine apercevoir des perles mignonnes et fines enchassées dans du corail.

Nous ne savons pas si le portrait que nous venons de faire est exact, mais Antonia, telle que nous l'avons dépeinte, n'était ni jolie, ni belle, elle était divine !

Après les dernières paroles d'Antonia, Adrien à son tour était devenu inquiet ; il ne comprenait pas que sa fiancée apprit ainsi sans larmes, sans désespoir, son futur départ : le malheureux ! Le contraste était tellement grand entre la Béquillarde et Antonia, qu'il osa se dire :

— Antonia ne m'aime pas, c'est Blanche qui m'aime. Mais comme nous l'avons déjà dit, Adrien était un garçon qui ne manquait pas de sens et après un moment de réflexion, il comprit que sa présence n'était pas nécessaire à sa fiancée pour qu'elle l'aimât et que l'amour pur qu'elle avait au cœur, chaste comme l'amour d'un ange, pouvait attendre des laps de temps considérables, tandis que celui de la Béquillarde ne pouvait être satisfait que par l'excès de la passion.

— Vous ne me répondez pas, dit enfin Antonia, voyant que son fiancé était plongé dans un silence réfléchi.

— Hélas, ma chère enfant, je songe avec amertume aux jours que je vais passer sans vous voir.

— Vous y songerez quand vous serez loin de moi.

Vous avez raison, ma bien aimée, puisque nous nous voyons aujourd'hui et que nous ne nous reverrons plus de longtemps. Soyons tout au bonheur de notre entrevue et causons du présent.

— Oui, Adrien, causons du présent, voilà déjà deux mois que nous nous aimons, et moi je ne vous connais pas, Adrien, je sais que vous vous appelez ainsi, mais pourquoi m'avez-vous toujours caché votre nom de famille.

— Antonia, je vous en supplie, ne me demandez pas cela ; je suis lié par un serment sacré ; jusqu'à vingt et un ans je ne puis, sans me parjurer, dire qui je suis ; mais dans trois mois j'aurai atteint ma vingt et unième année et ce jour là je déposerai mon nom et mon cœur à vos pieds.

— Vous m'avez déjà parlé ainsi Adrien, et c'est pour cela surtout que votre voyage ne m'a pas beaucoup affectée, car enfin il pourrait se faire que, nous voyant presque tous les jours, nous fussions aperçus et, sachant que vous n'auriez pu vous présenter à mon père pour demander ma main, j'aurais été très malheureuse, de savoir que cette demande vous aurait fait parjure.

— Je n'aurai pas dit mon nom, Antonia, je ne l'aurai pas dit, fit le jeune homme d'une voix sombre.

— Comment ! vous auriez laissé supposer à mon père que vous étiez un enfant du hasard ?

Adrien se leva tout pâle et posa sa main sur son cœur.

— Antonia, par grâce, ne me questionnez pas, ne me forcez pas à dire ce que je dois garder au fond de l'âme.

— Pourtant, mon ami, vous allez partir ; allez-vous me laisser ainsi, sans me dire qui vous êtes et qui je dois aimer ?

— Mais je ne puis vous le dire, s'écria le jeune homme avec désespoir.

— A votre fiancée, à celle qui sera votre femme, vous ne pouvez pas lui dire : tu porteras ce nom ?

— Antonia, je vous le jure, je ne le puis pas.

— Cependant, reprit la jeune fille avec insistance, vous m'avez dit que votre père existait ; quand on connaît son père on porte son nom.

— C'est vrai, Antonia, et je porte le sien.

— Quel est-il alors ?

— O ! ma chère adorée, Dieu m'est témoin que mon amour pour vous est immense, que je donnerai ma vie pour vous éviter une larme ; eh bien ! dussiez-vous pleurer tout aujourd'hui et toute cette nuit, que je ne pourrai vous dire mon nom.

— Et pourquoi, demanda la jeune fille avec angoisse ?

— Pourquoi, dit Adrien, en mettant sa tête dans ses mains et pleurant à chaudes larmes. Pourquoi ?..... Parce que je ne le connais pas moi-même.

— Vous ne connaissez pas votre nom, demanda la jeune fille avec effroi ?

— Hélas ! dit seulement Adrien.

— Mais c'est impossible cela !

— Cela semble impossible, cela est pourtant.

— Mais votre père, votre père, ajouta-t-elle, puisque votre père existe, vous pouvez donc savoir quel nom vous devez porter ?

— Antonia, dit le jeune homme avec une douleur profonde, je ne sais rien, absolument rien ! Mon père est bon, généreux, il m'aime passionnément, je le sais mais il est inébranlable. J'ai cherché à savoir, quel était son nom, je n'ai jamais pu y parvenir, mais, ma chère adorée, j'ai confiance à celui qui m'a élevé ; il m'a promis qu'à vingt et un ans je serai mis au fait de ce mystère, et, certes, je sais que mon père ne manquera pas à sa parole.

— Mais avez-vous pu vivre ainsi jusqu'à ce jour, dans cette ombre qui vous environne.

— J'ai souffert, j'ai désespéré, je me suis dit souvent qu'il valait mieux être mort que vivant et sans nom, mais chaque fois que mon désespoir se faisait jour, mon père arrivait et me consolait. Enfin que sais-je, il y eût des moments, où je voulais mourir, mais entouré des soins de cet être mystérieux et problématique, de ce père qui ne reculait devant rien pour satisfaire le moindre de mes caprices, je me suis fait peu à peu à cette vie étrange et avec cet espoir qu'un jour je saurai tout, j'ai vécu, j'ai fait plus Antonia, je vous ai aimé ! Ce qui indique que ma confiance en celui qui m'a promis de me donner un nom sans tâche, est illimitée.

— Je vous crois Adrien, et malgré le sentiment pénible que met en moi ce récit mystérieux, je me fie à vous comme vous vous fiez à votre père. nous attendrons le moment heureux où vous pourrez me dire : Antonia tu seras ma femme et tu t'appelleras ainsi.

Votre voyage est donc un bien ; ne nous voyant plus, nous songerons à l'avenir, et l'avenir déchirera son voile, le jour où vous reviendrez.

Je ne vous demande pas où vous allez, je vous ai déjà dit que si vous partiez, c'est qu'une force plus grande que la vôtre vous y obligeait.

Partez donc mon ami, je n'ai révélé à personnne le secret de notre amour, je conserverai encore ce secret au fond de mon cœur pendant votre absence, seulement nous nous écrirons, vous à la poste restante, moi à l'endroit que vous m'indiquerez dans votre première lettre.

— Vous êtes un ange, Antonia.

— Oui, Adrien, reprit la jeune fille, je crois que votre départ est un bien ; je vous le répète, on commençait à s'apercevoir chez mon père de mes absences, et il est certain qu'un de ces jours on m'aurait suivie. Que serait-il arrivé, grand Dieu, si on nous eut rencontrés?

Pour vous, mon Adrien, j'ai menti ; je disais chez moi que j'allais voir une amie, que j'allais voir en effet, mais après avoir vu et causé avec mon ami Adrien, avec vous.

— Comment pourrai-je, ma douce Antonia, vous rendre tout le bonheur que vous m'avez donné et que vous me donnez encore, dit le jeune homme en prenant les mains de la jeune fille. Laissez-moi vous le dire encore, vous êtes un ange et je vous adore.

Antonia rougit de bonheur et laissa Adrien porter ses petites mains à ses lèvres.

— Séparons-nous, dit-elle, je suis absente depuis longtemps et il faut que je rentre au plus tôt.

— Au revoir mon adorée, à bientôt ; je vous donne un rendez-vous d'amour d'ici à trois mois. mais cette fois, ô ma bien-aimée, cette fois ce rendez-vous sera fixé chez votre père.

— Merci, Adrien, merci, dit la jeune fille en fixant ses grands yeux bleus sur le visage du jeune homme, je vous aime.

— Je vous aime, répéta Adrien qui embrassa encore une fois les doigts roses de la belle enfant et la pressa contre son cœur, mais celle-ci se dégagea vivement de cette douce étreinte et dit :

— Au revoir, Adrien, puis elle s'enfuit rouge et confuse, et disparut bientôt.

— Adieu! peut-être, dit le jeune homme, en s'affaissant plutôt qu'il ne s'assit, sur le banc que la jeune fille venait de quitter.

XIX

LE DEPART.

Pourquoi Adrien avait-il dit adieu à la jeune fille.

Ah ! c'est que lorsque cette dernière partit, une pensée terrible surgit dans son esprit.

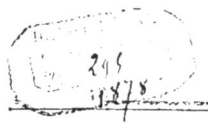

Il me semble le voir aux pieds de cette jeune fille, page **94**.

Si son père, pendant son absence, venait à mourir et qu'il emportât avec lui ce secret qu'Adrien devait connaître un jour, et qui, ne lui étant pas révélé, lui fermait à tout jamais l'espoir de devenir l'époux d'Antonia.

Certes sa situation était complexe ; et cette pensée bouleversait l'esprit du jeune homme.

Pourtant il ne put s'empêcher de se dire que son père était un homme très sérieux et que le cas échéant il s'arrangerait de façon à ne pas laisser son fils dans une position pareille.

Ces réflexions le calmèrent un peu.

Alors le front d'Adrien se plissa soudain ; une autre pensée l'assaillit encore.

Il venait de quitter Antonia pour trois mois peut-être mais pourquoi l'avait-il quittée ?

12me LIVRAISON.

Pour voyager avec la Béquillarde Etait-ce bien ce qu'il faisait là ?

Ne venait-il pas de mentir à cette jeune fille, et quand lui prenant les mains et lui disant qu'il l'aimait, il lui avait dit tu seras ma femme, était-il sûr de ce qu'il avançait et son second amour ne l'entraînerait-il pas plus loin qu'il ne voulait aller réellement.

Lui qui ne savait pas ce qu'était le mensonge, venait de mentir, avec une assu-rvnce scandaleuse, à Antonia qui avait cru tout ce qu'il avait voulu lui dire.

Il eut honte de sa conduite ; il comprit que jamais il n'avait été lâche comme ce jour là, et fut sur le point d'écrire à la Béquillarde une lettre de rupture.

Mais ce ne fut qu'un éclair.

Le souvenir de la possession de Blanche réveilla bientôt ses sens, et le jeune homme, chassant les tristes réflexions qui l'obsédaient, se dressa et se mit en de-voir de songer au lendemain.

Il alla donc faire des emplettes pour son prochain voyage, et bientôt une foule de commis et de commises se dirigèrent chez lui avec un vrai bazar.

Il paya comptant tous ses achats et sans toucher aux 2000 francs que lui avait envoyés son père.

Nous avons dit qu'Adrien était rangé, ce mot là est synonime d'économie.

Comme on le pense Adrien n'absorbait pas les 1000 fr. de pension que son père lui faisait.

Il avait près de 1800 fr. d'économie lorsque celui-ci lui fit remettte les 2000 fr. aussi est-ce avec ces 1800 fr. qu'il acheta tout ce qu'il lui fallait pour se mettre en route.

Lorsqu'il arriva chez lui, ses appartements étaient encombrés de malles, d'effets de toutes sortes, de couvertures de voyages et de provisions de bouche.

Blanche était au milieu de cet encombrement ouvrant les malles, regardant les costumes.

— Blanche, dit le jeune homme en entrant.

— Adrien, répondit-elle en tressaillant.

La Béquillarde était très-pâle et à ses yeux rouges le jeune homme comprit qu'elle avait pleuré.

— Qu'as-tu lui dit-il avec intérêt.

— Rien, dit-elle en soupirant.

— Comment rien ! je vois bien pourtant que tu as pleuré.

— Oui, mais c'est ma blessure qui m'a fait souffrir ce matin.

— Tu m'as dit pourtant avant que je parte que tu étais à peu près guérie.

— Je me trompais dit-elle avec embarras,

— Tu me caches quelque chose ?

— Mais non, je t'assure.

— Il n'est pas naturel que tu pleures sans motif.

— Je n'y crois pas reprit le jeune homme.

— Eh bien ! dit Blanche, ce n'est pas cela, assieds-toi Adrien, il faut que je te parle.

Le jeune homme intrigué s'assit.

— Adrien dit la Béquillarde en lui prenant les mains et le regardant fixement dans les yeux, Adrien, tu m'aimes n'est-ce pas !

— Tu en doutes encore ? je pars et je pars avec toi, je t'emmène, cette preuve ne te suffit-elle pas ?

— Oui, Adrien dit Blanche avec un soupir, mais ne t'imposes-tu pas un sacrifice en m'emmenant ; tu voulais partir seul.

— Mais enfant que tu es, c'est une erreur, quand j'ai songé à voyager, c'était à la condition de te mener avec moi.

— Bien vrai, au moins.

— Bien vrai !

— Ainsi, en partant tu ne laisses derrière toi que ton père et aucune autre affection ?

Adrien se troubla.

La jeune fille s'en aperçut, réponds-moi Adrien, ajouta-t-elle. Adrien était au supplice, le regard de la Béquillarde était si étrangement fixé sur lui que son hésitation, son trouble ne pouvaient lui échapper.

Il comprit qu'il devait encore mentir et faisant un effort sur lui-même, pour paraître calme, il dit à la Béquillarde en l'embrassant, pour échapper un moment à son regard.

— Tu es folle, ma Blanche, aimée, tu es folle, je ne laisse ici derrière moi que mon père

— C'est bien vrai ce que tu dis là ?

— Comment, tu doutes de mes paroles.

— Non, Adrien je te crois, mais je ne voudrais pas pour tout au monde t'obliger à faire ce que tu n'as pas dans l'esprit de faire, si ce voyage par exemple, n'entrait pas dans tes vues, si tu ne le faisais que pour m'être agréable, eh bien Adrien, il ne faudrait pas y songer. Si d'un autre côté l'affection que je t'ai inspirée était déjà éteinte dans ton cœur, si, m'ayant aimée pendant 24 h., tu ne m'aimais plus aujourd'hui . . . . .

— Mais Blanche, tu déraisonnes !

— Non, mon ami, non, je ne déraisonne pas, si tu ne m'aimais plus aujourd'hui, dis-je, il ne faudrait pas hésiter à me le dire, c'est moi qui ai été assez peu scrupuleuse pour t'imposer cet amour, vois-tu je suis une malheureuse créature ne sachant pas dissimuler ; je t'ai raconté ma vie, tout autre que toi m'eut chassée ; toi tu m'as recueillie, tu es mon ange gardien, tu es mon sauveur, moi je suis ton esclave, parle, Adrien, si l'amour de la Béquillarde t importune, si je suis de trop, je m'en irais en te bénissant parce que je te devrais le seul jour de bonheur que j'ai goûté dans ma vie ; ne me cache rien Adrien ! dis moi le fond de ta pensée.

Adrien était abasourdi, il ne comprenait plus rien à ce débordement d'amertume, il se sentit troublé.

— Mais, dit-il en serrant la Béquillarde dans ses bras et en l'embrassant avec effusion, mais tu n'y songes pas de me parler ainsi, tu me navres, ma Blanche aimée, vois donc comme je suis ému, et en effet Adrien avait des larmes dans les yeux.

— Ah ! s'écria la Béquillarde avec enthousiasme et serrant à son tour le jeune homme dans ses bras, tu m'aimes donc.

— Mais qui a pu te faire supposer le contraire.

— Je ne sais pas ; depuis ce matin, ce doute est entré dans mon esprit et je n ai pu le chasser. Tu vois, je ris, dit elle en souriant ; mais la pauvre Blanche pleure t.

— Tu ne ris pas, tu pleures, dit Adrien avec inquiétude.

— C'est de joie répondit-elle.

— Bien sûr au moins.

— Oui, dit Blanche en embrassant encore Adrien.

La vérité est que la jeune fille pleurait non de joie, mais de douleur.

Car c'était elle qui avait ouvert les persiennes malgré les recommandations d'Adrien lorsque ce dernier et Antonia étaient encore sur le Cours.

Elle les avait vus et avait deviné toute la vérité.

Quand les jeunes gens disparurent, la Béquillarde referma la fenêtre précipitamment et se laissa tomber sur un fauteuil.

Adrien en aimait une autre ; Adrien la trompait !

— Mais non, il ne me trompe pas s'écriat-elle en fondant en larmes, je suis tombée comme la foudre au milieu d'un amour qu'il avait sans doute commencé avec cette jeune fille, il n'est pas coupable de le continuer ; je ne suis qu'un accident puéril dans ce roman, voilà tout.

Il me semble le voir aux genoux de cette jeune fille.

Les caresses qu'il me donne sont les caresses qu'il voudrait donner à sa fiancée ; il se venge sur mon corps de la froideur du corps de l'autre femme ; c'est dans l'ordre. Cette jeune fille excite ses sens et c'est moi qui les apaise.

Puis-je m'en plaindre ? et n'est-ce pas moi qui ai provoqué cette situation ?

Quand je me suis présentée à lui, savait-il seulement si j'existais ?

Quand sans provocation de sa part je lui ai dit que je l'aimais qui l'a forcé à me croire ?

Je suis jeune, je ne suis pas trop laide, il s'est dit probablement ceci : Mon Dieu cela ne m'empêchera pas d'aimer l'autre, celle-ci se donne à moi profitons-en et c'est ce qu'il a fait.

Puis-je exiger autre chose d'Adrien ! Hélas non ! que suis-je au total, une fille perdue, une mendiante d'hier qu'un hasard a dépouillée de ses haillons !

Ces filles là on les ramasse, on s'en sert, puis on les jette dehors de peur qu'elles ne souillent une maison honorable, c'est ce qu'il va faire, il a trouvé l'aventure originale sans doute, il s'est dit que somme toute, il ne commettait pas une mauvaise action en oubliant un moment sa fiancée dans mes bras, et il a usé de ce que je lui ai volontairement donné.

Mais ce voyage alors, je suis folle, il m'a dit que j'irai avec lui, mais c'est pour me consoler, il ne m'emmènera pas, il me laissera demain, sans me dire adieu, on n'y met pas des formes quand on veut se débarrasser d'une prostituée, on la quitte sans rien lui dire, comme on quitterait un chiffon, en lui laissant quelque argent pour qu'elle vive pendant vingt quatre heures et que pendant ce laps de temps, elle puisse trouver quelqu'un qui s'en serve et qui la paye.

Mais c'est abominable cela, disait la malheureuse en se tordant les mains de désespoir.

Qu'ai-je donc fait à la société pour qu'elle me laisse ainsi dans cette boue après m'y avoir plongée et quand je veux en sortir.

La Béquillarde resta ainsi longtemps plongée dans ces amères réflexions, elle pleura la pauvre fille toutes les larmes de son cœur et c'est dans cet état qu'Adrien la retrouva, lorsqu'il revint de la Place Monthyon après avoir vu Antonia

Qu'on songe à la joie de Blanche lorsqu'elle apprit qu'elle partait réellement avec Adrien, elle ne voulut plus rien savoir ; alors elle se dit qu'en admettant même qu'Adrien aimât la jeune fille il l'aimait du moins assez, elle, la Béquillarde pour se séparer de l'autre et cela lui suffit.

La Bèquillarde s'était bien promise de provoquer une explication et de dire même qu'elle avait vu son amant avec Antonia, mais devant la résolution irrévocable d'Adrien, elle renferma ce secret dans son cœur, comprenant que vu les circonstances cette explication était on ne peut plus inopportune Adrien et la Bèquillarde passèrent toute la journée ensemble prêparant ce qu'il leur fallait pour le lendemain.

La jeune fille était redevenue joyeuse, et Adrien qui était à cent lieues de se douter du motif qui l'avait fait pleurer, oublia lui-même la scène du matin pour ne plus songer qu'à leur prochain départ.

Donc le lendemain les amoureux partirent pour Genève où nous les oublierons pendant quelque temps pour retourner chez le roi des Gueux que nous avons laissé dans un état pitoyable.

XX

OU CUL-DE-JATTE CROIT DEVENIR FOU

Cul-de-Jatte descendit donc les escaliers quatre à quatre, s'arrêta dans la rue pour réfléchir, reçut deux sous d'un passant et retourna comme nous l'avons dit chez le vieillard.

Le Roi des Gueux était encore très fatigué.

— Tu es bien resté, dit-il à Cul-de-Jatte, j'ai failli mourir pendant ton absence.

— Vous avez eu une crise ?

— Oui.

— Moi aussi.

— Comment toi aussi ?

— Parbleu, devinez qui j'ai rencontré chez Adrien.

— La Bèquillarde.

— Tiens, dit Cul-de-Jatte stupéfait comment le savez-vous ?

— Que t'importe.

— Comment que m'importe, mais c'est-à-dire qu'il m'importe beaucoup et que depuis hier je ne sais plus ce que je deviens à tel point que je me tate de temps à autre pour savoir si je suis bien éveillé.

Le vieillard eut un sourire triste et reprit.

-- Cela t'étonne donc beaucoup tout ce que tu vois ?

Si je ne faisais que voir passe encore, mais c'est surtout ce que j'entends qui dépasse mon, imagination qui m'abrutit tout-à-fait.

-- Mais qu'entends-tu donc de si extraordinaire.

-- Dans ce que j'entends il n'y a rien de bien extraordinaire mais c'est surtout dans les lieux où je l'entends, que ça le devient ?

— Ah !

— Eh ! oui, je vais remettre une lettre de vous à M. Adrien, bon, je me flanque dans les jambes de la Béquillarde que l'on croyait disparue, morte et enterrée la veille. Je viens ici le soir pour vous voir et je vous trouve baignée dans votre sang, et c'est l'Eclopé qui a voulu vous tuer, parce que vous étiez avec la Béquillarde qui est la maîtresse de M. Adrien, et qui était hier celle de l'Eclopé, va bien! Or, il se trouve que lorsque je suis allé porter votre lettre, la Béquillarde a vu la suscription de votre missive, et qu'elle a reconnu parfaitement que celle qu'elle avait portée avait une adresse mise par la même main, voilà où je commençais à me perdre et où j'ai fini par me retrouver.

— Que veux-tu dire Cul de-Jatte demanda le vieillard avec oppression.

— Rien, rien, dit ce dernier en voyant l'effet qu'il produisait sur lui, je veux dire que le monsieur qui vous a remis la lettre qu'a porté la Béquillarde avait oublié après l'avoir cachetée, d'y mettre l'adresse et qu'il vous a chargé de réparer cet oubli.

Voilà pourquoi dit Cul-de-Jatte les deux adresses avaient été faites par la même main, n'est-ce-pas cela, demanda Cul-de-Jatte heureux d'avoir trouvé cette histoire, pour ne pas avouer la vérité.

— Décidément, tu es fort dit le vieillard qui se contenta de cette explication.

— Voilà pourquoi j'ai fini par me retrouver comme je vous le disais tantôt.

-- Bon, maintenant que tu as fait ma commission. . . . mais à propos comment l'as-tu faite ?

-- J'ai attendu monsieur Adrien.

-- En causant avec la Béquillarde.

-- Oui.

-- Et que lui as-tu dit ?

-- Oh ! n'ayez crainte, j'ai suivi ponctuellement vos instructions, je n'ai parlé que de ce que je pouvais parler.

—- Bien, tu as remis la lettre ?

--- Parfaitement, et comme M. Adrien me disait d'attendre, je me suis sauvé précipitamment.

— Absolument tout.

— Bien, dit le vieillard en se soulevant sur un bras, tu vas m'aider à m'approprier un peu, car depuis hier que je suis couché dans ce lit je n'ai pas fait un mouvement Cul-de-Jatte souleva le vieillard et lui enleva avec une grande précaution tout ses vêtements qui étaient tachés de sang, prit une autre chemise, la passa au blessé qui put enfin s'allonger sous les couvertures.

Le vieillard aspira ; bruyamment il n'aurait pu rester longtemps avec tous ses vêtements humides et qui se collaient sur sa chair.

— Assieds-toi à côté de mon lit Cul-de-Jatte et retiens bien tout ce que je vais te dire.

--- J'écoute.

--- Tu iras ce soir à la Cour des Miracles comme d'habitude.

—- Bon !

Tu ne feras allusion à rien de ce que tu connais, de ce que tu as vu, de ce que tu as entendu .

---'Après.

--- Tu te mêleras aux groupes, tu questionneras, tu écouteras tout, mais tu ne répondras rien qui puisse faire supposer que tu es au courant de ce qu'à fait l'Eclopé ; tu t'approcheras du borgne qui sans nul doute sera rejoint par lui et tu te tiendras de façon à surprendre leur conversation que tu viendras me rapporter.

--- C'est parfait, ensuite.

--- Ensuite, comme je n'ai jamais manqué un soir de venir à la Cour des Miracles, et que l'on s'apercevra à dix heures que cela fait deux fois que je m'absente, tu provoqueras l'étonnement, s'il ne s'est déjà produit, et tu demanderas qu'on nomme quelqu'un pour me remplacer pendant mon absence.

— Je commence à comprendre.

— Bon, comme cette proposition sera faite par toi et que tu es sûr d'avoir la majorité dans une élection, tu feras voter pour un président par intérim et j'ose espérer que tu seras nommé.

— Et lorsque je serai nommé ?

— Lorsque tu auras été nommé la Cour des miracles aura toujours à sa tête le roi des Gueux c'est-à-dire moi, puisque tu agiras d'après mes ordres.

— C'est tout simplement sublime.

DEUXIÈME PARTIE. --- Le Roi des Gueux devant le Juge d'Instruction.

— Non, ce n'est que pratique, à présent peux-tu me dire si j'en ai pour long-temps à rester cloué sur ce lit,

— Deux mois au moins.

— C'est ce que j'avais pensé.

— A moins que le Bon Dieu ne s'en mêle et qu'il veuille vous mettre sur pieds plus tôt.

— J'ai compris.

Tu exécuteras ponctuellement mes ordres.

— Vous pouvez y compter.

— Bon, nous renverrons à demain ma confession, je sens que j'ai encore besoin

13ᵐᵉ LIVRAISON.

de repos et comme je ne veux m'arrêter que le moins possible quand j'aurai commencé à te raconter mon histoire, je préfère ne la commencer que demain.

— Vous avez raison, cela vous fatiguerait trop aujourd'hui.

— Je le sens, à présent Cul-de-Jatte, mets toi bien dans l'idée que tout ce que tu as vu, tout ce que tu as entendu, n'est rien a coté de ce que tu vas voir et entendre.

— Vous m'effrayez.

— Sois calme mon ami et surtout je te le recommande une dernière fois sois muet.

Je vous en jure.

-- Je ne puis guère me servir de mes mains, aide-moi donc à m'enlever cela de la tête.

--- Mais vous n'avez rien sur la tête dit Cul-de-Jatte en ouvrant de grands yeux.

-- Si, mon ami, tiens passe la main comme moi, la dessous, et le vieillard passait les deux mains dans ses cheveux.

Je n'ai pas assez de force dit le vieillard, aide moi donc ! Cul-de-Jatte mit les mains ou le vieillard avait les siennes.

— Pousse en l'air dit-il ?

--- Cul-de Jatte poussa, et la perruque du vieillard cédant lui resta dans les mains.

Cul-de-Jatte poussa un cri de surprise, le vieillard n'était plus le vieillard, c'était l'homme de cinquante ans que nous avons déjà présenté à nos lecteurs.

Le roi des Gueux demanda à Cul-de-Jatte un plat et de l'eau que celui-ci lui apporta machinalement comme un homme qui est décidé à ne plus s'étonner de rien, il trempa sa barbe dans cette eau ou peu à peu elle tomba entièrement.

Le Roi des Gueux n'avait que les moustaches.

Cul-de-Jatte se laissa choir sur une chaise, s'approcha ensuite du lit et hébété se mit à considérer longuement le Roi desGueux·

Ce dernier crut que Cul-de-Jatte perdait la raison.

— Ah ! ça dit-il qu'est-ceque tu as donc ? qu'y a-t-il d'extraordinaire dans ce que tu viens de voir une barbe et une perruque de moins, voila tout.

— Vous êtes décidément notre maître à tous dit Cul-de Jatte du diable si jamais quelqu'un a supposé ce que je vois, je ne suis plus étonné maintenant que vous ne vieillissez pas, car vous savez que c'était cette remarque que nos compagnons faisaient quand ils parlaient de vous.

— Voilà mon ami le premier acte du drame que j'ai à te raconter.

— Tonnerre de tous les diables dit Cul-de Jatte ce drame promet d'être intéressant.

— Tu connaîtras demain les autres actes. repose-toi maintenant jusqu'à dix heures, il en est quatre, tu as par conséquent 6 heures à dormir je t'éveillerai à cette heure là pour que tu te rendes à la cour des miracles.

Cul-de-Jatte ayant passé toute la nuit sans dormir ne se le fit pas dire deux fois.

Il s'allongea sur le canapé qui était à droite du lit et bientôt ses ronflements sonores anoncèrent au Roi des Gueux qu'il était allé dans le royaume des songes.

Le Roi des Gueux ferma les yeux aussi non pas pour dormir mais pour que son esprit ne fut pas distrait par aucun objet, et songea pendant les 6 heures que Cul-de-Jatte dormit.

Comme dix heures sonnaient il appela Cul-de-Jatte qui se leva en sursaut et qui s'étant approché du lit et encore dans les ombres du sommeil, demanda au vieillard.

— Qui êtes-vous ?

— Tu dors encore Cul-de Jatte.

— Ah ! c'est vrai dit ce dernier je ne vous reconnaissais pas, il faut dire qu'il n'y a pas longtemps que je vous connais ainsi, il n'y a donc rien d'extraordinaire la dedans.

— Je ne t'en fais pas un reproche dit le Roi des Gueux.

As-tu faim ?

— Eh ma foi je mangerai volontiers quelque chose.

— Va dans mon salon tu ouvriras le tiroir de gauche de mon bureau, tu trouveras dedans de quoi souper copieusement la clef est la serrure.

Prends mon portefeuilles il reste dix mille fr. dedans si tu en as besoin sers-t-en Cul-de-Jatte prit le portefeuille alla dans le salon trouva dans le tiroir du saucisson, du jambon. une côtelette et du pain, en un instant il dévora le tout, au fond du tiroir il aparait du vin en sortit une et la vida.

Aussi leste il retourna dans la chambre très-satisfait, dit adieu au Roi des Gueux et se rendit à la cour des miracles où nous allons le suivre.

XXI.

CHEZ LE PÈRE TONNIN

—

Cul-de-Jatte, arrivé à la rue de l'Echelle, s'arrêta un moment chez Tonnin où il s'assit et se fit servir une bouteille de bon vin.

Tonnin était pour Cul-de-Jatte ce que ce dernier était pour le vieillard, Tonnin était l'espion de Cu'-de-Jatte, il voyait tout, entendait tout et rapportait fidèlement à l'ami du vieillard tout ce qu'il avait vu et entendu.

Tonnin s'assit en face du consommateur et demanda :

— As-tu vu le vieux ?

— Quel vieux demanda Cul-de-Jatte avec étonnement?

— Cette bêtise, le roi des Gueux.

— Pas le moins du monde.

— Il n'est pas venu hier et toi non plus, ce soir il ne viendra pas puisqu'il est là régulièrement à dix heures et qu'il en est onze ; ne trouves-tu pas que depuis quelques jours il se passe des choses bien étranges.

— Oh oui dit Cul-de-Jatte qui mieux que personne pouvait donner une affirmation à ce sujet.

— Il est certain reprit Tonnin que pour que le roi des Gueux ne soit pas venu hier et ne vienne pas ce soir il faut qu'un malheur lui soit arrivé.

— C'est mon avis, appuya Cul-de-Jatte.

— Alors tu ne sais absolument rien ?

— Absolument rien.

— Eh ! bien, moi je sais quelque chose.

— Ah ! et que sais-tu.

— Hier soir vers minuit j'étais à la fenêtre de ma chambre, les persiennes étaient fermées je n'avais pas de lumière lorsque j'ai entendu venir quelqu'un.

— Et ce quelqu'un c'était ?..

— L'Eclopé, ajouta Tonnin.

Ah ! dit Cul-de-Jatte en rapprochant son siége.

— C'était l'Éclopé, il marchait tête baissée, soucieux, lorsque je le vis se pencher vers le ruisseau, la nuit était noire, de gros nuages noirs couraient dans le ciel, mais par un hasard étrange, au moment où l'Éclopé était penché, la lune, qu'un nuage sombre couvrait. sortit du brouillard et jeta sa clarté dans la rue, ce ne fut qu'un éclair, car une minute après, elle disparut derrière le brouillard, mais, j'avais vu !...

— Qu'avais-tu vu ?

— J'avais vu que l'Éclopé lavait dans le ruisseau le bas de sa blouse tachée de sang.

— Ah !

— Et qu'après l'avoir lavée il en faisait un paquet qu'il mit sous son bras.

— Et que supposes-tu, alors ?

— Mes pressentiments, vois-tu. Cul-de-Jatte, ne me trompent que très-rarement, je crois que l'Éclopé a tué le roi des Gueux !

— Qui te fait supposer cela ?

L'Éclopé avait peut-être saigné du nez ?

— Il faudrait qu'il eût du sang et il est sec comme une areng saur !

— Alors tu crois que le vieux est mort ?

— Comment expliques-tu son absence?

— C'est vrai, je ne puis me l'expliquer.

— Et puis l'Éclopé se croyant seul, se parlait à lui-même, mais la rue était tellement silencieuse. que j'ai pu entendre quelques mots qui ont changé mes doutes en certitude

— Qu'as-tu entendu demanda Cul-de-Jatte avec intérêt ?

— J'ai entendu qu'il disait :

Il doit être mort, à présent. c'est à la Béquillarde, or : d'après ce qui m'a été dit quelqu'un : aperçu la Béquillarde et le vieux ensemble hier.

— Tu pourrais bien avoir raison Tonnin, mais il est du plus grand intérêt que ni toi, ni moi, ne laissions supposer que nous nous doutons de quelque chose.

— Comment ? Est-ce qu'il ne faudrait pas interroger l'Éclopé et le forcer à avouer son crime s'il est réellement le coupable?

— Non, pas encore.

— Mais qui va diriger l'association maintenant, si le vieux ne revient pas.

— Moi dit Cul-de-Jatte.

—— Au fait il n'y a que toi qui puisses prendre les rênes en mains, car étant le secrétaire du roi des gueux, tu peux seul remplir cet intérieur, mais voilà, il te manquera l'essentiel !

— Quoi donc ?

— De l'argent, car tu sais qu'il en faut quelquefois pour en prêter à nos compagnons.

— Tu te trompes Tonnin, je suis aussi riche que le vieux.

— Ah bah ! dit Tonnin en ouvrant de grands yeux.

— Certainement, s'il n'y a que cette question, elle est tranchée.

—— S'il n'y avait que celle là, mais j'ai peine à croire, que tu sois aussi riche que tu veux bien le dire.

— Veux-tu que je t'en donne une preuve ?

— Volontiers dit Tonnin.

— Eh bien regarde, et Cul-de-Jatte sortit un portefeuille bourré de billets de banques.

Tonnin ne pouvait en revenir.

— Ah ! ça dit-il en riant, tu as donc dévalisé quelqu'un ?

— Je n'ai dévalisé personne, seulement je ne mange pas ce que je gagne moi, je le mets de côté.

Cul-de-Jatte mentait, il était gourmand et buveur et le pauvre hère n'avait pas un sou vaillant en poche, le portefeuille qu'il venait de montrer était celui du roi des gueux.

— Tu ne te prives de rien pourtant dit Tonnin avec incrédulité

— Enfin, sont-ce des billets de banque ?

— Ah ! ça en est dit le marchand de vin convaincu.

— Donc, je puis remplacer le roi des gueux ?

— Tu peux le remplacer, reprit Tonnin avec conviction.

— Bon, est-il venu beaucoup de monde déjà ?

— Presque personne encore,

— C'est parfait, voilà ce que tu vas faire, à mesure que les compagnons arriveront, tu les appelleras, tu leur diras de venir boire, et que c'est gratis.

— Pardon, pardon dit Tonnin, crois-tu que je vais mettre ma cave au pillage.

— C'est moi qui paye.

— Oh ! alors c'est une autre affaire.

— Ils ne se le feront pas dire deux fois.

— J'en suis sûr.

— Or, tu leur serviras tout ce qu'ils demanderont sans hésitation aucune.

— Parfait !

— Ils demanderont en quel honneur ils sont invités et tu feras la sourde oreille pendant un moment.

— Et après.

— Après quand ils seront bien intrigués, tu leur diras que c'est ma fête ce soir et que c'est moi qui les régale.

— Tu es décidément très adroit Cul-de-Jatte.

— Oh ! mon Dieu, dit celui-ci avec modestie c'est bien simple pourtant ce que je fais là.

— Oui mais je n'aurai pas trouvé, moi !

— Avec ça, dit Cul-de-Jatte montrant le portefeuille ; avec ça, vois tu, on trouve tout.

— Ah ! l'argent c'est le nerf, c'est le vrai nerf !

— Mais continuons, ils peuvent arriver d'un moment à l'autre et il faut que tu saches avant leur venue, ce que tu as à faire.

— Je suis tout oreilles dit Tonnin

— As-tu un calendrier ici ?

— Oui.

— Vois quel est le saint que je dois fêter aujourd'hui.

Tonnin apporta le calendrier, chercha à la date du 18 et dit :

— Tiens, c'est la Saint Bertrand !

— Bien, alors je m'appelle Bertrand.

— C'est convenu.

— Tu porteras donc un toast à la Saint Bertrand et tu parleras du roi des Gueux, tu diras qu'il est extraordinaire qu'on ne l'ait pas vu depuis deux jours et tu demanderas ce qu'on en pense

Selon ce qu'on répondra, tu attendras ou tu me proposeras de suite pour remplir l'intérim.

— Selon ce que l'on répondra.... mais que supposes-tu qu'on me réponde, dit Tonnin assez embarrassé, je n'en sais absolument rien, moi.

— Tu n'es pas fort Tonnin, reprit Cul-de-Jatte. si l'on te répond, que le vieux ne peut être perdu, que, absent depuis deux jours, il peut revenir d'un moment à l'autre, tu garderas la proposition pour plus tard, mais tu feras en sorte de persuader aux compagnons qu'il n'est pas naturel que le roi des Gueux s'absente ainsi sans donner de ses nouvelles, qu'il lui est arrivé malheur et que la Cour des Miracles, en attendant que l'on sache à quoi s'en tenir sur cette disparition mystérieuse ne peut pas demeurer sans chef.

—— Maintenant, je comprends mieux.

—— Si par contre, tu crois que les compagnons sont inquiets et qu'ils reconnaissent que quelqu'un doit remplacer l'absent tu me proposeras de suite, tu ne feras ta proposition pourtant, que lorsque tu verras mes collègues dans un état voisin de l'ébriété.

—— Je continue à comprendre.

— Ce n'est pas malheureux ! le terrain sera ainsi préparé. Maintenant je te quitte, ne sois pas chiche, donne à mes compagnons tout ce qu'ils demanderont, ne leur refuse rien, c'est moi qui paye, voilà cent francs d'avance. si, comme il est probable, cet argent ne suffit pas, je te rembourserai en passant l'excédant de tes dépenses et si je suis élu, je te donnerai cent francs pour toi.

—— Voilà qui est parlé dit Tonnin, en se frottant les mains, il faudra bien que le diable s'en mêle, pour que ton élection n'aboutisse pas.

—— Je descends à la Cour des Miracles, fais en sorte que mes collègues en y venant tout à l'heure soient décidés à voter pour moi.

—— Sois tranquille Cul-de-Jatte, tu peux considérer l'affaire dans le sac.

Et le futur roi des Gueux ayant ainsi aplani les difficultés du vote, comme l'auraient fait les fonctionnaires d'un gouvernement personnel, descendit à la Cour des Miracles.

Quelques minutes après les gueux commençaient à arriver dans la rue de l'Echelle et Tonnin, suivant les instructions qu'il avait reçues les appelait par leur nom et les invitait à venir se rafraichir.

— Pour rien leur criai-t-il en souriant.

Comme bien on pense, la proposition était acceptée avec enthousiasme et le magasin du boutiquier fut bientôt bondé de consommateurs.

Tonnin se doublait, se multipliait pour servir ses clients, il ne savait réellement plus où donner de la tête.

Quand tout le monde fut servi, un des gueux se dressa et demanda la parole.

Cul-de-Jatte donna ses instructions à Tonnin, page 107.

— Ah ! ça, dit-il, quel est l'honnête homme qui nous fait prendre ce bain géné-reux et intérieur ?

— Devinez, dit Tonnin ?

— Je donne ma langue aux chiens, répondit le gueux.

— C'est la veille de la Saint Bertrand aujourd'hui reprit Tonnin.

— Eh ! bien après, qu'est-ce que cela nous indique dit un mendiant, nous n'avons pas de nom de baptême nous autres.

— Possible, dit Tonnin, mais il y en a qui en ont.

— Qui ça, qui ça demandèrent plusieurs voix ?

— Cul-de-Jatte, parbleu !

14ᵐᵉ LIVRAISON.

-- Cul-de-Jatte s'appelle Bertrand, dit-on de tous côtés ; c'est donc lui qui régale ?

-- C'est lui qui régale, vous l'avez dit, fit Tonnin et je porte un toast à Cul-de-Jatte, et le marchand de vin prenant un verre plein s'écria :

-- A la santé de la Saint Bertrand !

A la santé de la Saint Bertrand répétèrent tous 'es mendiants avec enthousiasme !

Les conversations devinrent bruyantes. Tonnin apporta encore des bouteilles, ce fut un véritable gaspillage, tout en servant les Gueux, ce dernier écoutait leur conversation et il entendit plusieurs mendiants manifester leur étonnement au sujet de l'absence du vieillard.

Il se mêla aux groupes, appuya sur l'étonnement des compagnons qui sans y être poussés disaient déjà :

-- Il faudra songer à remplacer le roi des Gueux, nou: ne pouvons pas rester ainsi !

La besogne de Tonnin devenait de plus en plus facile

Voyant que le moment était venu, il s'écria :

-- Vous êtes étonnés comme moi de la disparition du vieillard et vous comprenez comme moi aussi qu'il faut lui donner un remplaçant !

-- Oui, oui, dirent-ils.

-- Eh ! bien, ce remplaçant vous l'avez sous la main.

-- Quel est-il, demandèrent plusieurs voix.

Tonnin s'arrêta un moment, regarda les mendiants et vit qu'il pouvait faire sa proposition, car les Gueux étaient déjà pas mal montés par les libations copieuses qu'ils avaient faites.

-- Ce remplaçant, dit Tonnin d'une voix forte; ce remplaçant c'est Cul-de-Jatte!

Ce fut un véritable coup de tonnerre, les mendiants se levèrent comme un seul homme, le verre en main et chacun cria à pleins poumons s

-- Vive Cul-de-Jatte.

L'affaire comme l'avait déjà dit pittoresquement Tonnin était dans le sac.

Les compagnons burent encore quelques bouteilles, puis sortirent de chez Tonnin et descendirent les marches qui conduisaient à la Cour des Miracles.

XXII.

LES ÉLECTIONS A LA COUR DES MIRACLES

Cul-de-Jatte après avoir laissé le père Tonnin avec son propriétaire, un grand vieux qui avait la manie de porter un habit, arriva dans la salle du sous sol, où il trouva l'Éclopé, le borgne toujours allongé sur son grabat et cinq à six mendiants accroupis dans un coin.

Il alla droit au borgne et lui demanda s'il se trouvait mieux.

— Beaucoup mieux, dit celui-ci.

— Tu dois avoir besoin de mes soins, car je ne t'ai pas vu depuis hier soir, voyons un peu ça, il souleva le borgne et se mit en devoir de défaire les bandes et les pièces de toile qui couvraient sa blessure.

Ça va mieux, en effet, dit-il, il le pansa, remit d'autres pièces de toile, recouvrit le tout d'une large bande, la serra et dit au borgne

— Ne fais pas trop de mouvements, bois et mange peu, et jeudi tu seras guéri.

— Bien sûr, demanda le malade ?

— Tu peux te fier à moi

— Tu m'auras donc sauvé la vie ?

— A peu près !

— Je ne l'oublierai pas reprit le borgne

L'Éclopé était à trois pas de là, il était en bras de chemise, nous savons pourquoi

Il était silencieux.

— Qu'as-tu donc l'Éclopé ? demanda Cul-de-Jatte, tu sembles tout ahuri ce soir, que t'est-il arrivé ?

L'Éclopé tressaillit quand Cul-de-Jatte l'interpella.

— Mais je n'ai rien, moi répondit-il.

— Tu n'es pas dans ton assiette, ça se voit

— Tu te trompes, Cul-de-Jatte, je réfléchis, voilà tout !

— A quoi donc ?

— Ah ! tu m'ennuies à la fin, il ne sera peut-être plus permis de penser maintenant, dit-il d'un air sombre !

— Je parie, continua Cul-de-Jatte, que tu es étonné comme tout le monde de l'absence du Roi des Gueux.

— Oui et non, dit-il en regardant son interlocuteur de travers.

— Oui et non, ça ne veut rien dire !

— Je dis oui et non, parce que le vieux est tellement mystérieux qu'il n'y a pas à s'étonner de ne pas le voir, quoique pourtant cela fasse deux jours qu'il ne vienne pas ?

— Tu parles d'or, mais tu ne me réponds pas, sais-tu quelque chose à ce sujet ?

— Qu'est-ce que tu veux que je sache ? est-ce que je m'occupe bien du vieux, moi ? qu'il crève, qu'il vive, cela m'est bien égal ; il a de l'argent, s'il est malade, il se fera soigner ! s'il est mort, eh bien, beaucoup d'autres n'arrivent pas à son âge: voilà tout ce que j'ai à dire !

— *Requiescat in pace*, ajouta Cul-de-Jatte en se signant ; tu envoies volontiers les gens dans l'autre monde, toi !

L'Éclopé s'avança vers lui, tout tremblant et lui dit :

— Qu'est-ce que tu veux dire par là ?

— Je veux dire que la mort de l'un de nous ne te chagrine pas beaucoup.

— Nous sommes tous mortels, reprit-il plus assuré, et le vieux l'était comme nous, il vaut mieux que les vieux commencent et fassent place aux jeunes !

— Oui, mais les vieux sont parfois plus nécessaires.

— C'est possible, pourtant je suis d'avis que dans les questions de vie et de mort, il vaut mieux, je le répète, que les tombes s'ouvrent pour les vieillards.

— Et si le roi des Gueux est mort, qui va le remplacer ?

— Mais toi, moi, n'importe qui !

— Ah ! tu trouves, par exemple que tu pourrais, toi, faire ce qu'il faisait ?
— Pourquoi pas ?

— Eh ! parce que tu es une buse, parce que tu es incapable, parce qu'enfin pour remplacer le roi des Gueux, il faut être un homme et que tu n'en es pas un ?

— Tu veux me chercher querelle ?

— Moi, pas le moins du monde ! Je dis ce que je pense, voilà tout ! Je dis que tu n'es pas un homme et je le prouverai.

— Prouve-le, dit l'Éclopé avec une colère sourde.

— C'es facile ! Où est la Béquillarde ?

— Est-ce que je le sais moi ! elle est cu diable qui l'emporte

— Eh ! bien, si tu étais un homme fit Cul-de-Jatte qui s'amusait à irriter le gueu, elle serait ici.

— Si elle n'y est pas, ça n'est pas ma faute.

— Dans tous les cas, ça n'est pas la mienne ; je constate un fait, voilà tout.

— Eh ! bien après.

— Après, cela prouve que tu n'as pas de sang dans les veines, cela prouve que moi, tout Cul-de-Jatte que je suis, si j'avais une maîtresse et qu'on me l'enlevât, je remuerai ciel et terre pour la retrouver !

— Qui le dit que je ne l'ai pas fait ?

— Si tu l'avais fait, tu aurais retrouvé la Béquillarde.

— Eh ! bien non, je n'ai plus remué depuis hier, mais au fait, je suis bien bon de te répondre, tu m'agaces furieusement et je ne sais ce qui me retient de te sauter au cou et de t'étrangler !

— Voilà que tu déraisonnes encore dit Cul-de-Jatte qui était arrivé à ce qu'il voulait c'est-à-dire, à savoir si l'Éclopé avait essayé de dénicher la Béquillarde. Tu veut toujours étrangler tout le monde toi, prends garde qu'un jour on ne t'étrangle toi même, mais faisons la paix s'il te plait, nous nous querellons depuis un quart d'heure pour des niaiseries qui n'en valent pas la peine

— Pour moi, ces choses-là ne sont pas des niaiseries, je n'aime pas qu'on me cherche chicane, et quand on me cherche on me trouve, tu entends, Cul-de-Jatte.

— J'ai entendu et je profiterai de l'avertissement

En ce moment un grand bruit se fit dans les escaliers, c'étaient les mendiants qui sortaient de chez Tonnin et arrivaient à la Cour des Miracles

Le vin ayant un peu monté les têtes ils descendaient en chantant, riant et jurant, la salle fut bientôt envahie, et nos héros s'y livrèrent à toutes sortes de plaisanteries grossières ; quelques-uns organisèrent un quadrille et avec les femmes dansèrent une espèce de cancan immonde

— Le silence se rétablit peu à peu, quelques mendiants apercevant Cul-de-Jatte s'écrièrent.

— Vive la Saint-Bertrand, vive Cul-de-Jatte !

Tous les autres répétèrent :

— Vive Cul-de-Jatte !

Alors ce dernier se mit au milieu d'eux et tous les cris cessèrent.

— Mes amis, dit-il, je vous remercie beaucoup des marques de sympathie que vous voulez bien m'accorder ; c'est ma fête aujourd'hui et j'ai voulu vous offrir quelques rafraichissements à ce propos, mais franchement cette bagatelle ne mérite pas autant de remerciments.

Vive Cul-de-Jatte crièrent encore tous les mendiants !

— Mes chers compagnons, je vous remercie encore une fois et je suis vivement ému des marques d'amitié que vous me prodiguez, mais puisque je suis au milieu de vous, permettez moi de vous faire remarquer avec tristesse qu'il manque ici quelqu'un depuis deux jours ; le Roi des Gueux n'a pas reparu depuis avant-hier ; quelqu'un de vous l'aurait-il vu ?

Personne ne répondit.

— Il y a certainement là-dedans quelque chose d'anormal, mes amis, il est arrivé un accident au Roi des Gueux et ce qui m'étonne, en admettant qu'il y ait accident, c'est qu'il ne nous ait pas fait prévenir, je crains qu'il y ait plus qu'un accident, le Roi des Gueux est peut-être mort !

— C'est mon avis dit un mendiant !

-- C'est notre avis dirent quelques autres.

— En admettant le cas, la Cour des Miracles ne peut pas rester sans chef et je propose de voter ce soir pour un président par interrim.

— Votons, votons, dirent les mendiants.

Tous les compagnons s'assirent par terre et Cul-de-Jatte en sa qualité de secrétaire du Roi des Gueux présida la séance

— Que les candidats veuillent bien demander la parole, dit-il ?

Un seul se leva, c'était l'Eclopé.

Toute l'assistance partit d'un grand éclat de rire.

Cul-de-Jatte fit faire silence

— Vous savez, mes amis, dit-il, que chacun a le droit de se présenter . laissez donc parler l'Eclopé.

— Vous avez tous ri, comme des buses que vous êtes, dit l'Eclopé ' . . .

Les mendiants interrompirent l'orateur par une vigoureuse bordée de sifflets.

--- Et vous ne saviez pas ce que j'allais dire

— C'est juste, c'est juste, parle donc dit une voix.

— Je ne vois pas pourquoi d'ailleurs, je ne pourrai pas me présenter comme tout le monde, je suis un des plus anciens ici, ce titre seul me donne le droit de me porter candidat.

Il faut à l'association un homme solide et dévoué, un homme de tête. . . .

-- Cache donc la tienne dit quelqu'un !

— Un homme de tête je le répète et malgré tout ce que l'on peut croire, j'ai de l'intelligence et suis capable de devenir le chef !

— As-tu de l'argent, demanda le boiteux ?

— J'ai cinq cents francs |

— Montre les !

— Ah ! je ne les ai pas sur moi !

— Eh ! bien va les chercher et pendant ce temps dit un mendiant, nous voterons pour un autre.

Un grand éclat de rire accueillit cette plaisanterie, et l'Eclopé furieux regagna sa place.

— Vous avez entendu le candidat, mes amis. veuillez donner votre opinion sur lui, par assis et levé.

Personne ne se dressa.

— A un autre, dit Cul-de-Jatte.

Mais aucun candidat ne se présenta.

Alors, ajouta t-il. je me présente moi-même; secrétaire depuis longtemps de notre président, j'ai pu, en appréciant tous ses mérites, m'en approprier quelques uns. Certes, je ne me donne pas comme un être sublime, mais je crois. mes amis que je remplirai efficacement mon rôle de président par intérim en attendant que notre chef revienne.

On a fait tantôt une observation fort juste, le chef doit être la tête et le bras ; il est la tête en dirigeant, en mettant le bon ordre, il est le bras en tendant la main à ses compagnons, en les aidant quand c'est nécessaire.

Or pour aider ceux qui ne sont pas heureux. il faut que le chef ait de l'argent et j'en ait.

Cul-de-Jatte fouilla dans sa poche, en retira le portefeuille du roi des Gueux et en sortit les billets de banque qu'il avait montrés à Tonnin.

—Voilà, continua-t-il, dix mille francs que je tiens à la disposition de mes compagnons et si cette somme ne suffisait pas, eh bien ! je la doublerai

Des vivats retentirent de toutes parts, on cria encore une fois : Vive Cul-de-Jatte.

Ce dernier fit faire de nouveau silence et dit :

— Vous allez donc voter, mes amis, par assis et levé.

Voulez-vous, oui ou non, que votre serviteur soit votre président par intérim ?

Sauf l'Éclopé tous les mendiants se leverent et Cul-de-Jatte fut nommé président intérimaire.

— Maintenant, mes amis, pour vous remercier de la confiance dont vous venez de m'honorer je vous offre un punch chez le père Tonnin.

— Bravo, Cul-de-Jatte, vive Cul-de Jatte, crièrent tous les mendiants.

Seul l'Éclopé se retira dans un coin à côté du Borgne, Cul-de-Jatte s'approcha d'eux et leur tournant le dos entama une conversation avec quelques compagnons pendant que les autres se rendaient chez le père Tonnin, mais il ne put rien saisir de la conversation des deux amis, et trouvant qu'il avait assez payé de sa personne dans cette soirée, il se décida à monter avec les retardataires chez le marchand de vin.

Tonnin félicita Cul-de-Jatte, et tous deux se mêlèrent bientôt aux consommateurs qui firent une véritable orgie de bière, de vins fins et d'eau de vie.

A une heure du matin, les mendian's regagnèrent la Cour des Miracles, et Cul-de-Jatte resté seul avec Tonnin régla la dépense qui s'élevait à 250 fr.

Il donna en plus de cette somme les 100 fr. qu'il avait promis au père Tonin, et descendant la rue de l'Echelle, il se rendit auprès du Roi des Gueux.

FIN DE LA PREMIÈRE PARTIE

L'épée du comte de X effleura la poitrine de M. V. (Chapitre II)

DEUXIÈME PARTIE

CONFESSION DU ROI DES GUEUX ET DE CUL-DE-JATTE

I.

PREMIÈRES CONFIDENCES

— Eh bien ' dit le blessé dès que Cul-de-Jatte entra.

— Eh ! bien, c'est fait.

— Tu es élu ?

— Je suis élu !

15me Livraison.

— Allons, tu n'es pas si maladroit que je le pensais.

— Vous croyiez que je ne réussirais pas ?

— J'en avais peur.

— Enfin, l'essentiel, c'est que je suis en ce moment le second roi des Gueux, vous, vous êtes le premier.

— Raconte-moi ça, comment as-tu procédé ?

Cul-de-Jatte dit alors au vieillard tout ce qu'il avait fait ; quand il arriva aux détails des frais il se gratta l'oreille. Le roi des Gueux sourit.

— Allons, dit-il, accouche.

Combien as-tu dépensé?

— Trois cent cinquante francs.

— Je croyais que tu allais dire cinq cents ; ça n'est pas cher ; ton idée de ta fête est tout simplement magnifique.

— Vous savez maintenant que je me nomme Bertrand, le calendrier l'a voulu ainsi, qu'est-ce que vous voulez, j'aurai bien pris un autre nom, mais je n'avais pas à choisir ce jour là c'était la St-Bertrand, va pour Bertrand me suis-je dit et j'ai payé ma fête.

Avec de l'argent et de la bonne volonté, on arrive à bout de tout.

Le borgne va mieux, je crois qu'ils doivent avoir causé lui et l'Eclopé, mais mal gré tout ce que j'ai pu faire pour surprendre leur conversation, je n'ai pu y arriver.

— Tant pis, dit le roi des Gueux, tu es nommé, c'est l'essentiel, le reste n'est que d'une importance secondaire.

— Souffrez-vous toujours beaucoup, dit Cul-de-Jatte ?

— Beaucoup.

— Voyons un peu, et Cul-de-Jatte après avoir défait les bandes qui recouvraient la blessure examina attentivement la plaie dont les deux lèvres étaient violettes.

— Vous vous en tirerez très-bien, ajouta-t-il, je vous trouve mieux qu'hier, avec un peu de patience nous y arriverons.

— Maintenant Cul-de-Jatte, dit le Roi des Gueux, il faut dormir, il est bientôt deux heures du matin, et j'ai besoin de prendre dans un sommeil réparateur les forces nécessaires pour te raconter mon histoire demain.

— Cul-de-Jatte arrangea son lit à côté du blessé, et quelques instants après les deux rois des Gueux étaient plongés dans les bras de Morphée.

Ce dieu du sommeil avait dû leur faire avaler une certaine quantité de pavots, car le matin à dix heures les deux hommes dormaient encore.

Le roi des Gueux s'éveilla le premier, il appela Cul-de-Jatte qui, se frottant les yeux, se mit debout et s'avançant vers le malade, lui dit.

— C'est curieux, je ne puis m'habituer à votre nouvelle figure, il me semble toujours que je vois un étranger quand je m'approche de vous.

— Ça viendra, dit le roi des Gueux.

— Comment avez-vous passé la nuit ?

— J'ai dormi tout le temps d'un sommeil un peu agité.

— Vous sentez-vous toujours mieux.

— La douleur est moins vive, mais, malgré le repos, j'éprouve une lassitude générale

— Nous allons mettre le pot au feu, et je vous ferai prendre cette après-midi un léger bouillon.

— C'est bien pensé, car je sens mon estomac brisé.

Cul-de-Jatte sortit et revint quelques instants après avec un kilog de viande de bœuf, qu'il plongea dans une marmite remplie d'eau ; il alluma le feu et mit dessus le contenant et le contenu.

Il revint ensuite auprès du vieillard, qui les mains jointes et le regard perdu dans une rêverie profonde, ne l'entendit pas entrer. Cul-de-Jatte n'osa le troubler dans ses méditations et s'assit silencieusement au chevet du blessé.

Le roi des Gueux sortit enfin de son recueillement et dit.

— Tu es là Cul-de-Jatte ?

— Oui, maître.

— Bien. Approche-toi le plus près possible pour que je ne sois pas obligé de parler trop-haut.

— Voilà, dit celui-ci, en appuyant sa chaise contre le lit, je suis tout oreille.

— Avant de commencer, ce récit plein de douleurs, j'ai besoin de te recommander encore une fois le silence le plus absolu sur ce que je vais te dire.

— Maître, vous parlez à un mur, tout ce que je vais entendre tombe dans un sépulcre.

— Tu me le jures ?

Je vous le jure !

— Ecoute-moi alors, dit le vieillard. . . . .

. . . .

En 1760 et le 15 janvier de cette année là, madame V . . accoucha d'un gros garçon que l'on nomma Pierre ; ce fut une joie pour monsieur V . . . le mari.

M. et Mme V... étaient mariés depuis cinq ans et n'avaient jamais eu d'enfants.

Monsieur V. . . désespérait d'en avoir jamais, quand au moment où il y pensait le moins, sa femme devint enceinte et ce fut pour l'heureux père un jour de bonheur, quand neuf mois après il reçut sa progéniture dans ses bras.

Madame V . . . au contraire ne partagea pas la joie de son époux ; une tristesse sombre s'était emparée de son esprit. et malgré toutes les questions que lui adressa son mari, elle demeura impénétrable.

Madame V . . . qui depuis son accouchement était restée souffrante, mettait sur le compte de ses douleurs sa tristesse continuelle. Monsieur V . adorait son épouse et malgré la situation pénible qu'elle lui faisait, par son humeur acariâtre, se consolait avec son fils qui grandissait à vue d'œil et promettait d'être d'une intelligence peu commune.

Les premières années de l'enfant s'écoulèrent ainsi entre les caresses du père et les froideurs de la mère.

Et ce qu'il y avait de particulier dans la conduite de madame V . . ., c'est que dès que son époux était sorti, elle prenait son enfant dans ses bras et l'accablait de caresses en pleurant.

Monsieur V . . . était à cette époque un avocat distingué ; son enfant et ses occupations multiples, l'empêchaient de réfléchir à la conduite de sa femme.

Quelqu'un de moins occupé que lui aurait essayé de percer le mystère qui avait ainsi changé son épouse.

Dans les premières années de son mariage elle avait été gaie, aimante et dévouée.

Mais l'accouchement laborieux qu'elle avait eu, lui ayant laissé comme je te l'ai dit, des douleurs abdominales monsieur V . . croyait que c'était ces douleurs là qui avaient changé son caractère. Pourtant la tristesse de Madame V . . . au lieu de se dissiper ne fit qu'augmenter et elle tomba dans une maladie de langueur qui attrista profondément son mari.

Celui-ci était désespéré. N'ayant plus le goût du travail, il vendit sa charge et se mit à soigner sa femme avec toute la sollicitude d'un cœur aimant, Pierre avait atteint l'âge de six ans et Pierre, c'était moi.

— Ah ! Pierre c'était vous dit Cul-de-Jatte intéressé.

— Oui, c'était moi. Mon père qui dans ses moments de loisir, m'avait appris à lire et à chiffrer, avait ainsi développé ma jeune intelligence, et je comprenais en voyant ma mère garder le lit et mon père pleurer quand il n'était pas devant elle, je comprenais que j'étais à la veille d'un malheur irréparable.

Ma mère qui de jour en jour devenait de plus en plus faible, perdait aussi la mémoire.

Un jour, jour de malheur et de larmes, jour d'épouvante et de deuil, mon père était dans le salon et sentant que ma mère n'en avait pas pour longtemps, il mit de l'ordre dans ses affaires, il arrangea les nombreux papiers qui étaient sur son bureau, les étiqueta, les classa et les renferma dans les tiroirs ; il alla ensuite dans le salon à côté où ma mère avait une espèce de secrétaire dans lequel elle renfermait toutes ses affaires.

Mon père sortit des tiroirs tous les papiers qui s'y trouvaient et fit comme pour les siens il les étiqueta et les classa. Il restait au fond d'un tiroir, une feuille de papier que mon père prit, c'était une lettre ; machinalement mon père jeta les yeux dessus.

L'écriture était d'un homme, j'étais à côté de mon père et je m'amus… à ouvrir et à fermer les tiroirs, lorsque levant les yeux sur lui, je le vis se renverser en arrière, pâle comme un cadavre et froissant d'une main convulsive la lettre qu'il venait de trouver dans le tiroir.

— Qu'avez-vous, mon père lui dis-je avec inquiétude.

— Va-t-en, va-t-en, s'écria-t-il avec une fureur épouvantable.

Je n'avais jamais vu mon père ainsi et je me mis à pleurer à chaudes larmes.

Mon père était devenu livide. il me fit peur ; je me sauvai dans la chambre de ma mère et m'approchant du lit comme si quelqu'un me poursuivait, je me cramponnai aux couvertures appelant ma mère et pleurant.

— Qu'as-tu mon enfant, me dit-elle en m'embrassant.

— Papa, me fait peur, dis-je en me cachant sous les couvertures.

Ma mère n'eut pas le temps de répondre, mon père entra en zigzagant comme un homme ivre, prit une chaise et s'y laissa tomber, il avait toujours à la main cette feuille de papier qu'il froissait avec rage

— Madame, dit-il en s'adressant à ma mère, je viens enfin de trouver le motif de votre tristesse et de votre maladie.

Ma mère devinant tout se dressa sur son lit et regarda mon père avec des yeux hagards, elle était pâle comme le drap qui la couvrait.

— Je comprends enfin, continua-t-il en saccadant les mots, je comprends enfin que vous vous laissiez mourir, c'était ce que vous aviez de mieux à faire.

Ma mère tremblait comme le condamné devant la machine expiatrice.

— Voulez-vous, dit mon père avec un rire qui me glaça, voulez-vous que je vous lise cette lettre que le plus grand des hasards vient de me mettre dans les mains.

Ma pauvre mère était immobile, un cadavre n'aurait pas eu plus de rigidité.

— Je vais vous la lire ; et mon père d'une voix que la rage faisait trembler, lut cette terrible lettre qui fut le prélude de tous mes malheurs.

Je l'ai entendue lire une fois par mon père, et mon esprit ne l'a jamais oubliée ; l'effet qu'elle me produisit est resté depuis cette époque gravé dans ma mémoire.

Voici cette lettre, ma mère s'appelait Emma.

Elle commençait ainsi :

     Ma chère Emma,

Je viens de recevoir votre lettre qui m'annonce le retour de monsieur V..., adieu tous nos jours de bonheur, adieu toutes nos nuits d'ivresse, voilà un mois que je vous possède et je ne sais pas comment je vais pouvoir vivre maintenant sans vous Hélas ! le bonheur est de courte durée ici bas, brûlez toutes les lettres que je vous ai écrites, comme je vais brûler toutes les vôtres.

Recevez mon Emma adorée toute l'assurance de l'amour que je vous porte et veuillez croire à la discrétion de celui qui donnnerait sa vie pour vous.

Vicomte A. de X.

— Ainsi, madame, dit mon père après la lecture de cette lettre, ainsi vous avez reçu chez moi votre amant pendant les 30 jours que je me suis absenté et vous avez eu la maladresse de ne pas brûler toutes les lettres que vous avez reçues de lui ?

Mais j'y songe ajouta mon père en se levant comme un fou, vous avez eu votre enfant neuf mois après mon absence, cet enfant n'est donc pas à moi ?

Ma mère ne faisait aucun mouvement.

— Mais répondez donc, dit-il en se précipitant sur le lit et remuant ma mère avec une force brutale.

— Papa, papa, ne fais pas du mal à maman, m'écriai-je en pleurant.

Mon père me prit par le bras avec violence me conduisit dans le salon à côté ; m'y enferma et revint auprès de ma mère qui demeurait toujours inerte.

— Me répondrez-vous, dit monsieur V dans le paroxisme de la rage.

Mais ma mère s'était évanouie,

Mon père retomba sur sa chaise et pleura comme un enfant, j'entendais de la pièce où j'étais ses sanglots déchirants.

Hélas à cette époque là je ne me rendais pas compte du malheur terrible qui s'abattait sur nous, mais plus tard quand j'ai compris cette scène, j'ai pleuré comme mon père ou plutôt comme celui qui était l'époux de ma mère.

Monsieur V. cessa enfin de sangloter, il se dressa, vint ouvrir la porte du salon où j'étais, me prit plus doucement par la main, me conduisit auprès de ma mère et me dit :

— Je vais sortir Pierre, tu vas veiller sur ta mère, je vais en sortant dire à la bonne de venir ici, je préviendrai le docteur pour qu'il vienne immédiatement, je ne rentrerai peut-être pas à midi.

Ah ! pauvre enfant, dit-il en sanglottant encore, tu n'es pas responsable de ce crime toi, et il m'embrassa.

— Mais pourquoi t'en vas tu papa, demandai-je ?

— Ne m'appelle pas ainsi dit-il avec colère, mais se radoucissant aussitôt, appelle-moi comme tu voudras Pierre. Ah ! tu ne peux pas savoir combien je souffre, mon pauvre enfant, tu ne peux pas le savoir et m'embrassant encore mon père sortit.

La bonne vint quelques instants après et nous restâmes tous deux auprès de ma mère qui était toujours évanouie.

Dix minutes après le docteur arriva, examina ma mère et fit une grimace significative.

Il dit quelques mots à la bonne que j'entendis.

Le docteur lui disait que madame V. n'irait pas jusqu'au lendemain.

Ainsi, j'allais perdre ma mère et celui qui était mon père ne devait plus reparaître dans la maison je ne devais plus le revoir.

— Reposez-vous dit Cul-de-Jatte visiblement ému, vous continuerez tout à l'heure, car j'ai peur que l'émotion que vous ressentez au souvenir de ces tristes évènements ne vous donne la fièvre.

Le roi des Gueux se reposa pendant une demie heure et reprit alors la suite de son récit.

II

L'ÉPOUX ET L'AMANT

Le docteur administra à ma mère un puissant réactif et la malheureuse sortit de son évanouissement.

Elle promena autour d'elle un regard égaré, et puis le souvenir de la scène qui venait d'avoir lieu, lui revenant peu à peu à la mémoire, elle jeta des cris effrayants et se cacha la tête sous les draps.

— Où est allé ton père, demanda-t-elle.

— Papa, répondis-je, a dit qu'il sortait et que probablement il ne rentrerait pas pour diner.

— Ah ! mon pauvre enfant, mon pauvre enfant, dit-elle, en m'attirant sur son cœur et en m'embrassant avec transport.

Hélas ! ce furent les dernières paroles sensées qu'elle prononça, car un délire affreux la prit quelques instants après et la mort seule mit fin à cette espèce de folie furieuse.

L'Amant et l'Epouse, Chapitre III.

Mon père comme il me l'avait dit ne rentra pas à l'heure du diner.

Ce n'est que plus tard que j'appris ce qui s'était passé, mon père dès qu'il fut hors de la maison, alla chez le docteur, lui recommanda de venir en toute hâte et de là se rendit chez son notaire.

Je ne connus qu'à ma majorité les dispositions de celui qui aurait dû être mon père et que la faute de ma mère avait seulement fait mon paraître.

Quand il eut arrangé ses affaires, avec la lettre révélatrice qu'il avait trouvée dans le secrétaire de ma mère, il s'informa de la demeure du vicomte de X...

Ce dernier avait quitté Hyères, que nous habitions à cette époque, il l'avait quittée depuis six ans.

Monsieur V... ne se découragea pas, il apprit que M. le vicomte de X... était allé à Paris, et il s'y rendit.

16ᵐᵉ Livraison.

Mais Paris la grande ville n'est pas commode, quand on y va pour chercher un homme.

Monsieur V... resta trois mois à Paris sans trouver celui qu'il cherchait,

Il commençait à croire qu'il ne trouverait jamais l'amant de sa femme lorsque le hazard le mit sur ses traces.

Un jour qu'il était allé au bois de Boulogne pour se distraire un peu, Monsieur V... que depuis je n'ai plus appelé mon père et pour cause, rencontra quelques jeunes gens qui promenaient comme lui.

Monsieur V... était plongé dans ses tristes réflexions lorsqu'un nom qu'un de ces jeunes gens prononça, le fit tressaillir.

Il s'avança résolument vers ces Messieurs, et demanda à l'un d'eux.

— Pardon, Monsieur, n'est-ce pas du vicomte de X... dont vous avez parlé tantôt.

— Oui, Monsieur, répondit celui à qui mon père s'était adressé.

Je cherche monsieur le vicomte depuis trois mois et je n'ai pas encore eu l'avantage de le rencontrer, voudriez-vous avoir la bonté de me donner son adresse.

— Mais très-volontiers dit un de ces Messieurs, et détachant une feuille de son carnet il écrivit dessus.

Monsieur le vicomte de X... avenue de Vincennes, 60.

Il remit l'adresse à mon père.

— Je vous demande bien pardon de vous avoir dérangé et vous remercie beaucoup, dit ce dernier en saluant et en mettant la précieuse adresse dans son portefeuille.

Les jeunes gens et M. V... échangèrent un salut poli et se quittèrent.

M. V... prit une voiture et se rendit au numéro 60 de l'avenue de Vincennes.

M. le vicomte venait de sortir ; on lui dit qu'il rentrerait probablement dans une heure.

— Mais, dit Cul-de-Jatte, comment avez-vous pu apprendre tout cela ?

— Sur les notes que M. V... a laissées et que j'ai retrouvées après sa mort·

— Je comprends maintenant dit Cul-de Jatte.

— M. V... continua le Roi des Gueux ; remonta en voiture, fit une course d'une heure et revint chez le vicomte.

Il n'était pas encore rentré !

M. V... commença à s'impatienter et se promena de long en large devant l'habitation de M. X...

Une demi heure s'écoula et personne ne vint.

Il interrogea le concierge.

— Mais à quelle heure peut-on rencontrer M. le vicomte ?

— Je suis étonné répondit le pipelet qu'il ne soit pas encore revenu, il aura probablement été invité à dîner par quelques amis.

— Où dîne-t-il d'habitude?

— Au Grand Hôtel.

— Bien, je vais y aller dit M. V.. en glissant une pièce dans les mains du concierge.

— Si monsieur a quelque chose à lui dire, ou si monsieur veut laisser sa carte, demanda ce dernier amadoué par le large pourboire qu'il venait de recevoir.

— C'est inutile, il faut que je le voie lui-même.

— Alors, monsieur, le trouvera au Grand Hôtel.

— Je vais m'y rendre.

M. V. s'y fit conduire.

Mais il n avait pas songé à une chose : c'est qu'il ne connaissait pas M. do X. et qu'il lui serait impossible par conséquent de le trouver au milieu de la foule de consommateurs qui se rendent chez le traiteur au moment du dîner.

Il entra pourtant et appelant le premier garçon qu'il aperçut, il lui demanda s'il ne connaissait pas M. le vicomte A. de X.

Le garçon répondit qu'il le connaissait et qu'il venait prendre ses repas dans le restaurant.

— Je crois même ajouta le garçon que M. de X. doit venir aujourd'hui avec quelques amis.

M. V respira bruyamment, enfin, il allait se trouver en face de l'amant de sa femme ! Il se fit servir un léger dîner et attendit.

Un quart d'heure après des jeunes gens entrèrent dans la salle où M. V. prenait son repas.

Le garçon qu'il avait questioné lui dit en passant :

— M de X. est avec ces messieurs.

— Montrez-le moi dit M. V. je ne le connais pas.

— C'est facile, M. de X. est décoré, et il est le seul.

M. V. indemnisa le garçon.

Il termina son dîner et attendit que ces messieurs eussent terminé le leur.

Alors, il s'avança poliment et ayant reconnu dans ces messieurs les trois jeunes gens qu'il avait rencontrés au bois le matin, il les salua.

M. le vicomte était un beau garçon d'une trentaine d'années, très brun, les yeux vifs et perçants, la moustache crânement redressée, vêtu à la dernière mode.

— M. le vicomte A de X. demanda M. V...

— C'est moi, monsieur, dit ce dernier en se dressant.

— Je désirerais vous entretenir pendant quelques minutes, monsieur.

— A qui ai-je l'honneur de parler ?

— Mon Dieu, monsieur, mon nom ne vous apprendrait rien .. j'ai une communication importante à vous faire, et mon nom ne peut vous intéresser avant.

M. de X.. comprit que M. V.. ne voulait rien dire devant témoins et répondit :

— Je suis à vos ordres, monsieur, vous permettez, n'est-ce-pas, dit-il en s'adressant à ses amis.

— Comment donc, répondirent ceux-ci, et M. V.. et M. de X.. entrèrent dans un salon dont ils refermèrent la porte sur eux.

M. V. désigna un siège au jeune homme et après que ce dernier fut assis, il s'assit à son tour.

— J'ai compris, dit M. de X.. que vous ne vouliez pas dire votre nom devant ces messieurs, maintenant que nous sommes seuls, puis-je savoir à qui j'ai l'avantage de parler.

M. V.. était d'un calme effrayant, il regarda M de X.. en face et dit en appuyant sur chaque mot :

— Je suis M. V..

Le jeune homme fit un saut sur sa chaise et la recula de trois pas, comme s'il venait de mettre le pied sur un serpent

— Je vous demande pardon, dit-il en se remettant, du mouvement involontaire que m'a produit votre nom, mais, j'étais à cent lieues de supposer que j'avais devant moi le mari de madame V.. !

— Vous reconnaissez donc, monsieur, que vous avez été l'amant de ma femme?

— Je le reconnais !

— Et vous comprenez aussi qu'il y a entre nous une tâche que le sang de l'un ou de l'autre doit effacer.

— Je suis prêt à vous donner raison !

— Pardon dit M. V. . ., mais j'ignore complètement de qu'elle façon ma femme a pu faillir et je tiens, avant d'aller sur le terrain, à avoir des renseignements à ce sujet.

—Vous pensez bien, monsieur, que je ne vais pas vous faire l'historique de notre amour, cela ne serait digne, ni de vous, ni de moi !

— Pourtant, monsieur, il faut bien que je sache quel est le plus misérable de vous deux, fit M. V. . . que la colère commençait à gagner.

— Terminons là, monsieur, cet entretien pénible pour tous deux, nous devons aller nous battre, il est donc inutile d'assaisonner d'injures les préliminaires de notre rencontre.

— Vous avez raison et je vous prie de m'excuser ce moment de colère ; j'enverrai demain matin mes deux témoins chez vous !

— Les miens y attendront les vôtres ; voici mon adresse, dit le jeune homme.

— Merci, monsieur, je la connais ; il y a trois mois que je vous cherche et je désespérais de vous trouver, quand ce matin, au moment où je n'y pensais pas, quelqu'un m'a indiqué votre demeure, je suis allé chez vous et ne vous ai pas rencontré, votre concierge m'a dit que vous diniez ici et je suis venu.

—Je regrette de vous avoir donné tous ces ennuis, mais je ne pouvais pas supposer qu'après six ans, l'époux de celle que j'ai aimée me cherchait, sans cela je me serais mis à sa disposition plus tôt.

— Enfin, monsieur, je suis l'offensé, j'aurais donc le droit de choisir les armes, mais je ne veux pas abuser de ma situation, et l'arme que vous choisirez sera la mienne.

— Je n'accepte pas ces conditions. monsieur, l'offensé a le choix et vous l'aurez

— Eh ! bien, je choisis l'épée, il n'y a pas d'arrangement possible, le combat ne doit cesser qu'à la mort de l'un de nous.

— Comme vous voudrez, répondit M. de X. . . avec indifférence ; je préviendrai mes témoins dans ce sens.

— J'en ferai de même de mon côté ; à présent, il est impossible que cette rencontre ait lieu, sans que publiquement, il n'y ait eu provocation de ma part ou de la vôtre, le vrai motif de la rencontre devant être ignoré de tous.

— Rien n'est plus facile, monsieur, mes amis sont là, en sortant de ce cabinet, je vais vous chercher querelle, je vous appellerai lâche, et vous me jetterez votre gant au visage.

Les deux homme se dressèrent calmes et dignes, aucune émotion ne se lisait sur leurs visages, puis, comme s'ils continuaient une conversation déjà commencée' M. de X. . . ouvrit la porte du cabinet, en disant :

— Il faut être un lâche pour oser tenir tenir un pareil langage.

M. V... sortit à son tour et jeta son gant à la figure ed M. de X..., ce dernier se tourna vers ses amis qui s'étaient précipités sur lui et leur dit.

— Monsieur, vient de me jeter son gant au visage, mes amis, vous en avez été tous témoins Voici ma carte, ajouta-t-il en la remettant à M. V... j'espère que vous voudrez bien me rendre raison de cette injure ?

— Quand vous voudrez.

—Demain, nos témoins s'entendront sur le jour, l'heure et le mode de combat.

— A quelle heure dois-je vous envoyer les miens ?

— A dix heures.

— Ils y seront, Monsieur, j'ai été le premier insulté, j'ai donc le choix des armes et je prends l'épée.

— Voyons, voyons dit un des jeunes gens, je ne connais pas le motif de la querelle, mais . . . . .

— Je choisis l'épée répondit avec fermeté M. V... et en l'interrompant.

Le médiateur se tut.

M. V... salua ces Messieurs et sortit en disant :

— A demain !

— A demain dirent les jeunrs gens qui saluèrent à leur tour M. V...

Dès qu'il fut parti, ces Messieurs accablèrent de questions M. de X, mais ce dernier ne voulut rien dire, il se contenta de répondre .

— J'ai insulté M. V... j'ai peut-être eu tort, il m'a jeté son gant au visage et je dois me battre, rien ne me fera revenir sur cette décision et j'espère que deux d'entre-vous me serviront de témoins.

Deux de ces Messieurs acceptèrent cette mission délicate et les jeunes gens se quittèrent en se donnant rendez-vous pour le lendemain matin à 10 heures chez Monsieur le vicomte de X...

III

L'AMANT ET L'ÉPOUSE.

Il est nécessaire, dit alors le roi des ¡Gueux, que je remonte à l'époque où ma mère avait oublié ses devoirs sacrés d'épouse.

Le 7 mai 1759, mon père qui habitait avec ma mère, comme je te l'ai dit, la ville d'Hyères fut obligé de s'absenter pour un mois à cause d'un procès important qui l'appelait à Aix.

Mon père avait à cette époque quarante-cinq ans, il paraissait en avoir trente-huit à peine, ma mère était beaucoup plus jeune, elle n'avait que vingt-quatre ans, et n'aimait pas M. V...

On la fit sortir du couvent et on la maria.

M. V... avait une position brillante et les parents de ma mère sacrifièrent, comme cela se fait encore aujourd'hui leur enfant à la fortune.

Les premières années du mariage furent languissantes pour ma mère. M V... très occupé, excessivement sérieux et froid de caractère, songeait beaucoup plus aux affaires qu'à sa femme.

Ma mère s'ennuyait donc horriblement, si elle avait eu un enfant de suite, elle n'aurait pas succombé, mais l'isolement dans lequel elle vivait, presque abandonnée de son mari qui ne la laissait pourtant manquer de rien, mais qui toujours affairé, arrivait chez lui le corps et l'esprit brisés, ma mère, se laissa aller à ce désir, qui perd tant de jeunes femmes, le désir de sortir par n'importe quel moyen de cette monotonie terrible qui la tuait.

Or : sur ces entrefaites M. V s'absenta pour un mois et ma mère eut le malheur de rencontrer le vicomte de X.. qui était à cette époque un brillant officier et dont le régiment était fixé à Hyères pour une vingtaine de jours.

M. de X.. avait un grand nom, causait admirablement bien et portait le costume militaire avec un cachet plein d'élégance, il avait vingt-quatre ans.

Un soir donc que ma mère errait seule et pensive sur une des promenades de la ville, M.de X.. vint à passer; ma mère était très jolie, elle produisit un effet immédiat sur l'officier qui la regarda longuement et l'accosta sans hésitation.

— Madame est seule à ce que je vois, dit-il avec un profond respect.

Ma mère rougit un peu et fut frappée de la distinction et de la beauté du jeune homme.

--- Oui, monsieur, répondit-elle toute tremblante !

L'empire que venait de prendre sur madame V... le jeune officier était immense, cette jeune femme seule depuis bientôt six ans, vit tout-à-coup dans son esprit un roman surgir et dont elle allait être l'héroïne ; ma mère d'une nature nerveuse et passionnée, venait de faillir par la pensée, de là à faillir véritablement il n'y a qu'un pas.

L'officier voyant qu'on ne l'éconduisait pas devint plus hardi et offrit son bras; certes ma mère ne l'accepta pas, mais elle lui permit de l'accompagner dans sa promenade et lorsque l'heure de rentrer vint, M de X .. la conduisit jusqu'à la porte de son domicile, en lui disant :

A demain !

Ma mère répondit du bout des lèvres.

— A demain !

Le lendemain, le jeune homme qui était véritablement épris des charmes de la jeune femme, fut plus pressant, plus amoureux, ma mère se garda bien de dire qu'elle était mariée et permit à l'officier de monter chez elle..

Hélas ! ce ne fut que le matin que ce dernier sortit de chez ma mère, emportant une clef qui lui permettait de revenir le soir.

Cela dura une vingtaine de jours fous, comme tous les amoureux, ils s'écrivaient dans la journée et lisaient leurs lettres ensemble le soir.

Sur ces entrefaites M V... écrivit à sa femme que son procès touchait à sa fin et que dans une huitaine il serait de retour à Hyères.

La malheureuse était tellement éprise de l'officier qu'elle ne songeait plus à son mari, elle écrivit à M. de X... elle lui dit qu'elle était mariée, que son mari allait revenir et qu'il ait le courage de ne plus venir la voir.

M. de X... accourut aussitôt chez ma mère

Le comte de X... en Espagne

Elle était toute en larmes !

— Emma, lui dit le jeune homme avec un ton de reproche, vous êtes mariée et vous ne me l'avez pas dit ?

— Hélas ! répondit-elle, je m'étais endormie dans l'amour que vous m'avez inspiré, je ne songeais pas au réveil, il est terrible. Mais comment vais-je faire maintenant, pour recevoir mon mari, pour lui sourire ! je suis tellement coupable, que je n'oserais plus lever mes yeux sur lui !

Alors ma mère raconta à M. de X.. que son mari la laissait toujours seule qu'on l'avait mariée à cet homme sans qu'elle l'aimât ; que si elle avait failli à ses devoirs d'épouse. c'est que, délaissée complètement, oubliée même par son époux, qui ne s'occupait que de ses affaires, la monotonie de son existence lui était devenue insupportable.

— Je vous ai rencontré, ajouta-t-elle et je vous ai aimé, savais-je ce que c'était que l'amour ? Hélas ! on ne m'avait jamais dit ces choses là au couvent ; lorsque j'en sortis, mes parents me dirent : nous allons te marier ; je les laissai faire. Quinze jours après, j'étais la femme de M. V. : mon mari était bon pour moi, il se courbait devant tous mes caprices, mais ne voulait pas que je sortisse.

J'avais donc quitté un couvent pour un autre couvent on m'avait donné la liberté pour m'enchaîner d'avantage !

Ah ! mon ami, pourquoi marie-t-on ainsi de jeunes filles sans les consulter, ou plutôt sans leur apprendre a vivre.

Croyez-vous que lorsque nous sortons du couvent où nous rabillons nos poupées, nous soyions aptes à entrer en ménage et à comprendre les devoirs que nous impose notre titre d'épouse ? Hélas ! non, à part quelques rares exceptions, ces mariages-là sont le plus souvent stériles et l'amour n'est ni du côté de la femme ni du côté de l'homme !

C'est pour cela qu'il y a de si mauvais ménages !

Aujourd'hui les mariages d'inclination tendent à disparaître, on fait des mariages de raison, de convenances, c'est-à-dire que l'on ne groupe pas des cœurs, on groupe et l'on réunit des fortunes, voilà tout !

L'argent n'a jamais enfanté l'amour, il l'a toujours détruit, quand la gêne existe dans le ménage, c'est que la dot des fiancés a été le cœur ! Or, le cœur, c'est là véritable fortune. Une chaumière et un cœur dit le proverbe et il a bien raison ! Voilà la vraie richesse !

M. de X.. écoutait la jeune femme parler et pour ainsi dire se suspendait à ses lèvres !

-- Ah ! s'écria-t-il, si je vous eusse connue avant votre mariage, vous n'en seriez pas là aujourd'hui ! Vous avez succombé, ma chère amie et vous allez porter cette faute éternellement, comme un fardeau, et pourtant j'estime que vous n'êtes pas coupable On vous a mariée, comment ? sans consulter votre cœur, on ne vous a pas mariée, on vous a vendue ! on a fait une affaire en vous faisant épouser M. V.. et pas autre chose ; aujourd'hui, en voici les résultats; vous êtes ma maîtresse. Sommes-nous coupables tous les deux de cette monstruosité ?

Dieu m'est témoin que si je vous avais su mariée, je n'aurais pas poussé aussi loin mon aventure amoureuse !

Emma vous auriez dû me dire que vous n'étiez pas libre, mais chaque fois que cette question est sortie de mes lèvres vous me les avez clouées en me disant :

— Que vous importe, je vous aime et vous m'aimez cela suffit !

— Que pouvais-je vous dire de plus reprit Emma, j'avais trompé mon mari ! En vous apprenant que j'étais mariée, aurais-je diminué ma faute ?

— Ecoutez-moi, Emma, reprit l'officier, il est encore temps, si je puis m'exprimer ainsi, de cacher votre faute Venez avec moi quittez votre mari ! Vous m'aimez, m'avez-vous dit ? Eh ! bien, fuyons ensemble, je suis riche, je puis parfaitement vous continuer l'aisance que vous avez ici, pour vous je quitterai le métier des armes, je donnerai ma démission, je redeviendrai bourgeois.

— Vous n'y songez pas ! et mon mari et ma fille . . . et la sienne ! Voyez donc cette honte qui s'appesantirait sur tous ces noms respectés. J'ai été adultère, c'est vrai ; mais moi seule connais ma faute et en supporterai les conséquences ; j'en mourrai peut-être, mais du moins je n'aurai pas jeté l'opprobre et l'infamie sur deux familles honorables

— Alors, séparons-nous et pour toujours, dit le jeune homme avec tristesse, oublions tout les deux que nous nous sommes aimés jetons un voile sur le passé ! Vous pleurez, Emma ! Hélas ! que ne puis-je sécher vos larmes ! Le ciel m'est témoin que je ferais tout au monde pour vous rendre heureuse si cela était en mon pouvoir ! mais la société n'entend pas le devoir à demi, vous êtes mariée et malgré votre faute, malgré la répulsion que vous pouvez éprouver pour votre mari, il faut que vous continuiez à être son esclave. Il va venir et vous lui sourirez, vous aurez la joie au front et la mort dans l'âme : votre lèvre sourira pendant, que votre cœur versera des larmes de sang ! Il viendra et vous partagerez avec lui le lit conjugal, car, il est votre maître, la loi vous l'ordonne, si vous ne le faisiez il invoquerait contre vous cette loi qui lui donnerait raison !

Soyez forte, Emma, je comprends tout ce que vous allez souffrir, tout ce que vous allez endurer, l'épreuve sera terrible, mais soyez à la hauteur de cette épreuve, votre salut et votre honneur sont à ce prix, songez que notre amour n'est plus qu'un rêve évanoui, et dressez vous de toute votre force devant l'écrasante réalité ! Votre mari porte un nom sans tâche, que votre faiblesse ne le souille pas par un aveu qui n'amoindrirait pas votre faute et vous perdrait à tout jamais.

Si un jour vous avez besoin de celui que vous avez aimé, écrivez-lui, il serait au bout du monde qu'il viendrait ! . . .

Mais l'heure de la séparation est arrivée, inflexible, épouvantable, Je suis libre, vous ne l'êtes pas ! Il faut subir notre destinée, Dieu l'a voulu ainsi ; vous serez martyr et vous retournerez à lui !

Brûlez mes lettres, comme je vais brûler les vôtres, je vous l'ai écrit hier avant de venir.

Ne laissez aucune trace de votre faute, car personne au monde ne sait que nous nous sommes aimés.

Emma pleurait silencieusement, les deux amants avec une fermeté dont on ne les aurait pas cru capables se quittèrent enfin.

Ils ne devaient plus se revoir !

Une fois seule ma mère prit toutes les lettres de M. de X.. et les brûla.

Mais la fatalité voulut qu'une de ces lettres restât au fond d'un tiroir.

Je t'ai dit comment M. V... l'y trouva.

M. V... arriva quelques jours après, ma mère fit bonne contenance et il ne se douta de rien.

Lorsque ma pauvre mère s'aperçut qu'elle était enceinte, ce fut un véritable malheur pour elle et le remords commença à la miner sourdement.

Elle devint triste, soncieuse, distraite et M V... mit sur le compte de la grossesse ce changement subit. Hélas ! ma mère pleurait des nuits entières, elle sentait combien elle avait été coupable, et Dieu, pour ainsi dire, avait voulu que son adultère se perpétuât dans l'enfant qu'elle portait.

Enfin ma mère me mit au monde, je t'ai dit de qu'elle façon elle m'accueillit !

Certes ma mère m'aimait à la folie, mais son amour pour moi lui rappelait sa faute et sa tendresse se ressentait souvent de ce souvenir néfaste !

Le lendemain de la scène terrible qui eut lieu au sujet de cette maudite lettre entre mon père et ma mère, cette dernière mourut et je me trouvais seul avec une bonne et un notaire, deux étrangers !

Le notaire fit les funérailles de ma mère, auxquelles mon père n'assista pas.

Il y eut beaucoup de monde et l'on y dit que M. V... était tellement affecté qu'il n'avait pas eu le courage d'accompagner sa femme au champ du repos.

J'accompagnai donc seul la dépouille de ma pauvre mère ; deux jours après je pris des vêtements de deuil et le notaire me conduisit à Paris dans une des premières maisons d'éducation de la capitale.

IV

LE DUEL

Le roi des Gueux s'arrêta, il était fatigué. Cul-de-Jatte qui n'avait pas fait un mouvement pendant le récit, sembla sortir d'un rêve pénible et dit au narrateur :

— Je crois que c'est le moment pour vous de prendre un bouillon et pour moi de diner ?

— Oui, mon ami, d'ailleurs je suis altéré.

— Et vous devez être éreinté aussi, savez-vous que c'est crânement intéressant, tout ce que vous me racontez-là !

— Hélas ! et bien triste aussi.

— Ah ! il est certain que ça n'est pas gai du tout, on sent le besoin d'absorber quelque chose après avoir ouï une pareille tragédie !

Et Cul-de-Jatte se rendit à la cuisine, retira la marmite du feu, versa du bouillon dans un bol e. l'apporta au roi des Gueux qui l'absorda avec délices

Alors Cul-de Jatte s'improvisa une table et dina avec un appétit formidable ; il ne mangeait pas, il dévorait !

Le malade après avoir bu son bouillon s'était endormi.

— Bon. dit Cul-de-Jatte, voilà le vieux qui pionce. laissons-le faire, ça lui donnera des forces pour recommencer tout à l'heure et il continua silencieusement à manger.

Quand il eut terminé, il sortit une pipe ou plutôt un brûle gueule, culotté comme un zouave. le bourra et s'allongeant sur le canapé, il se mit avec amour à tirer de sa bouffarde de gros flocons de fumée blanche qu'il regardait, avec beatitude monter, en spirales capricieuses vers le plafond de la chambre.

Le roi des Gueux dormit près d'une heure, lorsqu'il se réveilla la chambre était pleine de fumée !

— Cul-de-Jatte, dit-il, ouvre donc la croisée, on étouffe ici.

— C'est vrai ça, comment diable, ne m'en suis-je pas aperçu, si j'étais un ange je me croirais dans des nuages.

Il ouvrit la fenêtre et peu à peu la fumée se dissipa.

Il revint ensuite auprès du vieillard, s'assit comme avant, tout à coté du lit, et attendit :

— Je vais continuer dit le roi des Gueux.

Il sembla chercher un moment dans ses souvenirs et reprit :

— Le lendemain de l'échange des cartes entre M. V . . et M. de X . . . M. V . . qui avait vu. la veille, deux amis ayant accepté d'être ses témoins, se rendit avec eux Avenue de Vincennes, 60, où ils trouvèrent M de X avec les siens.

Les six hommes se saluèrent profondément et les quatre jeunes gens qui devaient assister les combattants se retirèrent dans un salon pour arrêter les conditions de la rencontre.

M. de X et M V. . se trouvant seuls restèrent un moment silencieux.

— M. V. . . rompit le premier le silence.

-- Vous savez, Monsieur, que madame V. . est morte ?

-- Emma est morte répéta M de X . en devenant très pâle.

-- Elle est morte, il y a trois mois, oui, Monsieur; puisqu'un de nous deux doit mourir, je puis par conséquent vous apprendre certaines choses que vous ne savez pas !

-- Je ne veux rien savoir, Monsieur !

-- Pardon, il y a une chose qu'il faut que vous sachiez Emma était devenue mère, neuf mois après sa faute Or ! comme il pourrait se faire que vous me tuiez je ne veux pas que vous ignoriez ce fait Cet enfant que j'ai élevé et qui n'était pas . . . . le mien, si je meurs, va se trouver sans appui et sans guides.

— J'ai compris, Monsieur, dit M. de X. . profondement troublé ; je ferai mon devoir ! il aurait pu d'un mot désarmer M V.   il aurait pu dire que lorsqu'il était devenu l'amant de Mme V. . . il ignorait que cette dernière fut mariée, mais M. de X. . avait réellement aimé ma mère et pour tout au monde il n'aurait pas voulu flétrir la mèmoire de celle qui avait oublié ses devoirs conjugaux pour lui !

Les quatre témoins sortirent du cabinet voisin ; ces gens-là ressemblaient aux membres d'un jury revenant de la salle des délibérations et apportant un verdict affirmatif sur toutes les questions, sans admission de circonstances attènuantes.

Ils venaient de prononcer la mort d'un homme

L'heure du duel fut fixée à cinq heures précises dans une des allées du bois de Boulogne, les combattants apporteraient chacun deux épées et l'on tirerait au sort pour le choix de ces armes.

Le duel aurait lieu à outrance et les témoins se tiendraient à une grande distance afin de ne pas mettre d'obstacles au combat

Les conditions ainsi arrêtées par les témoins et acceptées par les adversaires, on se sépara en se dounant rendez-vous pour l'après-midi à cinq heures au bois de Boulogne

M. V . rentra à son hotel, écrivit une longue lettre à son notaire, puis comme un homme que la mort ne surprendra pas, il prit une calèche dècouverte et se fit promener jusqu'à deux heures apres-midi

A cette heure là, il rentra, dina copieusement, et alla trouver ses deux témoins dans un café.

M. de X. était plus agité que M V .; il n'avait plus eu depuis son départ de Hyères, des nouvelles d'Emma et celles que lui avait données son mari l'avaient bouleversé ; Emma était morte et avait eu un enfant qui était le fruit de leur amour coupable ! en admettant qu'il tuât M. V . . il devenait père de famille, il avait un enfant !

M de X . . qui était un honnête homme, comprit quel était le devoir qui lui restait à accomplir au cas ou M. V . . viendrait à mourir

Il adopterait l'enfant et lui donnerait son propre nom !

Ce serai une façon loyale de payer au souvenir de la pauvre morte le tribut de reconnaissance qu'il lui devait.

— Lui mort, sa tâche était terminée, c'était à Monsieur V . . . à remplir son devoir ; il se souvint alors qu'il avait oublié de dire à Monsieur V . . . quand il échangea avec lui les quelques paroles que je t'ai rapportées au moment où les témoins établissaient les conditions du combat, il se souvint, dis-je, qu'il n'avait pas demandé à Monsieur V . ce qu'il ferait de son enfant, Monsieur de X . . se promit bien de le lui demander avant d'engager le combat.

A quatre heures et demie chacun des deux adversaires se rendit avec ses témoins par un trajet différent au bois de Boulogne.

Les deux voitures qui les menaient arrivèrent presque en même temps.

On n'avait pas amené de docteur puisque un de ces hommes devait mourir, les soins par conséquent étaient inutiles.

On choisit un terrain propice à ces sortes d'assassinat, car pour moi, Cul-de-Jatte, le duel n'est pas autre chose.

— Vous avez bien raison maître, appuya Cul-de Jatte.

Le terrain choisi était délicieux, c'était une clairière au milieu du bois, de dix à quinze mètres carrés ; des arbres séculaires levant leurs panaches sombres vers le ciel, l'entouraient de tous côtés.

On pouvait se tuer là dedans sans craindre les curieux.

La petite troupe prit position au milieu de cette place Monsieur de X . . . pria les témoins de s'éloigner un moment, ayant a parler encore une fois à Monsieur V .

Les deux adversaires se rapprochèrent alors ; Monsieur de X prit la parole.

Vous m'avez dit hier, monsieur, des choses que j'ignorais : je ne savais pas que Madame V . . . était morte et je ne savais pas non plus qu'elle avait un enfant.

Avant l'heure suprême je me permets de vous rappeler que vous m'avez dit que cet enfant était mon fils.

— Je l'ai dit, Monsieur et je vous le répète encore : le fils de ma femme est votre enfant puisque je suis resté six ans sans en avoir et que c'est après les rapports que vous avez eus avec Madame V . . . que cette dernière est devenue mère.

— Bien, Monsieur, mais vous m'avez fait promettre si je vous tuais de prendre soin de cette malheureuse créature, j'ai promis que je ferais mon devoir mais au cas contraire que ferez-vous ?

— Je ferai ce que vous feriez vous-même !

— Cela suffit, Monsieur, je suis à vos ordres !

Monsieur V. . . fit un signe aux témoins qui s'avancèrent; Monsieur de X et Monsieur V . . . firent sauter leur veste et leur gilet et un des témoins ayant sorti les épées de leur fourreau on tira au sort pour savoir quelles se aient les deux qui serviraient aux combattants.

Le sort désigna celles de Monsieur V . . .

On les mesura et comme elles étaient d'une égale longueur on en remit une à chacun des adversaires.

Un des témoins frappa trois fois dans ses mains et les fers se croisèrent

Les deux combattants étaient de force égale. leur sang froid était admirable, le bruit des épées se croisant. se heurtant, troublait seul le silence de mort qui régnait dans la clairière

Après plusieurs passes brillantes, l'épée du vicomte de X . . . effleura la poitrine de Monsieur V . . . et quelques gouttes de sang jaillirent

Monsieur de X . . s'arrêta

— Vous êtes touché, Monsieur ?

— Ce n'est rien dit Monsieur V . en se remettant en garde; les fers se croisèrent de nouveau, M V . et M X . faisaient des prodiges d'adresse, on sentait en les voyant que leur vie était en jeu et que la moindre maladresse pouvait leur être funeste.

Quelques gouttes d'une sueur froide perlèrent au front de M. V . .

— Vous êtes fatigué, Monsieur, voulez-vous que nous nous reposions.

— Non non, répondit-il d'une voix sourde et se dégageant par une feinte brusque il porta un coup droit que M de X para avec une adresse incroyable ; à ce moment la M. V . . se découvrit et l'épée de X . . le perça de part en part dans la région du cœur.

Monsieur V . . tomba comme une masse, un flot de sang sortit de sa bouche et il expira,

Ses amis se précipitèrent sur lui mais il n'était déjà plus qu'un cadavre.

M. de X . . avec ses témoins quittèrent précipitamment le lieu du combat et la voiture qu'ils avaient laissée en dehors du bois, les emporta loin de cette scène sanglante.

Monsieur de X . . se fit conduire à son hôtel où ses amis l'accompagnèrent.

Les malheureux Louis XVI le recevait à table.

Le corps de M. V.. fut transporté à Hyères et descendu à côté de celui de sa femme, dans le tombeau de famille.

J'étais donc devenu orphelin dans l'espace de trois mois.

Celui qui, aux yeux du monde était mon père venait de mourir; ma douleur fut immense quand on m'apprit cette mort; certes tout enfant encore, car je n'avais pas encore 7 ans, j'avais pourtant conservé dans le cœur le souvenir des bontés de celui que j'appelais mon père.

Pierre, il y a longtemps que vous êtes en pension et personne n'est jamais venu vous prendre pour vous faire faire un tour de promenade ; voulez-vous que je vous mène avec moi, nous resterons toute la journée dehors, je demanderai l'autorisation à vos maîtres et je vous ferai voir Paris que vous ne devez pas connaître.

18me LIVRAISON.

— Mais qui êtes-vous lui demandai-je avec une joie immense ?

— Je suis un ancien ami de votre père et de votre mère répondit il avec des larmes dans les yeux.

— Or cet inconnu, cet homme dont la voix me bouleversait c'était le vicomte A... de X.. , c'était mon père, c'était le meurtrier de l'époux de ma mère !

V

REMORDS

Comment M. le Vicomte avait-il pu me laisser ainsi pendant cinq ans, sans venir me voir après la promesse solennelle qu'il avait faite à M V . .

Je vais te le dire après le duel qui eut une solution si fatale pour Monsieur V . . le vicomte retourna chez lui avec ses amis, une tristesse mortelle l'envahit, un remords cuisant s'était emparé de son âme.

Il congédia ses témoins en les remerciant de la triste corvée dont ils avaient bien voulu se charger et resté seul le vicomte de X. s'assit accablé devant son bureau.

— Hélas ! se disait-il, voilà mon œuvre, j'ai tué l'épouse et comme si mon premier crime n'était pas suffisant j'ai aussi tué le mari.

Fatalité ! s'écria-t-il, n'eut-til pas mieux valu que Monsieur V.... me tuât, tout était terminé alors et cet homme vengé aurait été le père de mon fils, tandis qu'aujourd'hui cet enfant est orphelin !

Que la vie est bizarre, voilà un adolescent qui à l'âge de 7 ans est livré à lui-même, mais ne suis-je pas là, moi, et ne veillerai-je pas sur lui : Oh ! certes dit-il je serai son père aux yeux de tous comme je le suis par le sang.

Monsieur de X... prit divers papiers dans son bureau, fit préparer ses malles, écrivit à ses amis qu'une affaire importante l'appelait au dehors et partit le lendemain pour Hyerès.

Il assista de loin à l'enterrement de Monsieur V. , entra après l'ensevelissement dans le cimetière et s'agenouillant sur le tombeau que l'on venait à peine de fermer, il pleura abondamment.

— Me pardonnez-vous s'écriait-il, me pardonnez-vous tous les deux les désastres dont je suis la cause, et toi, Emma, ange martyre, toi que j'ai aimée, et qui m'a tant aimé, me pardonnes-tu la mort et celle de ton époux Dormez en paix tous les deux, je suis le seul coupable, mais je réparerai mon double crime, j'adopterai cet enfant que votre mort a fait orphelin et à force de l'aimer, je m'efforcerai d'effacer la honte que ma conduite coupable a jetée sur votre nom.

Monsieur de X... se dressa, sortit du cimetière et se rendit chez le notaire de Monsieur V...

Il donna sa carte au premier clerc qui la porta à son patron, cinq minutes après Monsieur de X... était introduit.

Le notaire était bouleversé, la carte de Monsieur de X... l'avait jeté dans un trouble extraordinaire.

— Veuillez vous remettre, dit-il au visiteur d'une voix toute tremblante.

— Ma visite, dit monsieur de X doit vous paraître étrange ?

— En effet, monsieur le Vicomte, je ne m'explique pas le motif puissant qui a pu après les funérailles de mon client et ami monsieur V. vous amener chez moi

— Monsieur V. ajouta le vicomte sans répondre à la question de l'homme de loi, a dû prendre des dispositions pour assurer l'avenir de son fils

— Mais, monsieur, je ne sais si je dois vous répondre

— Vous le pouvez, monsieur mais je comprends parfaitement vos hésitations ; monsieur V. vous a-t-il raconté certaines choses qui ont trait à la mort de sa femme et a notre duel ?

— Monsieur V. ne m'a rien dit du tout.

— Je ne dois pas, par conséquent vous apprendre ce qu'il n'a pas cru urgent de vous dire et cependant, monsieur, il faut absolument que je vous parle de cet enfant qui est aujourd'hui orphelin et que j'ai l'intention d'adopter.

— Vous, monsieur, le bourreau de son père ?

— Oui, moi, monsieur, et cela a été convenu avec monsieur V., avant sa mort.

— Mais, attendez donc, monsieur, dit le notaire en prenant une lettre cachetée qui était sur son bureau, je me souviens à présent que j'ai reçu de monsieur **V.** avant votre duel, un pli contenant un autre pli : dans la première enveloppe, il y avait ces quelques mots.

« Je prie mon notaire de n'ouvrir cette lettre qu'au cas où je mourrai et après mes funérailles. »

--- Cette lettre doit peut-être m'apprendre, Monsieur le Vicomte ce que je dois savoir au sujet de votre visite.

Le notaire rompit le cachet, prit la lettre et après l'avoir parcourue dit avec une émotion extraordinaire.

--- Monsieur le Vicomte, ce billet m'apprend un secret terrible et je comprends que vous n'ayez pas voulu me l'apprendre vous-même, je suis heureux de rendre hommage à votre délicatesse.

La lettre de monsieur **V.** mettait le notaire au courant des tristes évènements qui avaient précédé la rencontre et terminait ainsi

« Si je meurs, monsieur **X.** se présentera à vous, et vous voudrez bien vous « mettre à sa disposition pour tout ce qu'il vous demandera au sujet de l'enfant »

Le notaire lut ce paragraphe à monsieur de **X** et ajouta.

--- Je suis donc prêt, monsieur le Vicomte, à vous servir entièrement.

--- Vous savez maintenant à quel titre je me présente à vous

— Vous êtes le père de l'enfant ?

— Oui, monsieur

— Et vous avez l'intention de l'adopter, m'avez-vous dit ?

—C'est mon désir, oui monsieur.

Monsieur **V..** a dû faire un testament.

-- Monsieur **V**   . laisse toute sa fortune a l'enfant que j'ai mené au collège d'après ses ordres ; je dois pourvoir aux besoins de cet enfant et suis son tuteur officiel jusqu'à sa majorité.

— Et qu'elle est la somme que Monsieur **V**   . a laissée.

— Six cent mille francs, monsieur

— Bien, il faut donc, que vous vous chargiez encore quelques années de l'instruction de mon fils, je suis obligé de partir, peut-être pour quelques années, mais je ne m'en irai que lorsque les affaires que vous allez avoir à diriger et que je vais vous confier seront entièrement terminées.

— Je vous écoute monsieur le Vicomte.

— Voici ce que je désire, vous allez dès aujourd'hui commencer les formalités nécessaires pour transmettre mon nom à mon fils.

— Ce sera long, monsieur.

— Ne regardez pas à l'argent, dépensez le double s'il le faut, mais faites le plus promptement possible, j'ai absolument besoin de partir, pour oublier. si je puis, les douloureux évènements squi se sont produits et dont j'ai été le triste héros.

Je ne sais pas si le temps et l'éloignement auront quelque influence sur ma douleur, mais aujourd'hui je ne me sens pas le courage d'aller embrasser mon fils, j'attendrai donc ici l'issue de vos démarches, mais je vous le répète, hâtez-vous.

— Je ferai tout ce qui me sera humainement possible de faire pour amener la solution la plus prompte à vos désirs.

— On ne sait pas ce qui peut arriver, voilà monsieur un pli, qui contient mon testament, mes parents sont tous très-riches, ils n'ont pas besoin de ma fortune, mon fils trouvera à ma mort et à sa majorité seulement, si je mourrais avant qu'il n'eut vingt ans, de quoi vivre largement.

Je répare ainsi dans la mesure de mes moyens, tout le mal que j'ai pu faire.

— Vous pouvez être assuré, monsieur le vicomte, que tous vos ordres seron exécutés.

— Quand pensez-vous avoir terminé vos opérations ?

— Dans une dizaine de jours.

— Je vous en donne quinze. Monsieur, mais veillez bien prendre note de ce laps de temps, je serai très-contrarié de ne pas être libre à cette époque.

— Je puis alors vous promettre, puisque j'ai cinq jours de plus devant moi.

— Voici mon adresse, dit le vicomte en l'écrivant sur sa carte et la donnant au notaire, dès que vous serez prêt, veuillez me prévenir et je viendrai tout de suite.

Le vicomte quitta l'homme de loi, se rendit encore au cimetière et s'agenouillant une seconde fois sur la tombe de monsieur et de madame V . ., il dit :

— Etes-vous contents, oh ! fantômes qui me poursuivez, n'ai-je pas fait mon devoir ? oh ! Emma, s'écria-t-il, pardonne-moi de t'avoir fait mourir, pardonnez-moi, vous qui auriez pu être mon ami et dont vous êtes devenu l'ennemi.

— Je jure encore sur votre tombe que notre enfant, Emma, sera heureux et riche, je le jure qu'il ne connaîtra jamais la douleur et qu'il aura dans moi, un père aimant et dévoué.

Hélas ! monsieur de X ignorait les malheurs qui allaient fondre sur la tête d son fils.

Il rentra chez lui et ne sortit que très-rarement, évitant le monde, toujours préoccupé un souci constant se lisait sur son front.

Le malheureux ne pouvait se faire à l'idée d'avoir tué le mari d'Emma après avoir tué la jeune femme, somme toute il s'exagérait ses torts, Emma lui ayant caché qu'elle était mariée, il n'était pas coupable de l'avoir aimé.

Sur ces entrefaites le père du vicomte mourut et M de X . . . devint le Comte A . de X., le père du vicomte, vieux gentilhomme avait été dans sa jeunesse un familier de la Cour du malheureux Louis XVI et le monarque l'avait eu quelquefois a sa table.

C'est dire que la noblesse du comte de X . . . était de vieille souche.

M. le comte de X . . c'est ainsi que nous l'appellerons désormais, fut très affecté par cette mort qui ajouta une douleur à celles qu'il éprouvait déjà.

Il resta ainsi pendant douze jours, traînait sa vie pour ainsi dire, découragé démoralisé, ayant soif de changements, de voyages et de distractions.

Le remordsqui l'assiégeait aurait fini par le tuer et il voulait vivre pour moi pour son fils comme il le disait.

Donc, le matin du douzième jour il reçut une lettre du notaire, l'invitant à passer à son étude.

Il s'habilla et se rendit chez l'homme de loi

— Monsieur le vicomte, dit ce dernier quand il l'aperçut, vos affaires sont complètement terminées, ce n'est pas sans peine, mais enfin je vous ai fait venir pour que vous signiez toutes ces pièces le fils de M. V.. le vôtre en un mot, s'appellera demain, monsieur le vicomte Pierre de X..

Le vicomte poussa un long soupir de soulagement, le notaire lui donna une à une toutes les pièces qu'il avait dû faire pour l'adoption et monsieur de X.. les signa toutes sans les lire.

— Combien vous dois-je, demanda-t-il au notaire ?

— Quinze cents francs dit celui-ci, mais, ajouta-t-il avec un peu plus de temps nous serions arrivés à dépenser moins, j'ai suivi vos instructions, je n'ai économisé ni mes peines, ni votre argent, sans cela votre affaire eut traine au moins pendant un mois.

— Vous avez suivi mes instructions, vous avez bien fait, dit monsieur de X... en remettant au notaire les 1500 fr.

Maintenant, Monsieur, si votre décision n'a pas changé, vous pouvez vous mettre en route.

— Je puis partir, n'est-ce pas, ajouta M de X Merci, monsieur, je n'oublierai pas le zèle que vous avez mis à m'être utile et agréable.

— Avant que vous ne partiez, monsieur, il faut que je sache où je pourrai vous écrire, car on ne sait pas ce qui peut arriver,

— Je serais embarrassé de vous le dire, car je ne le sais pas moi-même Je pense cependant partir demain pour Marseille et de là me rendre à Madrid, je vous écrirai d'ailleurs dès que je serais dans une ville et que je songerai à m'y arrêter quelques jours.

— Cela suffit, monsieur le comte, si votre présence un jour devenait nécessaire je vous enverrai un télégramme vous priant de retourner.

— A présent, monsieur, dit monsieur de X. en se dressant, il me reste une recommandation sacrée à vous faire, je suis tellement malheureux et j'ai si peu de courage, que je n'ose pas aller voir mon fils ; je partirai donc sans le voir, mais je vous en supplie, que ce pauvre enfant ne manque de rien, qu'il ait au moins s'il n'a pas de famille tout le bien être désirable ; vous demeurez encore son tuteur, allez le voir de temps a autre, consolez-le quand il pleurera et dites lui que l'isolement dans lequel il vit, ne durera pas toujours ; vous me le promettez, n'est-ce pas ?

— Je vous le promets dit le notaire tout ému.

— Je ne sais pas, continua Monsieur de X . . pour combien de temps je m'absente ; jusqu'à ce que cette douleur qui me tue soit calmee je ne reviendrai pas, combien faudra t-il de temps pour cela, hélas, le sais-je moi, mais lorsque je reviendrai, lorsque je serai à peu près guéri j'irai voir mon fils et je l'aimerai tant qu'il faudra bien qu'il m'aime

Au revoir. Monsieur, et adieu car je puis aussi mourir, souvenez-vous bien de ma recommandation et ayez pitié de moi

—Monsieur le comte dit le notaire, soyez bien persuadé que votre fils aura en moi, un tuteur officiel, c'est vrai, mais un ami aussi, car j'étais celui de M. V . . .

-- Merci, Monsieur, merci et adieu, dit-il en se retirant.

Adieu, M. le vicomte, dit le notaire en l'accompagnant jusqu'à la porte.

Monsieur de X . . . se rendit le même jour à Marseille, où il affréta un navire à voiles, bon marcheur, qui le conduiist en Espagne.

Pendant toute la traversée monsieur de X . . . qui était un peu marin, se démena comme un diable et trafiqua comme un véritable matelot sur le pont du brick

Ces exercices du corps apaisèrent un peu les sombres douleurs qui assiégaient son âme.

Monsieur de X alla visiter les cabarets, page 148.

VI

VOYAGE AUTOUR DU MONDE

— Alors, dit Cul-de-Jatte, puisque le comte de X.. vous a adopté, vous êtes donc vous-même comte de X.. ?

— Tu as deviné, mon ami, le mendiant, le Roi des Gueux comme tu l'appelles, est comte, et de plus, est excessivement riche.

— Mais alors pourquoi demandez-vous l'aumône ?

— Tu es pressé, Cul-de-Jatte, tu sauras cela plus tard.

19ᵐᵉ LIVRAISON.

— Bon, mais songeons aux choses sérieuses, il y a bientôt une heure un quart que vous parlez et il faut vous reposer Je brûle de savoir le reste, mais il ne faut pas cependant que ma curiosité, vous donne la fièvre; d ailleurs j'ai besoin d'aller respirer un peu le grand air, vous êtes malade vous, c'est fort bien, mais moi je me porte comme un taureau et je sens la nécessité d'absorber une certaine quantité d'azote et de carbonne purs, pour changer l'atmosphère viciée qui est entrée dans mes poumons.

— Va, mon ami, va, dit le Roi des Gueux ! Quelle heure est-il ?

— Il est bientôt six heures.

— Eh ! bien va souper dans un restaurant par là et puis tu iras à la Cour des Miracles sans passer par ici.

— Ah ! vous avez là une idée lumineuse !

— N'est-ce pas ? Y a-t-il du bouillon encore ?

— Parbleu ! j'en ai fait pour six, je vais vous en donner avant de partir.

Cul-de-Jatte alla dans la cuisine en rapporta un plein bol, et le remit au blessé qui l'absorba entièrement.

Cul-de-Jatte quitta alors le vieillard, se rendit dans un restaurant borgne où il soupa copieusement, puis alla à la Cour des Miracles.

Il ne s'y passa rien de particulier ce soir-là, Cul-de-Jatte en revint vers onze heures et trouva le vieillard qui râlait sur son lit.

Le Roi des Gueux avait eu une crise pendant l'absence de Cul-de-Jatte ; ce dernier fouilla dans ses poches et administra au malade une cuillerée d'une liqueur blanchâtre qu'il avait sortie d'un flacon.

Le malade revint à lui, mais il était d'une faiblesse extrême. Cul-de-Jatte était très-inquiet, le Roi des Gueux semblait consulter le regard de son ami pour lui demander si ce ne seraient pas ses derniers instants.

Cul-de-Jatte ne savait que répondre, l'état du Roi des Gueux était désespéré, cependant il fit un effort sur lui-même et dit à l'oreille du blessé :

— C'est une crise, mais ne vous effrayez pas, il n'y a aucun danger.

Cela parut consoler le blessé qui prit la main de son ami et lui fit signe de tâter son pouls.

Cul-de-Jatte appuya l'index et l'annulaire sur le poignet du moribond, et fut effrayé; le Roi des Gueux était vraiment très-bas.

— Ce n'est rien, dit-il encore au malade, ce n'est rien.

Il se dressa, alla dans la cuisine, sortit une véritable pharmacie de sa poche et se mit à piler des drogues qu'il mêla ensuite, et les mit dans un bol, versa de l'eau remua le tout un certain temps avec une cuillère et le présenta au vieillard qui après avoir bu la première gorgée fit un mouvement de répulsion bien accentué.

— Buvez, dit Cul-de-Jatte, ça vous fera du bien.

Le roi des Gueux se força un peu, mais finit par vider le bol.

Une demie-heure après il s'endormit d'un sommeil paisible.

Le lendemain et le sur-lendemain, le roi des Gueux alla un peu mieux mais il continuait à être d'une faiblesse extrême.

Pourtant le sixième jour, une amélioration sensible se produisit, le malade recommença un peu à parler, mais sur l'ordre de Cul-de-Jatte, il ne dut parler que pour les choses absolument nécessaires.

Le roi des Gueux resta ainsi pendant près d'un mois et demi couché, Cul-de-Jatte malgré les instances du malade, n'avait pas voulu qu'il continuât son récit, à cette époque, la blessure étant cicatrisée et le vieillard se levant un peu, son ami lui dit qu'il pouvait continuer son histoire sans aucun danger cette fois.

Pendant les quarante cinq jours qui s'écoulèrent, le roi des Gueux avait envoyé son ami à la maison du n 8, plusieurs fois, pour voir s'il n'y avait pas de lettres à l'adresse de Monsieur Pierre Derbois, on se souvient que c'est ce nom là qu'avait donné le roi des Gueux à son fils.

Ce ne fut que la troisième fois que Cul-de-Jatte rapporta une lettre à cette adresse.

Cette lettre ne contenait que ces quelques mots :

Mon cher Père,

Ma santé est bonne, j'espère que la votre est excellente. Je suis en ce moment à Bâle, hôtel des Ambassadeurs. Je vous serai très-reconnaissant de bien vouloir m'envoyer quelque argent.

Votre fils dévoué.

ADRIEN.

Dès qu'il en eut prit connaissance, le vieillard envoya un pli chargé à son fils contenant deux mille francs, c'est Cul-de-Jatte qui chargea la lettre.

Le second roi des Gueux s'était rendu régulièrement tous les soirs de 8 heures à 11 heures à la Cour des Miracles, tout y allait assez bien, on y parlait bien quelquefois de l'Oeil Trouble qui avait disparu mais on ne cherchait pas à percer le mystère de cette disparition.

Donc le roi des Gueux après ce long repos se trouvait relativement bien et en état de reprendre son récit.

Il le reprit en ces termes.

— Monsieur de X arriva à Madrid, il avait des chèques sur tous les banquiers, il mena une vie d'aventures, fut de toutes les fêtes, assista à toutes les courses de taureaux , on le vit dans tous les cabarets, eut les premières lorettes de la ville. Certes il pouvait être prodigue : Monsieur de X avait quarante mille livres de rentes.

Le malheureux voulait quand même s'étourdir, il voulait oublier sa douleur en la noyant dans des plaisirs factices.

Mais, je l'ai éprouvé par moi-même, on ne tue pas la douleur avec ces plaisirs là, on ne fait que l'endormir. Sa vie d'aventures pendant ces cinq années que j'ai retrouvée avec d'autres notes dans ses manuscrits, se ressent toujours de ce deuil qu'il portait dans l'âme.

Il eut trois duels, le dernier faillit lui coûter la vie, les Espagnols, ont l'habitude de jouer du couteau, il accepta un duel au couteau.

L'Espagnol n'avait pas tous les torts ; Monsieur de X étant un soir au théâtre remarqua une belle jeune femme espagnole dans une loge avec son amant, l'Espagnole était radieusement belle, Monsieur de X résolut de la posséder à tout prix. Il attendit donc le couple à la sortie du théâtre non sans avoir lancé des regards passionnés pendant tout le temps que dura le spectacle.

Il les accosta et comme il avai appris l'Espagnol, il demanda à la jeune femme, sans autre forme de procès, si elle consentait à venir avec lui et à l'appui, de son dire, il sortit une bourse pleine d'or L'Espagnole alléchée par la vue de la bourse, quitta son amant et vint prendre le bras de Monsieur de X.

L'habitant de toutes les Espagnes ne l'entendit pas de cette oreille, il courut sur le ravisseur avec un immense coutelas, ce dernier qui s'en était méfié, avait déjà le sien à la main; il enveloppa son manteau autour du bras et attendit de pied ferme l'amant furieux,

Celui-ci décocha un coup de couteau épouvantable sur Monsieur de X qui l'esquiva en faisant un bond en arrière.

Les deux combattants se précipitèrent alors l'un sur l'autre et ayant jeté leurs manteaux se saisirent à bras le corps.

Monsieur de X trébucha et tomba sous l'Espagnol.

Ce dernier leva son couteau et allait le lui planter dans la gorge, lorsqu'il poussa un cri terrible, lacha son arme et tomba comme une masse sur le français. L'Espagnol était mort et c'était sa maîtresse qui l'avait tué.

Monsieur de X qui croyait ne pas en revenir, jeta de côté le corps de son adversaire, se dressa, se tâta bien pour s'assurer qu'il était encore de ce monde et après cette constatation, regarda autour de lui.

En ce moment il sentit qu'on lui saisissait le bras, c'était l'Espagnole qui l'entraînait loin du cadavre.

— Viens, dit la courtisane, viens donc ; il y a longtemps que je voulais m'en débarrasser, j'ai profité de l'occasion.

Monsieur de X . . . éprouva soudain un profond dégoût pour cette femme qui venait de commettre un meurtre et ne se souvenait plus que d'une chose : c'était que M. de X . . . avait de l'argent et qu'elle allait vider sa bourse.

Il ôta le bras de l'Espagnole du sien et la repoussa durement.

— Je ne veux plus de toi, lui dit-il, tu viens de tuer un homme et tu oses parler d'amour.

L'Espagnole outrée de ce qu'elle avait commis un crime en pure perte se jeta sur Monsieur de X . . . et l'aurait infailliblement poignardé si ce dernier lui saisissant le bras ne l'avait désarmée.

Alors l'Espagnole s'en fut avec colère et Monsieur de X . . . se trouva seul, il avait été encore une fois par une fatalité inexplicable le sujet de la mort d'un homme.

Monsieur de X . . . quitta l'Espagne le lendemain matin, ce nouveau cadavre lui faisant peur.

Il alla en Angleterre, puis en Amérique, il parcourut l'Afrique. l'Asie, toujours en courant, toujours avec cette soif de distraction qui ne se rassasiait pas.

Il resta ainsi cinq ans, et il revint brisé par les fatigues, mais son cœur et son âme étaient restés les mêmes, ses douleurs n'étaient pas calmées.

Il revint à Hyerès. vit le notaire, se fit donner par lui une lettre d'introduction auprès du directeur de la maison d'éducation où je faisais mes études,et vint a Paris pour me voir.

Arrivé à Paris, Monsieur de X . . . alla voir un de ses amis, un camarade d'enfance auquel il avait confié toute son histoire.

Son ami fit trois sauts sur sa chaise lorsqu'il le vit entier chez lui.

Monsieur de X . . . n'avait plus écrit à personne, sauf au notaire auquel il donnait son adresse quand il arrivait dans une nouvelle ville.

— Je te croyais mort, dit son ami en le serrant dans ses bras. D'où viens-tu donc ?

— Je viens de faire le tour du monde.

— Es-tu bien maintenant.

— Non, je ne suis pas consolé.

— Pauvre ami, mais enfin moi qui connais ton histoire, je sais bien que tu n'es pas coupable.

— Hélas ! je ne puis songer sans effroi à ces deux morts, ils me poursuivent et me poursuivront toute ma vie.

— C'est un cauchemar voilà tout, il faut chasser de pareilles pensées de ton esprit, tu n'es plus le même, un autre que moi ne te reconnaîtrait pas, si cela continue tu finiras par en mourir.

— Que m'importe la mort, dit M de X ., d'une voix sombre, j'ai bien tué, moi, il faut donc que je meure à mon tour !

Les circonstances m'ont un jour jeté dans une famille honorable, dont l'existence était tranquille, j'ai volé la femme et j'ai tué l'époux; et avant d'en arriver là, j'ai mis entre nous trois un enfant !

— Comprends-tu cela, cette épouse chaste était stérile quand elle était honnête et quand elle ne l'a plus été, elle est devenue mère. .

— Je n'ai pas d'excuses. Quand cette femme que j'ai poursuivie m'a avoué qu'elle m'aimait, j'aurais dû avant m'informer de son nom et de sa position sociale, mais j'avais peur de manquer cette occasion de passer un moment agréable et je n'ai jamais rien demandé.

— Voilà où tu ne raisonnes plus, dit son ami ; était-ce à toi à demander à cette femme si elle était mariée et n'était-ce pas plutôt à elle à te le dire.

Je t'ai toujours dit que tu t'exagérais tes torts et je te le répète encore aujourd'hui ; d'ailleurs, c'est manquer de caractère que de ne pas savoir se raidir contre la douleur.

La douleur la plus grande ne doit pas abattre un homme, elle doit au contraire le relever ; où en serions-nous grand Dieu si les douleurs tuaient, mais mon bon ami, ce serait tout simplement la fin du monde.

Cherche moi donc un homme qui n'a pas souffert, et si tu le trouves, amène-le moi que je regarde ce phénomène.

Ah ! mon ami, reviens à de meilleures pensées ; crois moi tous les regrets, toutes les larmes ne font rien aux choses accomplies, la destinée marche toujours implacable, inflexible, fataliste même, à toi, c'était ta destinée d'aimer une femme mariée, de la tuer sans le vouloir et de tuer le mari en le voulant.

Tu as suivi ta destinée, ne regarde pas en arrière, ce qui est fait est fait ; ton remords n'y fera absolument rien, tu as un enfant, ouvre ton cœur à ce petit être qui te tend les bras et que tu n'aurais pas dû abandonner si tu étais allé le voir et que tu ne l'eusses plus quitté; ce souvenir de celle que tu aimais aurait mis du baume sur tes blessures, tu n'aurais peut-être pas oublié, mais mon ami, la satisfaction du devoir accompli aurait diminué ton amertume.

— Tu as raison, dit Monsieur de X., je n'aurais pas dû quitter Paris, mais je vais aller voir mon fils ; cependant je ne puis pas lui dire que je suis son père, comment dire à cet enfant un secret comme celui-là, je ne peux pas lui apprendre la faute de sa mère ; il faut donc que je ne sois qu'un ami pour lui.

Ne sois que son ami, mais entoure le de soins et d'affections ; le pauvre enfant n'a ni père ni mère, pourquoi ne t'appellerait-il pas son père sans qu'il croie réellement que ce nom t'est dû ?

— C'est vrai, dit Monsieur de X, ton conseil est excellent et je le suivrai.

Monsieur de X embrassa son ami qui l'embrassa à son tour et sortit pour se rendre immédiatement chez le directeur de mon école où comme je te l'ai dit il me fit appeler au parloir.

VII

PREMIÈRES AFFECTIONS

Lorsque M. de X.. m'eut dit qu'il était l'ancien ami de mon père et de ma mère, je me sentis attiré vers lui spontanément.

Il y avait si longtemps qu'on ne m'avait parlé des auteurs de mes jours et ma solitude était tellement grande, qu'a l'idée seule d'avoir enfin un ami, d'aimer quelqu'un, je sentis une joie immense pénétrer dans mon cœur.

Je venais de faire ma première communion, mes maitres étaient enchantés des progrès incessants que je faisais dans mes études ; ils en parlèrent à M. de X....

Le notaire qui était venu me voir deux fois par an, m'avait bien montré quelque intérêt, mais l'homme de loi était naturellement froid et compassé, je savais qu'il était mon tuteur et qu'il accomplissait un devoir en me rendant visite ; je n'avais donc aucune affection pour lui.

Aussi, me précipitai-je dans les bras de M. de X.. en pleurant de bonheur.

M. de X... me rendit mes caresse avec usure.

— Pierre, me dit-il, tu me permettras de t'appeler ainsi et de te tutoyer ?... Comment te trouves-tu ici ?

— Mais, pas mal lui dis-je, mes professeurs m'aiment beaucoup et je ne suis vraiment pas malheureux.

— Si tu ressentais le moindre ennui de demeurer dans cette maison, il faudrait me le dire.

— Oh ! non, non, lui répondis-je, car l'idée seule de me trouver avec des personnes inconnues me faisait trembler, je suis bien ici ; monsieur, je suis très bien.

— N'en parlons plus dit M de X... Écoute-moi bien, mon cher enfant, ton père avant de mourir m'a recommandé de veiller sur toi et de te servir à mon tour de père, je le lui ai juré, j'aurai pu exécuter cette promesse plus tôt, mais la mort de ton père et de ta mère que j'aimais beaucoup, m'avaient plongé dans une profonde tristesse et j'ai dû pour chasser ce sombre souvenir, m'éloigner pendant quelque temps !

J'ai eu tort, si j'étais venu te voir après ces désastres, je t'aurais aimé comme je t'aime maintenant et peut-être ce triste souvenir aurait été chassé par mon amour.

Tu n'as plus ni père ni mère, cher enfant ; cela te contrarierait-il de m'appeler ton père ?

— Oh ! monsieur, dis-je en me jetant à son cou, ce serez mon plus grand bonheur !

— Eh ! bien, Pierre, il faut m'appeler ainsi, à partir d'aujourd'hui.

A partir d'aujourd'hui, tu n'es plus seul, tes collègues ont des parents qui viennent les prendre de temps à autre pour les mener avec eux, tu seras à présent comme tout le monde, deux fois par mois, je viendrai moi aussi, tu sortiras avec ton nouveau père et nous irons ensemble où tu voudras aller.

— Oh ! que vous êtes bon, monsieur....... mon père dis-je tout confus.

M. de X... en entendant ces mots qu'il n'avait pas l'habitude d'entendre eut un tressaillement et des larmes remplirent ses yeux.

— Vous pleurez lui demandai-je avec tristesse.

— C'est de joie, mon cher enfant, ce mot que tu viens de prononcer, est tellement doux à mon oreille qu'il m'a remué profondément.

Mon père, et je ne le nommerais plus qu'ainsi, mon père dis-je appela mon professeur et lui dit :

— Vous savez, Monsieur combien je m'intéresse à cet enfant.

M. V... lisant la lettre révélatrice à Mme V... (Deuxième partie. Ch. 1 et 2.)

— Je le sais Monsieur le Comte, le notaire défunt M. V... m'a écrit à ce sujet.

— Il faudra d'abord lui ôter ces vêtements de deuil qu'il porte depuis cinq ans, cela le rend triste, voyez-vous, et je veux que Pierre soit gai.

— Dès aujourd'hui, Monsieur le Comte nous changerons son costume.

— Bien, maintenant je vous demande l'autorisation de l'emmener avec moi à présent.

— Vous pouvez l'emmener et le garder encore demain, Pierre est le premier de la classe et peut s'absenter pendant quarante-huit heures sans que ses études en souffrent.

— Eh ! bien dit M. de X... qu'en dis-tu Pierre.

20me Livraison.

— Fait es comme vous voudrez, répondis-je.

—- Allons, je l'emmène pour quarante-huit heures, puisque ton professeur le permet

— Je sautai au cou de M. de X... et l'embrassai avec effusion.

— Va prendre tout ce qu il te faut, mon enfant. pour ne pas cesser pourtant de travailler pendant ces deux jours et puis tu viendras me rejoindre.

Je sortis du parloir radieux et regardais mes collègues ce jour là avec assurance, je n'étais plus seul. quelqu'un m'aimait et j'aimais quelqu'un, j'étais d'un seul coup arrivé au niveau des autres, j'avais un père comme tout le monde et j'allais promener avec lui.

M. de X... me regarda sortir m'accompagnant d'un sourire affectueux.

Le professeur resté avec lui, ne put s'empêcher de lui dire :

— Vous avez bien raison, M. le comte, de vous intéresser à cet enfant. Il le mérite sous tous les rapports, il est doux et respectueux, il est studieux comme pas un ; nous avons peu d'orphelins plus intéressant dans notre maison, mais chaque fois qu'un de ces malheureux nous est amené, nous nous y intéressons davantage et l'entourons de plus de soins.

Cela se comprend ! ils n'ont plus personne au monde, si leurs professeurs ne leur donnent pas l'affection qui leur manque, ils éprouvent bientôt cette stérilité d'amour qui rend les cœurs égoïstes et froids et les ferme pour toujours aux nobles aspirations.

Ces enfants ont plus besoin que d'autres d'être soignés, n'ayant autour d'eux que la solitude et l'isolement : si leur jeune âme ne recevait pas de temps à autre cette semence de l'affection qui seule peut faire des hommes aimants et dévoués, elle demeurerait stérile et deviendrait même méchante.

Il faut que l'éducation des orphelins soit toute différente de celle que nous donnons aux enfants qui sont adorés par leurs parents, rien n'est ingrat comme cette éducation à faire ; le souvenir des bontés sde ceux qui sont morts et que leur esprit conserve intact fait que es orphelins reçoivent avec une espèce de défiance craintive les nouveaux soins que nous leur donnons.

La question grave et capitale est celle-ci : il faut que nous les aimions et que nous nous fassions aimer d'eux !

Ce pas franchi, notre tâche est moins difficile et nous arrivons avec beaucoup de patience, sinon à remplacer les parents morts, mais du moins a prendre une place à côté d'eux dans leur cœur.

— Pierre, monsieur, a donc reçu de vous les soins dont vous me parlez et somme toute, il ne doit pas être malheureux.

— Je crois que nous avons fait pour cet enfant, Monsieur, un véritable tour de force, lorsqu'on nous l'a amené, il était sombre et taciturne, inquiet et morose ; il ne répondait à aucune des questions que nous lui adressions ; nous l'avons entendu plusieurs fois pleurer dans sa chambre et invoquer les noms de son père et de sa mère ; malgré tous les raisonnements, malgré toutes les raisons que nous invoquions, sa tristesse ne faisait qu'augmenter et nous désespérions d'arriver à un résultat, lorsque, au moment ou nous nous en doutions le moins, une amélioration sensible s'opéra chez notre élève, nous n'avons jamais bien su au juste à quoi nous dûmes ce changement, nous supposons pourtant que c'est à la religion que Pierre eut recours pour atténuer sa tristesse. Quoi qu'il en soit, à partir de ce moment là, Pierre fut moins sombre et nous nous aperçûmes qu'il écoutait avec plus d'attention les douces remontrances que nous lui faisions à propos de son caractère,

Quoique depuis il ait conservé un peu de sa mélancolie, notre élève est en comparaison de ce qu'il était autrefois, bien plus raisonnable et sociable.

— Et vous m'avez dit aussi, Monsieur, que Pierre étudiait avec goût, n'est-ce pas, qu'il était même un des premiers de sa classe.

— C'est la vérité, mais, Monsieur le comte, cette chose-là est logique. Pierre n'est distrait par personne ; ses études ne sont jamais interrompues par la perspective d'une sortie prochaine, il sait que nul ne viendra le demander, il sait que les murs de notre école sont sa maison et qu'il n'en sort qu'une fois par semaine pour faire avec nous des promenades plutôt sérieuses que gaies.

Il est arrivé d'ailleurs à aimer beaucoup sa chambre où il passe quelquefois les heures entières de la récréation.

Nous le grondons à ce sujet. mais il est d'une telle sensibilité que nous sommes obligés de ne pas trop le contrarier, sinon des larmes mouillent ses yeux et il devient triste pour 24 heures.

Ah ! le malheureux enfant a déjà eu un passé plein de larmes et il ne faut pas que nous lui donnions d'autres chagrins que ceux qu'il a éprouvés et qu'il semble ne pouvoir oublier,

Il est notre gâté, nous le choyons beaucoup et quoiqu'il ne lusse rien voir des sensations qu'il éprouve, nous sommes pourtant persuadés qu'il tient à nous énormément ; nous serons bien peinés le jour où Pierre nous quittera.

— Oh ! Monsieur, mon intention n'est pas de vous enlever cet enfant, je veux qu'il termine ses études complètement, je ne veux pas pour lui une instruction et une éducation inachevées. Pierre ne sortira de chez vous que lorsque vos soins l'auront rendu fort sur toutes choses. Je veux d'ailleurs qu'il étudie le droit et qu'il devienne avocat.

— Je crois, monsieur, pouvoir vous dire que Pierre peut parfaitement viser à cette profession ; il est grave et réfléchi, il a beaucoup souffert déjà. Quand on a du cœur, de l'âme et surtout le sentiment du juste on peut hardiment monter à la tribune d'où la parole éloquente sauve parfois des hommes de la mort, vous ne pouviez mieux choisir, M. le comte, pour votre protégé.

— J'ai déjà songé à la carrière de l'orphelin, je veux que Pierre soit heureux et il lesera, monsieur, je vous en donne ma parole. Je suis très riche, j'ai un nom retentissant, Pierre aura mon nom et ma fortune, c'est vous dire si je m'intéresse a lui, c'est vous dire si je veux que cet enfant qui, si jeune a tant souffert, soit un jour reconnaissant à son protecteur de ce qu'il aura fait pour lui.

— M. le comte, ce langage vous honore autant que ce qu'il honore notre élève, vous n'aurez pas à vous repentir, — je le crois du moins fermement, — de vos bontés ; Pierre vous récompensera de votre attention, par une conduite exemplaire et digne d'éloges.

— C'est pour cela, monsieur, que je n'hésite pas à donner à cet enfant tout c^e qui lui manque aujourd'hui, c'est-à-dire un nom, l'affection et la fortune

— Pierre va être bien heureux, monsieur, en apprenant tout cela !

— Je l'espère, monsieur, mais permettez-moi de vous remerciera des soins don^t vous n'avez cessé de l'entourer, d'ailleurs, Pierre, vous remercia lui-même et vous indemnisera largement de toutes vos peines lorsqu'il vous quittera.

— Oh ! monsieur, ceci est la moindre des choses, croyez que ce n'est en aucune façon la perspective d'un payement largement rémunérateur qui nous fera mener à bien l'œuvre que nous avons si péniblement commencée; nous l'avons fait longtemps par amour de notre art et étions prêts encore a la continuer ainsi; Pierre fera ce qu'il voudra et nous serons toujours heureux de le recevoir dans notre maison, s'il veut bien ne pas nous oublier.

— Mais voici Pierre, je l'emmène donc pour quarante-huit heures.

— C'est convenu, monsieur le comte.

J'entrai alors en courant et m'écriai :

— Voilà, mon bon père, je suis à vous

M. de X.. s'adresssant au professeur lui dit :

— J'ai prié Pierre de m'appeler son père, vous voyez qu'il vient de s'en souvenir et il m'embrassa.

— Vous avez bien fait, monsieur le comte.

Nous prîmes alors congé du professeur et nous sortîmes.

— M de X me conduisit chez lui, il avait des appartements somptueux, il fit venir un tailleur et me dit :

— Monsieur, va te prendre mesure pour te faire un joli vêtement, tu quitteras demain tes habits de deuil, ton professeur a reçu l'ordre de t'en faire faire un aussi.

Le tailleur prit ses mesures et dit à M. de X..

— Par un hasard extraordinaire, on m'a laissé pour compte un vêtement dont les mesures répondent à celles que je viens de prendre sur cet enfant, si monsieur le comte veut en profiter !

— Je ne demande pas mieux dit M. de X.

Le tailleur nous mena chez lui, il m'essaya les habits qu'il avait fait trop étroits pour l'enfant d'un de ses clients et qui m'allaient comme un gant.

M. de X.. régla et nous sortîmes de chez le tailleur, nous entrâmes chez un chapelier où je choisis un joli chapeau et il me sembla alors que ma tristesse s'était envolée avec mes vêtements sombres.

Nous prîmes une voiture et M de X.. commença à me faire visiter Paris en détail.

Comme tu le penses, j'ouvrais des yeux énormes, j'étais ébloui ! A dix heures nous nous arrêtâmes dans un grand restaurant où l'on nous servit un fin déjeuner.

J'éprouvais une sensation inconnue.

M. de X.. était rempli d'attention pour moi, cette sensation, je ne pouvais pas bien la définir.

Etait-ce le sang qui m'attirait vers cet homme ? Probablement, car, ne le connaissant que depuis quelques heures, je n'éprouvais aucune gêne d'être avec lui.

Je sentais au contraire une douce quiétude s'emparer de moi, et je me laissais aller à ce sentiment nouveau sans y prendre garde, naturellement.

Un peu sauvage, car ce manque d'affection, qui avait plané sur mes cinq années de collège, m'avait rendu taciturne ; je sentais que mon cœur s'ouvrait doucement à cette confiance exquise que l'on retrouve à cet âge là, chez les enfants.

M de X.. n'était déjà plus un inconnu pour moi et le titre de père que je lui donnais m'était doux à prononcer.

Après le dîner, nous allâmes encore en calèche, visiter la grande ville.

A six heures, nous retournâmes chez M. de X... où les domestiques avaient servi un délicieux dîner.

Je mangeai comme quatre et restai avec mon père jusqu'à dix heures du soir.

Nous causâmes ; M. de X... était un érudit, il me posa quelques questions auxquelles je répondis très bien et se déclara très satisfait de mes études.

Le lendemain, ce fut comme la veille, nous promenâmes toute la journée.

Ces deux jours passèrent pour moi, comme deux éclairs ; le matin du troisième jour arriva, il fallut aller à la pension.

M. de X . . m'y accompagna; j'étais un peu triste, non pas de rentrer à l'école, mais de quitter mon père.

Il promit de venir me prendre dans quinze jours et après m'avoir embrassé. il se retira.

Cette vie dura ainsi pendant sept ans ; deux fois par mois j'allais avec mon père qui me ramenait régulièrement le lendemain à la pension.

Je grandis ainsi entre l'affection touchante de M. de X . . . et mes études ; ma tristesse n'existait plus et j'étais devenu joyeux comme tous mes collègues.

Ce furent les plus belles années de ma vie, heureux temps, dit le roi des Gueux où toutes mes joies étaient sans mélanges, où mon cœur pur n'avait pas encore était souillé par les fanges de ce monde, rien ne ternissait alors la blancheur immaculée de mon âme.

O jeunesse, printemps de la vie, je te salue dans ce que tu as de chaste et de radieux, je te salue dans ta splendeur d'aurore, toi seule peux aimer, toi seule peux comprendre l'immensité sereine et divine du ciel, tu ne touches pas la terre, ton aile diaphane et légère comme celle des oiseaux effleure à peine le sol et tu vis dans l'éternité des choses célestes, que les douleurs d'ici bas n'ont pas éteintes dans toi !

Hélas ! la fatalité devait me poursuivre sans cesse.

Un jour monsieur de X . . . étant allé faire une promenade à cheval, sentit tout à coup que la bête qu'il montait avait quelques tressaillements, il n'eut pas le temps de faire d'autres réflexions, le cheval partit comme un trait et fit dans dix minutes un chemin effrayant.

La monture de M. de X . . . s'était emportée, après avoir parcouru au triple galop toute la longueur d'un boulevard, elle se jeta contre un mur et M. de X fut précipité sur le pavé où il se broya le crâne.

Quand on m'apporta cette nouvelle, je tombais de toute ma hauteur et je crus mourir.

On me ranima : je passai une nuit pleine de larmes et le lendemain je suivis atterré le convoi de celui dont la mort me rendait une seconde fois orphelin.

On avait avisé le notaire du nouveau malheur qui venait de me frapper.

Il arriva quelques jours après. ouvrit le testament de M. de X . . . et me dit que j'étais son légataire universel.

Cette mort me donnait à ma majorité le titre de comte et me mettait à la tête de soixante mille livres de rentes.

VIII

PREMIÈRES DECEPTIONS

Je restai encore trois ans au collège où j'apprenais mon droit et après des examens brillants je devins avocat.

Certes, j'aurai pu me passer de travailler, mais dans les conversations que j'avais eues avec M. de X . . . ce dernier m'avait recommandé de ne jamais rester inactif.

J'achetai donc une charge et me mis à la besogne.

Je me rappellerai toujours mon premier procès, ce fut un triomphe, je sauvai une tête de l'échaffaud.

Depuis cette époque, je fus accablé de travail et bientôt je n'y pus plus suffire.

Ma clientèle augmentait chaque jour et chaque fois que je prenais la parole pour défendre un de mes clients, je revenais de l'audience avec mon procès gagné.

Etait-ce de la chance ou du talent, c'étaient l'une et l'autre ; j'étais jeune, ardent, tous les malheurs que j'avais éprouvés dans mon enfance avaient profondément touché mon âme et ma philosophie, fille de mes douleurs, trouvait pour défendre les criminels les pensées les plus émouvantes et les plus sentimentales.

J'arrivai ainsi à ma majorité.

Le notaire cessa alors d'être mon tuteur et me mit dans les mains mon immense fortune.

Je priai cet homme intègre de la placer au mieux de mes intérêts, c'est ce qu'il fit.

Il acheta des immeubles, des obligations et bientôt je n'eus plus d'autre souci que de toucher mes rentes.

Fatigué du travail énorme que me donnait mon étude et mouvrnt le besoin de jouir d'un *farniente* perpétuel, je la vendis 150000 francs à un de mes collègues du barrau et me retirai dans un hôtel splendide.

J'avais cinq voitures, des chevaux, des domestiques en livrées, la couronne de comte était peinte sur les panneaux de mes landeaux et de mes victorias.

Je menais la vie à grandes guides et malgré mes dépenses inouies je n'absorbais pas la valeur de mes rentes.

Livré à moi-même et l'esprit libre, cette tristesse que j'avais gardée si longtemps au callège m'envahit de nouveau, au milieu de ce luxe, de cette richesse éblouissante, mon cœur était toujours seul.

Je sentais le besoin qui s'emparait peu à peu de mon être, certes, je n'avais qu'à dire un mot et j'étais marié le lendemain, mais parmi celles que j'aurais pu épouser aucune ne me plaisait.

Cependant, un jour, je fus pris, j'étais dans un des premiers salons de l'aristocratie parisienne lorsqu'une jeune fille accompagnée de sa mère fit irruption dans la salle où nous étions.

Je sentis au cœur une commotion violente, elle me fit l'effet d'un rayon de soleil chassant l'ombre qui enveloppait mon âme.

Elle était brune et elle avait vingt ans, deux tresses d'un noir de jais tombaient en mèches folles jusqu'au dessous de sa taille bien prise.

Un feu d'enfer brillait dans ses yeux d'où s'échappaient des étincelles, ses lèvres de corail étaient minces et purpurines, elle était un peu décolletée et quoique brune ; le lys aurait été jaloux de la blancheur matte de sa peau.

Je demandai à un voisin le nom de la belle enfant ; il me répondit :

La vicomtesse Laure.

J'obtins la faveur de danser quelquefois avec elle, mes yeux lui dirent peut-être plus de choses que mes lèvres, car je m'aperçus avec un certain plaisir que ses yeux se fixèrent sur moi avec une certaine ténacité.

Les choses vont vite quand on a de l'argent, je la vis encore une fois, huit jours après dans le même salon et je me déclarai.

On me voyait partout, mais ma douleur me poursuivait avec un acharnement impitoyable.

Pour la fuir je me serai brisé la tête contre un mur.

Je crus que j'étais fataliste !

A l'âge de vingt ans, j'avais déjà derrière moi quatre morts.

Il me semblait qu'ils me poursuivaient et que j'étais condamné comme eux.

Le Comte de X., chez le Procureur du Roi.

Je crus donc trouver dans le mariage un allègement à mes douleurs, comme je te l'ai dit je me déclarai donc.

Ma demande fut agréée par la jeune fille et le lendemain par les parents.

Quinze jours plus tard, j'étais marié, j'avais pour ma femme une affection sans bornes et elle m'aimait aussi beaucoup.

Les premiers mois de notre mariage furent délicieux.

Un jour, Laure me dit en rougissant.

— Mon ami, je crois que je suis mère !

— Tu es mère, lui dis-je, en la prenant dans mes bras et la couvrant de baisers,

Dieu soit loué ! m'écriai-je avec transport, notre amour ne sera donc pas stérile.

Hélas ! neuf mois après ma femme accouchait d'un fils, mais une hémorrhagie terrible s'étant produite, rien ne put l'arrêter

Elle mourut dans mes bras !

Il était donc dit que tout ce qui me touchait de près devait mourir.

Cette fois je crus devenir fou ! j'envoyai l'enfant en nourrice, j'écrivis à mon notaire de veiller à ce qu'il ne manquât de rien et je me lançai tête baissée dans les plaisirs les plus immondes.

Pendant trois ans, je me trainai dans les salons des courtisanes à la mode, je fus à toutes les tables de jeu où je perdis des sommes folles.

Sur ces entrefaites, je rencontrais une jeune fille de dix neuf ans, jolie comme un ange, celle là était blonde autant que ma femme était brune.

Elle avait des airs de séraphin et semblait plutôt descendre du ciel que sortir des entrailles d'une mère.

Je me mis à l'aimer comme un insensé, elle était pauvre j'en fis ma maîtresse.

Au milieu de cette vie désordonnée je n'avais pas un instant songé à mon enfant.

Je savais d'ailleurs que mon notaire s'occupait de lui et qu'il ne manquait de rien, et puis qu'en aurais-je fait.

Je restai un an avec ma maîtresse, qui se nommait Rose, et comme je te l'ai dit je l'aimais éperdument.

Mon cœur avait quand même besoin d'affection ; sans avoir oublié ma pauvre Laure, j'idolâtrai Rose et je la couvrais de bijoux et de parures,

Nous étions de toutes les fêtes, on ne voyait que nous partout

Je louais une petite villa aux environs de Paris et las de cette vie de plaisirs et de fatigues nous allâmes nous y reposer pendant quelque temps.

Nous prîmes seulement deux domestiques avec nous, l'un s'appelait Bertrand, l'autre Louise.

Je pris Bertrand et donnais Louise à ma maîtresse.

Bertrand m'était très-dévoué, depuis dix ans il était à mon service

Une fois en repos, je songeai sérieusement à mon fils que je n'avais plus vu et que j'avais appelé Adrien

Cul de-Jatte se dressa

Vous voyez bien dit-il que j'avais deviné, monsieur Adrien est votre fils

— Oui, Cul-de-Jatte tu avais deviné, mais laisse moi continuer, je résolus donc d'aller le voir et de passer quelques jours auprès de lui

J'en fis part à Rose qui pleura comme un enfant et qui ne se résigna que lorsque je lui dis que je serai de retour au bout de quinze jours.

Je partis, mon fils était en nourrice à Passy.

J'arrivai dans le petit village et y trouvai mon enfant bien portant, je passai dix jours au milieu des braves gens qui prenaient soin de lui et je leur confiai encore jusqu'à l'âge de 7 ans époque, à laquelle je devais le mettre en pension et je revins à Paris

J'arrivai à mon hôtel où je trouvai Bertrand revenant de la villa.

— Comment va Rose demandai-je à mon domestique.

— Elle va bien dit-il embarassé.

— Mais qu'est-ce que tu as donc lui dis-je avec étonnement, tu as la figure toute bouleversée ; que t'arrive-t-il ?

Ah ! monsieur, il faut que je vous parle, ça ne peut pas se passer ainsi, advienne que pourra !

— Qu'y a-t-il, voyons, tu m'effraies, repris-je avec angoisse.

— Il y a, Monsieur, que Mlle Rose se moque de vous

— Rose se moque de moi et comment !

— Trois jours après votre départ, elle a reçu un Monsieur à la villa et tous les jours elle le reçoit encore

La foudre me fut tombée sur la tête qu'elle ne m'aurait pas produit l'effet de cette révélation.

— Comment as-tu appris cela, mais parle donc, lui dis-je avec colere.

— Il y avait trois jours que vous étiez parti et je m'apprêtais à descendre à Paris, lorsque Mlle Rose 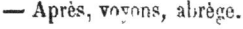 probablement que je n'y étais pas, envoya Louise au portail ; intrigué je regardais par les persiennes entrebaillées et je vis Louise revenir de la porte d'entrée avec un grand Monsieur habillé tout de noir elle le conduisit auprès de madame ; sur le moment je crus que c'était une visite, mais la curiosité l'emporta et au lieu de revenir à Paris, je passai encore la journée à la villa.

— Après, voyons, abrège.

— Alors, j'attendis tout le jour pour voir si le Monsieur sortirait, il ne sortit pas.

Je m'étais enfermé dans ma chambre et je n'y faisais aucun mouvement de crainte que la bonne de madame ne m'entendit

Je ne remuai pas jusqu'à trois heures du matin, à cette heure là, certain que le Monsieur en question n'était autre part que dans la chambre de Mlle Louise, je fis un paquet de mes hardes et me sauvai à pas de loups.

— Et pourquoi ne m'as-tu pas écrit cela, lui demandai-je avec emportement ?

— Parce que je voulais me convaincre avant de la lâcheté de Mlle Rose.

Le lendemain et le surlendemain je retournai à la ville déguisé en paysan et je vis le même Monsieur se promener au bras de votre maîtresse.

— Assez, m'écriai-je avec violence, assez, je vais écrire une lettre que tu porteras à ma maîtresse, dans cette lettre je vais lui dire que je suis obligé de prolonger mon absence de six jours, pour expliquer l'absence de timbre tu diras que cette lettre était dans celle que je t'ai écrite.

— Monsieur, me dit Bertrand, ne faites pas de scandale, Mlle Rose n'est pas digne d'être aimée de vous, croyez-le ?

— Je sais ce que j'ai affaire repliquai-je, je compte sur ta discrétion.

— Vous pouvez y compter dit Bertrand qui sortit et prit la direction du chemin de la villa avec ma lettre.

J'écrivis à mon notaire de convertir toutes mes rentes en numéraire et de les tenir à ma disposition.

Bertrand revint et me dit qu'on l'avait vu probablement arriver puisqu'il n'avait pas aperçu le monsieur en question.

Trois jours après je me déguisai en mendiant et me rendis à la villa, des lunettes vertes cachaient mes yeux, des favoris épais dissimulaient mes traits

Je sonnai à la porte de la villa. Louise vint ouvrir.

— Que demandez-vous ? me dit la bonne

— La charité répondis-je d'une voix glapissante

— Le maître n'y est pas et elle essaya de fermer la porte.

Mais je la poussai violemment et avant qu'elle n'eût le temps de jeter un cri, j'avais appliqué un mouchoir sur sa bouche et lui avais attaché les mains et les pieds.

Si tu remus lui dis-je, je te tue et joignant le geste à la menace je sortis de ma poche un pistolet à deux coups.

La pauvre fille ee fit plus aucun mouvement.

Je me dirigeai alors veos la maison, en me dissimulant derrière les arbres et arrivé ainsi sur le palier, mon cœur batit violemment ; je marchais comme un craignant d'être surpris.

Ma maîtresse et son amant étaient dans le salon de compagnie dont la porte était entrebaillée.

Je portais mon regard sur eux, l'homme me tournait le dos et tenait les mains de Rose qu'il baisait de temps à autres.

Je surpris ce lambeau de leur conversation.

— Ainsi, Rose, vous me jurez que vous ne l'aimez plus.

— Je ne l'ai jamais aimé répondit-elle.

Il était certain que l'on parlait de moi, je sortis mon pistolet et le tint dans ma main.

— Pourquoi, alors demeurez-vous avec lui demanda l'inconnu !

— Etes-vous dans le cas de me donner ce qu'il me donne ?

— Hélas ! non, dit l'homme dont j'aurais bien voulu voir la foie.

— Eh ! bien, voilà la raison !

— Tu me permettras de te voir alors continua celui-ci qui la tutoya alors.

— Mais parfaitement, comme je te voyais à Paris lorsqu'il allait au cercle.

— La colère qui me montait peu à peu à la tête me fit faire un mouvement qui fut suivi d'un bruit léger.

— Est-ce vous Louise demanda Rose ?

Comme le silence seul répondit à cette question, l'inconnu dit.

— C'est le vent qui a fait remuer la porte

--- Va la fermer dit Rose à son amant.

Ce dernier se dressa ; c'était un beau garçon d'une trentaine d'années, la figure un peu efféminée, il était très grand et avait une figure distinguée, il me semble le voir encore, il avança vers la porte, mais avant qu'il ne l'ateignit, je l'avais ouverte violemment et levant mon pistolet, je le dressai à la hauteur de sa poitrine.

IX.

LE DOUBLE MEURTRE

Le roi des Gueux s'arrêta a ce passage de son récit, sa voix était rauque et de grosses gouttes de sueur perlaient à ses tempes.

--- Reposez-vous dit Cul-de-Jatte, vous reprendrez votre histoire demain.

Le vieillard fit un signe affirmatif

Cul-de-Jatte puisa dans la marmitte un grand bol de bouillon qu'il offrit au roi des Gueux.

Celui-ci le but et parut soulagé ;

Il se jeta ensuite sur son lit et s'endormit bientôt.

Il était six heures du soir Cul-de-Jatte sortit pour aller souper et se rendit ensuite à la Cour des Miracles.

— Il en revint à onze heures comme d'habitude, le roi des Gueux dormait, mais d'un sommeil agité.

Cul-de-Jatte se coucha silencieusement et s'endormit à son tour.

Le lendemain matin à huit heures, les deux amis étaient éveillés et Cul-de-Jatte dit en prenant sa place accoutumée :

Vous m'avez laissé hier au moment le plus terrible de votre histoire, reprenez votre récit, il m'intéresse au plus haut point.

Le Roi des Gueux passa un moment ses mains sur ses yeux comme pour en chasser des images sombres et dit :

— Je visai donc l'amant de ma maîtresse et fis feu, l'homme tomba foudroyé, ns sachant plus ce que je faisais, je tirai l'autre coup sur Rose qui a son tour tomba comme une masse.

Le double crime accompli, j'enjambais les deux cadavres et je m'enfuis

La maison était isolée, personne, sauf la bonne qui était toujours attachée n'entendit la double détonation, je me sauvais en toute hâte et je rencontrai vingt minutes après deux paysans qui me saluèrent et que je saluai.

Arrivé dans un lieu retiré, j'enlevai mes vêtements que je pliai dans un foulard, j'avais gardé sous mes haillons mes abits ordinaires.

Je marchai pendant une heure comme un insensé j'arrivai à Paris et je rentrai chez moi

Je fis peur à Bertrand.

— Mon Dieu, me dit-il, mais qu'avez-vous monsieur ?

J'ai tué Rose et son amant.

Vous avez fait cela ? mais c'est affreux !

— Je le sais bien que c'est affreux, dis-je avec un espèce d'égarement.

— Mais si l'on vient à savoir que c'est vous, vous êtes perdu !

— On ne le saura pas, lui répondis-je avec véhémence, et puis si on le sait, je me défendrais moi-même ; on ne peut pas enfin se moquer d'un homme, comme ces deux lâches l'ont fait

Bertrand était atterré !

Il regrettait de m'avoir dit la vérité.

Je me renfermais dans ma chambre où je restais enfermé deux heures.

Les paysans que j'avais rencontrés, arrivé devant la porte de la villa, virent Louise étendue et attachée, ils défirent ses liens et la questionnèrent.

La malheureuse ne pouvait plus parler, elle put à peine faire quelques signes aux paysans désignant la maison.

Ceux-ci s'y dirigèrent, et là, un spectacle horrible s'offrit à leurs yeux.

Au milieu d'une mare de sang, Rose et son amant étaient étendus sans vie.

Les deux paysans se sauvèrent en criant et bientôt ils revinrent avec des agents de police.

Cela fit beaucoup de bruit, on prit le signalement de l'homme que les paysans avaient rencontrés, signalement qui fut donné par la bonne.

On fouilla tout Paris mais toutes les recherches furent infructueuses

Quant à moi, j'avais recommandé à Bertrand de dire que je n'arriverai que le lendemain si on venait me demander.

La police vint à mon hôtel, le trouble de Bertrand fut mis sur le compte de la nouvelle qu'on lui avait apportée et le lendemain à dix heures un envoyé de la préfecture vint me trouver à mon hôtel.

— On vous a appris dit-il le double crime qui a été commis chez moi.

— Oui, Monsieur, et vous m'en voyez tout bouleversé, j'arrive de Passy à l'instant, soupçonnez-vous quelqu'un de ce double meurtre ?

— Personne, Monsieur, et vous-même avez-vous un soupçon ?

— Je ne puis donner aucune indication, voilà dix huit jours que je suis absent.

— On a vu un vieillard entrer dans la villa et en sortir vingt minutes après, mon opinion est que l'homme qui a fait le crime était déguisé, et que le vol n'a pas été le mobile qui la fait agir.

Aucun meuble n'a été fracturé, rien ne manque d'après ce que nous a dit la bonne.

Nous avons fait transporter les victimes à la morgue. Voulez-vous avoir l'obligeance M. le comte de me suivre chez M le procureur du roi.

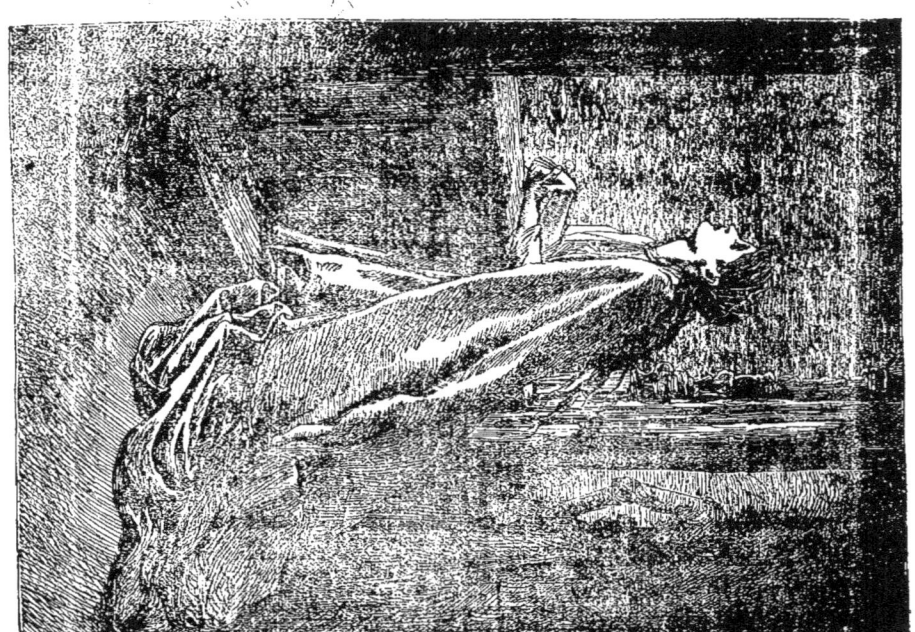

Rose attendant son amant le soir.

Très volontiers, répondis-je et je suivis le commissaire de police.

Arrivé chez le procureur, j'avoue que je n'étais pas à mon aise et qu'un certain trouble agitait mon cœur.

Le magistrat me fit asseoir.

— Mlle Rose était votre maîtresse me dit-il à brûle pourpoint ?

— Oui, monsieur.

Et cet homme qui était avec elle, le connaissez-vous ?

— On m'a, dit Monsieur le procureur, qu'un homme était avec, elle, ma maîtresse me trompait donc, mais il est naturel que je ne connaisse pas cet homme là !

— C'est juste ! quel intérêt a donc eu le criminel en agissant ainsi ?

Ne serait-ce pas vous qui ayant appris la conduite de votre maîtresse auriez payé quelqu'un pour commettre cet attentat.

Monsieur le procureur, dis je, en me dressant et avec un grand calme, si j'avais cru devoir punir ma maîtresse et son amant, je les aurais punis moi-même et n'aurais donné cette mission à personne !

— C'est ma conviction et c'est aussi pour cela que je suis persuadé que l'auteur de ce double meurtre c'est vous !

Je m'attendais à cette accusation et je ne bronchais pas.

— Un autre homme que vous me dirait cela, Monsieur, que ma main tomberait de plat sur sa face : mais vous êtes dans votre rôle vous êtes et devez être accusateur ! Je suis à votre disposition, Monsieur et vous pouvez me faire enfermer, si vous avez seulement l'ombre d'un soupçon.

Le procureur ne me perdait pas de vue, mon audace lui enleva tous les doutes, il me dit :

— Ce crime s'est accompli dans d'aussi étranges conditions que nous nous perdons en conjectures, le signalement de l'assassin a pourtant été donné très exactement ; depuis hier tous les plus fins limiers de la police sont sur pieds et nous n'avons aucune trace du meurtrier.

— Il aura probablement quitté Paris.

— C'est ce que je crois ; M. le Comte, malgré mon désir de ne pas vous retenir, je suis obligé de continuer cette affaire et de vous envoyer chez le juge d'instruction, nul doute que l'on vous mettra en liberté après ce deuxième interrogatoire.

On me conduisit chez le juge d'instruction, où l'interrogatoire fut à peu près le même.

— Ainsi donc, dit le juge en terminant, vous ne connaissez pas l'individu qui était avec Mlle Rose ?

— Je ne le connais pas.

— Et vous n'êtes arrivé que ce matin à Paris.

— Oui, Monsieur le juge ?

— Votre maîtresse vous avait-elle donné quelquefois des sujets de plainte.

— Non, et je suis étonné de sa félonie.

— Y a-t-il longtemps que vous êtes avec elle.

— Il y a six mois.

— Et pendant ce laps de temps vous n'avez jamais eu à lui reprocher une légereté ?

— Jamais !

— Comment vous expliquez-vous ce qui s'est passé alors.

— Je ne me l'explique pas du tout, Rose a du être poussée à bout.

— Je ne crois pas, parce que la position des victimes indique plutot un tête à tête qu'une violence. leurs traits ont conservé dans leur rigidité cadavérique, une surprise douloureuse.

— Je ne puis d'ailleurs, Monsieur le juge, vous donner des renseignements à ce sujet, comme j'ai déjà eu l'honneur de vous le dire, j'étais absent.

— Monsieur le comte, je veux bien vous mettre en liberté, mais je veux que vous me donniez votre parole de gentilhomme de venir au premier appel que je vous adresserai.

— Je vous la donne , Monsieur le juge, je puis donc m'absenter ?

— Vous le pouvez ; mais il faut que vous me donniez votre adresse pour que je puisse vous écrire si j'ai besoin de vous.

— Je vais à Hyères. Monsieur et je recevrai vos communications à l'hôtel des étrangers où je descendrai.

— Bien Monsieur !

Nous nous saluâmes et je sortis.

Je rentrais chez moi où Bertrand m'attendait dans une inquiétude mortelle.

— Eh ! bien dit-il dès qu'il m'aperçut ?

— Eh ! bien, me voilà.

— On ne vous a pas retenu alors ?

— La preuve c'est que je suis là !

— Et qu'allez-vous faire maintenant M. le comte ?

— Je vais partir.

— Pour. . . .

— Pour Hyères !

— Je vais donc préparer les malles. Et... resterons nous longtemps ?

— Je n'en sais rien, mais nous déménageons complètement. Mon pauvre Bertrand à partir d'aujourd'hui, tu cesses d'être à mon service.

Bertrand devint pâle comme un cadavre, quelques larmes roulèrent dans ses yeux.

— Mais ne t'inquiète pas, mon vieil ami, je ne veux pas te laisser ainsi sans te lever du besoin. Dieu merci je suis riche.....

— Oh ! Monsieur, je ne demande pas cela, mais laissez-moi vous servir, je vous aime tant et je tiens si peu de place !

— Impossible, mon bon Bertrand, je ne m'illusionne pas sur ce qui peut m'arriver, les soupçons du procureur et du juge ne sont pas bien dissipés, il pourrait se faire que l'on me recherchât, il faut alors que je puisse disparaître

Je pris alors mon portefeuille et en sortant trois liasses de billets de mille, soit trente mille francs, je les lui donnais.

— Tiens, mon ami, lui dis-je, tu m'as toujours servi avec dévouement et affection, voilà de quoi vivre pour le restant de tes jours.

Bertrand tomba à genoux et me prit les mains qu'il embrassa.

L'amitié de cet homme simple me toucha beaucoup.

Je vendis toutes mes voitures, tous mes chevaux, je mis en vente ma villa et tous les meubles qu'elle contenait ainsi que ceux de mon hôtel et je partis pour Hyères, après avoir donné une bonne poignée de main à Bertrand qui me suivit des yeux, et m'accompagna de ses bénédictions.

Je ne partis pas pourtant sans aller voir le juge d'instruction ; je lui dis que je m'en allais et que s'il avait besoin de moi, il n'avait qu'à m'écrire à l'adresse que je lui avais déja donnée.

Arrivé à Hyères la surexcitation qui m'avait soutenu pendant les trois jours qui avaient suivi l'exécution de mon horrible vengeance, se calma peu à peu et lorsque je me trouvai alors reposé de corps et d'esprit devant l'acte monstrueux que j'avais accompli, un trouble extraordinaire s'empara de mon cœur.

Mes nuits furent peuplées de fantômes, je voyais à chaque instant dans mes rêves, des spectres sanglants qui se dressaient et me désignaient du doigt.

Ces meurtres que ma rage et ma jalousie m'avaient fait accomplir, devenaient pour moi un cauchemar perpétuel !

Un jour, j'étais dans ma chambre plongé dans mes sombres réflexions, lorsqu'on frappa à ma porte.

— Entrez dis-je en tressaillant !

La porte s'ouvrit et un agent de police entra.

Mon sang se figea dans mes veines !

— Que désirez-vous, lui demandai-je avec une sorte d'effroi.

— C'est à M. de X... que j'ai l'honneur de parler ?

J'hésitais un moment, cet homme me donnait la chair de poule, pourquoi venait-il chez moi, comment savait-il que j'étais à Hyères et s'il venait ainsi directement à ma chambre c'est que quelqu'un l'avait renseigné.

Je tâchai de calmer mon trouble et je répondis.

— Oui, et après. . . . .

— Le notaire de M. le vicomte à qui j'avais une pièce de la préfecture à remettre, m'a prié de vous apporter ce pli

Je respirai, cet agent de police, m'avait produit l'effet de la statue du châtiment' venant me saisir au collet.

Je pris la lettre et remerciai l'agent qui se retira.

Mon notaire m'écrivait qu'il avait appris mon arrivée à Hyerès et qu'il tenait à ma disposition, les espèces provenant des ventes d'immeubles et de titres que je l'avais prié d'opérer pour mon compte

J'allais chez lui, le lendemain et je l'effrayai.

J'étais méconnaissable, le tourment et le remords avaient creusé mes joues et quelques fils d'argent tachaient mes cheveux noirs

— J'ai appris le désastre qui s'est produit chez vous, mais je n'aurais jamais cru qu'il vous changeât ainsi !

— La foudre abat les arbres, les malheurs et les douleurs abrègent la vie des hommes lui répondis-je

Le notaire crut que j'étais devenu fou ! il me regarda avec pitié et ajouta :

La vente de vos immeubles et de vos obligations a produit : un million ; huit cent cinquante mille francs, j'ai déposé cet argent cher un banquier où il est à votre disposition.

— Je vous remercie, lui dis-je avec indifférence, vous aurez l'obligeance de me faire donner des chèques en blanc pour que je puisse fournir sur cette maison de banque au fur et à mesure de mes besoins, lorsque je serai en voyage

— Vous allez donc voyager, me demanda le notaire ?

— Oui, je vais essayer d'oublier ! . .

Le notaire n'ajouta plus rien, il comprit à mon laconisme que je n'avais pas l'intention d'en dire davantage.

— Avant de vous quitter lui dis-je, vous allez dresser sur papier timbré le libellé d'une procuration en votre nom et que je vous donnerai, je ne veux plus m'occuper de rien.

— C'est facile dit le notaire, je la ferai aujourd'hui et demain je la porterai à l'enregistrement.

— Je pourrai donc partir après demain ?

— Demain si vous voulez.

Je quittai le notaire et retournai chez moi où je m'enfermai.

Le lendemain après avoir signé la procuration que je remis à l'homme de loi, je partis pour Marseille avec quarante mille francs que j'avais pris chez le banquier d'Hyéres.

Là, je m'arrêtais dans un hôtel et le soir je me rendis dans une maison de jeu où je perdis mes quarante mille francs.

Le lendemain j'encaissai un chèque de vingt-mille francs, je jouai encore et je les perdis.

Enfin mon ami, je crus trouver dans le jeu l'oubli de mes douleurs et je m'y jetai à corps perdu.

Je jouai dans un mois la moitié de ma fortune et je la perdis, j'eus alors le courage de regarder ma situation en face et de m'arrêter.

Je recevais les journaux de Paris, un jour je lus dans un journal un article qui parlait du crime de ma villa.

L'article terminait ainsi.

« La justice après des recherches infructueuses, croit être sur la piste de l'assasin, qui d'après les derniers renseignement serait à Marseille. »

Je fus tellement effrayé que je quittais mon hôtel et pris un déguisement ; Cul-de-Jatte ce déguisement tu le connais, c'est ma barbe et ma perruque, ce sont mes vêtements en lambeaux.

Il me semblait toujours que l'on me poursuivait, je ne pouvais plus rester nulle part, je louai alors cet appartement et m'y enfermai.

Dans le jour, je sortais avec ma fausse barbe et ma perruque, je me couvrais d'habits sordides et je promenais dans les rues. le soir, je m'enlevais tout cela et je redevenais le comte de X.. pour mon enfant.

Un jour que j'étais sur le Cours à promener lentement, quelqu'un passa auprès de moi et me donna dix centimes

Ce fut une révélation.

Je me fis mendiant.

Je me mêlai aux compagnons qui me conduisirent à la Cour des Miracles et comme j'avais de l'argent, je fus bientôt leur dieu.

Mon fils atteignit l'âge de sept ans, je le retirai de chez la nourrice et le plaçai dans une des premières institutions marseillaises, où j'allais le voir de temps à autres.

Il termina ses études à l'âge de 19 ans et je lui louai alors l'appartement que tu connais.

A présent Cul-de-Jatte, tu connais mon histoire.

Je te l'ai racontée pour que tu puisses agir au cas où je viendrais à mourir avant que mon fils n'ait atteint sa majorité.

Je vais te montrer le lieu où je renferme tous mes titres dont mon notaire a le double.

Le roi des Gueux ouvrit alors une petite armoire qui était au fond de la chambre en retira un vaste portefeuille duquel il sortit une liasse de papiers retenus par une faveur bleue.

Il les étala devant Cul-de-Jatte

Il y avait là-dedans son titre de comte, des chèques, des obligations de toutes sortes, des posséssions d'immeubles, etc, etc et des billets de banque

Cul-de-Jatte fut ébloui !

Il ne pouvait croire que cette immense fortune appartint au Roi des Gueux.

Lui qui avait toujours été privé des choses les plus nécessaires ne comprenait pas ce superflu chez les autres.

C'est d'ailleurs les réflexions que font les déshérités de ce monde, lorsque le luxe des riches s'étale devant eux, lorsque leurs voitures les éclaboussent !

Quelles pensées amères ne surgissent pas dans le cerveau des malheureux, quand, affamés et mendiants, ne sachant pas s'ils mangeront demain, un de ces heureux du jour passé à côté d'eux sans y prendre garde et dépense dans une journée ce que l'autre dépenserait à peine dans dix ans !

De là, les révolutions, de là, les cataclysmes, ces deux hommes, l'un très-pauvre l'autre très-riche ont parfois la même intelligence, mais à coup sur ils n'ont pas le même cœur, le premier n'a rien en partage, le second a tout !

Le premier est venu au monde et il a ri. Le second est né en pleurant et il a toujours pleuré ; le premier est repu de jouissances, l'autre n'en connaît pas le premier mot.

Ce qui fait que lorsque ceux qui dirigent les masses, lâchent les rennes, celui ui a toujours pleuré veut sécher ses larmes dans l'or de celui qui a toujours ri.

Pourtant la fortune d'où qu'elle vienne, sauf les cas frauduleux est une propriété sacrée et toutes les larmes des malheureux n'en détruiront pas la force.

C'est une chose triste, mais vraie, pourtant, il faut qu'il y ait des riches et des pauvres ; où en serions nous bon Dieu, si tout le monde était riche, mais ce serait la fin des fins, ce serait la famine, le crime, l'infamie, ce serait encore plus que tout cela, ce serait l'antropophagie, on se mangerait les uns les autres.

Donc, ce qui existe sans être très bien, ni parfait, est pourtant possible et les utopies que soutiennent diverses sociétés secrètes, n'ont d'autres buts que de saper la société dans sa base.

Ces gens là veulent un ouvrage humain, dans le quel sombrerait le capital et un port pour eux où ils se le partageraient.

Nous avouons que leur idée vaut son pesant d'or, mais que l'exécution grâces à Dieu en est impossible !

Cul-de-Jatte regardait donc ébloui ces liasses de billets de banque que la flamme d'une bougie aurait réduites à néant ; il admirait ces belles obligations ornées de figures représentant la justice ou le commerce.

Il ne pouvait se lasser de contempler tous ces trésors.

— Alors s'écria-t-il retrouvant enfin la parole, alors tout cela est à vous.

— Tout cela est à moi et plus tard sera à mon fils.

— Eh ! bien, il a une crâne chance votre enfant !

— Oui, mais quand il héritera de cette fortune mon fils sera en deuil !

— De qui donc ?

— Tu le sauras un jour !

A ces paroles le roi des Gueux devint sombre, sa tête se pencha sur sa poitrine et il parut plongé dans une reverie profonde.

A quoi songeait-il ; pourquoi, puisqu'il était riche et que son fils allait le devenir, pourquoi se laissait-il aller à cette douloureuse mélancolie.

Quelles pensées lugubres absorbaient son esprit ?

Nos lecteurs le sauront plus tard.

Le roi des Gueux sortit enfin de sa torpeur et regarda Cul-de-Jatte.

Ce dernier avait encore les yeux fixés sur les valeurs qui regorgeaient du porte-feuille.

Elle entra ... dans une espèce de bureau.

— Eh ! bien. Cul-de-Jatt... roi des Gueux !

— Eh ! bien, je suis à v...

— Mon histoire est term... ns nous connaissons maintenant tout-à-fait l'un et l'autre puisque tu m'as r... la tienne.

Je puis donc compter s... pour ce qui resterait à faire au cas où je mourrais.

— Vous pouvez y compter maître.

— Bon, je crois si je ne me trompe que dans quelques jours il y a un gros souper à la Cour des Miracles ?

— Oui, maître.

— Cul-de-Jatte, ce jour là je ferai ma rentrée à l'association.

Et le roi des Gueux donna à ce sujet des instructions à son ami.

X

Vie de Cul-de-Jatte

Nos lecteurs doivent se demander pourquoi le Roi des Gueux avait une confiance si grande dans son secrétaire

Nous allons en donner les motifs en racontant brièvement la vie de Cul-de-Jatte, vie d'ailleurs qui ne manque pas d'une certaine originalité.

Ce fut d'abord un enfant du hasard, un de ces pauvres êtres qui ne demandent pas à venir au monde et que l'amour jette sur la terre sans nom et sans famille.

Un jour des passants trouvèrent dans la rue un paquet de linges, dans ce paquet il y avait un enfant, c'était Cul-de-Jatte, ces passants étaient un homme et une femme, la femme avait accouché depuis deux mois et son enfant était mort depuis une semaine, elle était nourrice sans nourrisson, elle eut pitié de l'abandonné et l'emporta chez elle, elle le nourrit et se figura nourrir celui qu'elle avait perdu, son enfant s'appelait Paul, elle appela Cul-de-Jatte, Paul !

Quand le petit Paul commença à marcher, ce fut une joie pour ces braves gen^s et lorsqu'il bégaya les mots de papa et de maman ce fut de l'ivresse ; le petit Paul ne serait pas devenu Cul-de-Jatte si des circonstances fâcheuses ne l'avaient encore une fois jeté dans la rue.

Quand Paul eut huit ans son père adoptif mourut, sa femme qui ne vivait que par son mari tomba dans une maladie de langueur et suivit son époux un an après

Paul se trouva par conséquent à l'âge de neuf ans encore une fois seul, encore une fois sans parents.

Après avoir beaucoup pleuré, il se plaça chez un cordonnier qui avait cinq enfants et une femme d'un caractère violent et emporté

Cette femme était avare elle enfermait son or dans une espèce de bureau et c'était le diable quand il fallait qu'elle le sortit.

L'enfant qui avait toujours été choyé par ses parents adoptifs tomba dans cette galère.

On commença à lui faire faire les courses en ville, on lui fit porter des poid^s

énormes, le pauvre petit pliait sous les fardeaux qu'on lui mettait sur les épaules, mais il ne disait rien, hélas ! il avait faim !

Les enfants du cordonnier allaient à la pension et quand ils en revenaient le soir ils prenaient Paul pour leur bouffon, un mois après son entrée chez le cordonnier Paul était devenu maigre et blême, la grosse fatigue et la mauvaise nourriture le uaient peu à peu.

Cependant comme tout en ce monde s'acquiert par l'habitude, Paul se fit à ces rudes travaux

Les fils du patron mangeaient de bons morceaux à table avec leurs parents pendant que le pauvre petit était dans un coin avec un merceau de pain et un peu d'eau.

— Donne ça au chien disait la mère à ses enfants et en désignant Paul, et on lui jetait un os aux trois quarts rongé.

Le cordonnier était moins dur que sa femme, il aimait beaucoup ses enfants, mais pourtant quand ceux ci allaient trop loin avec Paul il les gourmandait et les châtiait au besoin, sa femme au contraire riait quand ses chérubins donnaient des coups de poings et des coups de pieds au pauvre apprenti.

Ces souffrances que la plupart des enfants naturels éprouvent nous jettent dans des réflexions bien tristes.

Quand la société a dit a un de ces pauvres adolescents. Tu es un batard ; il semble qu'elle vient de le condamner à toutes les tortures, à toutes les douleurs, a toutes les hontes !

Non seulement cet enfant n'a pas de nom, mais justement parce qu'il est seul, parce que personne ne le reconnaît la société le montre au doigt et dit : C'est un bâtard.

Bâtard ! ce nom s'applique sur son front et il le porte toute la vie comme une couronne d'épines.

C'est ainsi que l'on sème dans l'âme de ces pauvres créatures une haine implacable, un égoisme sans fin n'etant aimé par personne, leur cœur devient aride et se ferme à tous les bons sentiments.

Ils vivent ainsi ignorés, la plupart du temps chassés ignominieusement par ceux qui ont un nom et qui quelque fois valent bien moins qu'eux !

A l'époque de notre histoire, un bâtard était un être avili, un être que l'on ne fréquentait pas, en un mot un être incapable d'occuper une position sociale.

Comme si ces malheureux en venant sur la terre étaient responsables des fautes de leurs mères qui le plus souvent sont des filles de joie immondes :

De nos temps, l'hospice reçoit les bâtards, et si une mère malheureuse ou viciée ne leur donne pas de nom et les abandonne la patrie les adopte et leur en donne un.

Mais le pauvre Paul vivait en 1780 et l'état de Louis XV n'avait pas songé à réhabiliter les bâtards. L'œil de bœuf et le Trianon en donnaient trop à la France pour que le bon roi pût penser à élever un hospice qui, d'ailleurs quelque grand qu'il fut, n'aurait jamais pu tous les contenir

Le petit Paul faisait tout ce qu'il pouvait pour contenter ses maîtres, il aurait certes patienté longtemps encore, si l'époque des vacances n'était pas arrivée pour les cinq enfants du cordonnier

Mais hélas ! dis que les petits diables arrivèrent avec leurs prix et leurs couronnes, la position ne fut plus tenable, c'était des rixes continuelles, des insultes, des soufflets que l'apprenti était obligé de supporter

Un soir, un des enfants furieux de ce que sa mère n'avait pas voulu lui donner un gâteau se jeta sur Paul et le mordit si fortement à l'oreille que le sang jaillit.

Le père donna une volée à sa progéniture, mais dès qu'il eut tourné le dos, le gamin se précipita de nouveau sur l'apprenti et appelant ses frères, ils le laissèrent pour mort.

— Cela t'apprendra disait l'enfant de me faire battre par mon père.

— Mais, disait Paul, je ne vous ai rien fait moi !

— C'est toujours à propos de toi que papa nous bat.

— C'est vrai ça disait un autre gamin, mais un jour nous le tuerons.

Paul ne répondait pas et se laissait battre, il était pourtant beaucoup plus fort que les fils de ses maîtres, mais il avait peur et n'osait pas se venger.

Un jour pourtant qu'il était assis à l'établi du cordonnier faisant des trous avec une alène dans le cuir, deux des enfants se mirent derrière lui et avec une autre alène s'amusèrent à le piquer.

— Je ne vous dis rien, laissez-moi leur disait Paul !

Les espiègles continuaient, un des deux à un moment donné enfonça si fort l'instrument dans l'épaule de Paul que ce dernier jeta un cri ; la douleur fut si violente qu'oubliant sa retenue ordinaire, il se leva furieux et se jeta sur les enfants qu'il battit violemment.

A leurs cris le père et la mère accoururent mais Paul ouvrant la porte se sauva en courant dans la rue.

Comprenant que s'il revenait chez son maître on le battrait, l'enfant résolut d^e ne plus y retourner.

Le malheureux ne savait plus où aller, depuis la veille il n'avait pas mangé et il sentait aux tiraillements de sa poitrine que la faim commençait à venir.

Il passa sur le Cours Belsunce, monta la rue d'Aix, comme il arrivait devant un magasin, il entendit quelqu'un qui l'appelait.

Il se retourna.

— Petit ! dit le magasinier, veux-tu aller me changer cette pièce de vingt sous pour de la monnaie de cuivre, vis-à-vis, j'ai du monde dans le magasin et je ne puis pas sortir !

Volontiers dit Paul, il prit la pièce, traversa la rue entra dans un magasin qui faisait face et en revint avec de la menue monnaie.

— Voilà, Monsieur dit-il.

Le magasinier était un pharmacien, il termina son affaire avec son client et dit à Paul.

— Tiens voilà un sol pour toi.

— Monsieur, dit l'enfant, je préférerai un morceau de pain, j'ai faim !

— Tu as faim reprit le pharmacien avec intérêt.

— Depuis hier je n'ai plus mangé !

— Où sont tes parents ?

— J'étais employé chez un cordonnier, mais on ne me donnait là que du pain et de l'eau et on me battait, de parents je n'en ai plus !

Le petit Paul avait la figure honnête et des yeux intelligents le pharmacien touché de cette misère lui dit :

— Ecoute-moi, je suis seul et j'ai besoin de quelqu'un pour faire les courses, veux-tu rester avec moi ?

— Oh ! Monsieur, mais je suis trop sale pour demeurer dans un aussi beau magasin.

— Je te donnerai d'autres habits, je te nourrirai et te logerai ; en outre, je te donnerai pour commencer dix sols tous les dimanches ; mais dis-moi comment tu te trouves ainsi au milieu de la rue ; tu n'es pas venu sous un chou ?

L'enfant raconta alors ce qu'on lui avait appris sur sa naissance : il parla de ses parents adoptifs avec les yeux pleins de larmes, il dit comment à leur mort, il s'était trouvé seul et sans asile.

— Alors, ajouta Paul, je me plaçai chez le cordonnier qui me battait.

— Pauvre enfant dit le pharmacien, eh ! bien je te prends à mon service, je n'ai qu'un fils, ma pauvre femme est morte, il y a un an ; tu feras les courses ; sais-tu lire ?

— Non, Monsieur dit Paul.

— Eh ! bien, mon fils est en vacances, mais j'ai pris un professeur pour qu'il n'oublie pas ses études ; ce professeur t'apprendra à lire et à écrire

— Oh ! que vous êtes bon Monsieur, dit l'enfant avec reconnaissance.

Le petit Paul revenait à la vie, le hasard l'avait conduit chez un homme de cœur qui le levait de la rue, lui donnait à manger et l'apprenait à lire et à écrire.

C'était plus qu'il n'osait espérer.

Le pharmacien lui fit donner par sa bonne un bon bouillon qu'il but avec avidité, puis un morceau de viande de bœuf !

L'orphelin s'écriait avec joie :

— Oh ! que c'est bon, Monsieur, oh ! que c'est bon, qu'il y avait longtemps que je n'avais pas fait un aussi bon repas.

Le pharmacien était heureux d'entendre les exclamations de son protégé

Le professeur arriva après le dîner, le pharmacien fit descendre son enfant, un beau garçon d'une dizaine d'années, le présenta à Paul en lui disant :

— Je te donne un compagnon d'études, un malheureux qui n'a ni père ni mère et qui avait faim, je l'ai recueilli et j'en fais mon employé, Gustave tu le mèneras dans ta chambre, vous êtes à peu près de la même taille, tu lui donneras un de tes costumes et tu l'aimeras bien, qui aime le pauvre aime Dieu ! Ton petit compagnon s'appelle Paul.

— Viens Paul dit Gustave, nous allons dire à la bonne que papa veut que tu soies habillé comme moi, et il lui donna la main

Le pauvre orphelin était tout ému, qu'elle différence avec son premier maître ! Comme cette maison était hospitalière !

Les deux enfants accompagnés de la bonne, montèrent au premier étage, on donna à Paul des vêtements bien propres, il ne semblait plus le même.

Quand il descendit avec Gustave, le pharmacien s'avança vers les deux enfants et dit à Paul,

— Maintenant que tu as des habits convenables, tu pourras aller faire des courses, mais, va avec Gustave au fond du magasin, le professeur vous attend.

Les deux nouveaux amis se rendirent au fond de la boutique, le pharmacien les suivit.

Monsieur dit-il au professeur, je vous donne un élève de plus, cet enfant est orphelin, il n'a personne au monde, je l'ai pris a mon service, ayez pour lui la sollicitude que vous avez pour mon fils et enseignez lui les choses élémentaires, je doublerai vos appointements.

Le professeur s'inclina et les deux enfants ayant pris place autour d'une table e pharmacien les laissa.

Le petit Gustave était déjà très-avancé dans ses études, mais lorsque le profes seur s'adressa à l'horphelin, il comprit qu'il avait devant lui un enfant très-intelligent.

Il en parla au pharmacien quand la leçon fut terminée et ce dernier en fut tou heureux.

A partir de cette époque, le petit Paul tout en se rendant utile à son patron qu était un père pour lui ; fit des progrès incroyables, au bout d'un mois il savait un un peu lire et commençait à écrire ; les vacances durèrent deux mois ; quand Gustave qui aimait beaucoup son compagnon d'études rentra au collège, le petit Paul tenait parfaitement une plume et le professeur en prenant congé du pharmacien, lui dit que son protégé était étonnant et qu'il avait rarement vu des intelligences si précoces.

Le pharmacien fut tellement joyeux en apprenant cela, qu'il pria le professeur de continuer ses leçons a Paul, ce qui fut fait.

Un an s'écoula, Paul était studieux, quand il n'avait pas à sortir, il prenait un livre et le dévorait.

Lorsque son patron passait dans l'officine, Paul le suivait, examinait avec attention le labeur du pharmacien et accablait ce dernier de questions

XI.

OU PAUL DEVIENT CUL-DE-JATTE

Les années s'écoulèrent ainsi, Paul n'ayant plus de professeur, devint lui-même son maître.

Son patron se faisait un véritable plaisir de l'initier à la science de son métier.

Peu à peu Paul, devint non seulement le saute ruisseau, mais encore l'aide intelligent et précieux de son protecteur.

Nous n'étonnerons personne en lisant que l'orphelin étudiait pour devenir pharmacien à son tour

D'ailleurs, on retrouve généralement chez les enfants naturels cette intelligence extraordinaire que les enfants légitimes souvent ne possèdent pas .

A quoi cela tient-il ?

Selon nous, cela tient a ce que ces pauvres êtres n'ayant aucun attachement, obligés la plupart du temps de se suffire a eux-mêmes développent leur esprit dès eur plus jeune âge.
l

Ne pouvant compter que sur eux ; ils sont obligés de chercher des expédients pour vivre, si le hasard les fait tomber chez une nature droite et élevée ; ils suivront l'impulsion que leur donnera cette nature là, si au contraire, le hasard les conduit au milieu d'un centre vicieux, a leur tour ils le deviendront.

Paul, restant chez le cordonnier serait devenu haineux et méchant, il aurait ha la société et aurait cherché à lui être hostile.

Chez le pharmacien, Paul avec son intelligence peu commune devenait studieux et bon, son cœur ne pouvait plus contenir de la haine puisqu'on l'aimait et que lui même sentait au fond de son âme une reconnaissance infinie pour celui qui l'avait levé de la rue.

Les études développaient son esprit et l'affection dilatait son cœur,

Naturellement bon, l'enfant sous la direction paternelle du pharmacien, rentrait dans la vie heureux et dévoué, oubliant ce qu'il avait souffert pour ne plus se souvenir que d'une chose, c'est qu'il devenait un homme et qu'il le devait à son patron .

Nous l'avons dit, Paul était excessivement intelligent et cette intelligence, il la devait à sa naissance, à ses malheurs, à son titre d'enfant trouvé !

Certes. nous ne voulons pas dire par là que les enfants légitimes sont plus bornés que les autres, telle n'est pas notre pensée.

Mais choyés par leurs parents qui généralement et à tort s'inclinent devant tous leurs caprices, ayant tout ce qu'ils désirent, leur esprit demeure retardataire et ne s'ouvre que bien plus tard aux problèmes arides des sciences, alors que les jeux ont cessé de les occuper, alors qu'ils comprennent et qu'ils acceptent les remontrances des auteurs de leur jour.

Chez ces orphelins, la vie n'est plus la même, personne autour d'eux pour leur sourire et les aimer ; personne pour satisfaire leurs caprices ; ils sont venus au monde, un beau jour ou une belle nuit et les voilà sur la terre.

Adrien et Blanche en Suisse.

Leurs premières larmes ne sont pas bues avec amour par une mère, l'hospice les prend, les enferme, les élève ; ils reçoivent là une instruction primaire, leur cœur n'étant pas rempli, leur esprit est libre, ils étudient et ne sont pas troublés, sort, par des caprices, qu'ils savent très bien qu'on ne satisfaira pas, soit encore par l'amour parfois trop aveugle, d'un père et d'une mère.

Voilà ce que nous avons voulu dire.

Qu'on ne nous accuse pas d'outrance, nous sommes les premiers à nous élever contre les amours profanes et nous n'avons jamais admis qu'un enfant puisse venir au monde pour être ensuite abandonné.

Que l'on jette les yeux sur la première bête venue, on verra avec quel soin et avec quelle tendresse elle allaite et soigne ses petits, avec quelle colère elle les défend.

24me Livraison.

Les mauvaises mères devraient prendre cet exemple ;

Nous n'avons jamais compris en voyant l'amour maternel des animaux, qu'une créature humaine puisse abandonner son enfant, ou l'étouffer comme on le voit si souvent de nos jours.

La loi ne punit pas assez les mauvaises mères ; pour nous, il n'y a pas de crimes plus odieux que l'infanticide

Ce crime là devrait être puni chaque fois par la mort !

Il n'y a plus rien à attendre de celle qui a tué le fils de ses œuvres, le fils de sa chair et de son sang ! mauvaise mère ! mauvaise citoyenne, mauvaise épouse ; quand on n'aime pas son enfant on n'aime plus rien, et comme l'amour, de quelque adjectif qu'on le fasse suivre est ce qui fait l'équilibre humain, un être sans amour est inutile et il faut l'extirper de l'humanité

Ne vous êtes-vous pas dit souvent en voyant un bébé tout mignon et tout rose avec de grands yeux bleus et un sourire divin, ne vous êtes-vous pas dit qu'il fallait être dénaturé pour faire souffrir de pareils anges

N'avez-vous pas senti au fond de l'âme une révolte profonde quand vous avez lu dans les journaux, les détails de ces crimes atroces, épouvantables, le détail des tortures qu'une mère sans cœur a fait subir à son enfant, et ne vous êtes-vous pas dit, quand la justice a pris cette coupable et l'a condamnée à cinq ans de travaux publics ; que ce n'était pas suffisant et que cette mère horrible aurait du être décapitée ?

Oui, vous avez pensé à cela comme nous y avons pensé nous-même, votre cœur indigné, soulevé de dégout aurait voulu que l'expiation fût plus grande.

Tuer un homme, certes, c'est quelque chose mais un homme peut se défendre, un homme peut lutter, mais tuer un enfant ou le faire souffrir, y a-t-il dans le monde, un crime plus ignoble et plus abject ?

Nous ne le croyons pas !

Ah ! que la justice soit sévère pour ces matrones de l'amour. Somme toute, si la guillotine retranchait de la société toutes ces infâmes, qu'y perdrions-nous ?

Tout au plus des prostituées !

Mais revenons à l'orphelin que nous avons un moment perdu de vue, ce dont nous demandons bien pardon à nos lecteurs et arrivons brièvement aux faits.

Paul après des examens brillants fut reçu pharmacien.

Cet individu parti de si bas, s'était par sa propre volonté élevé jusque là :

Ce fut une grande joie pour son protecteur, son élève lui faisait honneur.

Son fils avait été reçu deux ans auparavant et comme son commerce allait assez bien, il garda les deux enfants auprès de lui et se reposa sur eux !

Paul était donc dans la plénitude de son bonheur, lorsqu'un jour toute sa tranquilité d'âme disparut

Il devint triste, soucieux, préoccupé, le pharmacien s'en aperçut et voulut en savoir la cause.

— Paul, tu n'es pas content, qu'as-tu donc, lui dit-il.

— Mais rien, cher monsieur.

— Tu me caches certainement quelque chose

— Je vous affirme que je ne vous cache rien.

— Tu n'es pas sincère, en ce moment, voyons il faut te confier à moi, tu sais que je t'aime beaucoup, allons, parle.

Le jeune homme finit par répondre :

— Je suis amoureux !

— Tu es amoureux ? mauvaise maladie, dit le pharmacien en souriant, et qui aimes-tu ?

— J'aime une jeune fille que je ne connais pas, dont je ne sais pas même le nom !

— Mais où demenre-t-elle?

— Je n'en sais rien

— Ah ! par exemple ! et comment veux tu que je fasse alors pour te donner des renseignements

— Oh ! vous la connaissez

— Je la connais ! bon, comment est-elle blonde, brune. .

— Elle est chatain

— Je n'avais pas deviné, je l'avoue !

— Vous la connaissez puisqu'elle vient depuis quatre mois chez vous.

— Je veux bien le croire, mais il vient ici tant de monde que si tu ne me fais pas son portrait.

— Je ne connais pas son petit nom, mais je connais celui de sa famille, puisqu'il est sur les ordonnances.

— Au fait c'est vrai, eh ! bien !

— Eh bien ! son nom de famille c'est Rippert !

— Rippert ! Ah ! je sais maintenant c'est la jeune fille qui a son père malade depuis quatre mois et qui vient ici prendre des médicaments. Eh ! bien, mais tu n'es pas dégoûté sais tu qu'elle est délicieusement jolie la petite Rippert, seulement je vois une difficulté insurmontable, celle que tu aimes s'appelle Rippert, mais toi, mon pauvre enfant, comment t'appelles tu ?

Cette simple question fut un coup de foudre pour le pauvre garçon, en effet quel nom donnerait il à sa femme, lui qui n'en avait pas ?

Paul était devenu livide !

Le pharmacien lui prit la main et lui dit :

— Pardonne-moi, mon enfant, de te faire de la peine, mais hélas ! il fallait t'attendre d'un moment à l'autre à ce que je te pose cette question, il vaut mieux que ce soit moi encore, qu'un étranger. Mais ne te chagrine pas, mon enfant, tu sais que je t'aime beaucoup ; je connais M. Rippert, c'est un brave homme, je connais aussi sa demoiselle, je sonderai le terrain et saurai bientôt à quoi m'en tenir à ce sujet.

— Oh ! que je vous remercie, s'écria Paul en serrant avec effusion les mains de son protecteur.

Celui-ci tint parole, il vit d'abord la demoiselle et s'aperçut avec plaisir qu'elle ne voyait pas son protégé avec indifférence.

Alors il alla voir le père, il lui parla de l'amour de Paul et de la jeune fille, fit le plus grand éloge de son employé et le père ne dit pas non, lorsque le pharmacien parla de mariage.

Mais hélas, il n'avait accompli que la moitié de sa tâche, il fallait avouer au père de la jeune fille que Paul était un enfant trouvé et que par conséquent il était sans nom.

C'était délicat !

Après avoir tourné vingt fois autour de la question, il dit tout à coup au malade :

— Alors ce mariage vous va !

— Mais oui, vous me présenterez le jeune homme. M. Paul a son titre de pharmacien en poche, c'est une bonne affaire pour ma fille, elle aura à ma mort mille livres de rentes, avec une petite pharmacie que son époux achètera, ils seront très heureux.

— C'est ma conviction, mais..

— Il y a un mais, dit le malade ?

— Oui, il y en a un, Monsieur Paul

— A propos, Monsieur Paul, Monsieur Paul, vous dites, toujours M. Paul, mais ça, c'est un nom de baptême, croyez vous que je sois distrait, je ne vous ai pas encore demandé son nom de maison

Le pharmacien fit un effort et répondit :

— Il n'en a pas !

— Comment avez-vous dit, reprit le malade en se dressant sur son lit.

— J'ai dit qu'il n'en avait pas !

— Mais vous êtes fou de me parler de la sorte, dites tout de suite que c'est un enfant trouvé.

— Vous l'avez dit.

— Et vous osez venir proposer un pareil mari à ma fille, mais c'est de la démence.

— Ce n'est pas un crime d'être un bâtard

— Ce n'est pas un crime soit; mais, c'est par le fait d'un crime qu'on le devient!

— L'enfant ne peut en être responsable.

— D'accord, mais la société ne l'entend pas ainsi ! Un bâtard à ma fille, mais vous n'y songez pas. mon ami !

— Oui, j'y songe puisque je vous l'ai proposé

— Et vous vous bercez de l'espoir que j'accepterai un pareil gendre.

— Pourquoi pas !

— Détrompez-vous et ne me parlez plus de cette affaire, vous y perdriez vos peines.

— Vous ne reviendrez pas sur cette décision ?

— Elle est inébranlable.

— Mais cependant les deux jeunes gens s'aiment.

— Que voulez-vous que j'y fasse.

— Vous n'allez pas ainsi les laisser mourir.

— Ta, ta, ta, on ne meurt pas d'amour, ces choses là ne se trouvent que dans les romans.

— C'est votre dernier mot ?

— C'est le dernier.

— Eh ! bien, Monsieur Paul tout court, portera mon nom dans huit jours, je l'adopterai.

— Vous auriez dû commencer par là, dit le malade, toute cette discussion n'aurait pas eu lieu.

— Au r, voir, monsieur Rippert, lorsque les formalités que je vais commencer dès demain seront prêtes, je reviendrai vous voir et vous amènerai mon protégé.

— Vous serez le bienvenu dit le malade en saluant le pharmacien de son plus gracieux sourire.

Le pharmacien retourna chez lui.

Dès que Paul l'aperçut ;

— Eh ! bien lui dit-il ?
— Eh ! bien, c'est fait !

— Oh ! je vous en prie, dit le jeune homme, ne me trompez pas, si vous saviez combien je l'aime !
— Il a accepté te dis-je.

— Mais il n'a fait aucune difficulté quand vous lui avez dit que j'étais un enfan naturel ?

— C'est-à-dire qu'il n'a plus voulu entendre parler de toi.
— Et alors ?

— Alors comme j'ai compris que je ne le convaincrais pas, j'ai employé un système bien simple
— Lequel ?
— Je t'ai adopté et je t'adopte en effet !

Le jeune homme tomba à genoux et saisissant les mains de cet homme de cœur il les arrosa de ses larmes sans avoir la force de prononcer une parole de remerciment.

Hélas ! le bonheur de Paul devait être de courte durée, le lendemain au moment ou son protecteur allait sortir pour s'occuper de lui, ce dernier tomba frappé d'apoplexie foudroyante sur la porte de son magasin

Le désespoir de Paul fut terrible, il accompagna son bienfaiteur jusqu'à la dernière demeure et à partir de ce moment le fils du pharmacien ne le revit plus

Les grandes douleurs ont une telle influence sur le moral des hommes qu'il est rare qu'elles ne laissent pas des marques terribles de leur passage dans l'organisme humain.

Paul, en perdant son maître, perdit du même coup sa fiancée il erra longtemps sans trop savoir ce qu'il faisait, plusieurs fois la pensée d'un suicide se présenta à son esprit, mais il la repoussa chaque fois avec horreur ; Paul était religieux et il ne croyait pas avoir le droit d'attenter à sa vie

Une espèce d'idiotisme s'empara de lui, il avait toute la barbe à cette époque, il se fit raser complètement, sans ressources, sans amis, n'ayant aucun goût pour le travail, il serait infailliblement mort de faim, si un jour l'impérieux besoin de prendre ne l'avait forcé à tendre la main

C'est ainsi que sans le vouloir il arriva jusqu'à la Cour des Miracles, où il rencontra le roi des Gueux, qui avec sa rare intelligence comprit que cet homme, s'était fourvoyé comme lui, dans l'association.

Paul raconta son histoire et devint Cul-de-Jatte, ces deux hommes avaient trop souffert pour que l'amitié la plus vive ne les unît étroitement.

A partir de ce moment, ils ne se quittèrent presque plus.

Nos lecteurs comprendront maintenant pourquoi le roi des Gueux avait une telle confiance en Cul-de-Jatte

A présent qu'ils connaissent comme nous tous les héros de notre histoire, nous allons reprendre notre récit sans l'interrompre, car il est temps enfin que nous leur donnions des nouvelles d'Adrien et de la Béquillarde que la confession du roi des Gueux et de Cul-de-Jatte nous a fait un moment perdre de vue

---

XII

NOUVELLES DES VOYAGEURS

Les deux amoureux en quittant Marseille se rendirent directement à Genève.

Ils arrivèrent dans la patrie de Guillaume-Tell qu'ils ne connaissaient ni l'un, ni l'autre, le cœur plein, la joie dans l'ââme.

La Suisse, avec ses grands monts couverts de neiges éternelles, avec ses lacs rêveurs, avec ses campagnes resplendissantes, produisit un effet immense sur Adrien il tomba en admiration devant ces beautés de la nature

La Béquillarde, elle, ne voyait qu'une chose, Adrien !

Elle regarda indifféremment toutes ces merveilles, elle était avec son amant, le reste lui importait peu.

Les jeunes gens restèrent huit jours à Genève, ils allèrent de là à Bâle, puis à Zurich ; ils étaient toujours amoureux et passaient la vie gaîment, lorsqu'un jour ce ciel serein eut un nuage.

Adrien et Blanche étaient au bord d'un lac tranquille, les grands arbres se reflétaient harmonieux dans l'eau grise et le regard était presque effrayé de voir, tant cette eau était dormante, le ciel en haut et le ciel en bas, le lac était un vaste miroir renversant la terre et précipitant les profondeurs du ciel sous les pas !

Adrien regardait avec enthousiasme ce magnifique tableau lorsque Blanche l'appela :

— Adrien, dit-elle, viens t'asseoir près de cet arbre à côté de moi.

Le jeune homme s'arracha à sa contemplation et vint se placer à côté de la jeune fille.

— Comme c'est beau cette campagne, dit-il, ne pouvant détacher son regard du panorama splendide qui se déroulait devant lui.

— C'est beau en effet, dit Blanche, mais qu'est-ce que toute cette splendeur sans toi, sans toi, que j'aime !

— Eh ! bien fit Adrien, ne me possèdes-tu pas tout entier ?

— Hélas ! non, reprit la jeune fille rêveuse !

— Qui te fait supposer cela ?

— Sois franc, Adrien, avoue que tu n'as ici tout ton cœur et que tu en as laissé la moitié à Marseille !

Adrien se troubla, il regarda Blanche avec étonnement, elle était triste et ses yeux pleins de larmes.

— Mais qu'as-tu donc dit le jeune homme en l'attirant sur son cœur et la baisant au front.

— J'ai, que tu ne m'aimes pas comme je t'aime, j'ai, enfin que ton amour ne me suffit pas !

— Mais tu es folle, Blanche ! n'ai-je pas tout laissé pour toi, mon père, mes habitudes, ma maison où j'étais comme un dieu ! Quelles preuves d'amour faut-il donc te donner encore.

— Il faut que tu m'aimes et que tu n'en aimes pas d'autres !

— Qui te fait supposer que j'en aime une autre.

— Cette lettre, dit la jeune fille en sortant une feuille de papier plié en quatre et qu'elle avait prié quelqu'un de lui lire.

Adrien devint pâle et devina tout, mais se remettant aussitôt.

— Cette lettre, mais c'est tout simplement un brouillon dont je n'ai jamais fait de copie.

— En admettant le cas, il n'en n'est pas moins vrai que tu as fait le brouillon et que tu as dans l'âme ce qu'il contient ; pourquoi ne caches-tu pas mieux tes correspondances, je ne demande pas à savoir, moi, si en dehors de l'amour que tu me portes, un amour plus pur et plus chaste existe dans ton cœur !

Oh ! Adrien, s'écria-t-elle

Je ne veux pas que tu soies mon esclave, je ne veux pas en un mot t'empêcher d'aimer celle qui mérite de l'être plus que moi ; mais pourquoi me le laisser
comprendre, pourquoi jeter ce fiel dans mon âme ? Adrien, Adrien, dit-elle en
l'embrassant avec transport, pourquoi ne pas être plus maître de toi, pourquoi
laisses-tu traîner ainsi sur ton bureau le secret de ton cœur !

Adrien était atterré, il ne savait que répondre, le brouillon de la lettre qu'avait
trouvé la Béquillarde était adressé à Antonia !

— Mais je t'assure... balbutia-t-il !

— Ne m'assure rien, il est inutile de mentir reprit Blanche. D'ailleurs, je sais tout ; je n'ai pas voulu t'en parler avant notre départ, mais je t'ai vu à travers les persiennes avec cette jeune fille que tu nommes Antonia ; et lorsque tu es revenu et que tu m'as trouvée tout en larmes, c'était à cause de cela ; mais tu m'as parlé de notre départ aussitôt et j'ai senti alors que tu m'aimais assez pour quitter l'autre Voilà pourquoi je me suis tue, mais, hélas ! je comprends aujourd'hui que je suis de trop puisque tu es obligé de verser le trop plein de ton cœur dans une correspondance amoureuse !

— Blanche, dit le jeune homme, tu exagères ma faute, j'avoue que je suis coupable d'avoir écrit cette lettre, mais je te jure qu'elle n'a pas été envoyée à son adresse.

Adrien mentait ; il en avait pris l'habitude, ayant deux amours dans le cœur, il ne pouvait être vrai avec l'un sans mentir à l'autre.

Depuis dix jours, il recevait des lettres d'Antonia auxquelles, il répondait ; par une fatalité inexplicable, il avait laissé tomber la dernière de sa [f]poche et la Béquillarde l'avait trouvée.

— Tu sais tout, dit Adrien, après un moment de réflexion, et que sais-tu ? Tu sais que je me suis amouraché avant de te connaître, d'une petite fille, est-ce un crime ? tu es arrivée et je t'ai aimée et je suis parti avec toi ; si j'avais bien aimé Antonia, l'aurais-je laissée ainsi ? Ai-je hésité un seul instant lorsqu'il s'est agi de partir ? As-tu compris qu'un souci vivait dans moi ? N'ai-je pas été autant amoureux après mon escapade ? Chasse tes craintes ma Blanche bien-aimée, nous sommes loin de la France, loin de mes amours puis que tu veux quand même que j'en aie laissé derrière moi et souris-moi comme toujours.

Ne pleure plus, mon adorée, les larmes rougissent tes yeux et altèrent tes traits, je ne vois plus les rayons de tes regards lorsque des pleurs les couvrent ; viens, nous allons oublier au bord de ce lac majestueux ma faute et ta douleur.

Et le jeune homme se dressant donna la main à Blanche qui se dressa à son tour et se jeta dans les bras d'Adrien.

— Je suis folle dit-elle en l'embrassant, pardonne-moi, je suis égoïste et mauvaise, j'ai tellement peur de te perdre que la moindre des choses me jette dans des transes mortelles.

— Je t'aime, dit Adrien en embrassant à son tour la jeune fille qui sembla renaître à ces mots et sous ce baiser.

Les jeunes gens promenèrent au bord du lac, dont les eaux mourantes s'étendaient à perte de vue.

C'était une promenade délicieuse et nous comprenons le chant du poète Lamartine, nous comprenons son adorable génie réveillé par ce lac qu'il a chanté.

De chaque côté, des arbres séculaires élevaient leurs rameaux verts dans l'azur bleu, des fleurs, des myrthes sauvages, toute une végétation pleine de sève en un mot, sortait comme par enchantement de cette terre féconde.

Bienheureux ceux qui peuvent vivre et aimer au sein de ce paradis terrestre ; les misères d'ici-bas, les douleurs et les larmes n'existent plus devant ces chefs-d'œuvre immortels de la nature.

L'âme la plus corrompue et la plus viciée, l'âme qui ne croit plus à rien, sent peu à peu le mystère de l'infini l'envahir et l'étteindre.

On comprend la force et la puissance de l'être suprème, lorsque l'on considère ces monts majestueux, ces lacs que l'eau du ciel alimente et ces arbres gigantesques qui y puisent leur vie.

Lh'omme s'y trouve petit et misérable, son impuissance s'y révèle à chaque instant et à force de relever la tête pour contempler ces merveilleuses beautés, il l'abaisse à un moment donné sous la majestueuse et imposante grandeur de ce travail divin.

Les deux amants après s'être promenés bras dessus bras dessous, rentrèrent à l'hôtel accompagnés d'un formidable appétit.

Après un solide repas, Adrien qui notait ses impressions de voyage sur un album, se retira dans sa chambre pour les traduire.

Blanche était donc seule lorsque le garçon de l'hôtel apporta une lettre pour M. Adrien.

Voyant la jeune fille, il la lui remit avec prière de la faire parvenir à son adresse.

La Béquillarde ne savait pas lire, mais un secret pressentiment l'assaillit et cette ettre lui brûla les doigts.

Comment faire pour en connaître le contenu ? la jalouse enfant sentait que cette lettre était d'Antonia, elle voulut savoir quand même à quoi s'en tenir à ce sujet et elle sortit, recommandant au garçon de dire a Adrien, si ce dernier la demandait, qu'elle était allée en ville et rentrerait bientôt.

Elle se rendit chez un traducteur de lettres françaises, et lui présenta la sienne qu'au préalable elle avait retirée de l'enveloppe.

Voici ce qu'elle contenait :

Mon cher Adrien,

« J'ai reçu vos deux amoureuses épîtres et suis heureuse des sentiments nobles et élevés qu'elles contiennent.

« Voilà un peu plus de deux mois que vous êtes parti, le temps approche enfin où vous pourrez vous présenter à mon père la tête haute.

« Pardonnez-moi de ne pas vous avoir écrit plus tôt mais vous savez que je ne suis pas libre de mes actions et qu'il faut que je fasse toutes mes lettres en cachette.

« N'en augurez pas par là que je ne pense pas à vous.

« Vous êtes dans tous mes rêves et dans toutes mes prières

« Je sens que vous n'êtes pas là et j'en souffre beaucoup ; vos lettres me font un grand bien ; écrivez-moi souvent ; c'est une façon indirecte de vous avoir auprès de moi.

« J'admire votre style qui me fait assister de loin à vos promenades magnifiques et mon plus grand désir est, quand vous serez devenu mon époux, d'aller les refaire avec vous.

« Je ne prolonge pas cette lettre, j'ai peur d'être surprise, je vous envoie tout mon cœur que vous possédez déjà et suis avec amour

« Votre fiancée

ANTONIA. »

Lorsque le traducteur eut terminé la lecture de cette lettre Blanche était pâle comme un cadavre.

Après avoir payé cet homme, elle sortit, la tête lui tournait, un malaise horrible lui saisissait le cœur : elle ne savait plus que faire.

Elle s'assit un moment sur un banc qui se trouvait là et resta pendant une demi-heure ainsi, la tête penchée sur la poitrine et les yeux sans regard.

Elle eut un moment la pensée de ne plus retourner à l'hôtel mais elle voulait revoir Adrien.

— Ainsi, se disait-elle, il m'a menti et me ment encore tous les jours ; il aime Antonia ; il lui écrit et il m'accable de caresses.

Mais c'est horrible cela, mais il n'a donc pas de sentiments, pas d'âme, pas de cœur ; car, il n'aime ni l'une, ni l'autre ; il n'est pas possible qu'il nous aime toutes les deux à la fois et de la façon qu'il veut bien le dire.

Je ne peux pas vivre ainsi, disait la malheureuse avec angoisse, vivre ainsi, mais c'est mourir peu à peu, il faut que je le voie, il faut que je lui parle, non, non, je ne le verrai plus, je fuirai, je mourrai.

J'avais vu le bonheur dans un rêve ; rêve trompeur ! illusion horrible ! Je ne peux pas, je ne veux pas devenir encore la mendiante à qui l'on jette avec pitié de quoi ne pas mourir de faim !

Je m'appelle Blanche et non pas la Béquillarde ! La Béquillarde est morte, elle n'est plus dans la boue, elle en est sortie ; qui donc reconnaîtrait sous ce costume la gueuse de la Cour des Miracles, la femme à la béquille, le courtisane de la rue de l'Échelle.

Adrien m'a tendu la main, Adrien m'a sauvée, je veux l'aimer, je veux qu'il m'aime et je ne veux pas mourir.

Oh ! mon Dieu ! être montée si haut pour descendre si bas ; rêver l'ivresse éternelle et se retrouver dans l'éternelle misère, c'en est trop, et je me révolte à la fin contre cette volonté barbare qui fait de moi son jouet et sa victime !

Oui, mais malheureuse, Antonia est chaste et tu ne l'es pas, Antonia c'est l'ange et toi, toi mendiante, toi, prostituée, toi, tu n'es que le démon !

De quel droit prendrais-tu la place de cette enfant pure et sans fautes; tu es marquée au front toi, tu es à tout le monde ; tu es à la rue, au ruisseau, à la boue, aux mendiants, à tout ce qui est bas et vil, tu es à tout le monde justement parce que tu n'es à personne.

Adrien aime Antonia par ce qu'il ne peut pas aimer la Béquillarde, c'est logique, est-ce qu'on m'a jamais aimée moi, est-ce que l'on peut m'aimer ; allons donc fille de la boue, reste dans ta sphère, ne lève pas ton front, il n'est pas fait pour la lumière, n'ouvre pas ton cœur, il doit rester fermé, demeure idiote et stupide, demeure sans âme et sans cœur, demeure haïe, méprisée, sans amour ; sans affection, meurs ou vis, qu'importe ! ta mort comme ta naissance, n'intéressent personne-

Et j'en suis là pourtant, dit-elle en se tordant les mains et pleurant à grosses larmes.

Pitié, mon Dieu, c'est trop ! si vous ne deviez pas me laisser Adrien, pourquoi m'avez-vous permis de l'aimer, ne vous lasserez-vous pas de me torturer, de m'arracher le cœur et l'âme, mon supplice n'est-il donc pas encore terminé ?

Oh ! mourir, mourir ! Oui c'est cela ; je mourrai et il deviendra libre et il pourra aimer Antonia sans crainte car je ne serai plus un obstacle à son amour !

Blanche se leva, son visage était calme, elle essuya ses yeux et se dirigea vers l'hôtel. Elle monta à la chambre d'Adrien, ouvrit la porte sans bruit et son regard s'attacha sur le jeune homme qui ne l'ayant pas entendue venir continuait à écrire.

— Adrien, dit Blanche doucement.

Il se retourna en tressaillant et vit que la jeune fille était très-pâle

— Tu es fatiguée, dit-il avec intérêt.

— Beaucoup, et je voudrais sortir, cela me ferait du bien.

— Sortons alors tout de suite.

— Oh ! Adrien dit tout à coup Blanche en se précipitant aux pieds du jeune homme.

— Mais qu'as-tu fit celui-ci en la relevont.

— Sortons, sortons répondit-elle !

Adrien prit le bras de Blanche et tous deux allèrent vers la campagne.

Blanche avait les yeux baissés, Adrien était distrait, ils marchèrent silencieusement pendant quelque temps, lorsque la jeune fille s'arrêtant tout-à-coup :

— Tu m'aimes bien, n'est-ce pas, lui dit-elle ?

— Encore cette question, fit Adrien d'un ton de reproche.

— Ah ! c'est que vois-tu, j'ai besoin aujourd'hui d'en être bien sûre : je me sens fatiguée. il me semble que je vais mourir ! Allons du côté du torrent, sur le pont qui est là-bas, la fraîcheur de l'eau qui se précipite dans le lac me reconfortera·

— Tu m'inquiètes, dit Adrien en pressant le bras de Blanche.

— Hélas, mon ami, il y a de ces jours où il me semble que mon cœur va cesser de battre, mes tempes se gonflent et un bourdonnement inquiétant bruit à mes oreilles, mes yeux ne voient plus les objets comme à l'ordinaire, il me semble que la terre se dérobe sous mes pas, et que je tombe dans un gouffre au fond duquel je n'arrive jamais.

— C'est un cauchemar, ma Blanche bien-aimée, mais ne t'effraie pas, nous verrons un docteur.

— Oh ! un docteur ne me guérira pas.

— Pourquoi donc, demanda Adrien ?

— Une seule chose peut me guérir, c'est la mort !

Le jeune homme s'arrêta et regarda sa maîtresse.

— Mais tu déraisonnes, voyons Blanche, chasse ces rêves sombres et souris-moi, je t'aime !

— Tu crois m'aimer Adrien, mais tu ne m'aimes pas.

— Toujours les mêmes craintes !

— Hélas !... Tiens ! Adrien, je vais te demander une preuve d'amour, veux-tu me la donner ?

Le jeune homme sourit et répondit :

— Demande et s'il est en mon pouvoir de te la donner, je te la donnerai.

— Eh ! bien, j'ai commis une faute, et il faut que tu me la pardonnes

— Une faute ? Et laquelle, voyons parle.

— Me pardonneras-tu ?

— Certainement, ta faute ne peut pas être bien grande.

Ils avaient atteint un des côtés du pont ; le lac en cet endroit se précipitait avec impétuosité dans un gouffre effrayant et reprenait plus loin sa majesté sereine.

Ils gravirent les marches qui conduisaient à la passerelle.

— Il est arrivé ce matin dit Blanche, une lettre à ton adresse.

— Et... fit le jeune homme en pâlissant.

— Et je l'ai décachetée !

— C'est mal dit Adrien avec humeur.

— N'est-ce pas que c'est mal et que tu ne me pardonneras pas ?

— Cette lettre est de mon père ?

— Je n'en sais rien, puisque je ne sais pas lire

— C'est juste dit Adrien tout-à-fait rassuré, en effet la Béquillarde ne savait pas lire, elle ne pouvait donc pas savoir qui lui avait écrit ; c'est du moins ce qu'il crut.

— Tu me pardonnes n'est-ce pas.

Adrien fit la moue et répondit :

— Ça n'est pas bien de décacheter mes lettres, Blanche, je te prie de ne plus recommencer, mais je te pardonne de bon cœur et ne t'en veux pas le moins du monde.

— Bien vrai, Adrien ?

— Bien vrai !

— Adrien, dit-elle tout à coup en éclatant en sanglots, Adrien tu ne m'as jamais aimée !

— Allons, voilà que tu vas recommencer !

— Adrien, voici la lettre que j'ai décachetée, elle n'est pas de ton père, elle est d'Antonia.

— Comment sais-tu cela ? Blanche, Blanche tu me fais peur ! Adrien avait pâli.

Ils arrivaient en ce moment au milieu du pont, le bruit de l'eau qui tombait dans l'abîme était assourdissant.

— Que t'importe que je le sache, cette lettre est d'Antonia que tu aimes et moi, tu ne m'aimes pas !

Le jeune homme était livide, Blanche, les yeux brillants, la chevelure en désordre, la lèvre frémissante, ressemblait à une folle.

— Oh ! Adrien, je t'en supplie, dis-moi que je me trompe, que je suis sous l'empire d'un cauchemar épouvantable, dis-moi que tu m'aimes, oh ! dis-le moi encore une fois !

Adrien la prit dans ses bras, l'embrassa à plusieurs reprises.

— Folle, lui disait-il en la couvrant de caresses ; folle qui crois que je ne l'aime pas !

Elle se dégagea tout-à-coup de l'étreinte du jeune homme et s'écria :

— Adrien, ne mens plus ainsi, ne mens plus : tu blasphèmes. Ne m'écoute pas, mens encore, mens toujours ! Mensonge ou vérité j'ai besoin de t'entendre encore me dire que tu m'aimes. Tiens, dit-elle, voici ta lettre.

Et lui sautant au cou comme une furieuse, elle le serra avec passion contre sa poitrine, le couvrit de baisers et de larmes, puis se dégageant soudain et s'écartant de quelques pas :

— Adieu, Adrien, dit-elle d'une voix forte.

Et elle se précipita dans l'abîme.

Le jeune homme courut à elle, mais trop tard.

Il la vit tournoyer dans l'espace et disparaître dans les profondeurs du gouffre où elle dut se briser.

Adrien tomba à genoux, cacha sa tête dans ses mains et des sanglots déchirants soulevèrent sa poitrine.

FIN DE LA DEUXIÈME PARTIE

La catastrophe du brik l'*Anna*.

TROISIÈME PARTIE

ADRIEN

I

LA VEILLE DE LA NOEL

Trois mois se sont écoulés durant les évènements que nous avons racontés.
Adrien dans quelques jours, c'est-à-dire vers la fin Décembre allait être majeur, malgré ce qu'avait dit le Roi des Gueux et ce que croyait le jeune homme, il ne devait avoir sa majorité qu'à la fin de l'année.

20ᵐᵉ Livraison.

Or : c'était le 24 décembre 1810 veille de la Noël.

Il était cinq heures du soir, et une foule énorme envahissait les rues de la ville.

Le soir du *gros souper* à Marseille est une fête ; aussi tous les magasiniers avaient-ils recouvert leurs étagères intérieures et extérieures de papier blanc ; sur ces étagères, ils avaient déposé les dindes, les dindonneaux, les grosses poulardes, etc . . .

Les raisins de malaga, les noies, les figues les amandes, regorgeaint des paniers

Les marchandes de nougats aboudaient à la halle Charles de la Croix et à la poisonnerie vieille.

Les ménagères avec leurs paniers à grandes anses allaient de magasins en magasins, touchant, tournant, retournant et marchaudant les objets dont elles voulaient s'approvisionner.

C'était un tumulte et un bouhaha indiscriptibles Les rôtisseurs étaient envahis, les marchands de brandade ne savaient plus où donner de la tête.

Les magasins étaient au pillage.

Les marchand s et marchands ambulants parcouraient les rues avec leurs immenses paniers d'osier, bousculant les passants et criant à tue-tête les prix de leurs denrées.

Beaucoup de Messieurs apparaissaient avec la pompe de Noel sous le bras, avec des provisions de toutes sortes dans un foulard.   .

Ce jour là, c'était grande fête dans toutes les familles.

Tout les parents se réunissaient autour d'une table et dans le même lieu.

On y mangeait la traditionnelle brandade, les choux au gratin, la pompe de Noël, espèce de gâteau fait au beurre et au sucre.

On y buvait le vin cuit du marchand de vin qui était bon alors, mais qui ne vaut plus rien aujourd'hui.

Quand le *gros souper* était terminé, vers dix heures, les enfants chantaient des Noëls et les grands parents qui se revoyaient en eux, les accompagnaient en faux bourdon.

Ces réunions de famille où la saine gaîté régnait, se prolongeait jusqu'a onze heures et demie, heure à laquelle tout le monde se levait pour aller à la messe de minuit.

C'était le bouquet de la soirée

Alors par bandes joyeuses on allait à l'église, où les orgues chantaient harmonieusement dans leurs longs tuyaux de fer blanc les Noëls les plus en vogue ; puis, on faisait le réveillon, espèce de tapage nocturne, que tous les jeunes gens chérissaient.

Certes, à cette époque là, on ne se serait pas couché, sans avoir fait un peu de bruit dans les rues ; on chantait, on riait, puis quand harassés de fatigue, tous avaient assez chanté et ri, chacun regagnait son domicile respectif et le silence planait de nouveau sur la ville endormie.

Mais aujourd'hui, ces charmantes habitudes tendent à disparaître, est-ce un bien est-ce un mal ? certes, nous avouons que ces fêtes de famille avaient un charme exquis ; en ce temps les liens étaient plus étroits ; les amitiés plus vives, les enfants avaient plus de respect pour leurs parents ; on s'amusait avec peu et les dépenses qu'on en faisait, se faisaient en commun.

Les bons vieillards étaient choyés, respectés, on écoutait avec patience leurs récits d'autrefois, ils avaient toujours les places d'honneur à table et leurs moindres caprices étaient satisfaits immédiatement.

Aujourd'hui que voyons nous ? Les enfants appellent le grand père : le vieux !

Et lorsque les grands parents viennent assister à une fête de famille ils sont importuns aux jeunes soit parce qu'ils ont des idées rétrogrades, soit encore parce que l'amour qu'on leur porte n'est pas assez grand pour s'incliner devant leurs manies bien pardonnables.

Aussi les fêtes de famille, ne sont-elles plus de nos jours, ce qu'elles étaient autrefois, une espèce de gêne, nous dirons même de froideur y règne, l'amour filial n'étant pas assez cultivé, les vieux parents ennuient leurs enfants, qui ont des habitudes de luxe et de plaisirs

Jadis les fêtes de la Noël, de Pâques et de la Pentecôte étaient des jours de réunions intimes ; aujourd'hui l'égoïsme est tellement entré dans nos mœurs que chacun vit pour soi et éloigne de chez lui ceux qui tiennent à sa vie par les liens les plus sacrés

Aussi de jour en jour, les enfants deviennent-ils plus insolents, ils sont peut-être plus instruits qu'autrefois, mon Dieu, nous le reconnaissons bien volontiers, mais à notre avis l'éducation du cœur passe avant celle de l'esprit !

Avant d'apprendre à l'enfant à compter, il faut l'apprendre à aimer.

Si vous jetez dans son esprit toutes les sciences, son cœur restera vide ; vous aurez élevé son intelligence, mais vous aurez abaissé son cœur.

Aujourd'hui, c'est ainsi que l'on élève les enfants, on en fait des hommes instruits c'est vrai, mais incapables la plupart du temps d'aimer et de respecter ceux qui se sont sacrifiés pour eux.

Est-ce bien là le rôle de la société ? et ne fait-elle pas fausse route ?

Ne faut-il pas que l'enfant avant de connaître les premières notions des sciences connaisse son cœur et soit bien pénétré de ceci : qu'il a un père et une mère qu'il doit aimer et respecter !

Qu'il n'est pas seul en ce monde, qu'avant d'arriver à l'âge de raison, il a été l'objet de tous les soins de toutes les sollicitudes, que ses parents se sont privés quelquefois, pour le faire grand et fort du strict nécessaire. Ne faut-il pas que cet enfant le sache pour qu'il soit reconnaissant, pour que son cœur dès qu'il battra soit rempli de ceux qu'il doit aimer ? Si on ne le lui dit pas, si pressé de l'instruire son professeur bourre son esprit de toutes les sciences arides et ingrates et lui laisse ignorer tout ce qu'il doit à ceux qui l'ont mis au monde ; cet enfant deviendra peut-être une lumière, mais il sera sans cœur.

Il ne pourra pas savoir ce qu'on ne lui aura pas appris et à moins que sa nature ne supplée à l'éducation qu'on aurait dû lui donner, il grandira, ainsi, sans affection, sans amour pour personne, ingrat avant d'être un homme, méchant quand il le sera.

Ces faits malheureusement vrais, sont les effets fatals d'une éducation frisant l'athéisme.

Le libéralisme qui de nos jours enveloppe les masses, souffle sur elles, son incrédulité moqueuse, la religion, base de la moralité est méprisée et conspuée, certes nous ne sommes pas dévots et nous sommes heureux de vivre dans un siècle libéral où toutes les intelligences, peuvent affronter la lumière, où toutes les classses peuvent se tendre la main.

Mais nous sommes de ceux qui croyons à la religion, non pas dans ce qu'elle a de théâtral, mais dans ce qu'elle a de mystique et de divin ; l'enfant à besoin de religion, il en a besoin pour élever son âme, pour avoir une crainte, pour savoir prier.

Nous avouons avec humilité que dans les grands évènements de la vie et surtout dans les grandes douleurs, prier est parfois un allègement de peines ; savoir prier, c'est souvent, savoir souffrir !

Certes, nous ne voulons pas dire par là, que nos enfants doivent porter une soutane, non, nous voulons dire seulement ceci : La jeunesse a besoin de morale, et la morale est toute tracée dans la religion du Christ.

Fermons cette parenthèse qui nous a entraîné plus loin que nous ne voulions aller. Que le lecteur veuille bien nous pardonner cette digression un peu intempestive et que les libres penseurs s'il en est qui nous lisent aillent au chapitre suivant où nous leur promettons qu'il ne sera plus question, d'eux ni de nous.

II

LE GROS SOUPER A LA COUR DES MIRACLES

Nous avons dit que trois mois s'étaient écoulés.

Or : depuis cette époque, le Roi des Gueux et la Béquillarde n'avaient pas reparu à la Cour des Miracles.

Cul-de-Jatte avait remplacé le Roi des Gueux, c'est lui qui était devenu le président de l'association par interim.

Au moment ou nous reprenons notre récit, il était deux heures du matin.

Nous transporterons encore une fois nos lecteurs à la Cour des Miracles ou régnait une agitation inaccoutumée.

Les mendiants y arrivaient peu à peu, l'un avec son violon, l'autre avec son orgue, celui-ci avec sa béquille, celui-là avec son chien, un cinquième avec son bandeau et ainsi de suite.

Au milieu de la salle les mendiants avaient posé des trépieds sur lesquels ils avaient allongé de très longues planches.

Le père Tonin chargé par les Gueux de dresser le couvert, montait et descendait les marches que nous connaissons avec une dextérité toute juvénile ; il remontait les bras vides et redescendait avec des bouteilles, des carafes, des plats, des assiettes, des couteaux, etc la table improvisée commençait a être pleine de ces objets

Les gueux allaient faire, eux aussi, le gros souper, car la veille de la Noël étai[t] pour ces gens-là une des plus belles journées de l'année.

En attendant de se mettre à table, ces *messieurs* absorbaient une quantité considérable de vermouth et d'absinthe et tuaient le temps en faisant des parties d'écarte, de dominos et de dés

La salle ressemblait plutôt à un vaste restaurant, à une immense buvette qu'à un abri servant d'asile à des mendiants.

Ces *messieurs* et ces *dames* aimaient d'ailleurs les bons morceaux, faisaient bonne chère, ne se privaient de rien et menaient joyeusement la vie

Peu ou presque pas de travail, ceux à qui leur industrie permettait de devenir gras se laissaient parfaitement faire, car il est très admissible qu'un manchot, un Cul-de-Jatte, un boiteux soient florissants de santé tandis qu'il est anormal de voir des épileptiques, des poitrinaires défier Hercule.

On n'attendait plus que quelques convives, ils avaient dû probablement s'arrêter dans quelques buvettes pour se désaltérer.

Notre ancienne connaissance Cul-de-Jatte, était à une table avec le boiteux, l'Éclopé et le Borgne guéri depuis longtemps.

— Ainsi, dit le Boiteux s'adressant à Cul-de-Jatte, tu crois que le Roi des Gueux est mort ?

— Je le crois, dit ce dernier, car depuis deux mois et demi je ne l'ai vu nulle part ; je savais qu'il avait un domicile en ville, je suis allé voir s'il y était, mais les voisins m'ont dit qu'ils ne connaissaient pas le vieux qu'ils ont à peine entrevu quelquefois

— Tu crois dit le Borgne que quelqu'un l'aura tué ?

Tout me le fait supposer et je croirais que c'est toi, dit l'Éclopé en désignant le Borgne, si cette nuit là, tu n'avais pas été cloué sur ton lit de douleur.

— Allons donc, dit l'Éclopé, vous faites des suppositions toutes plus absurdes les unes que les autres Le vieux nous a bel et bien lâchés, il avait de l'argent, il est allé n'importe où jouir de ses rentes ; nous l'embêtions, il est parti

— Cependant reprit Cul-de-Jatte, le 14 septembre à dix heures du soir, des passants ont aperçu une mare de sang derrière l'église Saint Martin et c'est depuis cette époque que le Roi des Gueux a disparu ; cette coïncidence là n'explique rait-elle pas la disparition du vieillard ? Quelqu'un après l'avoir assassiné et dépouillé , car il avait de l'argent sur lui, quelqu'un ne l'aurait-il pas fait disparaître ? Ma conviction est que notre chef est bien mort et mort assassiné !

— C'est croyable, fit le Boiteux en se versant trois doigts d'absinthe, mais pourtant, nous l'aurions su, le vieux était très riche et la police aurait bien fini par découvrir sa retraite, car les voisins ne voyant plus venir le locataire auraient parlé, ça aurait fait du bruit.

— Oui, reprit Cul-de-Jatte, s'il avait été un locataire comme les autres, mais le Roi des Gueux, restait quelques fois deux mois d'aller chez lui et lorsqu'il y

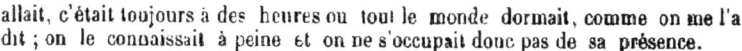
allait, c'était toujours à des heures ou tout le monde dormait, comme on me l'a dit ; on le connaissait à peine et on ne s'occupait donc pas de sa présence.

— C'est vrai ça dit le boiteux.

— Ce qu'il y a de plus étaange dans cette histoire. c'est que la disparition est double, c'est que la Béquillaede a disparu en même temps que le Roi des Gueux.

— En effet continua Cul-de-Jatte ; à la rigueur on peut s'expliquer d'une façon ou d'un autre comment le vieux s'est éclipsé. mais la Béquillarde qu'est-elle devenu ?

— La Béquillarde répondit l'Eclopé. eh ! parbleu, voila l'explication ; la Béquillarde a suivi le chef qui avait de l'argent

Ils sont probablement allés faire un voyage sentimental dans quelque coin ignoré.

— L'Eclopé a peut-être raison !

— Ne croyez pas ça dit Cul de-Jatte, vous connaissez l'œil trouble, depuis longtemps et vous conviendrez avec moi qu'il est incapable d'avoir commis une bourde pareille

— On fait des bêtises à tous les âges dit sentencieusement l'Eclopé.

— Allons donc ! Je vous dis, moi, que notre président n'a pas fait cette bêtise je vous dis moi qu'il est mort et bien mort.

— Tu sais peut-être quelque chose l'Eclopé ?

— Je ne sais absolument rien, mais tout fait supposer qu'il a été tué et enterré e jour même du crime par l'assassin

— Mais alors, et la Béquillarde, demanda l'Eclopé.

— Ah ! ceci est plus difficile répondit Cul-de-Jatte, là, j'avoue que je m'y perds !

Tu vois bien dit le boiteux qu'il y a la dessous un mystère impénétrable, quelque chose que nous ne pouvons pas nous expliquer.

La conversation fut interrompue par la voix de Tonnin qui cria à tue-tête et en se frottant les mains :

— A table, les enfants, à table !

Un hurrah de contentement accueillit cette exclamation.

Tous les gueux se dressirent.

Certes tous les mendiants n'y étaient pas, car la Cour des Miracles aurait été rop è troite pour les contenir, mais ils étaient bien près de deux cents

Le tableau qu'offrait la réunion de tous ces types était vraiment saisissant.

Un peintre dont le génie eut été assez grand pour le reproduire aurait fai une œuvre immortelle.

Toutes ces figures sales tous ces haillons, tout cet ensemble de visage avinés et crasseux étai t ignoble , les femmes surtout étaient plus horribles que les hommes.

Sans pudeur aucune, leur costumes débraillés laissaient à nu leur formes plus on moins conservées ; la chair vivait dans ce lieu avant toutes choses et la honte ne s'y connaissait pas.

La prostitution, cette lèpre envahissante s'y montrait dans toute sa hideur.

Chacun avait pour ainsi dire la sienne et les femmes de cinqantes ans ne se faisaient pas scrupules d'avoir des amants de vingt ans !

Les mendiants prirent place autour de la table et Cul-de-Jatte s'étant mis au centre en sa qualité de président par interim laissa pourtant à côté de lui le fauteuil présidentiel vide.

— Au fauteuil ! au fauteuil Cul-de-Jatte crièrent les mendiants !

Ce dernier se dressa et d'une voix émue commença une espèce de discours dont n ous donnons a peu près la forme !

— Mes chers compagnons dit-il, je vous remercie de la bienveillance que vous avez pour moi ; mais avant d'accepter le fauteuil présidentiel, permettez-moi, de vous rappeler qu'il y a un an à la même époque ce fauteuil n'était pas vide et que le roi des gueux y était !

Le roi des gueux a trop fait pour nous tous, pour que son souvenir ne soit pas encore parmis nous.

— Bravo, bravo, dirent les mendiants, sauf pourtant l'Eclopé et le Borgne.

— Or avant de commencer notre agape fraternelle, il est de mon devoir de vous le rappeler.

Notre chef à disparu depuis le 15 Septembre de l'année courante, qu'est-il devenu, personne n'a jamais pu le dire, cet évènement important pour nous, car il nous prive de la tête la plus intelligente et la plus dévouée de l'association ; demeure enveloppé de l'ombre la plus complète. Je suppose que le roi des geux est mort assassiné !

Avant de commencer notre repas, je propose donc de boire à la mémoire du roi des Gueux, s'il est mort, cela ne peut pas lui faire du mal, s'il est vivant cela lui portera bonheur.

Un d'entr'eux ancien employé de commerce.

Bravo, bravo brav répétèrent par trois fois les mendiants.

Les verres se remplirent et Cul-de-Jatte levant son verre cria d'une voix reten-
tissante :

— A la santé du roi des Gueux !

— A la santé du roi des Gueux répétèrent les compagnons.

— Merci, mes amis dit une autre voix puissente, je ne laisserai pas mon fauteuil
vide ce soir ; me voilà !

27ᵐᵉ Livraison.

Et un homme s'avança vers le fauteuil présidentiel

— Le Roi des Gueux, le Roi des Gueux hurlèrent deux cents voix,

Il y eut un tumulte indescriptible, chacun se leva et se précipita vers le vieillard qui fut littéralement assailli

En ce moment l'Eclopé ayant fait le tour de la table profitait du tumulte pour disparaître ; mais Cul-de-Jatte qui ne l'avait pas perdu de vue le saisit au moment où il allait mettre le pied sur le premier escalier.

— Reste donc là lui dit-il, tu as peur des revenants ?

— Moi pas du tout.

— Où vas-tu alors ?

— Il faut que je sorte.

Tu sortiras tout à l'heure !

Le Roi des Gueux n'avait rien perdu de cette scène, il vint au devant de l'Eclopé et lui dit avec un sourire étrange.

— Voyez donc, mes amis, voilà l'Eclopé qui s'en va lorsque j'arrive.

Un murmure de désapprobation accueillit les paroles du vieillard

L'Eclopé retourna à sa place

Le roi des Gueux s'installa dans son fauteuil et reprit d'une voix un peu émue.

— Cul-de-Jatte, mes amis, a fait le discours que j'avais à faire, je me crois donc dispensé d'en faire un autre.

— Allez mes enfants, allez y gaiment, la séance est ouverte, vous pouvez commencer.

Et immédiatement les compagnons de la Cour des Miracles se précipitèrent sur la soupe que Touinin venait de verser.

CHAPITRE III.

Jugement de l'Éclopé

Les compagnons de la Cour des Miracles, firent honneur au souper servi par Tonnin.

Les mets disparaissaient à vue d'œil, et les bouteilles se vidaient avec un entrain admirable.

Les lazzis, les propos obscènes, faisaient le tour de la table, la dépravation des mendiants était profonde, aussi s'étalait-elle dans toute son horreur

Ces femmes débraillées et avinées, se penchaient de temps à autres sur leurs voisins, le corsage défait, les robes ouvertes, sans pudeur, sans honte, elles laissaient voir leurs seins que la débauche avait flétris

Nous avons essayé, dans un précédent chapitre, de dépeindre ce tableau dégoûtant ; tous les mendiants sans exception aimaient les plaisirs de la table.

Un d'entr'eux ancien employé de commerce qui avait quitté son bureau et ses livres pour entrer dans l'association, se faisait remarquer par ses descriptions de comptabilité en partie double.

Ces gens-là, privés de tous les plaisirs des honnêtes gens, c'est-à-dire des promenades, des réunions intimes, des théâtres, n'avaient qu'une seule passion : manger ! Nous nous trompons, ils en avaient une autre plus terrible : la passion de boire.

Il était rare, après ces agappes, de ne pas les voir se rouler sous les tables ivres-morts, il était rare aussi, que des querelles n'aient pas lieu.

Nous les surprendrons au moment où la conversation était le plus animée

— Le Roi des Gueux est ressucité, disait un petit vieux qui était au bout de la table, mais je le trouve un peu palot tout de même, il aura été dangereusement malade.

— Il est très fort, l'Œil Borgne, et une massue ne l'assommerait pas ; il nous dira bien à la fin du repas ce qui lui est arrivé

— Ah ! pour ça, il le faut, dit une grosse femme, je suis curieuse moi, et je n'aime pas les mystères ; mais le Roi des Gueux n'est pas cachotier, il nous dira ça

— Pourquoi diable l'Éclopé a-t-il voulu partir quand le Roi des Gueux est entré, demanda un autre.

— Mystère, dit un quatrième mendiant en se mêlant à la conversation ; je crois bien moi, ajouta-t-il en c ignant de l'œil, je crois bien qu'il est pour quelque chose dans la disparition du vieux.

— Et qui te le fait supposer ?

— Il n'est pas naturel de se sauver ainsi, quand on n'a rien à se reprocher !

— Tu as peut-être raison, dit le petit vieux, l'Éclopé nous a certainement caché quelque chose et nous allons probablement en apprendre de rudes sur son compte.

— Allons donc, fit la grosse femme, l'Éclopé avait besoin de respirer un peu l'air pur, voilà tout, et quand il s'est sauvé, c'est qu'il a vu que le vieux l'était

— Était quoi, demanda le petit vieux

— Sauvé parbleu répondit la grosse femme

Un grand éclat de rire accueillit cette facétie.

— Bravo, la Fouine, dit un des mendiants, tu as toujours de l'esprit comme quatre.

— J'en bois tant, parbleu, qu'il faut bien que ça sorte !

— Joli, dit le petit vieux, joli, le mot !

— Goûte-moi donc ça, dit celui qui était au bout de la table, après avoir débouché une bouteille de vin vieux et s'en être servi un bon verre qu'il avait vidé, goûte-moi ça, tu m'en diras des nouvelles, c'est un velours !

— Passe-moi du velours, dit son voisin

L'autre remplit le verre.

— Hum ! dit-il en le dégustant, c'est mieux que du velours, c'est de la soie, on dirait que l'on me frotte le larynx avec une feuille de rose ; verse encore, mon vieux, ajouta-t-il, un vin comme cela tuerait que je me laisserais volontiers tuer par lui !

— C'est égal, parlez-moi des journées comme celles-ci, dit un mendiant, les bonnes gens ont du cœur la veille de la Noël, ça se comprend, ils vont bien manger eux, et ils comprennent qu'il faut que nous mangions aussi J'ai fait, de onze heures à une heure du matin, vingt-cinq francs.

— Peuh ! dit un autre, j'en ai fait trente-cinq, moi ;

— C'est une blague !

— Tu ne le dirais pas encore une fois !

— C'est une blague !

— Tiens, il vaut mieux que tu te taises, vois-tu, parce-que autrement je te tords le cou.

— Alors, tu ne sais pas ce que je dirai dit l'autre en s'irritant, je dirai que tu n'as pas fait trente-cinq francs et que c'est une blague, je dirai que tu ne me tordras pas le cou et que c'est encore une blague !

— Ah ! oui, eh ! bien, nous allons voir.

Le premier mendiant se pencha sur la table saisit les cheveux de celui qui lui faisait face et commença à lui administrer une volée de coups de poings, l'autre en fit autant, il l'empoigna aussi par les cheveux et frappa à coups redoublés, le sang jaillit bientôt.

Le roi des Gueux se leva, se dirigea vers les combattants et prenant à bras le corps celui qui était de son côté, c'est-à-dire celui que l'on appelait le manchot il le leva de table, comme une plume et le jeta dans un coin avec une force extraordinaire. Le mendiant se mit à hurler, sa tête avait butté contre le mur et il s'était fracturé le crâne.

— Tous les mendiants applaudirent et crièrent :

— Vive le roi des gueux.

— Le manchot continua à hurler.

— Fourrez-moi dehors, ce pleurnicheur, dit l'OEil borgne en se rasseyant tranquillement.

Quatre mendiants l'empoignèrent et le portèrent dans la rue, où après avoir refermé la porte ils le laissèrent.

Les mendiants continuèrent leur repas, comme s'il ne s'était rien passé d'extraordinaire.

Les têtes commençaient à s'échauffer, les conversations devenaient de plus en plus animées ; un brouhaha effrayant avait succédé aux rires et aux propos obscènes.

Il était trois heures du matin et les compagnons de la Cour des Miracles etaien encore à table.

Peu à peu cependant les plats et les bouteilles étant vides ; quelques uns se dressèrent et commencèrent à allumer des bouffardes noires et culottées.

Au bout d'un instant la Cour des Miracles était un vaste fumoir.

Cul-de-Jatte se dressa à son tour et rétablit à grand peine le silence ; il n'avait pas l'intention d'attendre plus longtemps, car les gueux auraient été incapables alors, d'écouter le moindre mot et d'en comprendre le sens.

Ils n'étaient pas encore ivres, mais ils ne tardèrent pas à l'être tous.

On appela Tonnin, qui aidé d'une dizaine de mendiants enleva tout ce qui encombrait la table.

Alors le Roi des Gueux e leva et d'une voix puissante, dit :

— Compagnons, c'est avec un plaisir extrême que je me retrouve ce soir parmi vous, il s'en est fallu de peu que je ne puisse plus vous aider de mes conseils et vous secourir lorsque l'infortune vous accable

Je tiens à remercier publiquement Cul-de-Jatte, mon secrétaire qui, dans le moment pénible où je me suis trouvé, a fait preuve d'un tact et d'une énergie peu communes, sans lui, j'étais un homme mort ; sans lui, la Cour des Miracles perdait son chef, et je ne vous cache pas que le moment était mal choisi ; j'ai besoin de toute mon énergie et de toute mon intelligence pour faire face au coup qui nous menace·

Les mendiants s'étaient levés et une curiosité avide se peignait sur leurs traits

Le Roi des Gueux co tinua ainsi :

— Je ne puis encore vous dire de quoi il s'agit, mais fiez-vous à moi, je mettrai toute ma volonté, toute ma force à combattre la puissance qui doit étouffer la nôtre.

Quand le moment sera venu de parler, je parlerai.

A présent, mes chers compagnons, il faut que je vous parle un peu de moi.

Il y a parmi vous un lâche, un traitre qui a tenté de m'assassiner au coin d'une rue.

— A mort le traitre crièrent les mendiants.

L'Eclopé était pâle comme un cadavre

Vous savez que nous ne dénonçons jamais à la justice un des nôtres qui a commis un crime, nous faisons la justice nous-mêmes, parce que nous n'avons aucun intérêt à mêler la balance de Thémis a notre association.

Or : voici le crime qu'à commis un de nos associés.

Il marchait à côté de moi après une discussion assez vive je l'avoue, mais l'hypocrite, conservait une haine ardente dans son cœur

Je disais donc qu'il était à côté de moi, à ma droite était une femme que l'assassin voulait enlever.

Il attendit le moment propice et arrivé au coin de l'Eglise de St-Martin, il m'en fonça un couteau poignard dans la poitrine, je tombai de toute ma hauteur, alors jetant un mouchoir sur la bouche de la femme qui était avec nous, il la mit après sur ses épaules et voulut fuir, mais par un hazard providentiel quelqu'un se jeta entre ses jembes, le fit tomber et s'enfuit avec cette femme.

Notre associé est donc coupable d'abord, d'avoir voulu assassiner le Roi des Gueux et ensuite d'un rapt.

Avant de le nommer et d'après nos habitudes je demande à la cour quel est le châtiment qu'elle veut infliger au coupable.

— La mort crièrent tous les Gueux.

La vie d'un homme étant en jeu dit l'OEil Trouble. nous allons voter au scrutin secret.

Cul-de-Jatte découpa alors une certaine quantité de petits carrés de papier blanc et les remit aux compagnons.

— Ceux qui ne savent pas écrire dit le Roi des Gueux, feront une croix pour la mort et un zéro pour la vie.

Cul-de-Jatte fit passer un crayon et chaque compagnon écrivit son opinion sur le carré de papier blanc.

Quand tous les bulletins furent pliés on les remit à Cul-de-Jatte et ce dernier se mit en devoir de les lire à haute voix.

— Il les compta d'abord, il y en avait deux cents

— La mort dit Cul-de-Jatte en ouvrant le premier, la mort, la mort, et pendant un quart d'heure, ces deux mots furent répétés au milieu d'un silence effrayant.

Au soixantième bulletin, Cul-de-Jatte dit : La vie !

Il y eut quelques murmures.

Le secrétaire continua.

Tous les autres bulletins portaient la mort!

Quand la triste opération fut terminée, le Roi des Gueux se leva et dit d'une voix sombre.

— Sauf une voix la Cour a décidé que le coupable méritait la mort.

Vous savez de quelle façon nous devons procéder, aucun de nous ne peut faire justice, le condamné doit être lui même son bourreau.

— Oui, oui, crièrent les mendiants.

— Voulez-vous que l'expiation ait lieu de suite ou bien voulez-vous la renvoyer à demain, que ceux qui veulent que le châtiment soit immédiat, veuillent bien lever la main.

Toutes les mains se levèrent.

— Ce sera donc tout de suite dit le Roi des Gueux, à présent je vais nommer le coupable.

Un silence de mort suivit ces paroles, les mendiants se regardèrent curieusement les uns les autres ; cependant si l'on avait suivi la direction de ces regards, on aurait vu qu'ils s'arrêtaient de préférence sur l'Eclopé.

Ce dernier était blème, un tremblemsnt convulsif agitait tous ses membres.

En le voyant ainsi tous les Gueux finirent par arrêter leurs yeux sur lui.

Se sentant désigné ainsi l'Eclopé s'avança au milieu de ses compagnons et s'écria :

— Ce n'est pas moi ! ce n'est pas moi !

— L'assassin vient de se nommer dit le Roi des Gueux.

— A mort l'Eclopé, à mort crièrent plusieurs voix.

IV

L'EXPIATION

Le Roi des Gueux reprit.

— L'Eclopé, tu viens d'avouer ton crime, je n'ai pas besoin de te nommer à nos compagnons, personne ne t'avait désigné et en disant que ce n'était pas toi, tu viens d'avouer ton forfait.

Mes amis, je vous recommande un silence absolu ; l'Eclopé est coupable de tentative d'assassinat et de tentative de rapt, c'est à moi à l'interroger et c'est à lui à répondre et à se défendre.

L'Eclopé avait baissé la tête.

— Enlevez toutes les tables, dit le Roi des Gueux.

En un instant elles furent enlevées ; on n'en laissa qu'une petite, derrière laquelle l'OEil Borgne et Cul-de-Jatte prirent place.

— Reconnais-tu avoir commis le 14 octobre 1810, à 10 heures du soir, une tentative d'assassinat et une tentive de rapt.

— Je le reconnais dit l'Éclopé.

— Qui t'a fait agir ainsi.

— Que vous importe.

— A moi il m'importe peu, mais ceux qui viennent de te juger et de te condamner peuvent t'absoudre si les explications que tu as à donner excusent ton double crime.

— J'ai agi ainsi parce que vous m'aviez enlevé ma maîtresse.

—La Béquillarde.

— Oui, la Béquillarde.

— Tu as cru à un moment donné que j'étais son amant.

— Oui.

— Mais après explications, tu as reconnu que cela était faux ?

— Je l'ai reconnu.

— Par conséquent, ce n'est pas par jalousie que tu as voulu me tuer.

— Non, vous m'embarrassiez ; je voulais enlever ma maîtresse et comme vous étiez plus fort que moi, je vous ai mis dans l'impossibilité de m'en empêcher.

— Tu avoues donc que c'est pour assouvir ta passion bestiale pour cette femme que tu as essayé de m'envoyer dans l'autre monde.

— Oui, et puis je ne sais pas comment vous avez été mêlé à cette affaire, mais je sais que c'est vous qui avez donné de l'argent à ma maîtresse pour qu'elle s'habillât bien, je sais aussi que c'est vous qui l'avez envoyée chez l'autre pour la jeter dans ses bras

— Tu mens, puisque la Béquillarde t'a avoué chez le père Tonnin qu'elle ne t'aimait plus et qu'elle aimait un jeune homme qui demeurait à la place du Mont-de-piété ; ce n'est donc pas moi qui ai arrangé cette affaire.

— C'est possible, mais vous avez tout fait pour qu'elle aboutit.

— En admettant que tu dises la vérité, la Béquillarde t'avait déjà donné ton congé lorsque je l'ai envoyée chez le jeune homme en question.

— Enfin dit l'Eclopé d'une voix sourde ; vous avez été un acteur dans cette scène et un acteur importun, je ne regrette qu'une chose, c'est que mon coup de couteau ne vous ait pas tué.

— J'admire ton repentir, dit le Roi des Gueux.

— Moi, me repentir et de quoi ? Croyez-vous que je n'ai pas assez souffert dit-il avec une rage épouvantable, ma maîtresse ne m'aime plus, elle me le dit en face, je trouve qu'elle a tort, et dès que je le lui ai dit : elle me brise une bouteille sur la tête.

 28me Livraison.

Le lendemain je suis sur ses traces, je la retrouve et elle est av vous, et elle soupe dans un cabinet particulier avec vous ! Je me jette a ses pieds, je lui dis que je l'aime, je lui dis que je ne puis pas vivre sans elle, elle me dédaigne, elle me repousse, et vous, vous êtes là et vous ne dites rien, par conséquent vous l'approuvez.

Je lui demande si elle me hait, elle me répond qu'elle ne me hait pas, je lu demande si elle m'aime, elle me répond qu'elle ne m'a jamais aimé ! Et vous voulez que je demeure calme ! Et vous voulez que j'endure toutes ces tortures, toutes ces douleurs sans avoir soif du sang de celui qui permet toutes ces infamies, qui assiste impassible à cette espèce d'agonie ?

Allons donc, je voulais ma maitresse à cette époque, vous me la dérobiez, j'ai essayé de vous tuer, la p.euve que vous me la dérobiez, c'est que depuis je l'ai cherchée partout et que je ne l'ai pas retrouvée.

C'est à vous à répondre maintenant, qu'avez-vous fait de ma maitresse, où est la Béquillarde, dans quel endroit ignoré de tous la cachez-vous ? il faut que je le sache ; entendez-vous, dit-il d'une voix éclatante et en s'avançant vers le Roi des Gueux qui se dressa.

— Tu oublies l'Eclopé que tu n'as pas le droit d'interroger ; tu as à te défendre, défends-toi.

— A me défendre de quoi, je n'ai pas commis de crimes. moi ; il ne fallait pas m'enlever ma maitresse, je n'aurai pas assassiné !

— Personne ne t'a enlevé ta maitresse, c'est elle qui t'a quitté de son plein gré, tu ne peux pas, voyons, nous rendre responsables de la légèreté de la Béquillarde ?

— Je vous dis encore une fois que c'est vous qui avez tout fait.

— Et moi je te répète que je n'ai rien fait avant de savoir que la Béquillarde ne se fut rendue libre vis-à-vis de toi !

— Voyons dit l'Eclopé en se tournant vers les Gueux, mettez-vous à ma place, toi, le Borgne, dit-il en désignant un mendiant, si ta maitresse t'avait laissé, si après tu l'eusses vue avec un autre et que cet autre t'eût empêché de la reprendre, qu'aurais-tu fait ?.....

Tu ne réponds pas, lâche ! lâche, dit l'Eclopé les poings fermés ; vous êtes donc tous contre moi, s'écria-t-il hors de lui ; eh ! bien, buvez mon sang, tuez-moi me voilà, mais tuez moi donc !

— Tu n'as pas autre chose à dire pour ta défense, demanda le Roi des Gueux ?

— Moi, j'ai à dire ceci ; j'aimais une femme, je l'idolâtrais, j'aurais donné mon sang pour elle, la vie n'était rien pour moi, elle, c'était tout ! Parfois quand elle dormait, je me mettais devant elle et je la contemplais, elle était mon ciel, ma joie, mon âme, mon cœur ! une larme d'elle me faisait pleurer des nuits entières, moi qui suis une brute et qui ne ressent rien, je pleurai, oui je pleurai comme un enfant, elle n'avait qu'à dire un mot et je me vautrai à ses pieds.

J'ai vécu ainsi quelque temps de cet amour profond que rien ne pouvait éteindre dans mon âme ; un jour, jour maudit, elle me dit qu'elle ne m'a jamais aimé et elle me fuit, je la retrouve, je veux l'enlever, il y a un obstacle, je le brise, voilà mon crime ! Vous m'avez condamné à mort, eh ! bien, je vous le dis en face : Si vous aviez été à ma place, vous en auriez fait autant.

Un murmure de désapprobation se fit entendre.

— Vous murmurez continua l'Eclopé, on voit bien que vous n'avez jamais aimé, on voit bien que l'amour que vous avez pour vos femmes est bas et méprisable puisque si vous le perdiez, vous n'oseriez pas commettre un crime pour le ravoir !

Cul-de-Jatte prit la parole.

— L'amour quelque grand qu'il soit ne peut excuser un crime !

Le Roi des Gueux dit :

— L'Eclopé, ta défense est mauvaise et ne parvient pas à blanchir ton forfait, Tu te serais trouvé en face de l'amant de ta maitresse quand elle l'était encore, tu les aurais tué tous les deux que le premier je me lèverai pour t'absoudre !

D'après moi, l'homme qui tue sa maitresse parce qu'elle le trompe et l'amant qu'elle reçoit, n'est qu'un justicier et non pas un criminel.

Mais ici, le cas n'est pas le même, tu savais bien que je n'étais pas l'amant de la Béquillarde, tu savais bien que j'étais nécessaire à l'association et qu'en me tuant, tu la tuais presque.

Tu ne peux pas me dire que tu l'ignorais, parceque je te dirai que tu mens !

Or donc en m'atteignant tu commettais deux crimes impardonnables, tu tuais un homme d'abord et ensuite dans cet homme tu portais un coup terrible à la Cour des Miracles.

Tu es donc deux fois coupable et comme tel, tu dois être puni. N'as-tu plus rien a dire ?

— Plus rien !

— Apportez l'instrument du supplice, dit le vieillard.

Alors le Borgne qui était complètement remis et qui avait conservé son titre de bourreau, apporta un énorme couteau poigna d qu'il déposa devant le Roi des Gueux.

— Mes amis, dit ce dernier, vous venez d'entendre la défense de l'Eclopé, vous êtes libres de donner encore une fois votre opinion sur son crime !

Personne ne bougea.

— Voulez-vous, reprit-il, que nous votions encore une fois ?

— C'est inutile, dit un mendiant !

— Vous ne voulez plus voter ? Voyons, avant d'en finir, que ceux qui veulent voter lèvent le doigt ; trois mendiants le dressèrent.

— Vous n'êtes pas en nombre, le premier vote est donc déclaré bon et valable et l'Eclopé est condamné à mort. Allons, l'Eclopé fais-toi justice toi-même, voilà le couteau expiateur ; voici une plume et de l'encre, écris sous ma dictée.

L'Eclopé prit la plume.

« Je soussigné déclare me donner volontairement la mort. »

L'Eclopé signa.

Tu as un quart d'heure pour te tuer, si dans un quart d'heure tu n'es pas mort, tu connais les usages, on t'attachera à un de ces anneaux et on te donnera le fouet jusqu'à ce que mort s'ensuive.

L'Eclopé prit le couteau, le sortit de son étui et le regarda longuement, il était livide, un cercle bleuât e entourait ses yeux, de temps à autre des spasmes terribles soulevaient sa poitrine, il essaya plusieurs fois la pointe du poignard sur le bout de son doigt.

Les mendiants étaient silencieux comme des statues, ils étaient tous levés et quelques uns d'entr'eux qui avaient des casquettes les avaient ôtées.

Le condamné ne faisait presque pas de mouvement. De temps à autre il jetait les yeux autour de lui, il aurait voulu fuir. mais tous les compagnons avaient formé un double cercle dans lequel il se trouvait comme dans une cage.

— Le temps s'écoule dit le Roi des Gueux ; qui avait déposé une montre devant lui ; il y a sept minutes que tu es là, tu n'as plus que huit minutes.

Alors ce fut une scène épouvantable, l'Eclopé jeta son poignard et se roulan· par terre comme un serpent demanda grâce, Il pleura, il implora, mais personne ne lui tendit la main ; Il s'arrachait les cheveux, mordait ses poings, se repliait sur lui-même et puis se redressait. On aurait dit un épileptique dans un moment de crise.

Il prit encore une fois le poignard et se redressa d'un bond Il regarda autour de lui, puis comme s'il venait de prendre une résolution subie, il se précipita sur ses compagnons et en blessa un grièvement.

Prompt comme la pensée le Roi des Gueux s'était jeté sur lui et lui avait arraché le poignard ; il le renversa et lui mettant un genou sur la poitrine lui attacha des cordes qu'on lui avait données aux poignets et aux pieds.

— Qu'on le fouette dit le Roi des Gueux jusqu'à ce qu'il meure.

On saisit le malhoureux, on l'attacha a un des anneaux et comme on ne pouvai· pas lui enlever sa chemise par rapport aux cordes qui lui tenaient les poignets, on la déchira.

Alors le Borgne s'avança avec son terrible fouet.

— Détachez-moi, détachez-moi dit l'Eclopé, je me tuerai moi-même.

— Détachez-le dit le Roi des Gueux !

— On le détacha et on lui remit encore une fois le poignard.

Alors, le condamné se raidissant tout-à-coup leva l'arme et se la plongea dans la poitrine, il pirouetta sur lui-même en hurlant et tomba;

Le sang jaillit avec abondance. la douleur devint si cuisante qu'il jeta des cris terrible, il ne s'était pas tué sur le coup, il se tordit pendant dix minutes, dan des contorsions épouvantables, il se levait sur un bras, regardait tous les compagnons avec des yeux pétrifiés puis retombait lourdement sur le sol, alors, il se roulait sur lui-même, son sang qui coulait toujours et dans lequel il se vautrait, avait tâché tous ses vêtements, il en avait aux mains dans ces cheveux, sur la figure.

— Achevez-moi, hurlait-il, achevez-moi, je souffre trop, tout en se roulant sur le sol, il saisit de nouveau le poignard et cette fois il se le plongea dans le cœur.

Il poussa un soupir étouffé. Il était mort.

Le Roi des Gueux avait détourné les yeux de ce spectacle horrible, et malgré toute la puissance qu'il avait sur lui-même, la vue de ce suicide forcé l'avait rèmué tout entier.

On jeta un drap sur le cadavre.

Les mendiants étaient tous pâles et défaits.

— Ainsi finiront, dit le Roi des Gueux, tous ceux qui parmi nous tremperont les mains dans le sang de leurs frères !

Cul-de-Jatte et le vieillard sortirent.

<hr/>

VI

OU CUL DE JATTE S'EFFRAYE

<hr/>

Il ne se retrouvèrent pas dehors, le mendiant que les compagnons avaient appor *t* après le pugilat qui avait eu lieu à table.

Cela sembla louche au Roi des Gueux.

Il s'arrêta avec Cul-de-Jatte chez Tonnin.

— N'as-tu pas vu le manchot, dit-il, c'était le nom du mendiant

— Je l'ai entendu crier pendant longtemps dans la rue, puis il a disparu.

— Il ne s'est pas arrêté chez toi ?

— Non !

— Il était pourtant blessé dangeureusement, comment aura-t-il fait pour s'en aller.

— Oh ! il a la vie dure, dit Cul-de-Jatte, il sera allé se rafraîchir la tête quelque part.

— Rentrons, dit le Roi des Gueux.

Les deux hommes quittèrent Tonnin et se rendirent à la place du Mont de Piété.

Ils montèrent aux appartements du Roi des Gueux et se couchèrent.

Le lendemain matin, c'était le jour de la Noël, Cul-de-Jatte envoyé par l'OEil Borgne à la maison d'Adrien, en revint avec une lettre de ce dernier.

Le vieillard la décacheta avec empressement

Voici ce qu'elle contenait :

« Mon cher père,

« C'est avec la douleur dans l'âme que je vous écris ces quelques mots.

« La Béquillarde est morte ! Cette jeune fille que j'avais sauvée des griffes de son ancien amant et que j'aimais beaucoup s'est donnée la mort volontairement

« Elle a surpris une lettre que j'adressais à Antonia et a intercepté celle que je recevais de cette jeune fille.

« La lecture de ces deux lettres l'a mise dans un état de prostration difficile à décrire, elle m'a proposé une promenade au bord d'un lac qui se trouve dans Zurich et dont la source est entre deux montagnes rattachées par un pont.

« Sous ce pont, l'eau se précipite avec une force terrible dans un abime, elle fit quelques pas en arrière et se jeta dans le gouffre.

« Heureusement pour moi, — car, on aurait pu croire que je l'avais assassinée, — heureusement que deux personnes passaient à ce moment-là, et qu'elles virent la Béquillarde se reculer et se jeter par dessus le pont.

« Elles en témoignèrent devant le magistrat qui me fit appeler.

« Ce malheur m'a profondément remué et je suis tout triste depuis ; je suis indirectement la cause de ce désastre et mon cœur est plein d'amertume.

« Je voulais prolonger mon absence, mais je n'en ai pas le courage, je veux revenir à Marseille.

« J'ai reçu toutes vos bonnes lettres et l'argent que vous m'avez envoyé.

« Mon plus grand désir est d'arriver vite et de vous embrasser Je suis très malheureux et j'ai besoin que vous me consoliez.

« Votre fils,

« ADRIEN. »

Après la lecture de cette lettre, le Roi des Gueux tomba dans une rêverie profonde, son plan échouait !

Son fils allait revenir et son cœur était comme avant, il était plein d'Antonia.

Adrien allait avoir vingt et un ans dans quelques jours et on se souvient que le Roi des Gueux avait promis à son fils des révélations complètes à sa majorité.

Le moment approchait avec une rapidité vertigineuse et le vieillard malgré toute sa force de caractère ne le voyait pas arriver sans terreur.

Cet homme que les malheurs avaient endurci que toutes les déceptions et les désillusions avaient atteint, cet homme au moment d'avouer à son fils son secret terrible, se sentait pris d'une frayeur intense.

Tant que son secret lui avait appartenu, tant qu'il avait vécu seul avec ses pensées, il avait été tranquille, depuis son attentat, depuis la mort de la maîtresse et de l'amant, il avait mis entre le monde et lui, une muraille infranchissable ; il s'était fait une tombe de son déguisement et son fils seul le connaissait tel qu'il aurait dû être

Oui, en disant à son fils le secret de sa vie, en avouant à son fils qu'il avait été criminel : n'allait-il pas au devant d'un jugement ou d'une malédiction !

Quand la police lasse de chercher le criminel avait arrêté ses démarches, lui, le coupable, n'avait-il pas disparu afin de les annuler si elles recommençaient encore ?

Et son fils aimait une Dessulamare, il aimait une jeune fille dont le nom était exécré par toute la Cour des miracles, car ce Dessulamare avait demandé des fonds au conseil municipal pour élever un hospice qui recevrait les mendiants.

Comment allait-il faire pour satisfaire les Gueux et satisfaire son fils.

D'un côté le devoir, de l'autre l'amour filial !

Il ne pouvait satisfaire l'un sans porter préjudice à l'autre !

Pourtant le danger était imminent, si le conseil municipal votait des fonds pour lever un hospice, l'association était perdue.

Si le Roi des Gueux soulevait les compagnons contre monsieur Dessullamare, ce dernier courait la chance d'être tué et ce coup là, atteignait son fils.

Car ce crime aurait attiré la police à la Cour des miracles, les compagnons pris auraient peut-être désigné leur chef et si après des recherches on était arrivé à le prendre, on aurait trouvé sous le Roi des Gueux le icomte de X... et remontant plus haut le criminel de la villa.

Toutes ces réflexions absorbaient le vieillard, il ne trouvait aucune solution aux problèmes qu'il posait à son esprit.

Son fils allait arriver d'un moment à l'autre, dans quinze jours il allait avoir vingt et un ans, et ce jour là il n'hésiterait pas à demander qui il était à son père.

Mais pourquoi se dira-t-on, le Roi des Gueux n'avait il pas dit plutôt à son enfant qu'il était le vicomte Adrien de X... et qu'il avait une fortune immense.

Pourquoi cet homme attendait-il que son fils eut vingt et un ans pour le lui dire

Nous le saurons plus tard·

Cul-de-Jatte voyant son maître plongé dans ses réflextions n'avait pas voulu le déranger, il avait allumé sa pipe et la fumait philosophiquement, étendu sur le canapé qui lui servait de lit.

— Cul-de-Jatte dit le Roi des Gueux en se tournant vers lui j'ai une nouvelle à t'annoncer.

— Triste ou joyeuse.

— Ma foi, je ne sais pas l'effet qu'elle te produira.

— Voyons ça dit-il en se dressant.

— La Béquillarde est morte.

— La Béquillarde est morte ! Ah ! ça un mauvais plaisant lui aurait il télégraphié que l'Eclopé est mort et se serait-elle tuée pour ça ?

— Je vois dit le vieillard que cela ne t'impressionne pas beaucoup

— Ma foi dit Cul-de-Jatte, je vous avouerai que je ne tenais pas beaucoup à la Béquillarde, mais comment savez-vous cela.

— Mon fils vient de me l'écrire.

— Ah ! c'est vrai que M. Adrien était avec elle ; le bon Dieu l'ait reçue la pauvre fille.

— Monsieur Adrien sera ici dans quelques jours.

— Parbleu ! qu'est-ce que vous voulez qu'il fasse tout seul !

— Ceci est très grave Cul-d-Jatte et le retour de mon enfant me donne beaucoup de soucis.

— A propos de quoi ?

— A propos de beaucoup de choses ; je ne pourrai plus aller à la Cour des Miracles.

Cul-de-Jatte se leva.

— Vous ne pourrez plus aller à la Cour des Miracles ? répéta-t-il comme s'il avait mal entendu.

— Non, je ne pourrai plus y aller !

— Vous plaisantez dit le mendiant.

— Je suis au contraire très sérieux.

— Mais qui pourra vous en empêcher ?

— L'intérêt que je porte à mon enfant.

— J'admets cet intérêt, mais je n'admets pas que vous délaissiez ceux de l'association pour cela !

— Il le faut pourtant ; je veux bien être le Roi des Gueux pour vous tous, mais il faut aussi que je sois le comte Pierre de X. pour mon enfant.

— Parfait, vous pouvez être l'un et l'autre.

— Je ne le puis plus Cul-de-Jatte.

— Vous donnez donc votre démission ?

— Je la donne.

— Mais que vont devenir nos compagnons sans vous?

Ce qu'ils pourront.

— Et c'est au moment où ils ont le plus besoin de vous que vous prenez cette décision.

— Les évènements sont plus forts que ma volonté, j'aurais été encore le Roi des Gueux si la Béquillarde n'était pas morte, parce que mon fils ne serait pas revenu.

Il revient, et il faut que je sois tout à lui.

— Vous ne viendrez donc pas ce soir à la rue de l'Echelle ?

— J'irai encore ce soir.

— A la bonne heure, vous annoncerez alors vous-même votre résolution.

— Non pas, je dirai que je suis obligé de m'absenter pendant quelques temps et que tu me remplaceras

— C'est ce qu'il y a de mieux à faire, si vous leur disiez tout à coup que vous démissionnez vous mettriez la perturbation dans l'association.

— Aussi ne ferai-je pas cela ; je leur dirai que je m'en vais pour quelques temps, et que je reviendrai

— Et c'est une chose arrêtée, vous ne reviendrez plus ?

— Comme tu le dis Cul-de-Jatte.

— Et moi ne vous reverrai-je pas dit ce dernier avec émotion ?

— Tu viendras me voir tous les soirs comme d'habitude, d'ailleurs, j'aur besoin de toi, je mettrai ton zèle à l'épreuve, et quand tout sera terminé Cul-de-Jatte eh ! bien je ne t'oublierai pas ; je te donnerai de quoi vivre sans rien faire.

— Vous êtes le meilleur des hommes dit le mendiant en embrassant les mains du vieillard.

— Ote-moi cette barbe que j'ai oublié d'enlever hier soir elle m'étouffe.

Cul-de-Jatte obéit.

Alors le Roi des Gueux s'assit devant son bureau et resta toute la journée à classer des papiers de toutes sortes, il les arrangea par ordre et par grosseur. Cul-de-Jatte inscrivait sous la dictée du vieux une désignation sur chaque liasse.

Lorsque la nuit vint les deux hommes se levèrent et se rendirent chez le restaurateur où ils soupèrent de bon appétit.

Ensuite ils se rendirent a la Rue de l'Echelle

VI. — LE FAUX MENDIANT

Le jour que le Roi des Gueux reçut la lettre d'Adrien était le 17 décembre 1810, or, ce jour là. un vieillard descendait appuyé sur un bâton noueux la rue d'Aix, il était misérablement vêtu, ses haillons étaient remplis de poussière, on devinait, en le voyant qu'il venait de faire une longue course

Ce vieillard avait une besace sur le dos et mendiait, arrivé sur le cours Belzunce, il s'arrêta et sembla réfléchir un instant, puis, il reprit sa course.

Il avait toute la barbe et les cheveux blancs, et quoique ses habits n'en imposassent guère, son aspect était vénérable

Avant d'aller plus loin. il est de notre devoir de dire à nos lecteurs que ce que nous allons raconter est absolument vrai, quoique notre récit repose sur un fond historique, nous avons dû pour donner un certain relief à notre œuvre. demander à l'imagination quelquefois, des scènes fantaisistes, mais la Cour des Miracles était un lieu plein de mystère et tout ce que nous avons dit, à ce sujet, est à quelque chose près l'expression de la vérité.

Dans une petite brochure qui parut il y a quelque soixante ans, nous avons puisé des renseignements précieux et nous avons recours à cette brochure pour donner à ce qui va suivre un véritable cachet d'authenticité

Donc, le vieillard comme nous l'avons dit reprit sa course, sa besace était remplie de morceaux de pain et son gousset de liards et de sous : si, comme nous le supposons, le mendiant venait à Marseille pour la première fois, il ne devait pas

être mécontent de la charité marseillaise

Il murmurait à chaque instant : Ayez pitié du pauvre aveugle, donnez-lui quelque chose, Dieu vous le rendra !

Arrivé à la rue Noailles, il descendit jusqu'à la place de ce nom et là. après avoir répété plusieurs fois sa prière, il se dirigea vers une maison aux dehors princiers

Il hésita quelques instants avant de se présenter aux personnes qui étaient sur le pas du couloir.

C'étaient des domestiques en livrées qui devisaient entr'eux.

Le maître n'y était probablement pas, car, ils s'en donnaient à cœur joie et riaient à gorge déployée.

Le mendiant parut pourtant se décider et s'avança en s'appuyant fortement sur son bâton.

— La charité, mes bons messieurs, dit-il d'un ton lamentable !

— On ne peut pas vous donner, dit un des domestiques qui continua à causer.

— Ayez pitié d'un pauvre aveugle, reprit le mendiant sans se déconcerter, je n'ai pas mangé depuis hier.

— Laissez-nous donc la paix dit la même voix, allez-vous en au diable ; a-t-on jamais vu une insistance pareille, il y aura bientôt plus de mendiants que de pavés dans Marseille.

Le mendiant s'éloigna en souriant, tout autre à sa place eut maugréé contre ces gens si peu généreux, mais il parut au contraire satisfait de ces rodomontades et dit à demi-voix :

— Ils ne m'ont pas reconnu, c'est ce qu'il faut !

Il continua son chemin, glapissant toujours son refrain, récoltant du pain par ci, des sous par là lorsqu'il entendit derrière lui un bruit de béquille.

Il se retourna ; celui qui le suivait devait être un confrère, car il était aussi mal mis que lui.

— Avouez dit le nouveau venu qu'ils ne sont guère charitables dans cette maison

— Vous m'avez donc vu, dit le vieux

— Parbleu ! Il est inutile de s'adresser à ces sans-cœur, on voit bien que vous n'êtes pas d'ici ?

— En effet, j'arrive à peine de .

— Oh ! vous n'avez pas besoin de me le dire, si vous étiez de Marseille vous n'auriez pas demandé l'aumône aux gens de M. Desullamare. un gueu qui veut nous enfermer dans un hospice, vous ne connaissez pas notre *retirado* ou mieux notre Cour des Miracles, si vous le désirez, collègue, je vous y mènerai

— Eh ! je ne connais rien, dit le vieux, il y a longtemps que je suis sans travail et je me suis décidé, ayant épuisé mes petites économies à tendre la main, je vous avoue que je ne le fais pas volontiers

— Vous avez tort, il n'y a pas de plus beau métier que celui-là, tendre la main, mais cela ne fatigue ni le corps ni l'esprit !

— C'est possible, mais je préférerais vivre de mon travail, que de la charité publique !

— Vous ne tiendrez pas ce langage, quand vous connaitrez notre association et nos bénéfices.

— J'en ai déja un petit aperçu dit le vieillard, car, il y a a peine une heure que je suis arrivé et mon sac est plein.

— Et vos poches ne le sont-elles pas ?

— J'ai aussi fait quelques sous.

— Vous voyez bien que ce n'est pas aussi mauvais que ça de mendier.

— Je l'avoue, mais ne croyez-vous pas que ce M. Desullamare, dont vous avez parlé tantôt a une excellente idée de vouloir élever un hospice aux mendiants, de les y nourrir et loger, il me semble qu'il serait préférable pour eux de ne plus être obligé de mendier

— Taisez-vous ne parlez pas de ce Desullamare, nous le tuerons s'il le faut.

Le mendiant tréssaillit, mais son compagnon ne s'en aperçut pas

— Vous ne l'aimez pas, à ce que je vois.

— Je l'exècre.comment, il veut nous empécher de gagner notre vie. . honorablement, et vous voulez que je l'aime ? Qu'est-ce que ça lui fait à lui, que nous vivions des uns et des autres, nous ne mettons pas le conteau sur la gorge de ceux qui donnent ; tout le monde est libre de nous faire la charité ou de ne pas nous la faire.

— C'est vrai, mais vous avouerez avec moi que le travail est plus noble que la mendicité.

— Allons donc, il y a une dizaine d'années que je mendie et si je regrette une chose c'est d'avoir été assez niais pour travailler un certain temps ; je n'ai jamais été aussi heureux que depuis que je mendie, pas de soucis pas de travaux fatiguants ; les gros sous pleuvent et vous verrez de quel'e façon on les dépense à la *Retirado*. Comme vous le disiez tantôt pour vous-même, les premier temps çà été dur, mais par Notre Dame de la garde, on s'y fait ; comme dit le proverbe, il n'y a que le premier pas qui coûte !

J'étais ouvrier et j'empoignais a cet honorable métier une flexion de poitrine qui me conduisit à l'hôpital j'y restai trois mois, comme vous je mangeai mes économies, et je me trouvai sur le pavé sans un sou en poche, j'avais fim, je mendiai, je pris goût à la chose, car je vis que sans beaucoup de peine je gagnai dans deux heures ce que je n'avais jamais gagné dans dix heures d'un travail ereintant,

— Vous finirez par me convertir.

— Je vous dis que notre profession est une des meilleures et si ce n'était ce gueu de Desullamare . . .

— Encore, mais il vous trotte bien dans la tête ce Monsieur.

— Je vous répète que nous lui ferons un mauvais parti, s'il s'entête à vouloir nous fourrer dans son hospice. mais assez causé. si vous voulez venir avec moi, je vais vous mener à l'église des prêch urs où l abbé Rippert doit aujoud'hui faire un sermon sur la charité, nous devons, s'il est en verve, faire une bonne soirée.

— Allons dit le vieux.

Les deux hommes quittèrent le cours descendirent par la rue de l'Etrieu et se trouvérent alors dans la vielle ville, c'est-a-dire dans un dédale de rues sombres sales et étroites, après avoir pataugé quelque temps dans la boue, nos deux mendiants débouchèrent sur une place a peu près carrée, où quelques ormaux, vieux comme la ville s'élevaient tristement

Au fond de cette place se dressait sombre et noire la vieille église des prêcheurs. Il était cinq heures, déjà sous le pe ystile était alignée une file de mendiants, la plupart estropiés, les uns étaient a genoux, les autres assis ou debout.

— Venez par ici dit le boiteux à son nouveau confrère et faites comme moi.

Le boiteux s'appuya alors contre une des colonnes de l'édifice leva son chapeau et fit signe au vieux d'en faire autant.

Les fidèles sortirent, à cette époque nos églises étaient beaucoup plus fréquentées, le souffle libéral. n'avait pas encore semé dans les âmes cette incrédulité qui tend aujourd'hui à remplacer la foi.

Dès que les mendiants virent arriver les fidè'es, un véritable assaut de prières les accueillit, chaque mendiant disait la sienne, et cela faisait une espèce de bruit si discordant qu'on se serait volontiers sauvé en se bouchant les oreilles.

Mais les bonnes gens de chapelle ne prenaient pas garde a cela et les gros sous pleuvaient dans les chapeaux tendus.

Le nouveau venu, ne savait plus que penser ; son chapeau sans être plein était devenu d'un poids respectable et à la pesanteur il comprenait que la récolte était bonne.

Enfin quand l'église fut vidée, les Gueux se dressèrent et se mirent en devoir de partir.

— Eh ! bien dit le boiteux, en s'adressant à son compagnon. croyez-vous que vous auriez gagné cela sur les quais en portant sur votre dos des balles de coton.

— J'avoue que non dit le vieux !

— Vous voyez donc bien que notre métier à du bon !

— Je crois bien qu'il a du bon, aussi je n'hesite plus, je m'enrole si vous le voulez bien dans l'association.

— C'est facile, je vais vous y mener ce soir, à propos que dites-vous du sermon du père Rippert.

— Je dis que le saint homme a parlé d'or

— Ou de cuivre dit le boiteux en riant aux éclats et en faisant sonner les gros et les petits sous qu'il avait dans la poche.

Les deux hommes entrèrent encore dans les rues tortueuses et grimpantes qu'ils avaient tantôt parcourus, la nuit tombait peu à peu et comme en ce temps là, l'éclairage laissait beaucoup à désirer, le nouveau mendiant quoiqu'aidé de son bâton, buttait contre des tas d'ordures ou des pierres que la lumière pâle des boutiques ne parvenait pas à lui montrer.

Les quelques porsonnes passant dans ces rues pour se rendre à leur domicile, marchaient d'un pas précipité, rasant les maisons afin de crier et d'être entendus si quelque malfaiteur s'était avisé d'en vouloir à leur bourse.

— Tonnerre de tous les diables si un de ces soirs je tenais ce Dessulamare dans une de ces rues je lui ferai passer un mauvais quard d'heure

Si après ces mots on avait pu voir les traits du vieillard, on aurait vu combien après ces paroles ils s'étaient assombris ;

Mais la nuit qui était arrivée empêcha le boiteux de s'apercevoir du trouble de son compagnon.

— Soyez moins emporté dit le vieux, Monsieur Desullamare est peut-être moins méchant que vous ne le supposez, il croit bien faire en faisant sa proposition.

— Ne me dites pas cela dit le boiteux avec rage ne me le dites pas ; pour moi, je ne lui pardonnerai jamais sa lâcheté.

— Où trouvez-vous donc de la lâcheté dans ses actes. dit le vieux avec une espèce de colère !

— On dirait vraiment que vous le soutenez.

— Moi, je m'en garderai bien reprit-il, je ne le connais pas d'ailleurs et on peut bien le tuer, ça m'est fort égal.

— Comment, ne trouvez-vous pas que c'est un lâche de vouloir nous enlever notre pain, en quoi l'embarrassons-nous cet homme là, je vous le demande ? Quelle mouche le pique de vouloir nous enlever la cour des miracles ? Nous ne coûtons rien au gouvernement nous ; il n'agit pas dans l'intérêt des provençaux puisqu'il veut les grever encore des frais d'un hospice.

Je vous répète que si je le tenais là dans cette rue eh ! bien je lui casserai ma béquille sur la tête.

— Mais à propos dit le vieux qui n'entendait plus depuis un moment le bruit du bois sur le sol, à propos, je n'entends plus vos béquilles, qu'en avez-vous fait ?

— Je les porte sous mon bras

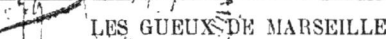
— Mais vous n'êtes donc pas boiteux ?

— Pas le moins du monde, ni borgne ni boiteux.

— Eupliquez-moi donc ca !

— C'est facile, il faut bien pour inspirer la pitié, que j'ai une infirmité quelconque, si j'étais droit comme un ! et si j'avais des yeux comme tout le monde, pourquoi mendierai-je ? Pour que l'on s'intéresse à moi, il faut qu'on me plaigne, que l'on croie que mon infirmité m'empêche de travailler.

Et c'est ainsi que font tous les compagnons.

— Ah ! dit le vieillard vivement intéressé, vous êtes tous dans les mêmes conditions.

— Tous à peu près tous, il est certain que ceux qui jouent de l'orgue, du violon, de la clarinette peuvent ne pas être infirmes, mais croyez que quand même ils le seraient. ça ne ferait pas de mal.

— Ne vous formalisez pas de mon étonnement dit le vieillard, mais j'étais tellement loin de supposer une chose pareille que vous ne m'en voudrez pas.

— Mais pas le moins du monde, répondit le boiteux

— Sommes-nous encore loin de la Cour des miracles

— A une huitaine de pas seulement.

— Mais voyons, dit le vieillard en s'arrêtant ; vous devez être nombreux, comment pouvez-vous tous vous loger dans la Retirado, ce doit être aussi grand qu'une caserne.

— Je crois bien dit le boiteux, nous avons une très-grande salle faite avec cinq ou six caves, puis nous avons toujours de plan pied une autre salle, c'est le dortoir ; nous pouvons facilement y dormir deux cent cinquante à trois cents.

— Mais vous mangez là aussi ?

— Parfaitement, pas tous bien entendu, car il y en a beaucoup qui dînent en ville. ... sur un banc du cours par exemple ; mais veuillez croire qu'on ne meurt pas de faim à la Cour des miracles, on y mange très-bien au contraire et il est rare qu'on y voit pas tourner la broche.

— Je suis dans l'admiration en écoutant toute ces choses là.

Certes, je ne me serai jamais douté que cette association fut dirigée avec tant de savoir ; aussi je brûle d'en connaître les détails intimes, marchons, dit le vieux, il me tarde d'arriver à la Retirado et de voir par moi-même ces choses si curieuses.

— Nous allons bientôt y être dit le boiteux, vous voyez à droite une clarté ?

30ᵐᵉ Livraison.

— Oui.

— Eh ! bien, c'est la boutique du père Tonnin

— Ah !

— Et la Cour des Miracles est en face

— Qu'est-ce que c'est que le père Tonnin ?

— Le père Tonnin est un mendiant ; c'est un ex confrère : il mendiait comme nous il y a une dizaine d'années, il lui a suffi de dix ans pour s'économiser une douzaine de mille francs, avec cette somme il a ouvert la boutique que vous voyez éclairée.

— Et qu'y vend-il ?

— Du vin et du bon !

— Nous nous y arrêterons, j'ai soif dit le vieux

— Parfaitement dit le boiteux; voyez-vous le père Tonnin est un de ces hommes qui ont toujours la joie sur la face, il aime à rire et il fait de tels repas, qu'il en est devenu obèse ; il a dans sa cave des vins des meilleurs crus ; et il est rare que les truands se rendant à la Cour des Miracles ne s'y arrêtent pas, ou bien ne lui achètent pas un peu de jus de bon raisin pour aller le savourer à la *Retirado*.

Le père Tonnin a de l'argent et en gagne beaucoup, les truands sont de bons clients et payent rubis sur l'ongle

— C'est lui que je vois sur la porte demanda le vieillard ?

— C'est le père Tonnin en effet

Les deux hommes firent encore quelque pas et se trouvèrent alors en face du marchand de vin.

— Ah ! es *tu*, dit Tonnin avec un gros rire, adioussias les enfants, vous venez un peu vous rafraîchir.

— Comme tu le dis, *Mouar de fam*

Mouar de fam était le nom de guerre du marchand de vin

— Tu vas nous servir cinq bouteilles de ton meilleur vin vieux.

— Vous allez les boire ici ?

— Non, nous les prendrons et irons les vider à la Retirado et surtout ne le batise pas ! et ! le vieux.

— Moi, batiser mon vin s'écria Tonnin en mettant les mains sur la tête, tu es fou *lou Gry*, jamais l'eau ne pénètre dans mes bouteilles !

— Oh ! ça c'est vrai, Tonnin vend cher, mais vend bon ! Allons dépêche-toi à nous servir, je régale ce soir Monsieur, c'est une nouvelle recrue.

— Et un nouveau client pour moi, alors, je crois.

Et Tonnin descendit à la cave et en rapporta bientôt avec cinq vénérables bouteilles de vin cacheté, et les déposa sur la table et dit au boiteux.

— *Lou Goy*, tu m'en donneras des nouvelles, mais en attendant que vous les décachetiez, je vais vous offrir un petit verre pour que nous trinquions ensemble à la bienvenue du nouveau compagnon.

— C'est ça dit le boiteux.

Tonnin apporta une bouteille de Cassis et la vida dans trois verres.

A la vôtre, frères, dit Tonnin en élevant son verre à la hauteur de ceux de ses clients

— A la tienne Tonnin dirent les deux autres.

Les trois hommes burent et à leur visage Tonnin comprit qu'ils avaient trouvé le Cassis de leur goût.

— Je te dois combien pour les cinq bouteilles

— Sept francs cinquante, c'est trente sous pièce.

Le boiteux sortit de sa poche un véritable fouillis de liards, de petits sous et de gros sous en fit des piles de un franc jusqu'à sept et ajouta cinquante centimes

— Voilà les sept francs cinquante.

— Merci, lou Goy dit Tonnin en empochant la monnaie, le reste n'est pas à payer, je vous l'ai offert.

— Merci alors, dit le boiteux, et après avoir mis les cinq bouteilles dans la besace du vieux, il se dressa, dit bonjour à Tonnin et sortit avec son compagnon.

— Suivez-moi maintenant et prenez bien garde de tomber, c'est qu'il faut avoir l'habitude de descendre ces chiens d'escaliers pour ne pas se rompre le cou

Le vieux suivit le boiteux et les deux hommes après avoir traversé la rue descendirent les marches que nous connaissons et qui conduisent à la Cour des Miracles.

Plusieurs fois le nouveau mendiant glissa, mais il se cramponna aux parois sombres et arriva sans accident à la porte de la Retirado qui était fermée

— Par économie, il n'y a jamais de lumière dit-il en se retournant vers le vieillard.

— Ce qui fait dit le vieillard que l'on croit descendre dans une tombe

Le boiteux ouvrit la porte et les deux hommes pénétrèrent là, le premier comme s'il entrait chez lui, le second avec une espèce de confiance que n'excluait pas la curiosité.

Nous ne décrirons pas encore une fois la Cour des Miracles, nous en avons donné la description au commencement de notre récit

Le nouveau venu resta un moment cloué sur le seuil du sous-sol, la stupéfaction la plus profonde se peignait dans ses yeux qui étaient seuls visibles, puisqu'une grosse barbe cachait ses traits : il promena avec une émotion croissante son regard sur cette salle noire et enfumée et ne sortit de son étonnement que lorsque le boiteux lui eut crié

— Mais que faites vous donc là, planté, entrez donc !

— Me voila dit le vieillard qui pénétra enfin dans la Cour des Miracles.

VII.

LES MYSTÈRES DÉVOILÉS

Le nouveau mendiant rejoignit son cicérone et après avoir déposé sa besace à côté de lui s'assit sur un escabeau que le Boiteux avait préparé à son intention.

— Mes amours dit le Boiteux, je vous présente un nouveau compagnon qui ne demande qu'à nous imiter !

— Les mendiants s'approchèrent et regardèrent de très près le vieillard qui soutint cette inspection avec une indifférence notable.

— Pas jeune la nouvelle venue dit un compagnon il ne fera pas de vieux os dans l'association.

— Qu'est-ce que ça fait ! la charité marseillaise nous protège et il y en a pour tout le monde.

Puis la curiosité des gueux étant satisfaite les conversations et les jeux recommencèrent.

Le boiteux et le vieillard restèrent seuls

— Sortez donc les bouteilles, dit lou Goy à son compagnon, que nous nous ramonions la cheminée.

— Tout de suite dit le vieux, je vous avoue que j'ai une soif de tous les diables !

Et il tira de son sac les cinq bouteilles de vin vieux que le boiteux avait prises chez Tonnin.

Après les avoir débouchées, il remplit les deux verres et les deux hommes les vidèrent.

— Fameux dit le boiteux en promenant sa langue sur ses lèvres et la faisant claquer à son palais, fameux ! le père Tounin est un bon zigue !

— Délicieux fit le vieillard, c'est un vin qui a au moins vingt ans de cave ! Mais dites-moi, j'ai besoin d'être initié à vos mystères, afin que je puisse faire mon métier convenablement et surtout consciencieusement !

— Soyez tranquille, laissez-moi savourer deux minutes ce nectar délicieux e^t je suis à vous tout à fait.

Le boiteux s'allongea sur sa chaise, et sembla tomber dans une béatitude profonde, le verre en main, la tête renversée en arrière il semblait ne plus appartenir à la terre.

Le vieillard moins absorbé que lui. promenait autour de lui un regard curieux ; quelqu'un de plus avisé que le boiteux aurait surpris dans ce regard une espèce de dégoût empreint de colère, mais nous l'avons dit le buveur était tout entier à son vin.

Le vieux reporta ses yeux sur lui et ayant probablement jugé qu'il avait assez dégusté le bienheureux liquide lui dit :

— Quel est donc cette femme pâle et maigre qui est accroupie dans ce coin.

— Ça dit le boiteux en sortant de son extase et regardant le coin que le mendiant désignait : Ça ! c'est Madon la ressuscitée !

-- Tiens, et pourquoi ce nom ?

-- Oh ! c'est toute une histoire ! Figurez-vous que Madon mourut un jour.

-- Ça, je ne puis guère me le figurer, puisqu'elle est là vivante.

-- Je vous dis que c'est le drôle de cette histoire ; elle mourut donc, on la mit dans une boîte de sapin et on la porta au cimetière.

Arrivé au champ du repos, les croque-morts ouvrirent la bière pour la montrer encore une fois et comme c'est l'habitude aux parents.

Dès que la bière fut ouverte, Madon se dressa enveloppée de son suaire, enjamba la caisse et sans autres cérémonies mit pied à terre et se dirigea vers la porte de sortie.

Jugez de l'effroi et de la stupéfaction des assistants, l'anecdote se répandit en ville et la ressuscitée fit de l'or ; tout le monde voulait la voir et la toucher ; on se la montrait au doigt, les enfants en avaient peur et les grandes personnes avaient pour elle un respect mêlé de crainte.

Depuis on l'appelle Madon la ressuscitée et ce titre lui fait gagner largement sa vie

-- C'est très intéressant ce que vous me racontez là, et ce petit vieux qui a un archet à la main.

Ce petit vieux est un chanteur émérite, il sort le matin de bonne heure avec son violon sous le bras, il se rend aux halles et là il joue tous les airs des opéras en vogue, puis il chante des chansons grivoises qui sont beaucoup goûtées par les commères.

Il va ensuite sur le cours Coù il chante des complaintes.

Enfin autour des églises il entonne des cantiques à la plus grande joie des fidèles qui vont à la messe ou aux vêpres et qui laissent tomber dans son chapeau forces sous et pas mal de liards !

— Et ce manchot qui est à côté de lui.

— Oh ! celui-là est un phénomène, il sait par cœur les quatre évangiles, les sept psaumes de la pénitence, toutes les litanies imaginables, les vêpres, les complies, toutes les prières de la messe et que sais-je encore ?

Il n'est pas plus manchot que vous et moi, il replie son bras en deux, le lie fortement et du diable si l'on suppose qu'il n'est pas estropié.

Sa place de prédilection est la palissade de St-Anne, c'est là qu'il récite toutes ses dévotions.

— Eh ! bien merci, je ne l'imiterai pas, dit le vieillard il me faudrait trop longtemps pour apprendre tout ce qu'il sait ; mais si cela ne vous contrarie pas de continuer à m'instruire qu'elle est cette femme avec ses six enfants.

— Cette femme reprit le boiteux, c'est Marie la Gouge, ces six enfants qui l'entourent ne sont pas à elle, on les lui prête ou elle les loue, elle en met un sur sa poitrine, deux sur ses épaules et conduit les trois autres par la main, elle demande la charité dans les rues, et les enfants de temps à autre doivent pleurer et demander du pain, s'ils sont distraits, elle les pince.

Marie la Gouge est une de celles qui gagnent le plus d'argent.

— Oui, mais c'est barbare ce qu'elle fait là !

Pincer ces pauvres petits ! Elle n'a pas de cœur cette femme.

— Allons donc, ça ne les empêche pas de se porter à merveille voyez-les plutôt, ne sont-ils pas joufflus tous les six !

— C'est vrai, mais que fait-elle en ce moment.

— Elle leur donne une leçon.

En effet Marie la Gouge assise à terre pinçait les enfants avec une cruauté inouie et comme nous l'avons dit dans le cours de cette histoire le ci faisait répéter cette triste phrase :

— J'ai faim !

Le vieillard pour ne plus avoir ce spectacle navrant sous les yeux détourna la tête et ayant avisé un grand diable maigre et chétif demanda au boiteux :

— Et celui-ci, que fait-il ?

— Celui-ci, c'est l'épileptique, il va dans les vieux quartiers jette un cri, puis se laisse tomber lourdement sur le sol, il se tord alors comme s'il souffrait le marthyre, sa bouche écume et ses jambes se crispent.

— Mais, dit le vieux, vous dites que sa bouche écume, comment fait-il pour arriver à ce résultat ?

— C'est bien simple, il met un morceau de savon sous la langue.

— En effet, c'est d'une simplicité exemplaire.

— Alors les bonnes femmes l'entourent, le plaignent, quelques-unes le déchaussent et lui mettent ses souliers sous le nez, cela paraît le faire revenir, la crise est moins forte, il se redresse

Les commères qui'ont bon cœur, font une petite collecte lui en remettent le produit, et le tour est joué

— Décidément fit le vieillard je ne me ferai pas épileptique, je craindrai trop d'avaler le savon !

— Mais tenez, vous entendez ce braillard, continua le boiteux en désignant un autre mendiant, il crie comme si on l'écorchait

— Eh ! bien ?

— Eh bien ! il est sourd et muet !

— Franchement on ne s'en douterait pas dit le vieux avec un fin sourire

— Il va le matin de bonne heure aux halles, comme le petit vieux, et là il fait une pantomime qui peut se traduire ainsi : J'ai faim, je n'ai rien mangé depuis hier, donnez-moi quelque chose et les marchandes lui donnent des légumes et des sous.

Mais aussi lorsqu'il a fini sa tournée il entre dans la Cour des Miracles en jetant des cris effrayants, c'est, dit-il, pour se dédommager de son mutisme de tout le jour.

Cet autre qui est à côté de lui est le frère de l'épileptique, voici sa façon de procéder; elle est à peu près celle de son frère, il se rend dans les endroits populeux, il faut tout-à-coup de se trouver mal ; il s'appuie contre un magasin ayant l'air de ne plus se tenir sur ses jambes puis il s'affaisse, on s'empresse autour de lui et alors il dit : Donnez-moi un morceau de pain, je meurs de faim, les uns vont chercher un bouillon, les autres une côtelette et un verre de vin et il mange alors avec une avidité dévorante ; en adressant des remerciments à toutes les personnes qui l'entourent·

Il est rare que les passants ne fassent pas encore une collecte qu'on lui remet, quelqu'un s'offre alors pour l'accompagner, il refuse

Je comprends dit le vieillard.

— Vous voyez aussi ces quatre compagnons qui jouent aux cartes; remarquez avec quelle avidité ils tiennent leur jeux, leurs journée varie entre douze ou quinze francs, le plus grand s'attache le matin la jambe droite à une courroie qu'il porte à sa ceinture, celui qui a des favoris noirs marche avec les pieds en dedans, celui qui est de notre côté, s'attache les deux jambes en croix et se fait traîner par son chien dans un charriot.

Le dernier se traîne dans les rues, sur les mains et les genoux, il n'a pour cela qu'à attacher une corde à chacun de ses pieds et à l'assujetir à la ceinture.

Au moment où le boiteux disait ces mots deux nouveaux venus vinrent grossir le nombre des mendiants

Les compagnons se dressèrent avec empressement et vinrent au devant d'eux.

C'était le Roi des Gueux et Cul de Jatte.

--- Mes amis dit l'OEil Borgne après avoir répondu aux saluts empressés des mendiants, je viens annoncer une mauvaise nouvelle, je suis obligé de m'absenter pour une quinzaine de jours, des affaires graves m'obligent à m'éloigner mais je vous laisse Cul-de-Jatte qui saura lui même tenir ma place et vous aider au besoin de son intelligence et de mon argent.

-- Vous nous laissez encore dit le borgne en s'avançant, vous êtes revenu depuis hier et vous partez déjà.

-- Il le faut dit le Roi des Gueux, malgré tout le plaisir que j'aurai de rester avec vous il faut absolument que je parte.

Mais ce n'est que pour quelques jours, comme je vous l'ai dit, d'ailleurs si d'ici là une affaire sérieuse exigeait ma présence, Cul-de-Jatte mon secrétaire me préviendrait et j'accourais.

J'ai tenu moi-même à vous annoncer mon départ. Vous ignorez qu'il a été question de notre association au conseil municipal et que M Dessulamar demande des fonds pour élever un hospice dans lequel on nous mettrait comme des forçats.

-- Mort à M. Dessulamare crièrent les mendiants !

Le vieillard regardait fixement le Roi des Gueux et il eut un tremblement convulsif lorsque les Gueux avaient demandé la mort du conseiller municipal.

--- Vous nous aiderez n'est ce pas dit le boiteux au nouveau compagnon à nous débarasser de ce forcené de conseil de ville ?

--- Parbleu ! dit celui-ci, vous pouvez y compter.

Ces paroles avaient été dites au milieu du bruit et le Roi des Gueux n'aperçut pas les deux hommes et n'entendit pas non plus la conversation.

Il continua ainsi :

-- Mon brusque départ n'est pas étranger à cette, affaire, les intérets de la Cour des Miracles me sont trop chers pour que je les abandonne, je vais travailler pour moi et pour vous. N'ayez aucune crainte nous braverons l'obstacle et nous le briserons !

--- Bravo crièrent les gueux.

--- Applaudissez donc dit le Boiteux au vieux.

--- Certainement dit l'autre et il applaudit comme tous le monde.

--- Je vous prie aprésent et au besoin je vous ordonne de ne rien faire avant que je vous ai donné des instructions ; vous me le promettez ?

--- Nous vous le promettons dirent les mendiants.

--- D'ailleurs le premier qui ne tiendrait pas compte de de cet avertissement serait considéré comme traitre et puni comme tels ; c'était tout ce que javais à vous dire.

Après ces paroles le roi des gueux sortit avec Cul-de-Jatte ; ni l'un ni l'autre n'avait aperçu le nouveau compagnon.

Quand il furent partis le vieillard sembla revenir d'un songe pénible et s'adressant au boiteux .

--- Ah ! ça qu'est ce que ces deux hommes lui dit-il.

- - C'est le roi des Gueux et son secrétaire

-- Peste mais savez-vous qu'il est véritablement le roi ici.

-- Je crois bien reprit le boiteux, on lui obéit comme on obeirait a un souverain.

-- Mais que fait-il ?

-- Il mendie comme nous, seulement il dirige l'association, il a le droit de punir ou d'absoudre ceux qui s'écartent du règlement.

-- Ah ! il y a un règlement ?

-- Excessivement sévére.

— Pourrais-je le connaitre.

— Certainement, il est d'ailleurs très-court et chacun de nous doit le savoir par cœur, il n'est copié nulle part ; parceque si un jour la police faisait une descente dans la Cour des mir cles il nous en coûterait énormément qu'elle y mit la main dessus ; or, on l'a élaboré, écrit, puis quand on l'a su par cœur on l'a déchiré

— Je serais, curieux dit le vieillard, d'en connaître quelques fragments sinon la totalité.

— Il n'y a que 9 articles et je vais vous les réciter.

Art 1er. Pour faire partie de l'association il n'est besoin d'aucun papier d'identité, les personnes des pays étrangers sont admises comme les autres.

Art. 2 — Dès qu'un compagnon fait partie de l'association il lui est formellement interdit de révéler les secrets de la Cour des Miracles sous peine de mort.

Art. 3 — Les rixes entre compagnons sont rigoureusement défendues, la peine du fouet sera appliquée à ceux qui contreviendront à cet article.

Art. 4 — Le vol et l'assassinat seront punis de mort.

Art. 5 — La peine de mort ne sera exécutée par la Cour des Miracles que dans le cas extrême, le condamné devant lui-même se tuer.

Art. 6 — Dans l'un et l'autre cas le condamné devra déclarer par écrit qu'il se donne la mort volontairement

Art 7 — La Cour des Miracles, délibèrerait en assemblée s'il y a lieu d'appliquer la peine du fouet jusqu'à ce que mort s'en suive si le condamné refusait de se suicider.

Art. 8 — En aucun cas et sous n'importe quel prétexte. les compagnons ne peuvent s'adresser à la police.

Art. 9 — L'association est sous la direction du Roi des Gueux nommé à perpétuité, le Roi des Gueux la gère et les associés lui doivent un respect et une discussion absolus

— C'est tout alors dit le vieillard ?

— C'est tout !

— Eh ! bien maintenant je suis satisfait, je ne sais pas encore quelle est la profession que j'embrasserai, j'y réfléchirai cette nuit et vous le dirai demain matin

— Bon ! voulez-vous que nous allions nous coucher ?

— Je ne demande pas mieux.

Les deux amis se dressèrent, non pas sans avoir vidé une seconde bouteille, et se dirigèrent vers le dortoir où une certaine quantité de mendiants étaient déja étendus sur des paillasses.

Ils se couchèrent et le lendemain quand le boiteux se réveilla il fut tout étonné de ne pas trouver à côté de lui son compagnon de la veille.

Nous connaîtrons bientôt le motif de cette disparition.

VIII

RÉVÉLATIONS

Le Roi des Gueux et Cul-de-Jatte étaient le leudemain dans ta chambre que nous connaissons

Il était neuf heures et les deux hommes venaient de se lever.

Le Roi des Gueux depuis la veille était devenu d'une tristesse profonde et malgré toutes les questions que Cul-de-Jatte lui avait adressées à ce sujet il avait été impénétrable.

Son fils était arrivé puisque les fenêtres de la maison qu'il habitait étaient ouvertes.

Le Roi des Gueux dit à Cul-de-Jatte de s'asseoir et après être resté quelque temps silencieux et la tête penchée il dit tout à coup.

— Mon œuvre est terminée Cul-de-Jatte, je n'ai plus rien à faire sur la terre et je vais enfin te dire pourquoi j'ai attendu que mon fils ait vingt et un ans pour lui apprendre son nom et lui donner ma fortune !

— Que dites-vous donc là ? Vous n'avez plus rien à faire ici-bas dites-vous ? Et l'association

— Ah ! ça, crois-tu dit le comte de X . que je porte le moindre intérêt à ces hommes méprisables qui ont en horreur le travail et qui vivent de la charité publique Les circonstances m'ont obligé a me mêler à eux , je les ai aidés parce qu'ils m'étaient nécessaires ; aujourd'hui je les abandonne entièrement et tu les abandonneras aussi, toi, Cul-de-Jatte, toi et moi ne devons pas plus longtemps demeurer au milieu de cette tourbe infâme et hypocrite : ma vie a été un tissu de malheurs épouvantables et pour demeurer seul avec mes douleurs et mes remords, j'ai du disparaître de la scène du monde.

C'est pourquoi je me suis jeté à corps perdu dans la première tombe qui s'est présentée à moi, cette tombe a été la Cour des miracles

J'aurais pu certainement entrer dans un couvent, mais il aurait fallu pour cela que je puisse prier et je ne le pouvais plus !

— Mais vous êtes triste comme un enterrement aujourd'hui s'écria Cul-de-Jatte.

— Mon ami, je connais ton histoire et tu connais la mienne ; tu sais bien que la fatalité seule nous a jetés tous deux au milieu de ces hommes ignobles qui composent la Cour des miracles

Il nous faut en sortir pour jamais, tu as beaucoup souffert, mais tu n'as pas derrière toi comme ton vieil ami des cadavres qui se dressent et te poursuivent

Mon fils m'a fait vivre jusqu'à ce jour, c'est pour lui que j'ai vécu, c'est pour lui que j'ai supporté le poids de mes tristesses et que j'ai souffert avec patience, ma tâche est remplie.

Adrien va avoir vingt et un ans dans deux jours, je ne veux pas qu'il ait seulement le titre de vicomte je veux qu'il soit comte comme je le suis et qu'il soit riche !

Or ce titre et cette fortune, il ne peux les avoir qu'à ma mort. Je mourrai donc !

Cul-de-Jatte se dressa.

— Savez-vous que c'est abominable tout ce que vous me dites là et que je préfère croire que vous êtes fou plutôt que de penser que vous parlez sérieusement !

— Cul-de-Jatte, dit le comte de X, tu ne sais pas, tu ne peux pas savoir tout ce que j'ai souffert et ce que je souffre encore, songe donc que tous ceux que j'ai approchés sont morts, songe donc que depuis mon plus jeune âge, je ne puis m'attacher à quelqu'un sans le voir quelques temps après disparaître pour toujours !

Je suis fataliste te dis je, si je touchais un fleur je la flétrirais ! Et tu veux que je vive !

D'ailleurs pourquoi faire, mon fils est élevé maintenant, et il a un peu vécu, car il a un peu aimé ; et puis comment peux tu supposer qu'à un moment donné vivant auprès de lui, je ne sois pas obligé de lui révéler mon existence ?

— Mais votre existence enfin n'a rien d'infamant, vous avez tué c'est vrai, mais...

— Ne parle plus du passé Cul-de-Jatte dit le vieillard d'un air sombre, tu ne vois donc pas que c'est lui qui me poursuit et me harcèle !

Ne vois-tu pas que l'ombre de ceux que j'ai tués habite mon cerveau ; que ces fantômes me brisent l'esprit et le cœur ; la mort seule peut me délivrer de ces ombres funestes.

— Voyons, revenez à vous, dit Cul-de-Jatte, j'ai bien souffert moi aussi, et ma douleur a été tellement grande que j'en suis devenu presque idiot, mais je me suis dressé devant elle et je lui ai imposé silence, certes, je ne l'ai pas tuée, mais je l'ai endormie ! faites comme moi,

— Encore une fois, je te le répète, tes mains n'ont pas été tachées de sang et tu ne peux pas comprendre ce que j'éprouve à ce souvenir !

Je mourrai, te dis-je, parce qu'il faut que je meure parce que je me suis condamné moi-même à mourir lorsque mon fils aurait atteint sa majorité.

Qui pourra me reprocher ma mort ? Personne, pas même mon enfant, j'aurai fait pour lui ce que le père le plus dévoué aurait pu faire ; je vous regretterai tous les deux, mon fils et toi, car vous avez été les deux êtres qui m'ont le plus aimé après ma femme !

Cul-de-Jatte pleurait.

— Tu pleures, pauvre ami ; cela te peine donc beaucoup que je meure !

Cependant à qui suis-je nécessaire à présent !

Il m'a fallu un courage surhumain pour survivre à tous mes malheurs et à toutes mes déceptions, toujours seul avec moi-même depuis ma double tentative de meurtre, cette pensée que j'étais un criminel ne m'a jamais abandonné !

Ah ! la conscience est un juge terrible que l'on porte en soi et qui est sans pitié

Combien de fois ai-je essayé d'atténuer mon forfait et de me rendre moins coupable à mes propres yeux, mais cette voix puissante que chacun a dans soi, la conscience en un mot, se dressait devant moi, terrible, sans pitié et m'accusait encore !

Te souviens-tu des paroles que j'ai prononcées au jugement de l'Eclopé :

— Je me les rappelle entièrement dit Cul-de-Jatte.

Vous dites en vous adressant au misérable :

« Tu te serais trouvé en face de l'amant de ta maîtresse lorsqu'elle l'était encore, tu les aurais tués tous les deux que le premier je me lèverais pour t'absoudre ! »

— Eh ! bien ce jour-là, je ne pensais pas à ce que je disais et pourtant si l'Eclopé avait été dans ce cas, si j'avais été réellement l'amant de la Béquillarde j'aurais demandé sa grâce, je l'aurais pardonné !

— Vous voyez donc bien dit Cul-de-Jatte que si vous absolvez les autres vous êtes obligé sous peine d'être en contradiction avec vous-même de vous absoudre aussi !

— Oui, si mon remords ne subsistait pas, je te l'ai dit Cul-de-Jatte, il y a quelque chose qui prime la raison. qui est au-dessus de la pensée, c'est notre conscience et pour moi elle est implacable

Mais regarde donc ce cortège que je traine après moi, six cadavres me suivent, s'attachent à mes pas, habitent dans mes rêves et deux de ces cadavres me reprochent leur rigidité glacée

Où fuir, où me cacher pour les éviter, pour ne plus les avoir devant mes yeux, quel est le tombeau assez profond qui les cachera à mes regards, c'est le mien Cul-de-Jatte, c'est le mien !

Voilà pourquoi je ne voulais pas que mon fils connut mon nom avant d'être un homme ; ce nom qu'il va porter, il aurait pu le maudire, je veux au contraire qu'il le bénisse dans la mémoire de son père.

Ma vie a été jusqu'à aujourd'hui un mystère pour lui, ma mort scellera à jamais ce mystère et toi qui me survivra. toi que je chargerai de veiller sur mon enfant, tu te tairas aussi, tu refouleras au fond de ton âme les secrets terribles que je t'ai confiés, tu deviendras le père de mon enfant, de loin toujours, comme je l'ai fait.

— Mais c'est donc une résolution que vous avez prise récemment, car enfin quand vous avez en terminé votre histoire, vous n'avez fait aucune allusion à ce dénouement tragique ?

— Cette résolution Cul-de-Jatte, je l'ai prise le jour où j'ai compris que je ne pouvais pas tuer mon remords ; il y a donc longtemps qu'elle est arrêtée dans moi ; rien au monde ne pourra m'empêcher de l'accomplir ! Je m'y suis attaché avec passion pour ainsi dire et l'heure de son accomplissement ne sera pas retardée d'une seconde !

Cul-de-Jatte la tête penchée sur la poitrine était attéré ; ces deux hommes que les douleurs de ce monde avaient assaillis se trouvaient par des coïncidences bizarres réunis.

Tous deux avaient aimé, tous deux avaient souffert, la douleur rend frères ceux qui étaient quelquefois destinés à se haïr.

Cet homme, le Roi des Gueux, dont la vie avait été si tourmentée n'avait consenti à vivre que pour élever et voir grandir son enfant, une fois cette à lui accomplie, il voulait mourir, et, de fait, son fils étant amoureux, allait peut-être se marier. quel rôle aurait-il pu jouer dans cette affaire !

Lui. le comte de X... qui avait disparu de la scène du monde depuis vingt ans, comment se présenterait-il tout-à-coup, et comment sa présence serait-elle admise ?

Et puis cet homme là se croyait vraiment fataliste, c'était surtout cette croyance qui l'obsédait et c'était aussi pour cela qu'il allait voir son fils le moins souvent possible.

Or : s'il acceptait de vivre, s'il rejetait complètement cette idée de suicide, il allait être obligé de vivre à côté de son enfant, et il ne le voulait pas, il ne le voulais à aucun prix ayant une peur effroyable de lui porter malheur !

Certes le fait que nous signalons, n'est pas isolé, combien de fois avons-nous entendu dire que telle personne très intelligente se croyait fataliste !

C'est une espèce de maladie morale qui tue aussi bien que les maux les plus incurables.

Un fataliste ne croit plus qu'aux pensées absurdes de son cerveau malade ; il n'y a aucun remède pour guérir ces malheureux, toutes les objections et les consolations qu'on peut leur adresser se heurtent et se brisent contre cette croyance insensée qui devient une seconde nature chez eux.

Nous croyons qu'il y a des fatalistes, mais nous ne croyons pas au fatalisme

En admettant que notre destinée soit écrite là-haut elle appartient à Dieu et non aux hommes, personne ne peut supputer l'avenir ;

Quand les malheurs nous poursuivent, quand les douleurs nous atteignent, c'est alors qu'il faut être fort, c'est alors qu'il faut repousser ces idées de fatalisme qui font perdre le courage et démoralisent !

La fatalité est un mot aussi vide de sens, que les mots toujours, jamais et hasard.

Jamais et toujours puisque notre compréhension ne peut se les expliquer.

Et hasard, puisque si comme on le dit notre destinée est tracée rien ne se fait par lui.

Certes si le fatalisme n'était pas l'exception ou en serions-nous grand Dieu, la société serait démontée dans sa base même, on se laisserait aller tout-à-fait ; avec cette perspective d'un avenir malheureux, on n'aurait plus le goût de rien, on ne vivrait plus, on traînerait sa vie pour ainsi dire laissant à la fatalité le soin de la diriger et de l'éteindre.

Quel est l'homme qui aurait assez de force sur lui-même pour braver un avenir qu'il connaitrait ?

Il n'y en a pas !

Ce qui fait notre force dans ce monde, ce qui fait nos joies et ce qui nous fait supporter nos douleurs, c'est qu'elles arrivent tout-à-coup au moment où nous n'y pensons pas.

Quand un homme s'est dit !

Je serai éternellement malheureux, toutes les catastrophes fondront sur moi, rien ne me réussira, ma vie ne sera qu'une suite de misères et de déceptions.

Cet homme est devenu fataliste.

Et alors tout s'éteint dans lui.

L'affection, l'amour, l'avenir même disparaissent il ne lui reste que cette fatalité implacable qui le subjuge et le terrasse.

Alors il faut mourir ! N'ayant pas le courage de supporter les douleurs que son esprit, dans sa conception maladive a rêvées il veut les fuir et les anéantir dans le trépas.

Ainsi était le Roi des Gueux, le malheureux ne pouvait croire à une vie douce et calme il avait peur de tuer son fils en habitant avec lui. Au milieu de tous ces malheurs, son amour filial seul avait survécu :

Les deux amis resièrent longtemps plongés dans leurs réflextions amères lorsque Cul-de-Jatte rompant le premier le silence dit au Roi des Gueux :

— Donc, vous voulez mourir ?

— C'est ma résolution irrévocable !

— Et vous ne verrez pas M. Adrien avant d'en arriver là ?

— Je ne sais pas encore, aurai-je le courage d'aller l'embrasser pour la dernière fois ?

Car, vois-tu Cul-de-Jatte, mon enfant c'est tout ce que je possède, c'est tout ce qui m'est resté de ce que j'aimais, au moment de lui dire adieu pour tonjours, ne vais-je pas faiblir, ne vais-je pas être lâche ? Il ne faut pas pourtant qu'il connaisse mes intentions, ma mort doit le surprendre

— C'est toi qui le lui annoncera !

— Moi et comment ?

— Je vais te le dire.

VIII

PRÉPARATIFS DE SUICIDE

Les deux hommes passèrent dans la chambre et s'étant assis le Roi des Gueux continua :

— Tu iras ce matin sur le port et tu y chercheras un navire prêt à être sous voile, tu demanderas au capitaine le lieu de sa destination...

— Où voulez vous en venir ?

Écoute-moi, tu lui demanderas dans quel pays il se rend, et jusqu'à ce que tu en aies trouvé un qui aille aux Martigues par exemple tu chercheras ; je veux dire par là que nous n'avons pas besoin d'aller ni en Italie, ni en Espagne, quand on veut se noyer on se noie aussi bien dans le port

— Vous voulez vous noyer demanda Cul-de-Jatte en tressaillant ?

— Par accident, bien entendu !

— Vous n'attendez pas au moins que je prête la main à ce suicide abominable.

— Pardon, tu m'accompagneras.

— N'y comptez pas dit Cul-de-Jatte, vous voulez quand même mourir, c'est d'abord très mal, mais ce qui est affreux et que je n'accepte pas c'est que vous me fassiez le complice de cette mauvaise action.

— Eh ! bien je mourrai seul, sans même avoir un ami qui avant le moment suprême me tende la main et me dise adieu.

— Pardonnez-moi dit Cul-de-Jatte tout ému et en prenant les mains du Roi des Gueux ; pardonnez-moi, j'ai eu tort ! Je vous accompagnerai, dussé-je mourir moi-même quand vous disparaîtrez sous les flots.

— Ah ! je savais bien, mon brave ami que tu ne m'abandonnerais pas ! Vivant je ne puis être le comte de X pour mon fils, je l'ai déjà dit pourquoi Cul-de-Jatte ; quoique mon crime soit vieux, la justice en apprenant que je vis toujours pourrait être étonnée de ma longue disparition et mon nom apparaissant tout à coup serait peut être une révélation pour elle.

L'affaire de la villa n'a pas eu de suite ; c'est vrai ! Mais qui sait si dans l'ombre on ne m'a pas activement recherché ?

Il n'y avait qu'une chose à faire vas-tu me répondre c'était de demeurer à la lumière.

Certes, si ma conscience ne m'avait pas traqué nuit et jour c'est ce que j'aurais fait, mais poursuivi par mes pensées, par mon remords, les regards des passants même semblaient m'accuser et j'ai cherché à disparaître pour toujours, or : aujourd'hui je ne puis en aucune façon devenir pour tous et vivant le père de mon enfant.

Tu vois bien Cul-de-Jatte que je suis condamné sans rémission.

Mais pourquoi ne diriez vous pas à votre fils toutes ces choses là, croyez vous que son affection ne serait pas à la hauteur des révélations que vous avez à lui faire ?

— Cul-de-Jatte dit le Roi des Gueux en se dressant, je veux que mon fils me bénisse au lieu de me maudire. Je ne veux pas qu'il puisse avoir dans l'esprit un doute sur mon honorabilité, mon fils ne saura rien de mon passé, ce passé je l'enterrerai avec moi, et nul excepté toi, n'aura lu jusqu'au fond de mon cœur.

— A ces mots le Roi des Gueux passa dans le salon où Cul-de-Jatte le suivit.

Il s'assit dans son fauteuil et ouvrit chaque tiroir du bureau, il en tira des liasses de papier et les examina attentivement.

32ᵐᵉ Livraison.

— Voici dit le Roi des Gueux à Cul-de-Jatte, qui avait pris place à côté de lui. voici tous mes titres de propriété, j'ai des immeubles un peu partout ; d'ailleurs tu n'as presque rien à faire, tu n'as qu'à consoler Adrien et à l'aider à oublier ma mort.

Mon notaire est à Hyères, il a mon testament ; mon fils est mon légataire universel et ma fortune, d'après le relevé que j'ai fait hier, s'élève à un million six cent cinquante-cinq mille francs. Tu vois donc que je puis mourir !

Adrien sera heureux !

— Mais avec cette fortune là pourquoi ne partiriez-vous pas avec votre enfant, pourquoi ne quitteriez-vous pas la France ou ce que vous appelez votre crime vous poursuit ?

— Cul-de-Jatte, je t'ai déjà dit que pour ne plus voir ces cadavres épouvantables je n'avais qu'à me laisser choir dans une tombe, si tu veux m'être agréable, si tu ne veux pas que mon agonie soit douloureuse, n'essaie plus de me détourner de cette résolution inébranlable, tu y perdrais tes peines, Cul-de-Jatte, et tu me ferais souffrir.

— Que faut-il que je fasse.

— Il faut exécuter mes ordres, quels qu'ils soient !

— Je suis prêt à vous obéir.

— Eh bien, pars Cul-de-Jatte, voici dix mille francs, affrète le premier navire qui aura une très petite traversée à faire et dis au capitaine que nous partirons cette nuit à deux heures du matin.

— Et si je ne le trouve pas

— Avec de l'argent on trouve tout ce qu'on désire, si aucun navire n'est en partance, offre les dix mille francs que je te donne et encore dix mille francs au premier capitaine qui voudra se mettre à notre disposition

Adrien aura vingt et un ans après demain et il faut que ce jour là je ne sois plus de ce monde.

Cul-de-Jatte quitta le Roi des Gueux et se dirigea vers le Port, qui en ce temps-là était beaucoup plus étroit qu'aujourd'hui ; des navires à voile de toutes dimensions s'y balançaient coquettement, les voiles placées aux vergues, les pavillons français, anglais, espagnols et grecs flottaient à l'extrémité des mats.

Napoléon 1er malgré tout son génie n'avait pas voulu admettre la vapeur, cette souveraine qui fait tant de prodiges.

Aussi toutes les traversées en mer étaient longues et pénibles et surtout dangereuses ; qui sait ? Peut-être que Napoléon 1er était poète. il préférait sans doute à ces immenses et beaux navires a vapeur, qui sillonnent à présent les mers, ces bricks ii ignons et légers volant sur les ondes, ouvrant leurs voiles comme l'oiseau ouvre ses ailes, tachant la mer grise et le ciel bleu de leur voilure blanche ?

Certes, nous avouons qu'un grand brick sur l'océan, toutes voiles dehors a un aspect grandiose, mais nous sommes aussi forcés de reconnaitre la grande supériorité de la vapeur, sur ces embarcations frêles et délicates qu'un grain peut faire sombrer.

Cul-de-Jatte promena un moment sur le Port, plongé dans des réflexions bien tristes

— Ainsi se disait-il, j'ai le courage de venir ici, pour affrêter un navire qui doit servir à la mort du Roi des Gueux.

Et bénévolement je me suis chargé d'une commission pareille. .

Je suis un lâche, j'aurais dû aller trouver M. Adrien, lui dire que son père voulait mourir, au besoin prendre sur moi de lui raconter sa vie et je l'aurais sauvé malgré lui-même.

Mais j'y suis encore à temps !

Et Cul-de-Jatte se disposa à revenir sur ses pas.

Cependant dit-il en s'arrêtant, j'ai des ordres précis et il est certain que le Roi des Gueux ne me pardonnerait pas ma couardise, il est aussi plus que probable que si je révélais ce secret à M Adrien, son père ne reviendrait pas sur sa résolution ; c'est que je le connais, il est tenace et têtu comme un mulet !

Il faut obéir, d'ailleurs ai-je le droit de disposer de la vie de cet homme ?

Si réellement son affaire le poursuit, s'il ne peut plus vivre avec son souvenir, si ce crime qui pour moi n'en est pas un, lui fait subir toutes les tortures, est-ce bien à moi de ne pas vouloir ce qu'il veut

Après ce raisonnement avec lui-même qui comme on le voit ne manquait pas de logique Cul-de-Jatte se décida définitivement à chercher quelqu'un qui put transporter le Roi des Gueux et lui, au lieu le plus prochain.

Il traversa quelques chantiers de blé que des portefaix passaient aux tamis et éventaient, et se trouva sur le bord du quai

Il avisa un mousse qui montait sur la planche conduisant à bord d'un navire et lui demanda s'il était prêt à partir.

Sur sa réponse négative il le pria de lui en indiquer un qui fut dans ces conditions

Ce dernier, une jambe sur la planche et l'autre dans le bateau, lui dit que l'Anna, mouillé au fort St-Jean devait partir dans la nuit.

Cul-de-Jatte se rendit au lieu indiqué, trouva l'Anna et son capitaine, traita avec celui-ci du prix pour deux et le navire se rendant à Toulon, il fut convenu que le transport des deux voyageurs serait de 500 francs !

Cul-de-Jatte donna deux-cent-cinquante francs d'à compte et quitta le capitaine en lui disant qu'il reviendrait avec son ami, vers deux heures du matin.

Heureux d'en être quitte à si bon marché, il revint chez le Roi des Gueux qu'il trouva presque gai !

— Eh ' bien, dit le vieillard, as-tu trouvé ?

— J'ai trouvé un brave homme qui a son navire chargé de vins, qui part dans la nuit et qui nous prend tous deux à son bord.

— J'eusse préféré que tu affrétasses un navire, cela aurait été beaucoup plus cher, mais nous aurions été plus libres ! Mais enfin, l'essentiel, pour moi, c'est de partir cette nuit.

— A présent Cul-de-Jatte, faisons nos comptes, il te reste par conséquent neuf mille cinq-cents francs, en voici encore trente-mille, en as-tu assez pour vivre de tes rentes.

Cul-de-Jatte ne répondit pas !

— Tu ne réponds pas dit le Roi des Gueux en regardant son ami avec étonnement.

— Je n'ai rien à répondre et je n'ai besoin de rien !

— Si c'est de la fierté, mon pauvre ami, elle est mal placée dit le Roi des Gueux.

— Ecoutez-moi dit Cul-de-Jatte, vous avez été toujours mon bienfaiteur, c'est à vous que je dois les quelques moments d'oubli de mes douleurs, vous avez souvent séché mes larmes et jeté du baume sur mes blessures, je ne veux pas que vous mouriez seul, rien ne me retient plus ici-bas, je ne laisse derrière moi personne; je mourrai avec vous !

— Cul-de-Jatte dit le roi des Gueux en lui prenant les mains : je n'accepte pas ce sacrifice, d'ailleurs, il faut que quelqu'un veille encore sur mon fils, et puis avant de mourir il faut que je te charge d'une commission pour lui

— S'il en est ainsi, je vivrai !

— Bien, mon ami et je te remercie ; tu demeureras dans les appartements que nous allons quitter et de là, tu veilleras sur mon enfant, accepte donc l'argent que je te donne, ce n'est pas le paiement de tes services, c'est le legs qu'un mourant te fait

Cul-de-Jatte prit les billets et pleura silencieusement.

Les deux hommes restèrent ainsi jusqu'au soir ensemble

A sept heures, ils sortirent, et après avoir soupé chez un restaurateur, l'un, Cul-de-Jatte se rendit à la Cour des Miracles et l'autre, le roi des Gueux sonna à la porte de son fils.

IX

DERNIÈRE VISITE DU ROI DES GUEUX A SON FILS

Le roi des Gueux sonna chez Adrien, ce dernier était en effet arrivé depuis la veille, dès qu'il aperçut son père il se jeta dans ses bras.

— Ah ! je vous remercie dit-il d'être venu me voir ; j'ai tant de choses à vous dire et je suis si malheureux !

— Tu es malheureux mon enfant dit le vieillard en pénétrant avec son fils dans le salon et s'asseyant à côté de lui, voyons, je sais bien à peu près quels sont tes chagrins, la Béquillarde est morte ?

— Oui, mon père.

— Et c'est ce qui te chagrine ?

— Hélas ! Cette pauvre fille m'aimait tant que lorsqu'elle a surpris l'histoire de mon premier amour elle a voulu mourir !

— Elle a eu tort, certes, elle ne pouvait pas espérer que tu l'aimerais éternellement !

— C'est ce quelle croyait pourtant

— Adrien dit le roi des Gueux, en regardant son fils fixement, ne m'as-tu pas dit un jour que tu répondais de ton cœur et de ton âme et par eux de ton corps ?

Adrien rougit et baissa les yeux !

— Ne rougis pas, mon enfant, tu t'es trompé ce jour-là tu avais tort et j'avais raison ; quand on a ton âge on n'est pas maître de soi, tu as cru pouvoir brider ton âme, hélas ! quel est l'homme qui peut être maître de sa spiritualité ? Quel est celui que la matière n'écrase pas ? Y a-t-il sur la terre quelqu'un qui puisse commander à sa chair, c'est-à-dire à ses vices lorsque ce quelqu'un a vingt ans ?

La nature qu'on l'appelle matière ou Dieu vit en nous, elle est notre maitresse, nous sommes créés pour aimer, tu as aimé deux femmes à la fois ; Adrien tu as vécu, aujourd'hui je n'ai plus le droit de te dire n'aime pas ! Certes, j'eusse préféré que cet amour imprévu qui un jour t'a terrassé eût de plus longues attaches j'aurais désiré te voir plus longtemps aux prises avec cette passion nouvelle pour toi ; mais tu as souffert, tu as désespéré, tu as donc appris à vivre, tu es donc libre aujourd'hui d'aimer qui tu veux et qui tu as choisi !

— Oh mon père mon deuil est trop récent pour que je puisse écouter avec fruit vos étranges paroles, oui, j'ai manqué à mes promesses, j'ai oublié toutes mes saintes résolutions, mais aussi quel est celui qui aurait résisté à cette tentation charnelle ?

Qui m'a envoyé cette jeune fille, d'où venait-elle, pourquoi, cette mendiante qui ne soulevait en moi que la pitié m'est-elle apparue un jour en grande dame et a-t-elle soulevé dans mon cœur des transports d'amour ?

N'est-ce pas vous mon père qui me l'avez envoyée ?

Et en me l'envoyant n'aviez-vous pas une arrière pensée ?

Vous n'avez pas voulu que j'aime Antonia, mais vous avez accepté que j'aime Blanche.

Vous avez cru qu'en aimant cette dernière, j'oublierai l'amour de cette première; si vous avez cru cela mon père vous vous êtes trompé

La charité et la pitié m'ont entraîné peut-être plus loin que je n'aurais voulu aller, mais Blanche était malheureuse, personne ne l'avait jamais aimée et mon cœur s'est fondu à l'histoire de ses malheurs ;

Je l'ai enveloppée d'affection et Blanche étant prude n'aurait été que ma sœur !

Mais vous admettrez sans peine vous qui avez aimé et souffert que cette femme aimait autrement qu'une sœur ou qu'une fiancée

Certes, je n'aurais pas failli, si elle ne s'était livrée elle même, si elle ne m'avait avoué tout à coup qu'elle m'aimait en se jetant dans mes bras !

Vous saviez très-bien ce que vous faisiez en prenant ce commissionnaire, vous vouliez m'éprouver et j'avoue que dans cette épreuve j'ai été vaincu !

— Alors dit le Roi des Gueux sans répondre à la longue tirade de son fils, alors la Béquillarde s'est donné la mort ?

— Comme je vous l'ai dit, elle avait surpris mes correspondances avec Antonia et.. ..

— Mais elle ne savait pas lire

— Elle a fait traduire les lettres

— Ah ! et c'est après qu'elle a voulu mourir ?

— Oui, mon père, ah ! je n'oublierai jamais cette journée horrible, il me semble encore que je la vois à mon bras me faisant répéter que je l'aimais Au milieu de cette merveilleuse nature qui nous enveloppait, sa voix douce et triste semblait sortir du calice d'une fleur, nous marchions doucement elle s'appuyait langoureusement à mon bras et de temps à autre jetait son regard profond et humide sur le mien.

A notre droite le lac un peu remué par le torrent majestueux qui se précipitait de la crevasse d'un grand mont serpentait entre une végétation riche et féconde !

J'étais triste car je savais que Blanche avait le cœur plein d'amertume, je savais que la pauvre enfant ne comptait plus sur mon cœur et qu'elle avait appris qu'il n'était plus rempli d'elle.

Nous montâmes tous les deux sur le pont qui surplombait le torrent et là. Oh ! mon père, il me semble que je la vois encore les yeux brillants, la poitrine frémissante, les cheveux épars ' il me semble que je la vois superbe et magnifique me lancer cet adieu terrible que les echos repetèrent pour la dernière fois ; Adieu Adrien dit-elle et son corps se penchant sur la barrière du pont fit un tour sur lui-même et disparut dans l'abîme !

Adrien mit sa tête dans ses mains comme pour chasser de ses yeux ce tableau lugubre.

Le Roi des Gueux était pensif.

Que lui importait à lui que la Béquillarde fut morte, n'allait-il pas aussi mourir ?

— Adrien dit le roi des Gueux en se dressant, dans trois jours tu vas avoir vingt et un ans, j'espère que tu n as pas douté de la parole de ton père

—ʲJamais !

— Eh bien, dans trois jours tu connaîtras ton nom et tu pourras disposer de ta fortune .

— Oh mon bon père que de reconnaissance ne vous devrai-je pas

— Tu pourras aussi te marier, mon consentement t'est acquis ; j'ai hésité un jour, craignant et avec raison que tu ne fusses pas à la hauteur des graves soucis d'un ménage, je crois aujourd'hui que tu peux devenir un bon époux et si le Ciel le veut un bon père .

Tu vas mon cher enfant porter bientôt un nom que mon père me transmit sans tâche et que je crois te donner ainsi, porte-le le front haut et dignement, souviens-toi bien enfant que l'honneur est tout en ce monde et que le nom le plus roturier est parfois plus noble que le nom d'un puissant quand ce dernier est mal porté !

Tu vas peut-être te trouver seul . . . .

— Comment vous me laissez mon père ? interrompit Adrien.

— J'ai dit peut-être ?

— Vous ne vous déciderez donc jamais à demeurer auprés de moi ? c'est mal, mon bon père, c'est mal ! Ne serait-il pas temps que le père et le fils demeurassent ensemble ? Cette séparation n'aura-t-elle donc jamais de terme ?

Le Roi des Gueux poussa un profond soupir !

Hélas ! c'était sa plus chère pensée ; il aurait bien voulu ne pas quitter Adrien pour l'entourer de plus près de son affection ardente ; mais nous l'avons dit, rien au monde n'aurait fait transiger cet homme-là, pour lui, la mort seule était un refuge et il s'y plongeait avec une tenacité prodigieuse,

— Mon enfant dit le Roi des Gueux, demain ou après demain je vais partir pour faire un grand voyage, l'avenir est à Dieu ; reviendrai-je hélas ! je ne le sais pas ; mais avant de partir j'aurai mis au net ta situation et tu trouveras dans mes papiers le consentement à ton mariage. Ne t'inquiète donc pas de mon absence, elle est nécessaire à une immense entreprise dont on m'a confié les intérêts.

Le Roi des Gueux était ému, quelques larmes brillaient dans ses yeux.

— Vous pleurez mon père dit Adrien en prenant la tête du vieillard et en la baisant au front ? Oh ! pourquoi ces larmes, si vous n'avez pas le courage de partir, comment voulez-vous que j'aie le courage de vous quitter ?

— Excuse-moi, mon enfant ce moment de faiblesse, je n'ai pu retenir mes larmes à la pensée de te laisser peut-être pour bien longtemps ! Mais tu vois que je souris et que j'ai repris courage dit le Roi des Gueux qui souriait en effet mais de ce sourire triste et navrant qui ressemble plutôt aux rictus de la douleur.

— Mon père dit Adrien, si vous partez je partirai avec vous, je ne veux plus rester seul ; j'en ai assez de cet isolement pénible qui pèse sur moi et me navre, vous partez, je vous suis !

Le Roi des Gueux prit les mains d'Adrien et regardant le jeune homme dans le yeux il lui dit ces simples mots :

Et Antonia ?

Adrien se troubla ; il baissa les yeux et une rougeur subite lui monta à la face.

— C'est vrai, dit-il, et Antonia ; hélas ! je l'oubliais la pauvre jeune fille !

Mais mon père, tout peut s'arranger, nous irons avant votre départ chez le père de ma fiancée, et lorsque votre demande sera faite, nous nous marierons de suite et partirons avec vous.

— C'est inutile, dit le Roi des Gueux ; je suis venu ce soir te dire adieu, car je pars cette nuit !

— Comment, mon père, vous voulez que je me marie quand vous serez loin ; vous ne voulez donc pas contempler le bonheur de votre enfant ?

Mais enfin, vous serez toujours pour moi une énigme vivante; vous qui m'entourez de tant de soins, de tant de sollicitude, vous fuyez votre fils au moment où il a besoin de votre bras pour marcher le front haut et la joie dans l'âme jusqu'à l'autel où Dieu l'unira pour toujours à celle qu'il aime ; oh ! mon père, dit Adrien en sanglottant, que je suis malheureux !

— Je ne veux pas que tu pleures Adrien, dit le Roi des Gueux en prenant son fils dans ses bras et en l'y serrant avec force, tu entends, je ne veux pas que tu pleures, ce soir surtout, au moment où je vais te quitter, j'ai besoin, vois-tu, de toute mon énergie et de tout mon courage, et tes larmes me brisent le cœur. Dieu sait si je souffre d'être obligé de partir, Dieu sait si je n'ai pas lutté longtemps avant de me décider à te quitter, mais mon pauvre enfant, rien ne peut lutter contre la destinée et il faut que la mienne s'accomplisse; Adrien, ton père t'a beaucoup aimé, il t'aime encore beaucoup et il t'aimera éternellement.

Ne me dérange pas de la route que je suis, fatalement il faut que je la parcoure ; aucune puissance humaine ne peut m'y soustraire.

Je ne puis pas m'éloigner de ce chemin dans lequel les événements m'ont jeté ; Adrien, sois heureux, dans quelques jours tu connaîtras ton nom et ta fortune, emploie l'un et l'autre à soulager les malheureux, tends la main à ceux qui souffrent, mais, je t'en supplie, mon enfant, ne donne jamais une obole à celui qui osera te demander la charité effrontément et en face !

Méfie toi des mendiants impudiques, c'est-à-dire de ceux qui se traînent dans nos rues en plein midi et qui ne craignent pas d'y arrêter les passants !

Va toi même chez les malheureux qui se cachent, ceux-là sont les vrais pauvres; assieds-toi au milieu d'eux, mange à leur table, place leurs enfants dans des écoles et ne crains pas là, de vider ta bourse.

Tu accompliras alors la vraie charité : aime ta femme, mon fils, avec tout le respect et l'amour dont ton cœur est capable et apprends à tes enfants à aimer leurs parents.

En un mot, mon Adrien, marche dans la vie avec confiance et ne te laisse jamais

33° LIVRAISON.

abattre par les douleurs, car l'homme le plus heureux est presque toujours atteint par elles. Fais-leur face alors et détourne leurs coups, par ta seule force de caractère

— Mais, mon bon père, vous ne m'avez jamais parlé ainsi, il me semble, en vous écoutant, que j'entends quelqu'un qui me dit adieu pour toujours et que je ne reverrai plus !

— C'est une erreur, Adrien, nous nous reverrons encore. Et le Roi des Gueux ajouta dans son cœur : Là-haut !

Puis il reprit :

— Maintenant, Adrien, avant de nous quitter parlons de choses sérieuses ; je ne serai pas là quand tu auras vingt et un ans, mais je laisse avant de partir des instructions à qui de droit, et tout s'accomplira comme si j'y étais.

Le notaire qui a toujours servi mes intérêts, te donnera à cette époque tous les titres nécessaires, tu n'auras à t'inquiéter de rien comme je te l'ai déjà dit.

Le Roi des Gueux se dressa, prit encore une fois son fils dans ses bras et lui dit avec une émotion grandissante :

— Tu ne m'en veux pas, mon cher fils, de ma façon d'agir à ton égard.

— Mais, mon père, je ne sais que répondre ; si je croyais pouvoir vous retenir en disant que je vous en veux, je n'hésiterai pas ; d'un autre côté, je sens bien que votre départ est nécessaire, qu'il est irrévocable et je ne veux pas que vous partiez en emportant une mauvaise parole de votre fils Mon bon père, je ne vous en veux pas, dit alors Adrien en embrassant le Roi des Gueux avec tendresse !

— Oh ! merci, mon cher fils dit le vieillard en rendant avec usure à Adrien ses caresses.

Mais, ajouta-t-il ne prolongeons pas davantage cet entretien, il faut encore que je fasse les préparatifs de mon voyage et . . . . il faut que je te laisse.

— Vous m'écrirez souvent n'est-ce pas mon père ?

— Oui, dit le Roi des Gueux avec amertume, oui, souvent.

— Et moi aussi, je vous raconterai mon mariage, mes premiers jours de bonheur et vous serez heureux en apprenant que je le suis.

— Oui Adrien.

— Vous me donnerez votre adresse afin que je vous donne de mes nouvelles le plus tôt possible.

— Oui, mon fils, il faut nous quitter l'heure passe, tu m'aimes bien n'est-ce pas Adrien et je puis m'en aller avec la certitude de posséder toute ton affection.

— En doutez-vous ?

— Ah ! vois-tu, c'est que j'ai besoin de le savoir, quand on s'en va pour si longtemps dit le Roi des Gueux d'une voix sombre. . . . .

— Mais pour combien de temps partez-vous donc ?

— Eh ! le sais-je ?

— C'est donc bien long ce que vous allez entreprendre.

— Oh ! oui, c'est long dit le vieillard en soupirant ! Allons embrasse moi mon enfant, et dis-moi Adieu ! ne pleure pas mon fils, nous nous reverrons, nous nous reverrons peut-être bientôt Adieu Adrien !

— Adieu mon père.

— Adieu mon cher fils et le vieillard qui sentait que les larmes allaient tomber de ses yeux serra sur son cœur son fils dans une dernière étreinte et descendit précipitamment les escaliers.

CHAPITRE IX

Arrivé chez lui, il donna un libre cours à ses larmes, le Roi des Gueux pleura ainsi longtemps, lorsque Cul de-Jatte entra tout bouleversé.

Il ne remarqua pas de suite l'émotion du vieillard et s'assit en poussant un gros soupir.

— Il y a la révolution dans la Cour des Miracles, s'écria-t-il enfin Ah ! vous avez eu une lumineuse idée de partir ce soir !

Mais qu'avez-vous dit-il tout à coup en s'approchant du vieillard ; vous pleurez

— Oui, je pleure car j'ai le cœur brisé.

— Vous avez vu votre fils ?

— Je sors de chez lui à l'instant.

— Vous n'auriez pas du lui rendre visite

— Comment dit le Roi des Gueux, tu veux que je meure sans revoir mon enfant, tu veux que je m'en aille aussi sans l'embrasser sans le serrer dans mes bras ! Mais tu ne ressens donc rien alors ?

— Moi dit Cul de-Jatte avec amertume, est-ce que j'ai le droit de ressentir quelque chose ? Est-ce qu'il m'est permis d'aimer ou d'être aimé ? Vous savez bien que je suis un bâtard, un rien du tout, un être nul et inutile !

— C'est vrai, tu ne peux pas comprendre ma douleur.

— Vous voyez, vous l'avouez vous-même ; enfin, vous lui avez fait vos adieux à votre enfant et vous êtes prêt, c'est l'essentiel : mais encore une fois, renoncez à cette idée de suicide, je vous avoue que je ne vois pas la nécessité de cet acte qui pour moi touche à la folie; qui donc vous force à mourir ! Votre fils ? Allons donc ! s'il est riche, s'il est envié, s'il est homme aujourd'hui à qui doit-il son nom ? à vous. Eh ! bien racontez lui votre vie, dites lui tout ce que vous avez souffert et s'il n'est pas un ingrat, si la reconnaissance n'est pas un vain mot, votre fils au lieu de vous haïr, vous aimera, au lieu de vous maudire vous bénira.

— Cul-de-Jatte, je t'ai déjà dit qu'il était inutile de me faire revenir sur mon projet ! Je ne veux pas que mon enfant ait une arrière pensée qui le pousse à ne plus respecter son père !

— Et bien puisqu'il en est ainsi, laissez-moi me charger de cette affaire, vous m'avez confié vos secrets, permettez moi d'aller chez M. Adrien et de lui dire ce que vous n'osez pas lui révéler vous-même !

— Jamais t'ai-je dit, mais ne parlons plus de celà et apprêtons-nous à partir !

— Un moment, quand je suis arrivé tantôt vous étiez tellement absorbé que vous n'avez pas pris garde à mon émotion , à la Cour des Miracles.

— Eh ! que m'importe à moi aujourd'hui la Cour des Miracles interrompit le Roi des Gueux avec impatience ; les choses de ce monde ne peuvent plus avoir aucun intérêt pour moi.

— Oui, mais elle est sans dessus-dessous.

— Et pourquoi ?

— Parce que quelqu'un a trahi nos secrets, parce que un des nôtres a conduit à l'association M Dessullamare lui-même et que ce dernier après avoir vu tout ce qu'il voulait voir et surtout ce qu'il voulait savoir, s'est rendu au conseil municipal et là dans un discours véhément et plein d'indignation a demandé avec énergie des fonds pour construire un hospice destiné à recevoir tous les mendiants.

— Et sa demande a été écoutée ?

— Non seulement elle a été écoutée, mais séance tenante, plusieurs conseillers municipaux se sont inscrits pour des sommes importantes, la liste de souscription va être remise à tous les grands négociants de Marseille et il est certain qu'elle sera bientôt couverte de signatures.

— C'est grave, en effet pour les compagnons, mais que veux tu que j'y fasse ?

— Pas grand chose et ni moi non plus, mais, il est bientôt une heure et demie et l'heure de notre départ approche, préparons nous donc : le capitaine nous attend à 2 heures et il est prudent que demain nous ne soyons pas à Marseille ; tous les compagnons sont furieux contre vous, ils disent que vous êtes pour quelque cho-e dans tout ce qui se passe ; que c'est peut être vous qui avez révélé à M. Dessullamare tous nos mystères et qui l'avez conduit à l'association.

— Tu sais bien que tout cela est faux.

— Je le leur ai dit, mais ils n'ont rien voulu entendre ils vous soupçonnent et si par malheur ils vous rencontraient demain, ils n'hésiteraient pas à vous assassiner, ils ont d'ailleurs juré la mort de celui qui les a trahis.

— Nous allons partir, non pas parce que ces truands me font peur, mais parce que j'ai décidé que nous partirions ce soir ;

A ces mots le roi des Gueux se dressa, une résolution ferme se peignait sur ses traits ; il alla a son bureau, en ferma tous les tiroirs et remit toutes les clefs à Cul-de-Jatte en lui disant :

— Tiens, prends toutes ces clefs, quand je ne serais plus là tu les remettras à mon fils.

Il alluma ensuite un grand feu, et brûla toutes les perruques et les fausses barbes qui pendaient aux clous ; il jeta aussi dans les flammes tous ses haillons et quand tout fut consumé, qu'il ne resta plus rien de ce qui recouvrait le roi des Gueux, le comte de X. . . se tourna vers Cul-de-Jatte et lui dit :

— Meure ainsi mon passé avec moi, Cul-de-Jatte ; j'ai fini ma carrière , mon fils peut à présent porter la tête haute. le nom que je lui ai transmis sans souillure, il peut aimer et se marier ; le roi des Gueux n'a jamais existé pour mon enfant le comte de X. . . et le roi des Gueux sont morts le comte de X . . va revenir à la lumière dans Adrien.

Je vais donc quitter cette demeure ou plutot ce sépulcre. car je n'en sortait que dans une autre tombe, mon déguisement ! cette chambre a vu mes remords se mes larmes. ces mûrs sont remplis de mes fantômes.

Ils n'ont jamais vu un sourire sur mes lèvres, ils ont vu blanchir mes cheveux et mon front se rider, cette chambre a été mon enfer ; je la quitte pourtant avec regret, car je la laisse pour entrer cette fois dans la nuit éternelle.

Il n'est pas un objet qui n'ait été mouillé de mes larmes, cet enfer m'aura-t-il purifié devant Dieu et vais-je arriver près de lui, lavé de mes fautes ? Hélas ! ce doute seul m'est pénible au moment suprème.

J'ai pourtant souffert toutes les tortures ; ma vie n'a été qu'une suite de douleurs épouvantables ; de déceptions amères ; moi qui étais né pour avoir toutes les joies en partage me voilà arrivé à la fin de ma course traînant avec moi toutes sortes de crimes et de regrets,

Et pourtant j'avais au fond du cœur une source inépuisable de tendresses et j'aurais pu être bon autant que j'ai pu être mauvais.

Ah ! Cul-de-Jatte si un jour je me suis jeté tête baissée dans cette Cour des Miracles que j'ai aujourd'hui en horreur ; c'est que j'ai cru qu'elle m'ensevelirait vivant, mais ensevelit-on un remords et tant que la vie est là ne vit-il pas avec elle !

— Ah ! si j'avais su, si j'avais pu prier, j'aurais peut-être oublié. j'aurais peut-être moins souffert, mais quand on ne croit plus à soi-même, on ne peut plus croire en Dieu !

Hélas ! le couvent avec ses grands murs sombres et ses cellules expiatrices, m'a fait peur, je n'ai pas eu le courage de dire adieu à la lumière, le soleil, ah ! le soleil, la clarté, l'air pur, la liberté, j'avais toutes ces splendeurs dans mon âme et je n'ai pas voulu les éteindre a tout jamais ; elles vivaient tellement en moi que j'avais horreur de les en chasser !

Malgré l'ombre profonde que je sentais au fond de mon être, j'y sentais vivre aussi cette fine clarté des Cieux qui éclatait rayonnante sur mon front.

Comment fuir l'azur quand il vous pénètre, quand il vous envahit ? Comment aller s'agenouiller devant Dieu quand on ne s'en reconnaît pas digne !

Et puis n'avais-je pas un enfant !

Qui l'aurait soigné si j'avais mis sur mon corps la robe d'un moine ? Cette robe là ne sied pas à ceux qui ont une famille et les égoïstes seuls peuvent songer à la porter !

Je ne pouvais pas vivre et ne devais pourtant pas mourir.

Je résolus donc de disparaître de la foule tout en me trouvant au milieu d'elle, tout en vivant de sa vie et me réchauffant à son soleil !

J'ai atteint mon but en devenant le Roi des Gueux !

A présent mon fils n'a plus besoin de moi, je puis disparaître tout à fait ; je puis enfin fuir pour toujours les spectres terribles qui se sont acharnés à ma poursuite.

Je les vois encore dit le vieillard, les yeux brillants, les mains étendues, je les vois encore enveloppés dans le urs suaires le regard flamboyant, leurs mains osseuses s'appuyent sur mes épaules et les brûlent, de larges taches de sang rougissent leurs linceuls, je ferme les yeux et je les vois encore, ils habitent dans mon crâne, ils vivent de mon existence, s'asseoient à ma table et couchent dans mon lit

Oh ! les horribles fantômes, ils ne se lassent pas, leur rire guttural éclate en ricanant dans ma tête. ce rire me glace le cœur ! une sueur froide coule de mes tempes, oh ! mon Dieu dit le Roi des Gueux en plongeant sa tête dans ses mains et pleurant à chaudes larmes, vais je donc avoir une agonie pareille !

Ayez pitié de moi, mon Dieu, ayez pitié de moi !

Cul-de-Jatte était pétrifié il regardait avec ahurissement le malheureux pleurer et ne trouvait rien à lui dire, ces deux hommes qui n'avaient plus de secrets l'un pour l'autre, qui avaient également aimé et également souffert n'osaient pas interrompre le flot de leurs douleurs quand il éclatait

Un silence profond succéda aux paroles du Roi des Gueux, Cul-de-Jatte le rompit le premier.

— Maître dit-il doucement, l'heure approche !

— Je suis prêt dit le Roi des Gueux qui se leva en sursaut. Partons !

Les deux hommes jetèrent chacun un manteau sur leurs épaules et descendirent silencieusement les escaliers de la maison.

Ils longèrent la rue du Grand-Puits, la rue Pierre-qui-Rage et arrivèrent bientôt sur le port, de là près du fort St-Jean.

L'air était vif, les étoiles brillaient pures au firmament, le vent du nord ou le mistral soufflait doucement et faisait vaciller les flammes blanchâtres des réverbères, le port était désert, les pas cadencés d'un douanier battant la semelle sur le sol en se promenant devant sa guérite troublaient seuls le silence de la nuit

Cul-de-Jatte siffla et d'un navire qui semblait mort tellement il était immobile un autre coup de sifflet répondit.

— Amène ton canot dit Cul-de-Jatte ; c'est nous.

Alors une ombre noire se dessina sur le pont, descendit l'échelle de cordes qui pendait négligemment sur le flanc du brick et sauta dans le canot.

Un bruit de rames se fit entendre et quelques temps après l'ombre et le bateau accostaient.

Cul-de-Jatte et le Roi des Gueux s'embarquèrent toujours silencieux et le canot s'éloigna du bord.

Les deux hommes et leur conducteur arrivèrent bientôt à destination et gravirent l'échelle

Une fois sur le pont du navire, le Roi des Gueux se dirigea vers la cabine du capitaine.

C'était un homme grand, ayant le costume pittoresque des pêcheurs du quartier St-Jean ; bronzé par le soleil, les cheveux noirs et taillés courts, toute la barbe, il avait pourtant dans ses traits virils quelque chose de bon et de doux.

Un bonnet de grec, rouge, plié en deux et retombant sur un côté, couvrait sa tête, il avait de grands sabots aux pieds, des bas de forçats à raies noires et blanches, un pantalon en toile épaisse donnant sur le jaune, et une vareuse en laine tout à fait décolletée.

Le brave homme ne devait pas craindre le froid, car, lorsque le Roi des Gueux entra dans sa cabine, cette dernière était grande ouverte et le capitaine fumait tranquilement sa pipe assis sur des cordages, ne prenant pas garde à la bise glacée qui entrait par la porte?

— Ah ! c'est-vous qui êtes le passager, qu'on m'a annoncé ce matin.

— C'est moi !

— Bien, on vous a dit que nous allions à Toulon.

— On me l'a dit.

— On vous a dit aussi quel était le prix que j'exigeais pour votre passage ?

— Oui et j'accepte ce prix !

— Alors nous allons nous mettre en route.

— Le plus tôt possible, car j'ai hâte d'arriver !

— Nous allons partir immédiatement.

Le capitaine conduisit alors les deux passagers dans une autre cabine qui était sur l'arrière du navire et dans laquelle il y avait deux couchettes suspendues.

— Voilà votre chambre dit-il au Roi des Gueux.

— Merci dit celui-ci.

Alors le capitaine donna des ordres.

Les mousses levèrent l'ancre et le navire commença à s'écarter du bord sous l'impulsion des marins qui tiraient sur une corde amarrée à l'autre côté du quai.

Lorsqu'il fut au milieu de la sortie du port, on hissa les voiles et le brick semblant revenir à la vie tout-à-coup commença à courir léger comme un oiseau sur les ondes, au moment où il allait disparaître des cris stridents se firent entendre sur le quai.

Cul-de-Jatte et le Roi des Gueux qui étaient encore sur le pont dirigèrent leurs regards de ce côté là et quoique la nuit ne fut pas trop claire ils aperçurent un groupe d'hommes qui se débattaient, puis il virent un objet informe apparaître au-dessus du groupe qui se dirigea vers la mer le jeta dans le port.

Le bruit d'un corps qui tombe et qui se débat arriva jusqu'aux voyageurs mais à ce moment là, le navire franchissait le fort S-Jean et le Roi des Gueux ainsi que Cul-de-Jatte ne virent et n'entendirent plus rien.

L'Anna prit majestueusement la mer et demi-heure après, poussée par une bonne brise, elle n'apparaissait plus que comme un point blanc à la surface de l'eau

X

COMMENT LE FAUX MENDIANT PARTIT

Nous prions nos lecteurs de bien vouloir se reporter à la fin de notre dixième chapitre, le lendemain de la présentation du nouveau mendiant à la Cour des Miracles faite par le boiteux.

Le nouveau compagnon se coucha comme nous l'avons dit à côté de son cicerone et s'endormit ou feignit de s'endormir.

Deux heures après, il se souleva sur un coude, écouta avec attention et n'entendant que des ronflements sonores, se leva alors tout à fait, non sans avoir pris de grandes précautions afin de n'éveiller personne

Un seul quinquet brûlait encore dans la vaste cour des Miracles mais la mèche était sur son déclin et ne projetait plus qu'une lueur imparfaite.

Le faux mendiant s'orienta comme il put et sortit du dortoir.

Il se dirigea vers la porte, mais il s'aperçut avec terreur qu'elle était fermée ; le vieillard n'avait pas songé à cela ;

Comment sortir de cette galère ? le vieillard fit plusieurs fois le tour de la salle, mais ne trouva aucune issue, il fallait pourtant qu'il sortît à tout prix de la Cour des Miracles.

Tout-à-coup ses yeux se portèrent sur une fenêtre grillée qui tournait dans la rue de l'Echelle : mais comment l'atteindraient-on en admettant même qu'il l'ateignit, comment briser ces bareaux de fer ?

Pourtant le désir de sortir quand même de la Retirado lui donna le courage d'essayer de briser cet obstacle.

Il prit une barrique qui était dans un coin, la roula jusqu'au dessous de l'ouverture, la dressa ensuite, mit une chaise dessus et monta ; ses mains purent alors saisir une des barres de fer, il essaya de l'ébranler et reconnut qu'il lui serait facile de l'arracher.

Il se mit donc à l'ouvrage et après quelques efforts, la barre céda.

Alors s'arc-boutant sur ses deux bras, il passa d'abord la tête à travers les barreaux qui restaient, puis les épaules et enfin tout le corps.

Le vieillard poussa alors un grand soupir de soulagement.

Marseille.— Imp. J. Doucet, rue Chevalier-Rose, 1

Il était libre.

Il descendit précipitamment la rue de l'Echelle et arriva bientôt sur le Cours, toutes ces émotions l'avaient profondément rassasié, un café ouvrait ses portes il y entra, s'y fit servir un moka et l'absorba tranquillement, deux heures après il allait à la place Noailles et se présentait à la porte de l'hôtel où il avait la veille demandé l'aumône.

Les domestiques à peine levés astiquaient les poignées de cuivre

— Tiens ! dit l'un d'eux, voilà le vieux d'hier au soir.

Le mendiant ne prit pas garde à ces paroles, il monta les escaliers de l'hôtel et fit mine d'y entrer.

— Hola dit un des serviteurs, où allez-vous ?

— Je vais chez moi dit le mendiant ; ôtant sa barbe et sa perruque.

— Monsieur Desullamare s'écrièrent avec stupéfaction les domestiques et ils s'inclinèrent respectueusement

C'était en effet M. Desullamare, notable de la ville de Marseille, qui s'était déguisé en mendiant pour surprendre les secrets de la Cour des Miracles

Le boiteux avait ainsi livré sans le vouloir, l'association à son plus redoutable ennemi

M. Desullamare, monta chez lui, quitta ses vêtements sordides et à midi se rendit au conseil municipal.

Il n'y avait pas séance ce jour là, mais tous les conseillers étaient en réunion extraordinaire.

Le notable se fit annoncer et fut introduit sur le champ !

— Je vous demande pardon de vous déranger, Messieurs, mais la communication que j'ai à vous faire est d'une telle importance que je ne puis la renvoyer à un autre jour

J'ai enfin surpris les mystères de cette Cour des Miracles dont on a tant parlé et que personne jusqu'à ce jour n'a encore voulu affronter.

Je me suis déguisé en mendiant, j'ai mis une fausse barbe et une fausse perruque et certain de ne pas être reconnu puisque mes gens même ne me reconnurent pas, je n'ai pas hésité à me rendre à la rue de l'Echelle.

Je suis encore écœuré du spectacle horrible que j'ai eu sous les yeux et je viens vous demander la cessation de telles infamies

Il n'est pas possible de tolérer plus longtemps de tels abus, mon cœur se soulève de dégoût à la seule pensée des scènes épouvantables qui ont frappé mes regards.

d Desullamare raconta alors tout ce qu'il avait vu, son discours véhément, plein de fougue remua profondément ses auditeurs.

— Messieurs, dit-il en terminant, je vous en supplie, Marseille, la grande ville commerciale, la cité du travail et de la probité ne peut pas rester plus longtemps exploitée par ces misérables.

Certes, malgré la prospérité croissante de nos affaires, il y a dans notre ville des malheureux, mais soyez certain, Messieurs, qu'il n'y en a pas à la Cour des Miracles : rien n'est sublime comme la charité, mais lorsqu'elle est bien faite, lorsqu'elle est bien appliquée.

Je vous renouvelle donc la demande que je vous ai déjà faite, votez des fonds, messieurs, ou bien, comme cette affaire n'est pas de votre ressort, dressez une liste de souscription pour élever un hospice qui recevra tous ces truands Je m'y inscris le premier pour mille francs.

Les conseillers applaudirent aux dignes paroles de Monsieur Desullamarre et tous s'inscrivirent pour des sommes importantes.

On fit plusieurs listes de souscription, et il fut convenu qu'on les soumettrait aux grands négociants de Marseille.

Mais la Cour des Miracles était une association ténébreuse et relativement puissante, Monsieur Desullamare savait très bien à quoi il s'exposait en ouvrant cette lutte au grand jour ! La haine des Gueux allait infailliblement le poursuivre.

Dès qu'ils apprendraient la décision du conseil municipal prise après l'injonction de M Desullamare, la vie de ce dernier était en danger ; les mendiants ne se laisseraient pas battre ainsi, ils emploieraient tous les moyens pour se venger de celui qui, comme ils l'avaient dit pittoresquement, voulait les empêcher de gagner honorablement leur pain.

M Desullamare s'entoura donc à partir de ce jour là de toutes les précautions nécessaires, il demanda aide et protection au conseil municipal qui le fit accompagner par deux agents en bourgeois et qui le suivaient à distance.

C'est ainsi qu'il évita des dangers imminents, car les gueux ne le voyant jamais seul, ne purent pas assouvir leur vengeance

Mais maintenant que nos lecteurs savent le nom du faux mendiant, retournons a la Cour des Miracles et voyons un peu de quelle façon nos anciennes connaissances apprirent que leurs secrets étaient devenus publics !

XI

SCENE A LA COUR DES MIRACLES

Quand le boiteux après s'être bien frotté les yeux se convainquit de la disparition du nouveau compagnon, il était cinq heures trois quarts ; une inquiétude visible se peignit sur ses traits !

N'avait-il pas piloté et remisé un traître ?

Et la porte était fermée, il était bien bon de se faire de la bile, le mendiant était probablement dans l'autre salle et se livrait à une visite en détail de la Cour des Miracles.

Il allait le trouver bientôt curieux comme la veille et lui demandant des renseignements.

Il se leva, passa sa veste et sortit du dortoir, il n'était pas encore bien jour, mais les yeux habitués à l'obscurité, le boiteux distingua parfaitement tous les objets et se mit en devoir de faire une visite minutieuse il chercha, fouilla dans tous les coins et fut obligé de convenir que son compagnon n'y était pas.

Il alla à la porte et vit que la clé n'était pas à la serrure.

— Par où diable est-il passé, fit-il, devenant vraiment inquiet, cette fois ! il a dû se coucher sur une autre paillasse.

Et le boiteux persuadé cette fois qu'il allait retrouver l'inconnu, se dirigea vers le dortoir ; mais qu'elle ne fut pas sa stupéfaction lorsqu'il se trouva devant le baril et la chaise.

— Tonnerre de D... s'écria-t-il, nous sommes volés ! tout ce qu'il y a de plus volés, j'ai hier soir mené un argousin dans l'association ! Le vaurien a filé par là, plus de doutes ! Ohé les autres ! dit-il d'une voix puissante en entrant dans le dortoir ; ohé ! levez-vous et vite encore, nous sommes trahis, tout ce qu'il y a de plus trahis !

Tous les compagnons se soulevèrent étonnés de cette interpellation matinale, indisposés contre celui qui l'avait faite !

Les visages encore remplis des ombres du sommeil, se tournaient mécontent vers le boiteux et leurs regards semblaient chercher l'explication des paroles qu'il venait de prononcer !

— Je ne parle pourtant pas latin, reprit celui-ci avec emportement ; je vous dis que nous sommes trahis et que le compagnon que j'ai mené hier soir et que j'ai présenté à l'association est un agent de la police.

A ce mot de police tous les mendiants se levèrent comme par enchantement et entourèrent le boiteux.

— Venez voir dit ce dernier, venez voir par où le chenapan s'en est allé.

Et il passa dans l'autre salle, suivi par les compagnons et s'arrêtant devant le baril et le soupirail.

— Tenez ! voilà le trou par lequel il est sorti !

— C'est toi qui nous a trahis dit une voix.

— Oui, c'est le boiteux qui a mené cet homme ici, il a fait cela pour perdre l'association.

— A mort le boiteux crièrent les mendiants.

Holà ! camarades, un moment je vous prie, vous n'allez peut-être pas me manger sans m'entendre !

— Tu es un traitre, dit un mendiant.

— Une canaille, dit un autre !

Ah ! ça, voulez-vous m'écouter fit le boiteux en se croisant les bras et en regardant en face les compagnons ; croyez-vous mes agneaux que vous me faites peur ! Allons donc ! Je ne suis pas coupable du crime dont vous m'accusez et c'est pour cela que je vous brave.

— Connais-tu le traitre dit le manchot.

— Je crois le connaitre reprit le boiteux !

— Nomme le alors, dit la Fouine en s'avançant.

Ma foi je ne peux rien affirmer, cependant j'ai un doute et cela pourrait bien être la réalité !

— Parle ! voyons ! hurla la bande.

— Eh ! bien, mes amis, ne trouvez-vous pas qu'il est étrange que le Roi des Gueux et Cul-de-Jatte nous aient quittés ainsi ?

Comment vous expliquez-vous le voyage du chef de l'association ?

N'avez-vous pas trouvé comme moi qu'il est inopportun ?

Il dit qu'il s'absente dans notre intérêt, où est la preuve de ce qu'il avance ? Qui sait si las de nous, et riche aujourd'hui le Roi des Gueux n'a pas jugé convenable de nous livrer à nos adversaires ? Comment admettre qu'au moment où nous sommes trahis, lui qui doit être notre défenseur, s'absente tout à coup, disparaisse quand il devrait se montrer !

Quant à moi, où est mon crime ? Pouvais-je savoir que ce mendiant était de la police. et d'ailleurs vous tous qui m'accusez, en admettant qu'il soit un espion, n'avez-vous pas vous même ¿inspecté le personnage et n'êtes-vous pas dans ce cas aussi dupe que moi ?

— C'est vrai dit un mendiant le boiteux à raison !

— Or donc. j'admets que je me suis trompé, j'admets encore que, trompé, par l'air bon enfant du faux mendiant, j'ai, sans le vouloir, sans le savoir, livré nos secrets à un agent de la police, en suis-je coupable ? Qui a jeté cet espion sur nos pas ? Qui lui a dit qu'en se déguisant ainsi, car cela ne souffre pas de discussion, il s'est déguisé, il me rencontrerait et que je le conduirai ici ?

Qui a pu arranger cette affaire ? Je ne vois que le Roi des Gueux capable de l'avoir emmanchée ; aussi, je soutiens ce que j'ai dit tantôt ; je ne suis pour rien dans ce qui est arrivé, quelqu'un de plus intelligent que moi a organisé ce guet-à-pens et j'y suis tombé bêtement.

Le départ de notre chef coïncide d'abord d'une étrange manière avec cet accident.

D'ailleurs, si j'étais coupable d'un pareil forfait, vous ne supposez pas que je sois assez bête pour mener moi même ici un traître et me montrer tout le temps avec lui ?

— Il a raison, dit le Borgne, il ne serait pas venu avec le faux mendiant !

— Enfin, vous ne voulez plus me tuer ?

— Pas pour le moment, mais quant à moi dit Madon la ressuscitée. je trouve que tout ça n'est pas clair, il y a au fond de toute cette affaire quelque chose que nous ne nous expliquons pas ?

— En effet dit un petit vieux ; le Roi des Gueux s'en va, Cul-de-Jatte le suit, le boiteux rencontre un mendiant le même ici, ce dernier disparait par le soupirail, qu'est-ce que tout cela veut dire, d'un autre côté le chef de l'association nous annonce avant son départ qu'on va nous traquer, qu'un ennemi nous poursuit et cet ennemi a été hier parmi nous ; je donne ma langue au chien, je n'y comprends rien absolument

— Il est certain dit le boiteux que ce n'est pas ici que nous trouverons la clef de cette énigme, c'est au dehors qu'il faut la chercher ! Nous allons nous séparer et continuer comme si rien ne s'était passé, ce soir il faut nous donner rendez-vous pour huit heures ici, et chacun de son côté tout en mendiant ira aux renseignements.

Il faut absolument que d'ici à ce soir nous sachions à quoi nous en tenir.

L'association est peut-être à la veille d'un cataclysme, il faut parer aux coups qu'on veut lui porter.

Dans tous les cas ce soir, si nous ne voyons pas le Roi des Gueux nous verrons au moins Cul-de-Jatte et nous saurons probablement à quoi nous en tenir !

A ces mots les gueux se séparèrent, et se donnèrent rendez-vous pour le soir à huit heures !

La journée s'écoula, mais à sept heures la Cour des Miracles était déjà pleine de truands qui discutaient entr'eux avec vivacité.

Une animation extraordinaire régnait dans les groupes, tous les visages des gueux étaient farouches et inquiets ; leurs regards semblaient sonder les profondeurs de la *Retirado* ; très probablement les renseignements qu'ils avaient pris dans la journée n'étaient pas de nature à les rassurer, car rien ne l'indiquait sur leurs physionomies !

Ils semblaient attendre quelqu'un, car leurs yeux se tournaient souvent sur la porte d'entrée et leur impatience se manifestait dans leurs imprécations et leurs jurons !

Quelques uns d'entr'eux bouclaient des malles, faisaient des paquets, les femmes formaient un groupe à part et les mains sur les hanches, les yeux pleins d'éclairs devisaient à haute voix entr'elles.

— Il ne viendra pas dit Marie la Gouje, je vous dis que nous sommes livrés par les chefs, ce sont eux qui nous ont vendus, mais jour de Dieu gare à eux s'ils tombent sous nos pates !

— Ce bandit de Desullamare a donc eu gain de cause, nous sommes perdus et l'association si florissante hier est morte aujourd'hui dit la Fouine.

— Pour la volonté d'un homme, abandonner toutes nos belles recettes, mourir de faim en un mot ! ajouta Madon.

— Et dire interrompit le boiteux qui avait entendu Madon, et dire qu'il était hier soir dans nos mains et que nous l'avons laissé sortir vivant de la Cour des Miracles.

— Ah ! malheur dit le Borgne, il l'a tout de même échappée belle, s'il s'était seulement troublé, son compte était clair, nous l'aurions reconnu et... assommé !

— Avouez que ce Desullamare a du courage, j'avoue qu'à sa place j'aurais hésité longtemps avant de me risquer dans l'association ! Je crois même que je ne me serais jamais décidé à y pénétrer !

— Il a été plus fort que nous ajouta le petit vieux, il nous a roulés d'importance ; et tout ça, c'est toujours la faute au boiteux, car s'il ne nous l'avait pas amené, nous ne serions pas dans toute cette tribulation.

— Ah ! tu sais toi, tu en aurais fait tout au tant, ces vieux veulent toujours en savoir plus que les autres et ils ne voient pas plus loin que le bout de leur nez.

— Il ne faut pas pourtant te donner des gants parce que tu as fait une bétise, dit le Borgne ; ne cherche pas à t'excuser de ta bévue, si l'association reçoit un coup, c'est toi lou Goy qui aura aidé à le lui porter, pour moi, je t'en estime responsable, quand on mène quelqu'un à la Cour des Miracles, il faut savoir qui l'on mène, nous serions vraiment beaux si tous nous arrivions ici avec des inconnus qui nous mangeraient notre saint frusquin et révéleraient ensuite au premier venu nos miracles !

— Bien parlé, dit un mendiant !

— Vous n'allez pas me faire mon procès, pourtant, fit le boiteux, dont le regard s'enflamma ; je n'entends pas être responsable du tour que l'on m'a joué, attendu que je suis assez malheureux comme ça d'en avoir été dupe.

— Nous verrons d'ailleurs ce que dira Cul-de-Jatte, si toutefois le Roi des Gueux ne vient pas lui-même, dit la Gouje, mais ajouta-t-elle, nous n'aurons pas à attendre longtemps, voici Cul-de-Jatte lui-même qui arrive.

En effet ce dernier entrait, il parut surpris de trouver une pareille animation chez les mendiants

Il s'assit tranquillement sans mot dire, le souci de l'expédition qu'il devait faire avec le Roi des Gueux, cette nuit-là, se lisait parfaitement sur son front.

Les mendiants s'y trompèrent, ils crurent que Cul-de-Jatte était ennuyé par rapport aux mauvaises nouvelles qu'il avait dû apprendre comme tout le monde.

— Il faudra donc, dit Cul-de-Jatte, que nous fassions un exemple, il y a parmi nous un traître qui nous livre à l'ennemi ! Il s'est passé ici, la nuit dernière, des scènes étranges ; un homme a été introduit dans l'association, et après avoir surpris nos secrets, s'est sauvé par le soupirail ! Et c'est le Boiteux qui a conduit cet homme chez nous !

— Comment sais-tu tout cela, toi, dit celui-ci tout étonné ?

— Ah ! ça, croyez-vous, dit Cul-de-Jatte en se croisant les bras, croyez-vous que je sois pour rien le remplaçant du Roi des Gueux ? Est-ce que tout ce qui se passe chez nous ne doit pas m'être connu ?

Rien de ce que vous faites ne m'est étranger ! Je dois tout savoir et je sais tout.

Or, Cul-de-Jatte mentait effrontément, car il n'avait pas eu le temps de songer à l'association pendant toute cette journée, mais, selon sa noble habitude, avant d'entrer, il avait écouté à la porte et n'était entré que lorsque la conversation des mendiants lui avait appris ce qui s'était passé.

— Et le Roi des Gueux, demanda le Boiteux ?

— Le Roi des Gueux est parti, mais je lui ai écrit cette après-midi et dans quelques jours il sera ici.

— Tu ne sais pas ce que je crois, moi, reprit le Boiteux, en s'adressant à Cul-de-Jatte ? Eh ! bien je crois que s'il y a un traître ici, c'est l'OEil Borgne.

Cul-de-Jatte se dressa, fit quelques pas vers lui et se croisant les bras lui dit :

— Je remplace le Roi des Gueux et je ne souffrirai pas qu'en son absence on l'insulte ; notre chef est au dessus des soupçons d'un homme tel que toi, il a assez montré à l'association, le zèle qui l'animait, pour qu'on le laisse tranquille.

— Bravo, crièrent les mendiants.

Cul-de-Jatte se voyant soutenu ajouta :

— J'admire ton audace, lou Goy, comment, c'est toi qui fais tout le mal et tu veux en rejeter la faute sur quelqu'un, c'est toi qui nous mets dans le pétrin et pour t'en tirer, tu accuses le Roi des Gueux du plus noir des forfaits ; d'ailleurs, quand on accuse, il faut au moins avoir des preuves ; où sont les tiennes ? Sur quoi te bases-tu pour déclarer que notre chef est coupable, savons-nous seulement de quelle façon tu as introduit ici M Desullamare...

Le Boiteux l'interrompit.

— Pour ça, c'est facile à dire, et il raconta alors ce que nous savons au sujet du faux mendiant.

Cul-de-Jatte reprit :

— Sommes nous obligés de croire à ce que tu nous dis ? Qui nous prouve que ton récit n'est pas un conte inventé à plaisir ; qui nous dit que ce M. Desullamare ne t'a pas donné une forte somme pour que tu le conduise à la Cour des Miracles.

— Pas de ces suppositions, Cul-de-Jatte, dit le Boiteux furieux, je ne suis pas un lâche moi !

— Eh ! mon Dieu, tu dis bien que d'autres le sont, pourquoi ne supposerions-nous pas, à notre tour, que tu l'es aussi ?

— C'est vrai, appuyèrent les mendiants !

— Comment, vous osez croire que j'ai conduit ici le faux mendiant pour vous trahir ?
— C'est mon opinion, dit Cul-de-Jatte froidement !

— Tonnerre de D..., hurla le Boiteux, mais c'est abominable ; je casse la tête au premier qui soutiendra cela.

Un grand éclat de rire accueillit ces paroles, les mendiants s'étaient rapprochés et avaient enfermé dans un cercle le malheureux qui, tout innocent qu'il était, sentait que toute la Cour des Miracles, le soupçonnait du crime de trahison.

Le Boiteux devint bientôt inquiet, car tous les visages s'assombrissaient, les mendiants furieux d'être traqués et découverts ne demandaient pas mieux que de passer leur rage sur quelqu'un.

Ces gens là qui depuis si longtemps exploitaient sans pudeur la charité publique ne pouvaient pas se faire à l'idée d'être enfermés dans un hospice ou bien de travailler.

Car, il n'y avait pas d'autre alternative, le conseil municipal ayant pris la demande de M. Desullamare en considération et ayant voté des fonds, n'allait pas tarder à élever l'asile qu'on destinait à ces vagabonds.

Et alors tout était perdu.

Les misérables frémissaient surtout en songeant qu'il allait leur falloir se remettre au travail.

Pour ces gens là, c'était le pire des maux, être enfermés, mon Dieu, à la rigueur ils auraient accepté cette situation, mais travailler ! cela ne leur était plus possible et c'est ce qui les exaspérait !

Somme toute, ils ne s'illusionnaient pas sur le mode d'admission qu'emploierait le conseil de surveillance de l'hospice, il était même certain qu'on n'y recevrait que ceux que la vraie misère et l'impossibilité matérielle de se livrer à un labeur quelconque obligeait à mendier.

Or, tous les compagnons étaient bien portants et n'étaient atteints, nos lecteurs le savent, d'aucune infirmité

S'ils avaient le cynisme d'aller demander un asile à l'hospice, ou les questionnerait, on leur demanderait leur métier et on chercherait à les occuper.

Nos lecteurs comprendront sans peine dans quel degré d'exaspération toutes les réflexions qui précèdent avaient mis les mendiants.

Aussi, le boiteux qui voyait ses compagnons furieux commençait-il malgré sa dernière bravade, à avoir véritablement peur !

Deux nouveaux compagnons entrèrent et cela fit diversion ;

Ils s'approchèrent de leurs camarades.

— Eh ! bien demanda Cul-de-Jatte, y a-t-il du nouveau ?

— Rien dit un des deux personnages ; M. Desullamare que nous connaissons est gardé à vue, nous l'avons suivi pendant un moment, mais nous nous sommes aperçus bientôt que des hommes de la police nous suivaient aussi.

— J'étais bien décidé dit l'autre à l'assommer, si j'avais pu m'approcher de lui ; mais il n'y aura jamais moyen ; voyez-vous, parce qu'il nesortira plus seul !

— Et vous aurez fait cela, sans en dire un mot à vos chefs ?

Vous auriez accompli ce crime sans demander un conseil et surtout sans recevoir un ordre.

— Un ordre de qui, de toi dit un mendiant, pourquoi le Roi des Gueux n'est-il pas là ?

— Le Roi des Gueux, dit Cul-de-Jatte avec assurance, s'occupe plus de vous que vous ne croyez !

— Ah ! je serai curieux dit le boiteux de savoir comment ?

— Ceci est son affaire reprit Cul-de-Jatte et non la vôtre, laissez-le agir, et pour vous rassurer je vous dirai donc la vérité, le Roi des Gueux n'est pas parti, le Roi des Gueux qui est plus puissant que vous ne le pensez est en ce moment auprès d'un personnage très influent et qui seul peut autoriser ou refuser l'élévation de l'hospice !

— Bravo, bravo dirent les gueux en frappant des mains !

— L'OEil Borgne réussira parce que le faut personnage avec lequel il confère ne peut rien lui refuser !

Les mendiants parurent un peu plus rassurés, mais l'inquiétude et la colère ne se calmèrent pas chez eux complètement !

Cul-de-Jatte qui n'avait plus rien à perdre et qui avait menti jusqu'à ce moment-là, continua à mentir pour détourner la rancune des compagnons et la reporter sur le boiteux.

Il fallait aux gueux une victime, Cul-de-Jatte ne se souciait guère de l'être.

Il reprit donc ainsi.

— C'est le Roi des Gueux qui m'envoie, depuis que M. Desullamare est sorti de la mairie, nous savons tous ce qui s'y est passé, nous sommes au courant de tout ce qui s'y est dit et de tout ce qui s'y est fait !

Mais nous savons aussi que deux traîtres nous ont vendus ! le premier c'est le borgne qui a eu une discussion à table lors du grand dîner que le Roi des Gueux après sa convalescense est venu présider et après lequel l'Eclopé a été jugé et condamné ; vous vous souvenez bien que notre chef, ennuyé de la dispute des deux compagnons, prit sous le bras celui dont je vous parle, le souleva en l'air et le jeta dans un coin où il se fractura la cuisse, vous vous rappelez aussi qu'on le monta dans la rue de l'Echelle parce qu'il jetait des cris effrayants et qu'on l'y laissa.

— Eh ! bien dirent les Gueux en se rapprochant davantage.

— Eh ! bien demanda Cul-de-Jatte, l'avez-vous revu depuis?

— Non, répondirent les mendiants.

— Parbleu ! il est parti de Marseille, mais après avoir touché une somme de M. Desullamare pour sa délation ! car c'est lui qui nous a trahis !

— Et l'autre demandèrent les mendiants ?

— Ah ! l'autre, eh ! bien l'autre a touché la moitié de cette somme !

— Mais quel est-il, quel est-il.

— L'autre, dit Cul-de-Jatte sans répondre à la question, il a piloté M. Desulla-mare dans les rues et l'a conduit à la cour des Miracles, il l'a fait coucher dans le dortoir et l'a laissé partir le lendemain matin par...... le soupirail que voilà !

— Le boiteux, s'écrièrent les mendiants avec explosion !

— C'est faux hurla, celui-ci, il ment, et se ramassant sur lui-même il allait sauter sur Cul-de-Jatte, mais les compagnons se jetèrent sur lui et le retinrent.

— Laissez-moi disait-il, laissez-moi, il faut que je le tue ; la rage décuplait ses forces, il fit un mouvement si puissant qu'il s'arracha des bras de ceux qui le tenaient et sortant un couteau de sa poche dont la large lame brilla aux pâles reflets des quinquets, il fondit sur les compagnons qui s'écartèrent et s'adossa contre un mur !

Cul-de-Jatte était impassible.

Le boiteux dardait sur lui ses yeux terribles.

— Ah ! vous croyez leur dit-il que j'ai peur, approchez-vous donc maintenant, venez-donc vous y frotter, je suis innocent du crime dont on m'accuse, je n'ai commis qu'une erreur et non un crime, tout ce qu'a raconté Cul-de-Jatte est complètement faux, il ment, il ment ! Mais vous ne le croyez pas au moins !

Comment vous voulez que moi qui suis si ancien dans l'association, j'aille vous dénoncer ? Vous voulez que je livre nos secrets à notre ennemi le plus acharné ? Allons donc, mais il faudrait que je fusse fou !

Il avait un tel accent de vérité en disant cela, que d'autres moins exaspérés que les gueux, eussent cru à ses paroles, mais l'association avait soif de vengeance ; toutes les preuves désignaient le malheureux et il ne pouvait s'y soustraire.

Malgré son couteau qu'il faisait tournoyer devant lui, quelques gueux s'approchèrent.

Le Boîteux prêt à défendre chèrement sa vie, se tint sur la défensive.

Un d'entr'eux plus brave que les autres, fit tout-à-coup un bond et se jeta sur le Boiteux, mais le couteau de ce dernier l'atteignit en pleine poitrine et il tomba.

A la vue du sang, l'assassin devint fou, il oublia toute prudence, et se précipita tête baissée au milieu des compagnons abandonnant le mur contre lequel il était appuyé.

Son couteau frappa à droite et à gauche, mais bientôt terrassé par le nombre, il fut désarmé.

Alors il y eut une scène horrible.

Ces misérables auraient pu tuer le Boiteux d'un coup de couteau mais ils préférèrent le tuer petit à petit.

Lorsqu'il fut terrassé, les hommes à coups de talons de souliers, lui meurtrirent les jambes et les mains pendant que quatre d'entr'eux le tenaient par les pieds et les bras ; on le foula aux pieds, on lui cracha dessus, une femme arriva avec son tabouret le souleva et le lui jeta sur la poitrine.

L'un d'eux prit le fouet et lui en administra un coup terrible sur le visage.

Le malheureux jetait des cris perçants.

— Tout-à-coup, quelqu'un dit : levons le rideau du soupirail, il y a une tringle, allumons du feu, faisons rougir le fer et brûlons-le un peu.

Ces monstres battirent des mains.

Cul-de-Jatte dont le cœur se soulevait de pitié quitta la Cour des Miracles

— Assez, criait le boiteux tout meurtri, assez, tuez-moi, mais bourreaux que vous êtes ne me faites pas souffrir ainsi.

On ne lui répondit pas, on alluma du feu et l'on y mit le fer !

— Nous allons le marquer dit, un compagnon !

— C'est ça, c'est ça, il fait froid, ça le rechauffera !

Le patient se tordait comme un reptile, mais maintenu par huit bras robustes, il ne pouvait malgré ses efforts se dégager de cette étreinte.

Dès que le fer fut rouge, celui qui l'avait fait rougir arriva sur le boiteux et demanda à ceux qui le tenaient :

— Où le marquons-nous ?

— Au front, répondirent ceux-ci.

Alors ils posèrent le fer sur le front du patient, la peau fuma et une odeur nauséabonde s'en exhala.

Une souffrance horrible se peignait sur les traits du malheureux, les narines contractées, les lèvres mordues jusqu'au sang, les yeux remplis de grosses larmes qui coulaient sur ses joues, il ne jeta pas un cri, ne poussa pas une plainte, mais l'excès de la douleur fit qu'il s'évanouit.

Qùand on vit qu'il ne remuait plus, on le crut mort et on le laissa.

Les hommes s'attablèrent et burent ou jouèrent aux cartes, quelques femmes passèrent dans le dortoir et se couchèrent.

Il était une heure du matin.

Une femme de cinquante ans, ridée et laide était assise à côté d'un jeune homme de vingt ans ; comme toutes les autres elle avait assisté à cette scène lugubre.

C'était une matrone de l'amour.

Cette femme qui aurait pu être la mère de cet enfant, lui tenait un langage obscène; les yeux lumineux, les narines dilatées, elle tenait les mains du jeune homme; une passion basse et vile se feignait sur ses traits.

La robe toute ouverte, indécente, lascive. elle osait parler d'amour et de plaisir au jeune compagnon qui, habitué probablement à ce langage cynique, riait et embrassait de temps à autre cette guenon débraillée.

Le couple disparut bientôt dans le dortoir !...

Ah ! M. Desullamare avait bien raison de vouloir faire cesser de pareilles infamies !

Cette Cour des Miracles était vraiment un chancre de la société; toutes les scènes immondes y trouvaient un abri, un refuge, elle était le réceptacle de la fainéantise et de l'immoralité la plus flagrante.

Tous les vices s'y étaient donné rendez-vous et y vivaient de compagnie !

Tous les rebuts de la société s'y trouvaient réunis et ne formaient qu'un tout ignoble et puant

La Cour des Miracles, c'était l'égoût collecteur de la ville de Marseille, c'était le dépôt de la classe tarée et qui fuyait sous un déguisement trompeur la clarté trop vive du soleil !

Et malgré tout ce que nous avons dit, malgré tout ce que nous avons raconté, sommes-nous au-dessous ou au-dessus de la vérité ?

Qui a jamais pu savoir au juste les mystères de cette association !

Qui a pu connaître jusque dans ses moindres détails, les scènes de toutes sortes qui y ont eu lieu !

On nous accusera peut être d'ostracisme, on dira que l'exagération a tout le temps guidé notre plume, que lancé dans cette voie, nous nous sommes laissé entraîner trop loin et que l'invraisamblable a été dans notre œuvre à côté de la vérité.

Pour nous, nous ne le croyons pas, nous croyons au contraire que là où la fainéantise et l'impudicité règnent en maîtresses, tous les vices sont possibles, tous les crimes peuvent être commis !

Le fainéantisme a enfanté la mendicité; de la mendicité au vol il n'y qu'un pas, du vol à l'assassinat il n'y en a qu'un aussi; l'homme a été fait pour le travail, c'est par le travail que l'on devient noble et digne, que l'on devient véritablement un homme.

A chacun sa tâche ici-bas ; les uns usent leur corps, les autres leur esprit

Nous avons toujours été heureux de mettre notre main dans celle d'un ouvrier, cette main est aussi noble que la nôtre qui tient une plume, et le travail, qu'il soit spirituel ou physique, met deux hommes de niveau.

Penser et agir la vie est ainsi faite, il faut que celui qui n'a pas le temps de penser ait quelqu'un qui pense pour lui et qui l'instruise.

Tout travaille dans la nature, depuis le grin de sable jusqu'au mont géant, depuis le brin d'herbe jusqu'à l'arbre le plus élevé.

L'homme ne peut donc pas rester inactif devant le travail universel.

Il ne peut pas se croiser les bras et contempler cette nature immense qui se meut devant lui dans son éternel enfantement.

C'est avec le travail que l'on fait un homme, que l'on fait des peuples, c'est encore avec lui que ces peuples illustrent leur pays.

Avec du travail et du courage on fait un monde.

Le fainéantisme n'a jamais fait que des avortons

D'ailleurs nous nous résumerons en un mot :

L'oisiveté est la mère des vices !

Nous demandons pardon à nos lecteurs de nous être écartés un si long temps de notre sujet, mais on est tenté parfois de faire un peu d'école buissonnière, cela distrait toujours la longueur des routes habituelles.

Les mendiants se levèrent bientôt, les uns ayant fini de boire, les autres de jouer.

Le plus grand nombre ronflait déjà dans la chambre à coucher, il restait à peine dans la salle une dizaine de gueux. les uns après les autres s'approchèrent du Boiteux qui était toujours allongé sur le dos et ils le regardèrent avec curiosité.

Le malheureux faisait peur ; la brûlure avait formé des vessies sur son front, es vêtements étaient remplis de son sang.

Les gueux le soulevèrent et il ouvrit un moment les yeux, son regard presque éteint sembla chercher à comprendre ce qui se passait autour de lui ; peu à peu reprenant l'usage de ses sens, les souffrances terribles qui avaient cessé avec son adoucissement revinrent plus cuisants et il poussa des cris lamentables.

On lui fit boire plusieurs fois de l'eau de vie et ce liquide reconfortant lui donna un peu de force et finit par le saouler.

C'est ce que voulaient les compagnons.

On lui mit un foulard à la tête, on lui jeta une grande blouse sur les épaules et deux d'entr'eux l'ayant pris sous chaque bras, les dix hommes et le boiteux gravirent les degrés de la *Retirado*.

Ils descendirent la rue de l'Echelle, et se rendirent sur le port, là après s'être consultés encore une fois, les misérables soulevèrent le boiteux au dessus de leurs têtes, le précipitèrent dans la mer et s'enfuirent après.

Le boiteux se débattit quelques instants et disparut bientôt sous les flots.

C'est le bruit qu'entendirent le Roi des Gueux et Cul-de-Jatte au moment où l'Anna doublait la pointe du fort St-Jean.

XII

La nuit était belle, la lune au trois quarts pleine semblait courir derrière quelques légers nuages et jetait ses rayons à la surface de l'onde qu'elle illuminait de paillettes d'or.

L'Anna volait comme un habitant du ciel ayant ouvert ses ailes et laissait derrière elle un sillon lumineux.

Ses voiles toutes grandes et son pavillon au grand mât, elle allait silencieuse et triste, belle et légère, sur les ondes qui s'ouvraient devant elle, grain de sable sur ce monde immense et inconnu qu'on appelle la mer !

L'immensité partout, sur la tête sur les pieds, l'homme est petit au milieu de cette grandeur majestueuse, au milieu de ces deux gouffres, la mer, le ciel, la profondeur et l'infini !

Plus de terre, plus rien qui ressemble à la vie, plus rien qui vous parle des choses vivantes, et semble à ces moments là que l'on est dans un incommensurable tombeau dont la mer est la caisse et le ciel le couvercle !

Comme on se sent misérable devant cette puissance harmonieuse, devant ces abîmes insondables, comme on se sent seul aussi ; cette tranquillité incessante qui, troublée que par quelques vagues heurtant le navire, vous porte, vous monte peu à peu au cœur et vous étouffe.

Vous êtes sur quelques planches les unes sur les autres, les cieux et les ondes entre lesquels vous êtes, dégagent un air vivifiant que vous absorbez, qui ouvre vos pores et vous pénètre et pourtant il vous semble que cet air va vous manquer; il vous semble que le ciel et la mer se resserent et vont s'unir pour vous écraser.

Sur le pont du navire, le timonier assis devant la boussole chantait la ronde suivante :

Vole, barque légère
Sur les flots inconstants
Va-t-en loin de la terre
Du monde et des méchants
Va-t-en loin de l'envie
Loin des chemins mauvais
Toi seule dans ma vie
Mis l'éternelle paix !

Vole, vole sans cesse
O mes seules amours
O barque ma maîtresse,
Vole, vole toujours !
Fuis le fumier des villes
Où l'air est vicié
Et sur les flots tranquilles
Vole en pleine clarté !

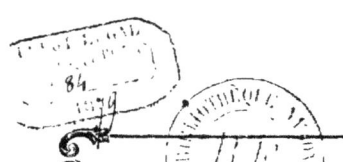

Pour mieux te voir, se penche	Va devant toi, ma mignonne
La lune au doux rayon	Au front bordé de fer
Et dans ta voile blanche	Va, va, je t'abandonne
L'air chante sa chanson	Aux caprices de l'air !
O ma barque prend garde	Mais si l'orage gronde
De ne pas t'égarer	Mignonne défen ls-toi
Car le ciel te garde	Et si tu vas sous l'onde
De ses yeux d'or voler !	Mignonne amène-moi !

Cette chanson légère, chantée par une voix grave, montait comme un soupir vers le ciel étoilé, le marin répéta les couplets plusieurs fois avec cette insouciance qu'ont tous les gens de mer.

Tout-à-coup il se retourna, un léger bruit s'était produit à ses cotés et il distingua une forme humaine droite et immobile qui le regardait.

— Qui êtes-vous ? dit le marin

— Je suis le passager.

— Ah ! et vous ne dormez pas a ces heures-ci ?

— Non, dit le Roi des Gueux, car c'était lui, j'ai essayé de dormir et je n'ai pas pu, je ne le regrette pas, vous chantez bien et votre chanson est fort jolie !

— Mon père la chantait, dit celui ci et je fais comme mon père.

— Cela ne vous contrarie pas que je m'asseye un moment à côté de vous ?

— Mais au contraire

— J'ai la tête un peu lourde et l'air me fera du bien.

— Asseyez-vous donc ; fumez-vous la pipe ?

— Oui et non dit le Roi des Gueux

— Voulez-vous que je vous prête la mienne, elle est culottée comme un vieux marin.

— Merci je ne fumerai pas ce soir, comme je vous l'ai dit ; je suis un peu souffrant

— Vous avez peut être le mal de mer ?

— Non, mais faites-moi l'amitié de me chanter encore un couplet de votre chanson, le premier par exemple

— Volontiers, répondit le marin qui alluma sa pipe et entonna d'une voix forte la première strophe

Il chanta :

> Vole, barque légère
> Sur les flots inconstants
> Va-t-en loin de la terre
> Du monde et des méchants ;
> Va-t-en loin de l'envie
> Loin des chemins mauvais
> Toi seule dans ma vie
> Mets l'éternelle paix.

— Ah ! dit le Roi des Gueux, celui qui a fait ces vers ne devait pas être satisfait de la conduite des hommes, chaque vers est une larme ; on suit dans ces paroles un cœur qui a souffert, qui a pleuré, que toutes les déceptions ont torturé.

30me LIVRAISON.

Marseille.— Imp. J. Doucet, rue Chevalier-Rose, 1.

— Vous croyez, demanda le marin en jetant un regard oblique sur son interlocuteur, je n'y ai jamais pris garde moi, il faut dire que je chante ça machinalement,
sans bien comprendre ce que je dis la musique de cette ronde me plaît, elle est
cadancée et harmonieuse et c'est pour cela que je l préfère à d'autres

— Croyez-moi, l'auteur de ces strophes a souffert plus peut-être que vous ne
le croyez

— Comme vous voudrez ajouta le marin en terme de péroraison.

— Oh ! oui, il a souffert continua le Roi des Gueux comme se parlant à lui-
même ; comme moi, il fuit le monde qu'il ne peut plus voir, il fuit la terre qui a
été une marâtre pour lui, il se confie au hazard d'une existence douce et terrible,
majestueuse ou sépulcrale, il se confie à la mer et au ciel, ces deux immenses beautés de Dieu, prenant la mer pour tombeau et voyant dans le ciel une résurrection !

— Est ce que vous seriez prêtre dit le marin en éclatant de rire, ma foi de Dieu,
on le croirait à vous entendre parler.

— Ne riez pas, mon ami, dit doucement le Roi des Gueux ; votre chanson m'a
profondément remué ; il y a beaucoup de malheureux sur la terre et croyez que
celui qui vous parle l'est beaucoup

Le Roi des Gueux avait prononcé ces derniers mots d'un ton si douloureux que
le marin se dressa et allait le regarder en face, lorsque le visiteur nocturne fit un
tour sur lui même et s'éloigna.

Le marin le suivit un moment des yeux, puis faisant un geste qui semblait dire :
il est fou ! se rassit et chanta le second couplet de sa chanson qui, seul, vint troubler
le silence solennel de la nuit.

Le Roi des Gueux entra dans la cabine où Cul de-Jatte s'était endormi ; il était
quatre heures du matin.

Il laissa reposer Cul-de-Jatte et se promena de long en large sur le pont du navire, les mains derrière le dos et le front penché ; une demi-heure après, il rentra
dans la cabine, réveilla le dormeur, et lui dit :

— Le moment est venu

— Déjà, dit celui-ci en se frottant les yeux, il faut donc se lever, mais qu'avons-
nous donc à faire aujourd'hui . . Ah ! je sais, je me souviens ! Ah ! ça est-ce que
vous n'avez pas changé d'idée ?

— Non, mon destin est accompli ; quand l'aurore va briller radieuse dans le
ciel, j'aurai cessé de vivre !

— Toujours la même chose, si vous n'étiez pas là, devant moi, les yeux ouverts
et le visage calme, je croirais que vous rêvez ou que vous êtes fou

— Inutile de revenir encore là dessus Ecoute-moi bien Cul-de-Jatte !

— Je vous écoute dit celui-ci que l'émotion commençait à gagner.

— Voici toutes les clefs qui ouvrent mes armoires et mon bureau ; quand je
serai mort tu les remettras à mon fils et tu l'accompagneras toi-même dans mes
appartements

— Bien, mais que lui dirai-je au sujet de votre mort ?

— Tu lui diras que me promenant sur le pont du navire, j'ai glissé, que je suis
tombé à la mer et que malgré toutes les recherches que vous avez faites, vous
n'avez pas pu me retrouver.

— Bien, et ensuite

— Tu le consoleras de ma perte, tu lui diras que je l'ai beaucoup aimé et qu'avant mon accident je ne pensais qu'à lui, que, agité peut-être par un pressentiment funeste, je t'avais prié, s'il m'arrivait malheur, d'aller lui porter mon dernier adieu et de l'embrasser.

— Comme c'est triste tout ça, dit Cul-de-Jatte qui essuya une larme avec la manche de sa veste.

— S'il te demande où tu m'as connu, dis-lui que nous nous sommes rencontrés un jour malheureux tous les deux et que nous nous sommes aimés depuis comme deux frères, dis lui que je suis devenu riche et que tu es resté pauvre, mais que je ne t'ai pas abandonné pour cela !

— Mais, M. Adrien me demandera ce que vous faisiez !

— Tu lui répondras que je ne faisais absolument rien, et que si je ne me montrais pas dans le jour, c'est qu'ayant beaucoup souffert, j'avais brisé avec le monde et que ne pouvant me retirer dans un couvent puisque j'avais un fils, j'avais fait un cloître de mon chez moi. Dieu me pardonnera tous ces mensonges qui assurent pour jamais la tranquillité de l'existence de mon enfant !

— C'est tout ?

— Non, tu lui diras aussi que si je n'ai pas voulu lui révéler son véritable nom jusqu'à ce jour, c'est que je voulais qu'il eût atteint l'âge de raison pour qu'il pût noblement le porter ! La vraie raison, Cul-de-Jatte, tu la connais ! J'espère que depuis vingt ans, la justice a oublié mon double crime, mais s'il en était autrement, la justice ne se trouvant plus que devant un cadavre et devant mon fils irresponsable, ne songeant pas un instant à poursuivre ce meurtre oublié et que ma mort va enterrer pour toujours !

— Revenez à vous, mon ami, dit Cul-de-Jatte au nom du Ciel qui nous voit et nous écoute, au nom de votre enfant, abandonnez ce projet de suicide qui est une lâcheté, je dirais même un crime.

— Un crime et une lâcheté, oui, quand c'est pour fuir ses douleurs, quand c'est pour en finir avec la vie qu'on n'a plus le courage de supporter, mais de la vaillance, mais de la dignité quand on meurt pour accomplir un devoir.

Oui mes douleurs sont pour quelque chose dans ma mort, mais ce qui y est pour beaucoup c'est le désir de laisser à mon fils, un nom sans tâche et qui, moi vivant, pourrait être souillé.

Allons, Cul-de-Jatte, finissons-en, tes mains mon ami, et embrasse-moi, comme je vais t'embrasser pour la dernière fois.

Cul-de-Jatte se jeta dans les bras du vieillard et les deux hommes restèrent un moment enlacés.

— Va, mon ami, va, maintenant auprès du timonier, pour qu'on ne puisse pas croire que c'est toi qui m'a jeté à l'eau, et lorsque tu entendras le bruit d'un corps qui tombe et que tu auras vu ma tombe s'ouvrir et se fermer sur ma tête, tu prieras Dieu d'avoir pitié de moi.

Cul-de-Jatte pleurait ; il attira encore le Roi des Gueux sur sa poitrine et l'embrassa encore.

— Adieu, dit le Roi des Gueux.

— Adieu, dit Cul-de-Jatte.

— N'oublie pas mon enfant.

— Je l'aimerai comme vous l'aimiez !

— Merci, et encore une fois adieu !

Les deux hommes se séparèrent !

Alors Cul-de-Jatte se dirigea du côté du gouvernail, et quelqu'un qui l'aurait suivi, aurait été tout étonné de voir le changement de physionomie qui venait de s'opérer dans lui.

Cul-de-Jatte souriait presque.

Or, avec la faculté qu'ont tous les romanciers de pouvoir pénétrer dans le cœur et dans l'esprit de leurs personnages, pénétrons dans ceux de Cul-de-Jatte et voyons ce qui s'y passait

Cul-de-Jatte souriait presque, avons nous dit, et la chose paraîtra simple lorsque nous aurons dit pourquoi.

Le brave garçon s'était tout bonnement promis de sauver le vieillard malgré lui ; il se dirigeait vers le timonier avec l'intention bien arrêtée de lever sa veste et de crier : un homme à l'eau, dès qu'il aurait entendu le bruit de la chute du Roi des Gueux.

Mais Cul-de-Jatte pouvait, en essayant de sauver son maître, trouver la mort lui-même, et il s'était chargé d'une mission sainte qu'il fallait quand même accomplir.

C'était de prévenir Adrien de la mort de son père, de lui remettre les clefs de sa maison, quand au notaire nous savons qu'il n'avait pas à s'en charger et que le Roi des Gueux lui avait écrit pour faire le nécessaire

Cul-de-Jatte n'avait que quelques minutes devant lui, le Roi des Gueux avait laissé dans sa cabine, et tout exprès, un double de ses titres, Cul-de-Jatte, sortit une feuille de papier, un crayon et attendit auprès du timonier qui continuait à fredonner sa chanson et qui ne lui adressa pas la parole.

. . . .

Un instant après, le bruit sourd d'un corps qui tombe à la mer, vint interrompre le chant du marin

— Un homme à la mer, cria Cul-de-Jatte

Aussitôt écrivant quelques lignes sur la feuille de papier, il la remit au timonier qui ne pouvait bouger de son poste et lui dit :

— Je veux essayer de sauver cet homme, si je me noie, suivez les instructions qui sont là-dessus ; et Cul-de-Jatte ôtant sa veste, se jeta à son tour dans les flots, non sans avoir appelé à plusieurs reprises les gens de l'équipage

Tout le monde fut bientôt sur le pont, prêt à jeter des cordes au sauveur et au sauvé

Cul-de-Jatte plongea à plusieurs reprises mais revint chaque fois à la surface seul

A la quatrième fois, pourtant, on le vit apparaître avec un corps inerte qu'il tenait par les cheveux et dont il sortit la tête hors de l'eau

Au même instant on fit glisser la chaloupe sur les flancs du navire et trois hommes s'y embarquèrent.

Cul-de-Jatte était épuisé, il était à quelques brasses de la chaloupe et faisait de grands efforts pour y arriver ; on lui tendit un aviron, il s'y cramponna et eut la malheureuse idée de s'y hisser avec le Roi des Gueux, l'aviron était mince et il se rompit.

Les deux hommes plongèrent encore une fois.

Il y eut parmi les marins, une minute d'angoisse.

Mais bientôt Cul de-Jatte reparut tenant toujours par les cheveux le Roi des Gueux dont la face apparut livide hors de l'eau.

On envoya cette fois une corde à Cul-de-Jatte, il la saisit et les marins attirèrent à eux les deux malheureux. Mais par une fatalité inexplicable, la corde cassa et une troisième fois les deux hommes tombèrent à la mer ; Cul-de-Jatte, après des efforts inouis, revint au canot avec le noyé qui, arrivés près de la chaloupe, furent pris par des bras robustes et transportés à fond de cale.

— Voyez s'il respire encore dit Cul-de-Jatte.

Un des marins toucha la poitrine du noyé et il sentit le cœur battre très faiblement.

— Il n'est pas mort dit celui-ci.

— Dieu soit loué dit Cul-de-Jatte.

Alors le plus fort d'entre eux prit sur ses épaules le Roi des Gueux et grimpa sur l'échelle de cordes qui pendait sur les flancs du navire et commença la périlleuse ascension.

Les autres marins et Cul-de-Jatte prirent le même chemin et bientôt tout le monde fut à bord.

On frictionna le Roi des Gueux pendant une heure, on le tint un moment suspendu par les pieds et on le frictionna encore. Le cœur du malheureux battait si doucement qu'on le sentait à peine.

Cul-de-Jatte qui ne se séparait jamais de sa trousse opéra une saignée, le sang coula très peu mais assez pourtant pour faire ouvrir un moment les yeux au moribond, qui, promenant son regard autour de lui, rencontra celui de Cul-de-Jatte et ses lèvres murmurèrent ce nom :

— Adrien.

Cul-de-Jatte s'arrachait les cheveux, il ne pouvait croire que le Roi des Gueux allait mourir.

— Retournons à Marseille dit Cul-de-Jatte je doublerai le prix de notre passage.

L'Anna vira de bord et fit voile pour Marseille.

Quand au timonier qui croyait qu'on avait sauvé le noyé il entonna avec force le dernier couplet de sa chanson que personne n'osât interrompre car il ressemblait au *Requiem* de celui qui allait trépasser.

Le timonier chanta donc :

Va devant toi, ma mignone
Au flanc bordé de fer
Va, va je t'abandonne
Au caprice de l'air
Mais si l'orage gronde
Mignonne défends toi
Et si tu vas sous l'onde
Mignonne mène moi.

XIII

CHEZ M. DE ULLAMARE

Le même jour à 10 heures du soir l'hôtel de la place Noailles était tout illuminé.

Des domestiques allaient et venaient avec des airs effarés, une musique harmonieuse et douce s'échappait des fenêtres à demi-closes du premier étage.

De temps à autre à travers les fins rideaux de mousseline, apparaissaient deux ombres qui s'enfuyaient au même instant et laissaient place à deux autres ombres.

Il y avait une réunion intime chez M. Desullamare

Entrons dans le salon où a lieu la fête et voyons ce qui s'y passait :

Au moment où nous pénétrons la salle brillamment illuminée par deux lustres en cristaux offrait un coup d'œil féerique

Des guirlandes de fleurs pendaient au plafond formant des banderolles aux couleurs vives ; une tapisserie simple mais de bon goût couvrait les murs, de grandes toiles à l'huile dans des cadres sculptés étaient retenues par un cordon vert à des clous dorés.

Deux grandes glaces de Venise se faisant face reproduisaient à l'infini les couples joyeux qui passaient devant elles ;

Sur une cheminée très haute étaient deux vases de Sèvres d'un grand prix et une pendule en or massif représentant la Justice

Deux grands candélabres à douze bobêches et du même métal ... à côté de la pendule.

La salle était plutôt longue que carrée; contre chaque mur des divans en velours verts étaient posés

Deux domestiques en livrée raides dans leur col bien empesés arrivaient avec des plateaux en argent après chaque contredanse.

Sur ces plateaux étaient des liqueurs fines, des glaces de champagne et toutes sortes de bonbons.

A chaque entr'acte les conversations papillonnaient, des éclats de rire étouffés se faisaient jour à travers les perles blanches et les lèvres roses de ces dames qui avaient fait ce soir là assaut de coquetterie féminine

Une porte était tout au fond de la salle, des rideaux en velours retenus par des cordons dorés qui les soulevaient, laissaient voir les invités mâles se promener dans la seconde pièce fumant des londrés et des havanes

Une jeune dame était au piano.

Les hommes tout en noir, les dames en toilette de bal du goût le plus recherché étaient emportés dans les tourbillons gracieux d'une valse douce et mélodieuse.

Dix couples dansaient, un parfum enivrant s'échappait des toilettes de ces dames.

Les pères et les mères pour qui ces plaisirs étaient passés de mode taillaient des bavettes dans un coin.

Une jeune fille d'une mise simple, mais excessivement distinguée, dansait avec un monsieur décoré, déjà d'un certain âge et qui semblait regarder avec extase sa danseuse.

La valse terminée le monsieur reconduisit la jeune fille à sa place et se confondit en compliments banals et mal tournés, sur la légèreté et le savoir profond de sa valseuse.

— On n'est pas plus aimable, monsieur David dit la jeune fille en rougissant un peu

— Mademoiselle, croyez que je suis au-dessous de la vérité en vous disant que vous êtes la plus jolie et la plus charmante des danseuses, j'ai eu le bonheur ce soir de danser quelquefois avec vous et je ne me lasserai jamais de vous répéter que j'en ai éprouvé et j'en éprouve encore une joie immense.

— Enchantée monsieur de vous avoir procuré cette joie, mais veuillez croire que je ne m'étais pas doutée un seul instant du plaisir que je vous donnai ; je danse avec tout le monde sans distinction, mon devoir de maîtresse de maison m'y oblige

Je suis donc heureux d'apprendre que vous, et mes convives passez une agréable soirée

— Délicieuse, mademoiselle, car rehaussée par votre amabilité pleine de charmes, elle a un prix inestimable.

Monsieur David s'assit

— Je ne vois pas monsieur votre père continua-t-il ?

Il doit être avec ces messieurs dans l'autre pièce.

— Voulez-vous me permettre mademoiselle, de vous offrir mon bras

— Mais monsieur, je ne sais.

- C'est pour aller rejoindre ces messieurs.

— Allons dit la jeune fille avec un soupir.

Ils se dressèrent et allèrent dans le salon à côté

Ces messieurs virent arriver ce couple et s'écartèrent respectueusement sur son passage.

Nos lecteurs ont sans doute deviné que cette jeune fille n'était autre qu'Antonia que nous avons perdue de vue depuis quelque temps

Antonia était radieusement belle, ses blonds cheveux retombaient en tresses soyeuses sur son cou un peu découvert, une simple fleur y semblait mourir de jalousie et de dépit

Son visage fin et délicat était enveloppé d'une tristesse douce ; ses yeux semblaient illuminer l'espace qu'elle parcourait avec M. David.

Ils arrivèrent au fond de la seconde pièce où M. Desullamare et quelques-uns de ses amis conversaient ensemble

— Mon cher Desullamare dit M. David en saluant profondément vous avez là une délicieuse enfant, un bijou, un trésor que je vous prie de conserver le plus longtemps auprès de vous, car on serait tenté de devenir un voleur pour vous la soustraire.

— Vous êtes en verve de compliments monsieur David fit M. Desullamare, Antonia est en effet charmante, mais vous exagérez ses qualités.

— Point de modestie, mon cher, vous êtes son père et vous auriez peut-être le droit d'en avoir, je l'avoue. mais les qualités de cette adorable enfant sont trop visibles pour qu'elles puissent demeurer cachées

Antonia ne savait quelle contenance avoir pendant cette conversation stupide, heureusement pour elle, un danseur se présenta et lui demanda respectueusement l'autorisation de faire la prochaine danse avec elle.

La jeune fille accepta et le piano appelant bientôt les danseurs, elle adressa un gracieux salut à ces messieurs et se sauva légère comme une hirondelle dans la salle de bal.

M David la regarda partir avec un regard d'envie, il s'approcha de la porte et ses yeux se fixèrent sur la jeune fille jusqu'à la fin du menuet

Alors faisant un brusque mouvement, il se rapprocha de M. Desullamare et lui dit à l'oreille :

—Voulez-vous m'accorder dix minutes d'entretien.
— Mais mon cher M. David, vingt minutes si vous voulez.

M Desullamare précéda M. David ouvrit une porte et pénétra dans un petit salon ou ce dernier le suivit

Les deux hommes s'assirent, M Desullamare avec un sourire sur les lèvres, M. David avec un air embarrassé et confus.
— Votre fête est charmante, mon cher Desullamare.
— Merci du compliment.
— De très jolies femmes, tout ce qu'il y a de mieux.
— Vous me comblez.
— Quant aux messieurs, ils appartiennent tous a la fine fleur de l'aristocratie Marseillaise Ah !... votre bal est délicieux, c'est un parterre de fleurs et un essaim de papillons.
— Vous trouvez !

Certes ! si le Dante n'avait pas décrit le ciel, on pourrait le voir en dépeignant vos salons
— Ah ! ça dit M Desulla are en souriant, je suppose que ce n'est pas pour me parler du ciel que vous m'avez fait quitter mes convives et que vous m'avez suivi dans ce salons.
— Oh ! que nenni, reprit M. David, oh ! que nenni, vous connaissez ma position de fortune.
— Oui, trente mille francs de rente, je crois ;
— Trente cinq mille, mon ami, trente cinq mille, disons les choses comme elle sont, j'ai horreur du mensonge !
— Va, pour trente cinq mille.
— Vous savez que je suis un garçon rangé, sérieux et réfléchi ;
— Je le sais et c'est pour cela que je vous estime beaucoup.
— Merci, mon ami dit M. David en serrant la main de M. Desullamare.
— Eh ! bien, pourquoi me dites-vous tout cela ?
— Vous savez aussi reprit M. David, que j'ai toujours eu une sainte horreur du mariage, que l'hymen à été toujours pour moi un vrai cauchemar.
— Je le suis encore.

— Que je ne dépense presque rien, que je n'ai pas de passions honteuses, que je n'aime ni le jeu, ni les femmes ; qu'en un mot, je suis comme je vous l'ai dit déjà l'ennemui juré du conjungo.

— Après !

— Après, eh bien ! je suis transformé, je ne suis plus le même homme, j'ai fait peau neuve, je quitte le célibat, je me marie demain, cette nuit si l'on veut, j'épouse, mon cher, j'épouse !

— Ah ! bah !

— C'est ainsi, je deviens un adepte de la chaîne conjugale, que je ne demande pas mieux de voir ravir à mon cœur ; enfin je veux me marier.

— Et pourquoi pas, vous n'êtes pas si vieux que diable.

— Quarante-huit ans à peine.

— Ah ! pas de bêtises mon cher David, vous êtes mon ami et j'ai quarante-neuf ans sonnés.

— Au fait, vous avez peut-être raison ; j'ai cinquante ans.

— Mettons cinquante-deux.

— C'est ça mettons cinquante-deux et n'en parlons plus ! Que dites-vous de mon idée.

— Elle n'est pas mauvaise.

— N'est-ce-pas ?

— Certainement, il faut faire une fin et vous voulez en faire une, rien de plus juste et de plus normal.

— Alors vous m'approuvez ?

— Complètement.

— J'ai donc raison de vouloir me marier.

— Absolument raison, mon ami, vous êtes seul, sans affections et riche, pourquoi n'auriez-vous pas auprès de vous une compagne dévouée qui, tout en vous donnant cette affection qui vous manque, vous apporterait encore une dot raisonnable.

— Je me demande en effet pourquoi je n'ai pas déjà fait cela.

— Et vous ne le savez réellement pas ?

— Mais non, dit M. David avec naïveté.

— Eh ! bien, je vais vous le dire, moi.

— Vous ?

— Oui, moi.

— Ah ! par exemple, je serai bien envieux de savoir comment vous allez vous en sortir, j'écoute.

— C'est bien simple pourtant, vous êtes amoureux !

M. David fit un bond sur sa chaise, regarda M. Desullamare en face et s'écria :

— Comment le savez-vous ?

— Vous voyez que j'ai deviné.

— En effet, mais encore une fois comment le savez-vous ?

— Non-seulement je sais que vous êtes amoureux, mais je sais encore que vous aimez !

— Mais je ne l'ai dit à personne pourtant, non, vous ne pouvez pas savoir quelle est celle que j'aime.

— Ah ! vous croyez, dit M. Desullamare en se dressant, M. David, vous aimez ma fille.

— Vous êtes le diable reprit M. David tout abusé

— Mais non, mon bon ami, je ne suis pas le diable, je suis comme tous le monde ; je vous ai observé, depuis quelques jours vous n'êtes plus le même, ni auprès de moi ni auprès d'Antonia, vous regardiez avant ma fille comme un enfant, aujourd'hui vous vous inclinez devant elle comme vous le feriez devant une Madone, vis-à-vis de moi vous êtes embarrassé, confus, vis-à-vis d'elle vous êtes gauche et maladroit.

— Vous êtes trop naïf pour imposer silence à vos yeux qui sont très-bavards et qui racontent tout ce qui se passe dans votre cœur !

— On n'est jamais trahi que par les siens.

— Vous avez bien raison. Vous aimez donc Antonia, je suis certain que vous brûlez de me demander sa main.

M. Desullamare s'assit et ajouta :

— Je vous attends et vous écoute.

M. David se dressa, passa ses gants qu'il avait enlevés, et rejetant la terre en arrière d'abord et s'inclinant profondément ensuite, il prononça en accentuant chaque mot la phrase suivante :

— M. David a l'honneur de mander à M Desullamare la main de Mlle Antonia, sa fille.

M. Desullamare se dressa à son tour et tendit la main à son ami en lui disant :

— Accordé, mon cher, accordé.

— Mais, dit M. David en se grattant l'oreille, il me semble que nous faisons là tous les deux une grosse sottise !

— Et pourquoi donc ?

— Mais parce qu'avant de vous demander Mlle Antonia pour épouse et avant de me l'accorder, nous aurions dû avoir l'assentiment de votre fille.

— Vous plaisantez mon cher David, est ce que mon enfant peut avoir d'autre volonté que celle de son père, ce mariage me plait et se fera, je suis le maître chez moi et Mlle Desullamare se conformera aux désirs de son père.

M. David qui ne demandait qu'à être convaincu de l'impossibilité d'un refus de la jeune fille se laissa aller au bonheur de son prochain mariage. Il remercia avec effusion M. Desullamare.

— Vous êtes riche, je le suis aussi ; Antonia est une grande enfant qui n'a jamais connu que son couvent, elle n'a pas de volonté ni de caprices, j'ai eu souvent l'occasion de la questionner au sujet de son cœur, mais la chaste petite n'a jamais rien ressenti de ce côté là ; vous pouvez donc être assuré que rien ne peut s'opposer à l'accomplissement de cet hymen que je désire et qui comble tous mes vœux.

— Ah ! quel bonheur vous mettez dans mon âme dit M. David, c'est que j'aime votre Antonia comme un insensé et j'aurais été le plus malheureux des hommes d'essuyer un refus, soit de votre côté, soit du sien.

— Tranquillisez-vous, vous n'avez pas à redouter cette chose là ; je me charge moi-même de parler à Antonia.

— A présent mon cher Desullamare, fixons lèpoque du mariage.

— Quand vous voudrez.

— Voulez-vous dans quinze jours ?

— Soit ! quinze jours sont ils suffisants pour préparer le trousseau de ma fille et le vôtre.

— Je me chargerai de le préparer dans huit jours, tellement je suis désireux de devenir l'époux de votre enfant.

— C'est donc convenu !

— C'est entendu ; quant au contrat, je vais m'en occuper, dès demain et nous le signerons si vous le voulez bien après'demain soir.

— Rien ne presse.

— Pardon, tout presse, veuillez vous souvenir que je suis amoureux et que-les heures vont être pour moi des siècles !

— Allons j'ai pitié de votre amour, prévenez le notaire pour après-demain soir.

— Oh ! que vous êtes bon dit M. David en serrant la main de M. Desullamare.

— Je donne à ma fille cent mille francs de dot le jour de son mariage dit celui-ci.

— Ne parlons pas de ça ; je suis assez riche pour deux, Mlle Antonia sera deux fois millionnaire à votre mort et à la mienne.

Les deux amis se donnèrent encore une bonne poignée de main et rentrèrent au fumoir où ces Messieurs commodément allongès sur des fauteuils se livraient au plaisir d'une conversation joyeuse

— Ah ! voilà notre déserteur dit l'un d'eux.

— Nous parlions de vous dit un jeune homme en se dandinant sur sa chaise, et mon cher Monsieur Desullamare, votre oreille droite doit vous siffler, car nous en disions beaucoup de bien.

— Mille grâces, Messieurs.

— Ma foi dit un autre convive, j'avouai moi-même que je n'aurais jamais eu le courage de me risquer dans ce casse-cou qui a nom la Cour des Miracles.

— C'est comme moi ajouta un vieux Monsieur décoré, je ne serai pas allé ainsi à la rue de l'Echelle, j'ai fait pourtant la guerre avec le grand empereur, j'ai vu la mort de bien près puisque j'ai laissé sur le champ de bataille un doigt que les russes, s'ils l'ont retrouvé, ont dû le mettre dans de l'eau de vie ; j'ai combattu à côté du fameux capitaine, j'ai grimpé sur le Mont St-Bernard, je me suis battu au sabre, à la baïonnette, au pistolet, je me rappelle même qu'un jour ayant perdu toutes mes armes, j'ai fait deux massues de mes bras et que j'ai assommé un brigand de russe qui allait me couper en deux. Ah ! c'était le beau temps, c'était le temps de la bravoure, du patriotisme et de la gloire, c'était... Eh ! bien non, quoique vieux soldat je ne serai pas allé à la Cour des Miracles, j'aime le courage devant un danger connu, on peut le braver, on peut l'attendre, mais le courage devant un danger qu'on ne connait pas, ce courage là je ne l'ai pas, je l'avoue humblement.

Et le vieux Monsieur qui avait débité tout cela, sans arrêt, s'arrêta court de respiration.

On souriait, le vieux soldat avait la manie de parler des guerres du premier empire avec une chaleur et une volubilité extraordinaire, on connaissait sa manie et on le laissait faire.

Mais j'y songe dit quelqu'un; M. Desullamare nous a réunis ce soir pour nous parler justement de la Cour des Miracles, je crois que la parole est à notre hôte !
— Laissez encore un peu danser les jeunes gens ; il faut bien que la jeunesse s'amuse.

Comme il disait ces derniers mots, le piano s'arrêta net, la polka était terminée.

Il y eut un moment d'arrêt pendant lequel les conversations allèrent leur train.

Quelques jeunes filles et leurs cavaliers s'approchèrent de Mademoiselle Desullamare et la prièrent de chanter une romance

Antonia refusa d'abord, mais pressée de tous les côtés elle alla au piano et après quelques préludes d'harmonie elle chanta d'une voix caressante, émue et harmonieuse les strophes suivantes :

> Tu peux t'agenouiller sur les dalles de pierre
> Jeune fille tu peux adorer le Seigneur
> Vers le ciel en encens s'exhale ta prière
> Les anges dans le ciel n'ont pas plus de candeur,
> Tu peux lever ton âme aux baisers des étoiles
> Ton bras peut s'appuyer sur un bras amoureux
> L'amour et la prière ont déchiré leurs voiles
> Le cœur est à l'amour, l'âme appartient aux cieux

> Quand jeunes tous les deux, les amants vont ensemble
> Sous les flots embrasés de l'astre éblouissant
> Quand ils vont sous les bois où le feuillage tremble
> Dire bonjour aux fleurs qu'ils frôlent en passant
> Lorsqu'émus par la clarté divine
> Leur âme tout entière apparaît dans leurs yeux
> Que la lèvre tout bas dit : je t'aime, et s'incline
> Le cœur est à l'amour, l'âme est allée au cieux !

Antonia entonna la troisième strophe d'une voix vibrante et inspirée ; à mesure qu'elle chantait, ses joues rougissaient, ses yeux s'animaient et semblaient se perdre dans une vision animée

> Aimer c'est être plein d'une divine ivresse
> C'est mettre au fond de soi de l'immortalité
> C'est sentir sur son front une triple caresse
> Faite d'amour, de gloire et de fraîche clarté
> C'est ne plus être seul, c'est se sentir renaître
> C'est fouler le passé, c'est revivre en un jour
> C'est devenir maîtresse et se donner un maître
> Car, si l'âme est au ciel, le cœur est à l'amour !

Mademoiselle Desullamare eut un véritable triomphe d'applaudissements.

C'est à qui la féliciterait, la complimenterait, elle fut pendant un moment l'objet d'une ovation sympathique.

— Elle est adorable dit M. David à l'oreille de monsieur Desullamare, c'est un ange ;

— Je suis étonné que ma fille sache cette chanson, où diable a-t-elle appris un chant pareil, je ne suis pas du tout satisfait ; moi, voyez-vous ! Antonia m'est apparue ce soir sous un nouveau jour, cette chanson n'a rien de chaste, elle est amoureuse en diable et ma fille l'a accentué d'une façon qui me déplait souverainement.

— Ne dites pas cela mon ami, je vous répète que votre fille est un ange, le ciel a dû la contempler ce soir lorsqu'elle a chanté : les séraphins devaient l'accompagner sur leurs lyres d'or ! Une voix comme celle d'Antonia ne peut avoir un écho que dans le ciel !

— Eh ! bien M. Desullamare, nous attendons avec une patience respectueuse que vous vouliez bien nous faire le récit que vous nous avez promis dit un convive.

— Je suis à vos ordres, Messieurs.

— Ah! enfin !

Ces messieurs se dressèrent et passèrent dans le premier salon ; ils s'assirent à côté des dames et lorsque tout le monde fut placé, M. Desullamare se mettant au centre commença en ces termes

— D'abord, mesdames et messieurs, permettez-moi de vous remercier de votre empressement à vous rendre à mon invitation ; j'ai surtout à remercier plus particulièrement ces dames qui ont daigné rehausser l'attrait de cette réunion par leur présence.

Leurs sourires et leurs regards sont autant de rayons qui illuminent d'un éclat brillant notre petite fête.

Vous avez tenu à connaître les détails de mon excursion à la Cour des Miracles, je ne sais pas si vous les trouverez d'un bien grand intérêt, mais enfin je vais essayer de vous satisfaire.

Je ne vous ai pas laissé ignorer, messieurs, le but de cette réunion, un hospice doit être élevé pour recueillir tous les mendiants, le conseil municipal s'est inscrit en entier sur la liste de souscription. J'aurai l'honneur de vous demander bientôt, messieurs, votre signature.

— Vous pouvez la demander tout de suite dit M David qui s'était glissé à côté de mademoiselle Desullamare.

— Non pas avant de vous avoir fait connaître mon aventure.

Depuis quelque temps je brûlais de savoir à quoi m'en tenir sur les prétendus miracles de la rue de l'Echelle ; un soir que je parlais à quelqu'un de l'envahissement toujours progressif des mendiants, un homme s'appuyant sur un bâton et ayant la tête enveloppée d'un foulard déchirée et au travers duquel filtraient quelques tâches de sang nous accosta.

— Que voulez-vous, lui demandai-je ?
— La charité me répondit-il.
— On ne demande pas l'aumone à ces heures-ci !
— Vous êtes M. Desullamare, me demanda tout-à-coup l'inconnu ?
— Qui vous a dit mon nom ?
— J'ai entendu que Monsieur vous appelait ainsi, et il désigna mon compagnon.
— Eh ! bien oui, je suis M. Desullamare, après ?
— Il faut que je vous parle.
— Parlez.
— Vous avez l'intention de vous rendre à la Cour des Miracles ?
— Qui vous a dit cela ?
— Que vous importe, n'avez-vous pas cette intention ?

J'hésitai un moment à répondre, je ne savais trop si je devais confier à cet inconnu le fond de mes secrètes pensées.

Il devina mon hésitation et reprit :

— N'ayez aucune crainte, je peux vous être utile, je haïs la Cour des Miracles, ce soir nous y dinons tous, lorsqu'à propos d'une querelle que j'ai eue avec un compagnon, le Roi des Gueux m'a pris sous les bras et jeté dans un coin où je me suis fracturé le crâne. Vous voyez encore sur ma tête la preuve de ce que j'avance.

Et le mendiant portant la main à sa blessure voulut me la montrer. Je l'en empêchais.
— Voyons, lui dis-je, que désirez-vous de moi ?
— Je veux vous donner le moyen d'aller à la Cour des Miracles.
— Ah ! et quel est ce moyen ?
— Il est bien simple; vous n'avez qu'à vous déguiser en mendiant et à demander l'aumône, un des nôtres vous rencontrera, mais comme il ne vous reconnaîtra pas pour un habitué de la rue de l'Echelle, il vous questionnera, vous lui débiterez le premier conte venu ; que vous n'êtes pas d'ici, par exemple, et que vous mendiez depuis peu.

Il vous offrira alors de faire partie de l'association, vous accepterez et il vous conduira alors dans le lieu que vous désirez connaître.

Nous écoutions le mendiant, moi et mon ami, avec un grand intérêt; par hasard, je venais donc de mettre la main sur le moyen que je cherchais depuis longtemps.

— Mais, dis-je à l'inconnu, avez-vous bien réfléchi à la démarche que vous faites ? C'est une trahison ! Vous livrez à un ennemi la clè du mystère qui vous enveloppe.

— Et je le fais avec joie, car je me venge de la cruauté de mes compagnons qui ont osé me jeter dehors sans secours et sans remords.

Le ton avec lequel furent prononcées ces paroles, m'enlevèrent tous les doutes, cet homme était sincère et le moyen qu'il m'indiquait était sûr.

Je donnai ma bourse au mendiant et je pris sur le champ la résolution de me déguiser et de chercher à me faire piloter jusqu'à la Cour des Miracles.

Mon ami m'approuva.

Je vins chez moi ; je prévins Antonia et mes domestiques de mon départ immédiat et leur dis que mon absence durerait quarante-huit heures.

Je me rendis chez un fripier où j'achetai des vêtements propres mais en lambeaux, j'allais chez un coiffeur où je pris une perruque et des favoris et munis de tous ces objets, je retournais chez mon ami.

Un quart d'heure plus tard, M. Desullamare avait disparu sous les traits d'un vieillard.

M. Desullamare continua alors son récit que nous connaissons déjà, il parla de ses domestiques qui ne le reconnurent pas, du Boiteux qui le conduisit à la Cour des Miracles et, arrivé à ce passage de son histoire :

Ah ! s'écria-t-il, peut-on croire qu'au dix-neuvième siècle de pareilles scènes se produisent !

Cette Cour des Miracles est ignoble, c'est une plaie immonde, horrible qui s'élargit chaque jour.

Et M. Desullamare, emporté par l'indignation, fit un tableau saisissant de la Retirado.

L'auditoire sous le charme de cette parole véhémente était saisi d'indignation.

— Le lendemain, dit-il en finissant, je quittai mon hideux costume et à midi je me rendis au conseil municipal où je demandai la cessation de ce scandale.

Vous avez voulu connaître cette histoire, vous la connaissez maintenant dans tout ce qu'elle a de hideux et de grotesque et vous concourrez, je n'hésite pas à le croire, à l'élévation de cet hospice qui doit à jamais nous débarrasser de cette lèpre épouvantable.

Les convives adressèrent de vives félicitations à M. Desullamare et ce dernier ayant sorti de son portefeuilles trois listes de souscriptions, ces dernières furent couvertes en quelques minutes.

— Ah ! ça dit M David à M. Desullamare, comment avez-vous pu coucher dans ce bouge ?

— J'avoue mon ami que celà n'avait rien de gai, mais j'avais juré de ne revenir de la rue de l'Echelle qu'avec des données précises et je ne serais certainement pas parti sans cela.

— Et comment auriez-vous fait si vous n'aviez pas pu desceller le barreau la porte étant fermée.

— Ma foi j'aurais attendu le lendemain.

— Quoi vous seriez resté toute la nuit à côté de ces ignobles personnages ?

— Eh ! que fallait-il faire ? La situation était délicate, si j'avais fait du bruit ou bien si j'avais demandé à partir, on aurait pu se méfier et me surveiller. Le plus court si je n'avais pas trouvé ce chemin aérien était de passer avec patience la nuit à la Cour des Miracles.

— En effet, c'était encore ce qu'il y avait de mieux à faire. Vous pouvez vous flatter d'avoir été interressant ce soir ! Mais ne craignez-vous pas que le mendiant qui vous a donné des instructions ne finisse par avouer la vérité ? Si je suppose, il disait à ses compagnons que le nouveau mendiant d'hier soir, c'est vous.

— Je ne crains pas cette délotion, car dans le règlement il est dit que quiconque trahit est punit de mort. Or, s'il me nommait il serait en même temps obligé d'avouer son crime de trahison et on ne le marchanderait pas !

— C'est égal il faut vous méfier, ces gens-là, voyez-vous, n'ont rien à perdre, ne sortez pas seul, évitez les rues sombres et peu fréquentées ; un mauvais coup est vite donné et reçu.

— N'ayez pas crainte, je ne suis pas seul et je suis toujours armé.

Depuis un moment les danses avaient recommencé de plus belle.

Les couples enlacés, tournaient gracieusement autour du salon suivant avec art et méthode les mouvements endurcis d'une polka brillante.

Les visages étaient empourprés, les poitrines haletantes, les jeunes gens heureux de tenir dans leurs bras une jeune femme pleine d'abandon et de charmes, serraient les mains de leurs danseuses et passaient, avec une rapidité vertigineuse, devant les vieillards assis, qui les regardaient avec envie et admiration.

L'heure du départ sonna pourtant, heure qui semble ne devoir jamais arriver pour ceux qui s'amusent.

Il était deux heures du matin.

Les Messieurs prirent leurs paletots, les dames, leurs châles que des domestiques leur offraient.

Des salutations respectueuses et des poignées de mains amicales furent échangées entre les convives, le maître et la maîtresse de la maison.

Antonia accompagna jusqu'à la porte quelques amies de pension avec lesquelles elle avait causé longuement dans la soirée, et les voitures emportèrent bientôt les convives à leur domicile respectif.

Un seul invité restait encore.

C'était M. David.

— Il serra la main de M. Desullamare et lui adressant un regard d'intelligence, il lui dit tout bas :

— Demain, je viendrai prendre des nouvelles.

— Dormez tranquille, elles seront bonnes.

— Vous me l'affirmez.

— Je vous le garantis.

— A demain donc !

A demain.

Antonia remontait à ce moment là.

— Mademoiselle, dit M. David en prenant la main de la jeune fille et la posant respectueusement à ses lèvres, Mademoiselle vous avez été le soleil de cette réunion de famille, permettez à votre plus fidèle admirateur de venir quelquefois se réchauffer à ses rayons.

Et M. David saluant de la main et enveloppant Antonia d'un regard de flamme laissa M. Desullamare souriant et stupéfait.

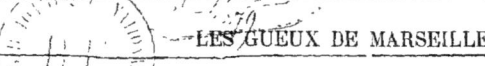

XIV

DÉSESPOIR

M Desullamare embrassa Antonia sur le front et lui dit :

— Tu dois être bien fatiguée, ma chère enfant, car tu n'as pas eu ce soir un moment de repos.

— Je suis un peu lasse, en effet.

— Il faut aller te reposer. Ah ! propos, comment as-tu trouvé M. David, il est charmant, n'est-ce-pas ?

— Mais... oui, mon père.

— Il est plein d'attention pour toi, certes, voilà un homme sérieux et qui ferait le bonheur d'une jeune fille sage

— D'une jeune fille ?. mais il est bien vieux !

— Les vieux maris sont les plus sérieux mon enfant, adieu ma fille nous reparlerons de cela.

Et M Desullamare adressant un geste affectueux à Antonia pénétra dans sa chambre précédé d'un domestique portant un flambeau

Mademoiselle Desullamare resta un moment clouée sur le plancher, suivant avec un regard pétrifié son père jusqu'à la porte de sa chambre.

La jeune fille entra dans la sienne

Ce sanctuaire de la virginité était une petite chapelle d'une élégance rare.

Un piano à queue supportant une quantité considérable de cahiers de musique s'offrait d'abord aux regards ; devant l'instrument était un tabouret mignon recouvert d'une riche étoffe que la jeune fille avait dû border elle-même.

De grands rideaux en mousseline retenus par des torsades de soie bleue pendaient aux fenêtres.

Tout était bleu dans cette chambre, depuis le tapis moëlleux qui recouvrait le parquet, jusqu'à la tapisserie.

Une causeuse, un sofa et une ottomane étaient à droite.

Les meubles étaient en acajou; au milieu de la chambre, une petite table à pied recourbés et recouverte d'un tapis de velours supportait tous ces petits riens qu'aiment tant les jeunes filles

Le lit était surmonté de rideaux suspendus à un baldaquin doré au fond bleu de ciel; un bénitier, une branche de rameau béni et un tableau représentant les jeunes gens et les jeunes filles qui s'approchent pour la première fois de la sainte table ornaient la tête du lit.

Antonia s'assit rêveuse et ne songea pas que la nuit était avancée et que l'heure du repos avait sonné depuis longtemps.

Elle semblait plongée dans une rêverie profonde, les dernières paroles de son père, raisonnaient encore à ses oreilles et la troublaient ; qu'avait voulu dire M. Desullamare à propos de M. David ; la jeune fille qui supposait bien une partie de la vérité n'osait pourtant se l'avouer tout entière.

38ᵐᵉ Livraison.

Cette vérité était trop pénible pour son cœur et cependant un secret pressentiment lui disait que son amour pour Adrien allait recevoir une épreuve terrible.

M. Desullamare et M. David qui étaient de vieux amis avaient peut être rêvé de la marier et alors toute son histoire amoureuse, tout l'échafaudage de son avenir qu'elle avait construit avec Adrien s'écroulait.

Elle connaissait son père, elle savait que si M Desullamare avait arrêté un mariage, toutes les meilleures raisons du monde ne pourraient le faire revenir sur sa décision.

Antonia qui avait reçu une lettre d Adrien et qui savait par conséquent que le jeune homme était revenu, écrivit une longue lettre à celui-ci, l'avertissant que quelque chose se tramait dans l'ombre contre leur bonheur et qu'il agit de façon à arrêter l'effet des combinaisons de son père, même en venant voir ce dernier pour lui demander la main de sa fille.

Antonia écrivit longtemps à son fiancé, elle lui fit part de toutes ses craintes, cacheta la lettre et l'ayant cachée sous son oreiller, commença à défaire sa chevelure somptueuse.

Ses cheveux dénoués tombaient en gerbes abondantes sur ses blanches épaules et la couvraient presque en entier.

Elle dégrafa sa robe et ses jupes et la belle enfant apparut dans toute sa sculpturale beauté

Puis, comme honteuse d'elle-même, elle monta sur son lit virginal et disparut bientôt sous les couvertures.

Mais, Antonia, toujours poursuivie par ses sombres pensées, ne s'endormit que très tard M. David et M. Desullamare étaient toujours devant ses yeux et la pauvre enfant sentait bien que son père voudrait qu'elle devint la femme de M David.

A cette pensée Antonia sentait son cœur plein d'amertume, des larmes coulaient silencieuses sur ses joues brûlantes ; la fatigue pourtant la prit dans ses griffes de fer et l endormit.

Le lendemain à 8 heures la jeune fille était sur pieds, elle appela sa bonne qui accourut :

— Ma bonne Gertrude, dit-elle, tu m'es dévouée n'est-ce pas ?

— Oh ! mademoiselle en doutez-vous ?

— Eh ! bien, écoute-moi ? tu vas me rendre un service.

— Lequel, mademoiselle.

— J'ai une lettre a faire porter à quelqu'un, veux-tu t'en charger ?

— Tout de suite.

— Bien ! seulement je te demande le plus grand secret ; tu ne sortiras pas exprès pour la remettre, mais lorsque tu iras aux provisions tu la mettras dans ta poche et la porteras à son adresse

— Vous pouvez y compter, mademoiselle.

— C'est peut-être mal, ce que je fais là, ma bonne Gertrude, mais que veux-tu, on veut me marier. . . .

— Et avec qui, bon Dieu ?

— Devine.

— Ah ! je ne sais pas moi.

— Avec M. David.

— Bonté divine, mais ça n'est pas possible !

— Hélas, je l'ai trop bien compris hier soir.

— Et... si je ne suis pas trop curieuse comment faites-vous pour vous tirer de là

— Gertrude, j'aime quelqu'un !

— Il n'y a pas de mal, mademoiselle, aimer, c'est dans la nature, n'est bon à rien qui n'aime pas.

— Oui, mais j'aime quelqu'un et mon père l'ignore.

— Je le comprends bien puisqu'il veut vous faire épouser ce vieux M. David.

— Et comme mon père l'ignore, je ne sais pas si c'est bien à moi de lutter contre son autorité paternelle

— Mademoiselle, ces questions-là sont graves et je ne puis les trancher, si celui que vous aimez est honnête, comme je le crois, sans ouvrir une lutte contre votre père, vous pouvez l'amener à penser comme vous.

— C'est ce que je veux faire, je prie celui que j'aime de venir lui-même me demander en mariage.

Votre père vous aime beaucoup mademoiselle, quand il verra votre bonheur en jeu, il n'hésitera pas un moment et vous accordera ce que vous lui demandez

— Hélas ! dit simplement Antonia, elle prit la lettre, la remit à Gertrude et quand cette dernière fut partie, elle pleura à chaudes larmes.

— Ah ! se disait-elle, comment Adrien, s'il ne connait pas encore son nom, va-t-il oser revenir ! Mon père ne pourrait fléchir que si le nom qu'il va porter est honorable.

Elle en était là de ses amères réflexions quand un domestique la pria de passer chez son père qui désirait la voir.

Antonia qui s'attendait à cela, ne put s'empêcher de tressaillir.

— Dites à mon père que je vais y aller

Le domestique s'inclina et sortit

— Allons, ajouta-t-elle, du courage et voyons si mes doutes sont des certitudes. La jeune fille sortit de sa chambre et se rendit dans la pièce où son père l'appelait.

M. Desullamare se leva et alla au devant d'Antonia.

Après l'avoir embrassée sur le front.

— Assieds-toi, mon enfant, lui dit il.

Antonia s'assit et son père prit place à côté d'elle

— Il faut que j'aie avec toi ma chère fille, un entretien sérieux, je commence à vieillir et je puis d'un moment à l'autre te manquer

— Oh ! mon père, ne dites pas cela, Dieu vous conservera encore longtemps à ma tendresse

— Dieu peut m'appeler d'un moment à l'autre et je ne veux pas te laisser seule, sans protection et sans appui.

— Ah ! mon père vous n'avez jamais parlé ainsi, vos paroles me glacent et m'effraient.

— Mes paroles sont celles d'un père qui adore son enfant et qui veut la voir heureuse et enviée tu es encore toute jeune, Antonia, mais ta mère qui est morte depuis longtemps, n'est plus là pour veiller sur toi, ma tendresse est immense, mais la tendresse d'un père quelque grande qu'elle soit n'est jamais comparable à celle d'une mère Je ne puis donc te laisser ainsi sans que tu aies un bras sur lequel tu puisses t'appuyer, sans que tu aies un guide sûr et dévoué, un autre moi-même, en un mot, qui joindra à une affection que l'on pourrait appeler paternelle, une affection plus ardente que celle d'un époux.

— Mais... mon père !

— Ne m'interromps pas, mon enfant, j'ai voulu te prévenir de ce que j'avais fait, mais je t'avertis ma chère fille, que ma résolution est immuable, je t'ai choisi un époux digne de toi, un homme mûr, il est vrai, mais qui répond à toutes les qualités que j'exige chez mon gendre.

— Je suis encore trop jeune, mon père, pour me marier, d'ailleurs je vous demande quelques jours de réflexion.

— J'ai réfléchi pour toi, Antonia, et cela suffit, tu es un enfant et tu ne peux rien faire toi-même pour ton bonheur, les réflexions auxquelles tu te livrerais te feraient faire fausse route. Laisse-moi faire, tu sais bien que je veux te voir heureuse.

— Mais, mon père, vous n'avez pas consulté mon cœur.

— Ton cœur est vierge comme ton âme, enfant, et il n'a pas besoin d'être consulté.

— A qui donc me destinez-vous ?

— A M. David, mon meilleur ami.

— Ah ! mon père mais M. David est vieux, mais M. David ne peut être qu'un tuteur pour moi, comment voulez-vous que je l'aime ?

— Antonia tu peux ne pas l'aimer aujourd'hui, mais il est certain que tu l'aimeras plus tard, il n'est pas un inconnu pour toi, et il t'adore !

— Mais je ne l'aime pas moi !

Sais-tu seulement ce que c'est que l'amour ? Crois-moi, mon Antonia, les mariages de raison valent mieux que ces mariages dans lesquels la passion domine, toutes les flammes, quelques brillantes qu'elles soient, finissent un jour par s'éteindre et il ne reste plus que des cendres ; l'amour d'un homme sérieux et un peu mûr préserve de toutes les corruptions et de toutes les souillures, l'amour d'un jeune homme entraîne parfois la jeune femme dans des abîmes.

— Me permettez-vous mon père de vous dire franchement ce que je pense à ce sujet.

— Parle, mon enfant.

— Vous savez combien je vous aime, vous savez quel est mon respect pour vous, eh bien, mon bon père, je vous en supplie, ne m'obligez pas à contracter cette union qui est tout-à-fait au dehors de mon cœur, croyez-moi, mon père, vous me rendriez la plus malheureuse des créatures en me forçant d'épouser M. David que je respecte mais que je n'aime pas.

— J'ai promis, Antonia.

— Oh ! mon père je ne veux pas encore me marier, retardez cet hymen d'un an, de deux ans si vous voulez, mais je vous en prie n'en parlons plus maintenant, je vous promets de réfléchir et de faire mon possible pour m'habituer à cette pensée de devenir la femme de M. David, mais

— Mais ma fille, M. David t'a demandée en mariage et je lui ai accordé ta main, le notaire doit préparer aujourd'hui le contrat et c'est demain que nous le signerons.

— Oh ! vous n'avez pas fait cela dit Antonia toute pâle et en se levant, vous n'avez pas fait cela ! n est-ce pas mon père, mais dites-moi donc que c'est pour me décider que vous me parlez ainsi, il n'y a pas de contrat à signer demain ; oh ! mon père, mais répondez-moi, vous ne voyez pas que je deviens folle, vous ne voyez pas que vous jetez le dé-espoir et la douleur dans mon âme.

— Antonia, dit M. Desullamare en se levant et regardant sa fille fixement, Antonia, que veulent dire ces larmes et ce trouble.

XV

OU CELUI QUI A DISPARU REPARAIT

Quittons pour un moment M Desullamare, Adrien et Antonia et retournons sur *l'Anna* où nous avons laissé le Roi des Gueux expirant.

Le pauvre Cul-de-Jatte employa tous les médicaments qu'il avait en sa possession pour rappeler le Roi des Gueux à la vie, mais tout fut inutile !

Le malade reprit un moment ses sens et fit signe à son ami de s'approcher. Cul-de-Jatte obéit Alors d'une voix presque intelligible il dit :

— Je sens la mort qui me monte. . . . à la gorge et qui m'étouffe. . .

— Vous ne mourrez pas lui dit Cul-de-Jatte.

— N'essaie pas de me tromper, je comprends bien que c'est fini, n'oublie rien de ce que je t'ai prié de faire. . . . veille sur mon enfant, comme s'il t'appartenait. . . . dis-toi que mon dernier souffle a expiré sur mes lèvres avec son nom ; . . . . . dis-lui que je lui envoie ma dernière caresse. . . . . Ah ! propos qui m'a retiré de l'eau.

— C'est quelqu'un du bord fit Cul-de-Jatte dont la voix tremblait d'émotion et qui ne voulait pas avouer au vieillard que c'était lui.

— Le Roi des Gueux tourna son regard vers son ami, et ses lèvres eurent un triste sourire.

— Je comprends ton noble mensonge, mon ami, c'est toi qui a voulu me sauver puisque tes vêtements sont trempés. . . . . . mais Dieu merci, tu es arrivé trop tard ! . . . Je ne t'en remercie pas moins de cette preuve d'affection ; . . . . je suis heureux avant de mourir de te serrer la main une dernière fois, c'est la main de quelqu'un qui m'a aimé. . . .

La voix du vieillard devenait de plus en plus faible, Cul-de-Jatte penché sur la bouche du moribond entendit à peine les dernières phrases de son ami.

Soudain un hoquet terrible souleva la poitrine du Roi des Gueux, et Cul-de-Jatte sentit la main du mourant presser la sienne.

Ce fut tout ; le comte de X était mort.

Cul-de-Jatte mit la main sur la poitrine du suicidé, le cœur avait cessé de battre, il pleura silencieusement sur le cadavre de son ami, qu'il fit transporter dans la cabine qu'on leur avait réservée. et après avoir changé d'habits, il s'installa auprès du mort et ne le quitta que pour aller voir le capitaine.

Celui-ci encore tout ému de la scène qui avait eu lieu reçut Cul-de-Jatte tristement et après lui avoir tendu la main lui indiqua un siège.

— C'est un grand malheur ce qui nous arrive là.

— Un grand malheur appuya Cul de-Jatte.

— Mais comment l'accident est-il arrivé ?

— Mon ami se promenait sur le pont, il a dû s'avancer trop près du bord et glisser ; la nuit est noire, il n'y a rien d'étonnant à cela.

— Y avait-il longtemps que vous l'aviez quitté ?

— Quelques minutes à peine.

— Il s'en est fallu de peu que vous le sauviez, permettez-moi de vous féliciter de votre courage et de votre énergie.

— Hélas! à quoi tout cela a-t-il servi ! Ah ! je suis bien malheureux de ne pas avoir sauvé mon meilleur ami ! un père pour moi

— Vous avez du moins fait votre devoir et vous n'avez rien à vous reprocher.

— Ah ! si la corde ne casse pas, mon ami était sauvé

— Voilà une chose extraordinaire et que je ne m'explique pas dit le capitaine, la corde dont nous nous sommes servis était neuve et elle semble coupée avec un instrument tranchant !

— C'est en frottant sur le bord du canot qu'elle a dû se briser.

— C'est vraisemblable, pourtant elle aurait soulevé vingt poids comme les vôtres ; enfin, il était dit que ce pauvre homme devait mourir.

— Hélas, dit Cul-de-Jatte !

— Je vais faire mon rapport de mer pour que vous n'ayez pas de difficultés au débarquement du cadavre.

— Il me sera permis de l'emporter chez lui.

— Oui, après les formalités d'usage.

— Qui sont ?

— La constation de la mort accidentelle et l'indentité du personnage

— Bien, monsieur.

— Je vous laisse, dit le capitaine, car nous toucherons au port dans deux heures et je vais me mettre en règle.

Le capitaine laissa Cul-de-Jatte qui retourna auprès du Roi des Gueux, chemin faisant, il rencontra un des marins du bord ; la nuit était moins noire, car elle était sur sa fin et l'aube n'allait pas tarder à paraître, pourtant on ne pouvait rien distinguer sur l'*Anna.*

Le marin aborda le passager et lui dit :

— N'êtes-vous pas Cul-de-Jatte ?

— Oui, répondit ce dernier, comment me connaissez-vous ?

— Oh ! il y a longtemps que je vous connais.

— Ah ! et où m'avez-vous connu?

— Que vous importe ?

— Mais il m'importe beaucoup. Cul-de Jatte essaya de dévisager son interlocuteur, mais il ne put y parvenir.

— Qu'est-ce que cela vous fait que je sache votre nom !

— Oh ! rien absolument, répondit Cul-de-Jatte se mettant sur la défensive et se tenant prêt à répondre évasiment.

— Ce qui vous étonnera davantage, c'est quand je vous aurai dit que je connais votre compagnon aussi bien que vous-même.

Cul-de-Jatte tressaillit, il essaya encore une fois de reconnaître celui qui lui parlait, mais envain

— J'avoue qu'à moins d'être le diable en personne, vous ne pouvez savoir son nom.

— Eh ! bien je ne suis pas le diable et je sais pourtant que celui qui vient de mourir est le Roi des Gueux !

— Taisez-vous ! s'écria Cul-de-Jatte serrant avec force le bras de l'inconnu ; taisez-vous misérable, il faut que l'on ignore ici le nom de mon ami !

— Et pourquoi voulez-vous qu'on l'ignore ?

— Cela ne vous regarde pas ; mais je vous le répète ne vous avisez pas de dire ce nom au capitaine par exemple ou sinon je serais obligé de vous imposer silence par tous les moyens !

— Vous ne voulez pas m'assassiner pourtant.

— Je n'ai jamais assassiné personne, mais je vous jure que si vous prononcez ici le nom du Roi des Gueux, je vous jette par dessus bord

— Permettez-moi de vous dire que vous n'êtes guère parlementaire.

— Mais enfin qui êtes-vous ?

— Patience nous y arriverons, mais il faut avant que je vous raconte beaucoup d'autres choses qui vous intéressent.

— Et lesquelles.

— Oh ! mon Dieu des choses fort simples, celles ci par exemple, que je n'ai jamais aimé le Roi des Gueux, que je ne vous aime pas vous même, que si je nommais ici le Roi des Gueux cela ne ferait rien du tout mais que si j'allais à la grand rue N° 8 et que je dise à M. Adrien votre père, le comte de X, n'est autre que l'œil trouble, chef de l'association des mendiants à la Cour des Miracles, cela produirait un tout autre effet.

Cul-de-Jatte sauta à la gorge du marin et lui dit d'une voix sourde :

— Pas un mot de plus où je vous étrangle.

Le marin ne se défendit pas, mais il ajouta :

— Si vous m'étranglez vous ne saurez plus rien et j'ai pas mal à vous dire encore.

Cul-de-Jatte lâcha l'inconnu et écouta.

— Vous voyez bien que je suis au courant de tout ; vous voyez bien que je peux tous vous perdre, il est donc inutile de vous y gendarmer contre moi, le Roi des Gueux était riche, je sais qu'il s'est jeté volontairement à l'eau, par conséquent il a dû arranger ses affaires et vous Cul-de-Jatte devez hériter d'une somme convenable.

— Vous voulez de l'argent pour vous taire, dit l'ami du Roi des Gueux !

— Vous avez compris, tant mieux, cela m'évite l'ennui de vous le demander.

— Eh ! bien, j'accepte ; seulement il faut alors que je sache tout et vous allez me raconter comment vous possédez tous ces secrets, mais d'abord, et je vous le répète encore une fois, dites-moi votre nom.

— Je vous promets de vous le dire tout à l'heure.

— Soit, mais parlez.

— Il y a trois heures que je ne savais rien, à présent je sais tout.

— Ah ! vous avez donc la noble habitude d'écouter aux portes.

— Je n'ai pas cette habitude-là, mais il y a trois heures que passant devant votre cabine j'entendis distinctement votre nom ; or, comme ce nom réveille en moi des souvenirs qui ne s'éteindront jamais : je m'approchai et j'écoutais, j'appris alors tout ce que je viens de vous raconter et je résolus d'en tirer profit.

— Je vois dit Cul-de-Jatte que vous ne vous y prenez pas trop mal.

— Possible ! mais ne croyez pas au moins que l'intérêt seul m'ait fait agir, la vengeance a présidé à tous mes actes ; voulez-vous savoir qui je suis dit enfin l'inconnu, venez !

Et il entraîna Cul-de-Jatte vers l'arrière du navire, il prit une lanterne sourde, l'ouvrit et la tourna vers son visage.

Cul-de-Jatte poussa un cri de surprise et d'effroi.

Le marin n'était autre que le Manchot, celui que le Roi des Gueux avait jeté dans un coin lors du dernier dîner à la Cour des Miracles et que les compagnons avaient conduit dehors à cause des cris qu'il poussait.

Cul-de-Jatte comprit tout, il était devant un adversaire redoutable et qui pouvait briser le bonheur d'Adrien, il se contint et résolut de jouer serré avec lui.

— A présent, dit-il, je m'explique comment tu sais tout.

— Tu vois bien Cul de-Jatte que j'ai le droit d'être exigeant

— Tu en as le droit.

— Le Roi des Gueux est mort, mais s'il n'est pas encore vivant, certes ce n'est pas de ta faute.

— J'ai fait mon devoir, voilà tout, comme je l'aurai fait pour n'importe qui.

— Comme tu l'aurais fait pour moi par exemple.

— Et pourquoi pas ?

— Enfin, là n'est pas la question ; combien me donnes-tu pour que je me taise.

— Rien du tout répondit Cul-de-Jatte.

— Tu as dit rien du tout, à ton aise, je parlerai, j'arrive en même temps que toi à Marseille, le fils du Roi des Gueux saura avant ce soir ce qu'a été son père.

— Comme tu voudras.

— Ah ! c'est ainsi que tu le prends ?

— C'est ainsi.

— Cela ne te fait donc rien que j'apprenne à M. Adrien ce qu'il devait toujours ignorer ?

— Cela ne me fait rien.

— A toi, c'est possible, quoique j'en doute, mais à M. Adrien ? Crois-tu que lorsque je lui apprendrai la vie de son père, crois-tu que ce sera pour lui un jour de bonheur ?

— Ah ! ça, le manchot, pour qui me prends-tu ?

— Pour ce que tu es, pour un mendiant comme moi ; d'ailleurs, veux-tu que je te dise la vérité ? Veux-tu que je dise pourquoi tu n'as pas pu sauver le Roi des Gueux.

— C'est inutile ! je l'ai deviné, c'est toi qui as coupé la corde.

— Tiens ; c'est étrange en effet que tu saches cela

— Et tu me crois assez idiot, moi, Cul-de-Jatte pour accepter des conditions de toi, de toi le manchot, de toi le traître et le dénonciateur de la Cour des Miracles, de toi, l'assassin du Roi des Gueux.

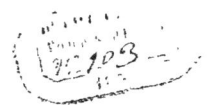

-- Je rend le mal pour le mal, on m'a fait souffrir, je me venge.

-- Tu ne sais pas ce que fait l'habitant des forêts lorsqu'il rencontre un serpent ? Il lui met le pied sur la tête et l'écrase, tu es le serpent, je vais t'écraser !

Le manchot eut un rire éclatant ; il sortit un énorme coutelas de sa poche et dit à Cul-de-Jatte : -- Viens donc écraser le serpent.

Cul-de-Jatte se baissa, ramassa un morceau de bois long et épais et après l'avoir fait tournoyer sur sa tête, le laissa retomber avec fracas sur le bras armé du manchot. Ce dernier jeta un cri de douleur et lâcha le couteau.

Alors Cul-de-Jatte lui sauta dessus et une lutte corps à corps s'engagea entre les deux hommes.

Le pont du navire n'était pas large, les combattants qui cherchaient à se renverser approchèrent du bordage et le pied manquant au manchot, il perdit l'équilibre et tomba dans le vide entraînant Cul-de-Jatte avec lui.

Un double cri retentit. Le bruit de la chute de deux corps dans l'eau suivit cet appel désespéré... Les marins accoururent.

— Ah ! ça, dit le capitaine, tout le monde tombe donc à la mer cette nuit.

L'aube commençait à éclairer la surface de l'eau, les marins distinguèrent deux corps enlacés et luttant désespérément.

Tantôt ils disparaissaient sous les flots, tantôt ils revenaient à la surface ; leurs bras s'enlaçaient, se heurtaient, se croisaient ; pendant quelques minutes cette lutte terrible se déroula dans toute son horreur devant les marins stupéfiés ; les naufragés semblaient animés par une haine implacable, leurs pieds et leurs mains se frappaient avec violence.

Tout à coup ils disparurent et les flots se refermèrent sur eux comme une tombe.

Une minute après un homme seul sortait la tête de l'eau et appelait à l'aide ; on descendit le canot et l'on recueillit le survivant.

— L'autre est mort, dit Cul-de-Jatte, car c'était lui !

— Mais qu'est-il donc arrivé.

— Il est arrivé que celui qui est au fond de la mer en ce moment est le misérable qui a coupé la corde qui devait sauver le Roi des Gueux.

Or, ce lâche a avoué son crime et comme je lui ai sauté à la gorge, nous nous sommes pris à bras le corps et sommes tombés du navire ; il voulait me noyer, je l'ai noyé, que l'enfer ait son âme.

On remonta sur le pont et on n'attendit pas que les flots rejettent le cadavre du marin ; l'Anna déploya ses voiles et reprit sa route majestueuse vers le port de Marseille, où elle arriva à neuf heures.

Le capitaine fit les formalités du débarquement et Cul-de-Jatte suivit tête découverte le cadavre du Roi des Gueux que l'on transporta à la maison de Place-du-Mont-de-Piété. Cul-de-Jatte s'assit à côté du cadavre et appuyant sa tête dans ses mains, se mit à réfléchir profondément. Que devait-il faire ?

Devait-il se rendre immédiatement chez Adrien et lui annoncer la mort de son père, ou bien par une lettre préparatoire devait-il préparer le cœur du jeune homme à la douleur qui allait le frapper ? Autant de réflexions perplexes auxquelles le mendiant ne trouvait que des solutions ambiguës.

Cependant il fallait prendre une résolution quelconque, le temps passait, il fallait songer aux obsèques du comte, et ces obsèques ayant lieu à Marseille, il fallait à tout prix qu'Adrien put accompagner au lieu funèbre le corps de son père.

Cul-de-Jatte après avoir fait toutes les réflexions que commandait le sujet en question, s'arrêta enfin à cette résolution qui lui parut la plus convenable.

C'était de se rendre immédiatement chez Adrien et après quelques détours, lui apprendre la vérité, c'était le seul moyen de ne pas faire traîner en longueur une scène douloureuse, des appréhensions tristes et sombres

Cul de-Jatte se vêtit le plus convenablement qu'il put et se dirigea vers la maison de la Grand'Rue. Il sonna et on l'introduisit.

Le domestique qui le reçut fit trois pas en arrière en le voyant !

Cul-de-Jatte qui n'avait pas dormi de toute la nuit et qui par deux fois, s'était jeté à l'eau, conservait sur son visage les traces évidentes de ses fatigues et de ses douleurs. Il ressemblait à un cadavre ! Les yeux meurtris, la figure livide, à peine eut-il la force de demander le maître de la maison.

Le domestique un peu plus rassuré en entendant cette voix qu'il ne croyait pas pouvoir entendre sortir d'un corps pareil, répondit :

— M. Adrien est sorti ! — Ah ! et il restera longtemps dehors ? — M. Adrien n'a rien dit à ce sujet, j'ignore donc à qu'elle heure il rentrera. — Savez-vous où il est allé ? — Oui, M. Adrien est allé chez M. Desullamare. — Chez M. Desullamare ? — Oui.

Monsieur était très affecté, je l'ai entendu plusieurs fois prononcer le nom de Antonia ; monsieur a pleuré, il parlait à haute voix et c'est pour cela que je sais où est allé monsieur.

— M. Adrien a pleuré, M. Adrien parlait à haute voix, vous ne savez pas autre chose, n'est-ce pas ?

— Je ne sais, si je dois continuer à vous renseigner, qui êtes-vous ?

— Vous pouvez tout me dire, je suis envoyé par son père.

— Son père ? Ah !..... eh ! bien M. Adrien est sorti après avoir pris connaissance d'une lettre qu'il a reçu ce matin.

— Une lettre, de qui ? — Une lettre de Mlle Antonia. — Et c'est après avoir reçu cette lettre qu'il a pleuré et qu'il est parti ? — Oui monsieur !   Bon, il faut que je retrouve M. Adrien, il faut que je le retrouve quand même !

— Vous le rencontrerez chez M. Desullamare.

— Je vais y aller, si je manquais M. Adrien et qu'il revint pendant que je serai là bas, priez-le instamment de ne pas sortir, priez-le de m'attendre ; dites-lui que quelqu'un demande à lui parler d'une affaire très-importante.

— Je le lui dirai.

— Dites-lui que ce quelqu'un vient de la part de son père et que la communication qu'il a à lui faire ne peut être renvoyée.

Et Cul-de-Jatte quitta la maison de la Grand'Rue se dirigeant en toute hate vers l'hôtel de M. Desullamare.

Chemin faisant la tête de Cul-de-Jatte était un véritable cahos de réflexions et de résolutions de toutes sortes.

Faisant un rapprochement des faits que lui avait rapportés le domestique avec ceux que lui avait révélés le vieillard au sujet de la passion de son fils, Cul-de-Jatte comprit qu'un malheur quelconque menaçait le bonheur d'Adrien et quelque chose lui dit que sa présence pouvait d'un coup changer la face des choses à l'hôtel Desullamare.

Aussi mit-il cinq minutes à franchir la distance qui le séparait.

XXIII

Le matin de ce jour là, Adrien plein d'un sombre pressentiment était allongé sur une otomane ; il songeait sérieusement à revoir Antonia et la conversation qu'il avait eue avec son père revenait à son esprit.

Quoique le comte de X ait dit à Adrien tu es libre de tes actes et je ne songerai pl s a t'interdire l'amour qui remplit tout ton cœur, le jeune homme ne pouvait s'empêcher de ressentir en lui-même une espèce de douleur inexplicable ; quelque chose lui disant qu'il était dans un des moments les plus solennels de sa vie.

Sans se rendre bien compte de ce qu'il éprouvait il se dressa et arpenta à grands pas le salon

Un domestique entra et lui dit que l'on venait de remettre une lettre pour lui.

— De qui. demanda Adrien avec indifférence. — On ne l'a pas dit. — Qu l'a portée ? — Une femme.

— Voyons dit Adrien, il prit la lettre des mains du domestique et après avoir jeté un regard distrait sur l'enveloppe il la jeta sur la table du milieu et continua sa promenade dans le salon. Le domestique sortit.

Adrien resta quelque temps ainsi les mains derrière le dos, la tête basse, marchant distraitement, comme quelqu'un dont l'esprit a fui le corps.

Il se rassit enfin et ayant aperçu la lettre qu'il avait jetée sur la table il la prit.

Soudain sa main trembla et pâlit

Il rompit le cachet fiévreusement et lut avec avidité cette missive qui était d'Antonia. Voici ce qu'elle contenait.

Mon cher Monsieur Adrien,

Il faut que ce soient des circonstances graves qui m'obligent à vous écrire, je ne sais si vous êtes arrivé, je ne sais si cette lettre va vous parvenir, mais si vous ne deviez pas la recevoir, notre bonheur à tous deux serait hélas bien compromis.

Je ne vous laisserai pas plus longtemps dans l'anxiété que doit vous faire éprouver ce préambule et j'irai droit au but.

On veut me marier, malgré moi, mon père m'a laissé entendre hier quelques paroles qui ne me laissent aucun doute à cet égard, je suis dans des transes mortelles je ne sais quel parti prendre, a quelle combinaison m'arrêter pour fuir cette situation intolérable qui me brise le cœur et l'âme

Il est deux heures du matin et je vous écris, il faut prendre une résolution, Adrien, il faut venir. le temps presse, mon père a décidé de me marier et certes, je le connais, il ne reviendra pas sur cette décision.

J'ignore encore si vous êtes en état de vous présenter à lui, votre père vous a-t-il enfin révélé votre nom et pouvez-vous venir chez le mien la tête haute demander ma main

Hélas! quelque chose me dit, Adrien, que vous ne le pouvez pas. Oh ! mon ami, je vous en supplie, venez quand même, que cela ne vous arrête pas, si vous saviez combien je souffre à l'idée seule de vous perdre, vous n'hésiteriez pas. vous viendriez

Venez, Adrien, venez demain matin, que vous ayez un nom ou que vous n'en ayez pas, venez ; mon père me fera appeler et je vais avoir à lutter contre forte partie, mais votre souvenir me donnera le courage de cette lutte, et sachant que vous allez venir, eh ! bien je serai forte.

Mais, je vous en supplie ayez de votre côté le courage d'affronter la colère de M Desullamare, où nous sommes perdus, il me destine à un homme, à un vieillard, très riche, il est vrai, mais que je ne pourrai jamais aimer puisque je vous aime.

Adrien écoutez mon appel désespéré et ne m'en voulez pas de vous le répéter encore ; oh ! je sais bien que si vous pouviez vous présenter sans honte chez mon père, vous seriez là demain matin à la première heure, mais je connais votre délicatesse, je sais combien il vous sera pénible de divulguer votre secret, c'est pour cela que j'insiste, c'est pour cela que je vous crie encore :

Adrien, venez ! Dieu nous aidera, Dieu nous inspirera, au nom de notre amour, au nom de tout ce que vous aimez le plus sur cette terre, Adrien présentez-vous ce matin chez mon père, demain, il ne serait peut-être plus temps !

ANTONIA.

Adrien acheva cette lecture non sans l'avoir interrompue à chaque instant par des sanglots bruyants.

Le pauvre jeune homme était livide, ah ! si le Roi des Gueux l'avait vu dans cet état que n'aurait-il pas donné pour soulager son enfant, mais le Roi des Gueux était mort et Adrien qui l'ignorait heureusement, éprouva une espèce de consolation en songeant à son père qui le voyant désespéré n'hésiterait pas à devancer l'époque de la révélation.

Pour le moment il fallait songer au plus pressé, il fallait courir à l'hôtel de M. Desullamare et le voir de suite.

— Eh que vais-je lui dire, s'écria Adrien en serrant sa tête dans ses mains, où voir mon père à présent, je n'ai jamais su où il demeurait, oh ! mais c'est intolérable une vie pareille, il y a de quoi devenir fou vingt fois ! Qu'importe, je m'en vais, il faut que je voie M. Desullamare, il faut que je voie Antonia, comme elle l'a dit Dieu nous inspirera.

Il appela son domestique qui était inquiet, car il avait entendu son maître sangloter et prononcer des noms qu'il ne connaissait pas, il entra avec précipitation, Adrien était méconnaissable.

— Monsieur se trouve mal — Non, non, je vais très bien ; donnez-moi mon chapeau et mes gants, je sors pour un moment — Si quelqu'un demande Monsieur, que faut-il dire.— Que je suis sorti !— Faut-il dire de revenir ?— Non. je ne sais pas quand je rentrerai — Si quelqu'un venait de la part de M. votre père ! —Oh ! alors, fais attendre, fais attendre tout le jour s'il le faut — Bien Monsieur.

Adrien sortit, il était comme un homme ivre, il comprit qu'il ne pouvait pas se présenter ainsi, il fit deux ou trois fois le tour de l'îlot, s'arrêta dans un café, prit un bol de thé et se rendit beaucoup plus calme à l'hôtel de M. Desullamare.

Il avisa un domestique et lui demanda à parler à M Desullamare.

— M. Desullamare est occupé en ce moment.

— Cela ne fait rien, conduisez-moi vers lui

— Mais, Monsieur, je vous dis que mon maître est avec quelqu'un.

— Votre maître est en ce moment avec sa fille Mlle Antonia, je le sais et c'est justement pour cela qu'il faut que je le voie.

Le domestique ouvrit une grande bouche et regarda Adrien avec curiosité

Comment ce Monsieur savait-il que le père et la fille étaient ensemble ! Il répondit enfin.

— Je regrette, Monsieur, de ne pas vous satisfaire, mais j'ai l'ordre de M. Desullamare de ne faire pénétrer personne dans son cabinet.

— Eh ! bien alors, je me présenterai moi-même.

Et Adrien marcha devant lui, sans trop savoir où il allait.

— Un moment, Monsieur, fit le domestique, mais qui êtes-vous ? — Je suis Monsieur Adrien — Monsieur Adrien, et après ? — Monsieur Adrien tout court Tenez, ajouta-t-il, voilà vingt francs pour vous, conduisez-moi et annoncez-moi dans le salon de M. Desullamare et lorsque je sortirai je vous en donnerai autant — Venez, Monsieur.

— Le domestique le précéda, il longea un couloir étroit au bout duquel il fut à droite, ouvrit la porte d'un salon et annonça à haute voix :

— Monsieur Adrien. Adrien entra.

Nous savons l'effet que produisit ce nom sur M. Desullamare et sur sa fille.

Le père courroucé s'avança vers le nouveau venu et d'une voix impérieuse lui dit : — Sortez, Monsieur !

Mais, comme nous l'avons dit, Adrien ne bougea pas.

— Sortez donc, Monsieur, reprit M. Desullamare avec véhémence, vous n'attendrez pas j'espère, que je vous fasse chasser par mes valets.

— Pourquoi me ferez-vous chasser, Monsieur, je ne suis pas un malfaiteur, il faut d'ailleurs que je vous parle, dit Adrien avec fermeté.

— Et moi je ne veux pas vous écouter, Monsieur, je ne vous connais pas, je suis bien maître de recevoir chez moi qui je veux, je chasserai le drôle qui s'est permis de vous annoncer sans mon autorisation.

— Vous aurez tort, Monsieur, car c'est moi qui l'ai forcé à le faire.

— Eh ! bien, je vous chasserai tous les deux, dit M. Desullamare dans le paroxysme de la colère. Adrien ne fit pas un mouvement.

— Voulez vous me permettre, dit-il après une pause, de placer quelques mots.

— Je ne vous permets rien, je veux que vous sortiez.

— Voyons, Monsieur, ne vous laissez pas aller à cet élan de colère qui vous fait certainement dire des choses que vous regretterez plus tard. Je vous en prie, écoutez-moi, voyez donc dans quel état est votre enfant

Antonia, en effet, était pâle comme une morte, la tête en arrière, les lèvres blanches, elle ne faisait aucun mouvement.

M. Desullamare s'approcha d'elle, lui prit les mains et s'écria :

— Ma fille, ma fille chérie ; c'est ton père qui te parle, réponds-lui, elle ne répond pas !... Ah ! s'écria-t-il, malheur à vous, Monsieur, malheur à vous si mon enfant meurt !

Antonia avait eu une syncope et s'était évanouie, Adrien était terrifié, il n'osait faire un mouvement et ne savait quel parti prendre, mais l'amour ardent qu'il éprouvait pour la jeune fille lui fit oublier qu'il était devant le père de celle qu'il aimait et il s'élança sur elle en disant :

— Antonia, Antonia, c'est moi, c'est Adrien, je viens te sauver !

A ces mots, M. Desullamare se leva comme un fou, courut à son bureau, y sortit un pistolet qu'il arma, et s'avançant sur Adrien :

— Ah ! c'en est trop, dit-il, et appuyant le canon de l'arme sur la poitrine du jeune homme il lâcha la détente. La capsule seule brûla, pas un muscle du visage d'Adrien n'avait tressailli, le pauvre amoureux avait compris du premier coup la bêtise que l'amour lui avait fait commettre. M. Desullamare tomba accablé sur un fauteuil et a son tour perdit l'usage de ses sens Adrien app la les domestiques, ils accoururent, on donna des soins au père et à la fille

Antonia revint la première à elle, elle jeta autour d'elle un regard étonné, puis elle aperçut Adrien ; un sourire triste erra sur ses lèvres pâles, elle vit ensuite son père inanimé et se précipita sur lui en pleurant à chaudes larmes.

— Oh ! fuyez, Adrien, fuyez vous allez tuer mon père si vous ne partez pas ! si, lorsqu il reviendra a lui vous êtes encore là Disons-nous adieu pour toujours

— Antonia, dit le jeune homme, je m'en vais mais je reviendrai !

Adrien allait sortir, mais M. Desullamare qui à ce moment là revenait à lui se leva péniblement et dit à Adrien — Restez Monsieur !

Le jeune homme et la jeune fille se regardèrent avec inquiétude, il y avait dans le visage de M. Desullamare une telle expression de sévérité que les deux amoureux en tressaillirent M Desullamare congédia les domestiques.

Un silence glacial succéda à toutes ces scènes bruyantes.

Adrien ne savait quel parti prendre, lui et Antonia baissaient les yeux; M. Desullamare sembla sortir d'un songe pénible et dit à Adrien.

— J'ai à vous faire des excuses, Monsieur, je suis allé trop loin, je bénis le hasard qui m'a permis de ne pas commettre un crime que j'aurais regretté toute ma vie ; a présent expliquons-nous ! Les paroles que vous avez prononcées tantôt demandent une explication et j'espère que vous allez me la donner.

Adrien, toujours debout, s'inclina avec respect.

— Je ne vous connais pas, Monsieur, et je n'ai pas l'bonneur d'être connu de vous, les explications que vous me demandez sont trop naturelles pour que j'hésite à vous les donner.

Adrien raconta alors comment il avait aimé Antonia et comment Antonia l'avait aimé, il n'omit rien ; sa franchise parut produire un excellent effet sur le père courroucé.

— Vous vous aimez donc bien, dit-il ! Vous êtes pourtant bien jeunes tous les deux, serez-vous assez sérieux pour mener à bien l'œuvre si délicate d'un ménage, ma fille est un enfant, quand a vous, Monsieur, quel âge avez-vous ? Vingt ans tout au plus, croyez-vous qu'à cet âge-là vous soyez même de rendre votre femme heureuse ? Je ne le crois pas, il n'y a pas assez longtemps que vous êtes dans la vie, il n'y a pas assez longtemps que vous aimez surtout, pour que vous soyez certain de la force de votre amour. Avant de vous lier à jamais, songez aux responsabilités énormes que vous assumez sur vos têtes, il ne s'agit pas ici d'une union passagère, c'est d'une union éternelle dont il est question, réfléchissez bien, Monsieur ; d'ailleurs, j'avais songé à établir ma fille, j'y avais tellement songé que la chose était faite, j'espère même que je ne serais pas obligé de rompre avec celui que j'avais choisi, vous et ma fille comprendrez combien l'amour à votre âge repose sur peu, vous reviendrez sur les promesses que vous vous étiez faites, vous êtes jeunes, vous oublierez facilement, vous, Monsieur, l'amour que vous avez pour Antonia, vous ma fille, la légèreté inconcévable dont vous vous êtes rendue coupable Les deux amoureux ne répondirent rien à ce discours paternel. Adrien était tout pâle, Antonia pleurait.

— Monsieur, dit enfin le jeune homme avec une politesse froide, nous ne sommes pas du même avis ; je le regrette d'autant plus que j'aurais voulu me rencontrer en communion d'idées avec un homme aussi éminemment intelligent que vous. Vous croyez que je ne suis pas apte au mariage, permettez-moi de vous dire, monsieur, que vous faites erreur.

Certaines créatures ont atteint avant l'âge le degré d'expérience des hommes sensés, on vit dans une année, monsieur, toute une vie ; souffrir c'est vivre, quelquefois j'ai souffert, j'ai donc vécu, des années d'ivresses ne donnent rien à un homme, une journée de larmes lui donne souvent tout ce qui lui manquait.

Vous voulez unir votre enfant à un vieillard, et vous croyez que c'est bien, vous vous trompez encore ; vous oubliez qu'au bout de ces mariages là, il y a une tombe s'ouvrant trop tôt et une femme toujours veuve trop tard ! La vieillesse, monsieur, a une fiancée qui n'est pas de ce monde, c'est la mort ! Ne jetez pas la lumière dans l'ombre, n'obscurcissez pas le rayon par les ténèbres, laissez à la jeunesse aimer la jeunesse, il n'y a pas d'exemples que ces unions disparates n'aient enfanté quelque chose de bien.

Je vous parle avec franchise, monsieur, sans détours, je vous dis ce que je pense et ce que je crois fermement être la vérité !

J'aime Mlle Antonia et elle m'aime, briserez-vous ainsi deux cœurs ? plongerez-vous dans le désespoir ceux qui se sont jurés un amour éternel ?

M. Desullamare regardait les deux jeunes gens et son regard s'adoucissait, il se tourna vers Adrien et lui dit :

— Vous aimez donc bien ma fille ?

— Oh ! monsieur je l'adore.

— Et... quelle est votre position de fortune ?

— Je suis riche, mais je ne puis quant à présent vous indiquer au juste ce que je possède.

— Avez-vous votre père et votre mère ?

— Je n'ai que mon père, ma mère est morte.

— Vous vous appelez Adrien ?

Antonia et le jeune homme se regardèrent avec terreur, le moment terrible était venu ; Adrien répondit avec émotion :

— Oui, monsieur.

— C'est votre nom de baptême, mais votre nom de famille ?

Adrien hésita un instant, puis faisant un effort sur lui-même et se retenant au dossier d'un fauteuil pour ne pas tomber il murmura :

— Je ne le connais pas :

Antonia cacha sa tête dans ses mains et fondit en larmes ; M. Desullamare se redressa de toute sa hauteur.

— Monsieur, dit-il, êtes-vous venu ici pour vous moquer de moi ? Vous ne connaissez pas votre nom de famille, mais qu'êtes-vous donc alors, un bâtard !

— Monsieur !...

— Vous êtes un bâtard, un être sans nom et vous osez jeter les yeux sur ma fille ! J'étais tout disposé à vous tendre la main, n'y comptez plus maintenant ! Vous avez déjà trop abusé de ma patience.

— Pourtant, monsieur, écoutez-moi !

— Je ne veux rien entendre, sortez, monsieur ; et oubliez ma maison où vous n'auriez jamais dû pénétrer.

Des gouttes d'une sueur froide perlaient au front du jeune homme son cœur éclatait dans sa poitrine, il voulut ajouter un mot, il ne le put pas Il fit quelques pas en arrière et tourna la tête vers Antonia qui pleurait silencieusement

— Sortez, monsieur, répéta M. Desullamare en désignant la porte au malheu- reux jeune homme, mais au même instant cette porte s'ouvrit avec violence et un homme tout suant et poudreux fit irruption dans le salon et s'adressant à Adrien :

— Monsieur le comte Adrien de X... dit-il, vous possèdez quatre vingt mille livres de rente et vous êtes devenu le comte Adrien de X... puisque votre père est mort cette nuit.

Adrien fit trois tours sur lui-même comme un homme ivre et tomba sur le planclher de toute sa hauteur !

Celui qui venait d'entrer ainsi après avoir forcé la consigne et bousculé tous les domestiques ; c'était Cul-de-Jatte.

CONCLUSION

Un mois après ces évenements multiples, le comte de X... conduisait Mlle Desullamare à l'hôtel, Cul-de Jatte qui s'était métamorphosé en bon bourgeois était son témoin.

Inutile de dépeindre la douleur de notre héros quand Cul-de-Jatte l'avait conduit en sortant de chez M. Desullamare où tout se termina ce jour là, auprès du cadavre de son père.

Ce fut une douleur immense pour le jeune homme, il accompagna son père jusqu'au champ de repos où plus tard il lui fit élever une tombe magnifique

Cul-de-Jatte n'étant plus nécessaire au fils du Roi des Gueux, se retira dans un petit village et y vécut avec les rentes que son maître lui avait laissées.

Quant à la Cour des Miracles elle était morte, les gueux se voyant traqués avaient fui notre cité pour des lieux plus hospitaliers ; non sans avoir protesté et menacé sur le cours St Louis les honnêtes gens de leur haine.

Un hospice fut construit à Aix avec les souscriptions faites par M. Desullamare.

Les truants ayant non seulement quitté Marseille. mais encore la Provence, cet hospice devint inutile et on en fit une caserne en 1812, plus tard le militarisme céda le pas sous la restauration au jesuitisme ; les jésuites habitèrent donc à leur tour l'hospice, mais après leur expulsion, ce dernier devint encore une caserne, il l'est encore de nos jours.

Le chancre était-il extirpé, hélas ! non. La Cour des Miracles était seulement endormie ; peu à peu, la gueuserie revint dans notre ville ; de nouveaux groupes se formèrent, ces groupes firent une bande et la Cour des Miracles de 1810 qui avait été presque étouffée par le bras vaillant de M. Desullamare a de nos jours droit de cité parmi nous et y est plus florissante que jamais.

FIN

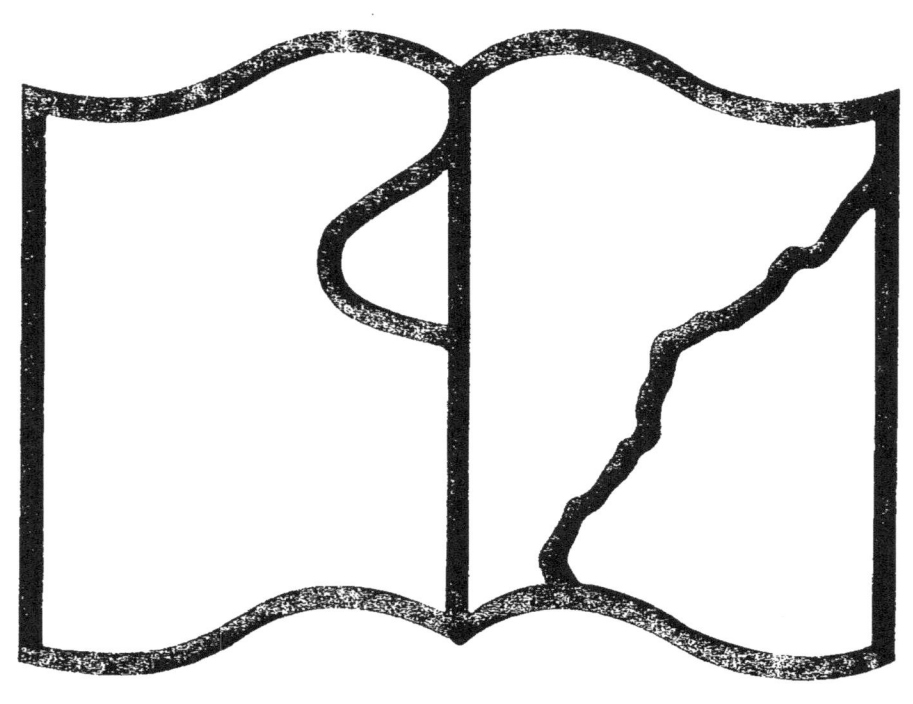

Texte détérioré — reliure défectueuse

NF Z 43-120-11

Contraste insuffisant

NF Z 43-120-14